Le loup
et la colombe

Editions J'ai Lu

KATHLEEN E. WOODIWISS

ŒUVRES

QUAND L'OURAGAN S'APAISE	*J'ai Lu*
LE LOUP ET LA COLOMBE	*J'ai Lu*

En vente dans les meilleures librairies

KATHLEEN E. WOODIWISS

le Loup
et la colombe

Traduit de l'américain
par Monique THIES

Ce roman a paru sous le titre original :
THE WOLF AND THE DOVE

UNE LEGENDE

Au temps jadis, lorsque les druides parcouraient les forêts du nord de l'Angleterre et se réunissaient les nuits sans lune, un jeune homme qui s'était baptisé « le Loup » pillait pour satisfaire à ses besoins et ne rencontrait jamais plus fort que lui. Les dieux, qui siégeaient sur les hautes montagnes, entre la terre et le Walhalla, entendirent parler de ses exploits. Woden, le roi des dieux, dépêcha un messager pour exterminer cet orgueilleux qui prélevait sa dîme sur le peuple et provoquait le destin. La rencontre eut lieu et la bataille fit rage pendant quinze jours, depuis les falaises blanches du sud jusqu'aux rivages hérissés de roches noires du nord. Le guerrier était réellement fort, car le messager de Woden lui-même ne réussit pas à le vaincre et regagna ses montagnes pour avouer sa défaite. Woden réfléchit, longtemps et profondément, car il était écrit qu'à celui qui aurait raison d'un messager des dieux serait accordée la vie éternelle sur terre. Puis Woden se mit à rire et les cieux tremblèrent au-dessus de la tête du Loup. Des éclairs fulgurèrent, le tonnerre gronda, mais le jeune homme resta debout, fier, l'épée tirée.

— Ainsi, tu as gagné la vie éternelle, fit Woden, et tu es là prêt à te battre. Mais on ne saurait être valeureux et insensé et je ne peux te laisser tout saccager à ton gré. Tu auras ton immortalité, mais tu devras attendre le bon vouloir de Woden pour exercer tes capacités.

Là-dessus, avec un puissant éclat de rire, il se redressa et un éclair frappa la lame insolente. Lentement, un nuage de fumée s'éleva. Là où s'était tenu le jeune homme se trouvait un grand loup d'airain qui refroidissait lentement et qui montrait les dents.

On raconte que, dans une vallée profonde, non loin de la frontière écossaise, se trouve une clairière où se dresse la statue d'un loup de fer, ternie par la rouille, enlacée par des plantes grimpantes, les pattes verdies de mousse. Il paraît que, lorsque la guerre fait rage, le grand loup se réveille alors et redevient un guerrier, audacieux, puissant, invincible et féroce.

Les hordes de Guillaume, duc de Normandie, avaient traversé la Manche, Harold, roi d'Angleterre, descendait du nord pour défendre son royaume contre l'envahisseur et la guerre se rapprochait...

1

28 octobre 1066

Le bruit de la bataille s'était tu. Les cris et les plaintes des blessés avaient cessé peu à peu. La nuit était calme et le temps paraissait suspendu. La lune d'automne, nimbée de sang, luisait, trouble, sur un horizon indistinct. Le hurlement lointain d'un loup en chasse trembla, ajoutant à l'irréel du silence. Des écharpes d'un brouillard monté des marais s'étirèrent sur les cadavres. Le muret de terre, faiblement renforcé de pierres, était recouvert des restes héroïques de la population mâle du bourg massacrée. La masse sombre du manoir de Darkenwald se dressait à l'arrière-plan, la flèche de sa tour de guet perçant le ciel.

A l'intérieur du manoir, Aislinn, la fille du seigneur saxon vaincu, était assise à même le sol recouvert de roseaux, au pied du fauteuil d'où son père, le sire de Darkenwald, avait dirigé son fief. Une corde, nouée autour de son cou la reliait au poignet d'un grand Normand aux cheveux noirs. Ragnor de Marte, sa puissante silhouette moulée dans une cotte de mailles, installé dans le fauteuil du défunt lord Erland, seigneur du fief, regardait ses hommes mettre le manoir à sac. Le fruit de leur pillage s'entassait à ses pieds.

Une querelle éclata soudain entre les soldats au sujet d'un objet convoité par plusieurs. Un ordre sec du ravisseur de la jeune fille et l'objet vint rejoindre les autres. La bière coulait à flots et les envahisseurs dévoraient toutes les provisions de bouche au fur et à mesure qu'ils les découvraient. Ragnor, bardé de fer, se faisait fréquemment emplir de vin sa corne à boire, nullement gêné par le sang de lord Erland qui souillait son torse et son bras. Quand rien d'autre ne retenait son attention, il tirait sur la corde, meurtrissant le cou tendre de la jeune fille. Elle ne pouvait dissimuler une grimace de douleur et il riait, satisfait qu'elle réagisse. Cependant, il eût été beaucoup plus heureux qu'elle le suppliât de la prendre en pitié. Elle restait en éveil, attentive et, quand elle le regardait, c'était avec un air de défi qui l'enrageait. D'autres se seraient roulées par terre, suppliantes. Mais cette fille, à chaque secousse de la corde, semblait le narguer. Il saurait la faire plier.

Il l'avait trouvée, avec sa mère, dame Maida, debout dans la grande salle du manoir, quand ses hommes en avaient enfoncé la porte. Elles semblaient, à elles deux, prêtes à résister à toute l'armée normande d'invasion. Son épée sanglante à la main, il avait attendu sur le seuil pendant que ses hommes se précipitaient à la recherche d'autres adversaires possibles. Ils n'avaient rien vu d'autre que les deux femmes et des chiens. Ceux-ci calmés à coups de pied et enchaînés dans un coin, il s'était tourné vers Aislinn et sa mère, Maida.

Le cousin de Ragnor de Marte, Vachel de Comté, s'était approché de la jeune fille, mais la mère lui avait fait barrage de son corps. Comme il tentait de la repousser, elle avait voulu s'emparer du cou-

8

teau qu'il portait à la ceinture. D'un revers de sa main, alourdie par le gantelet de fer, il l'avait assommée. Avec un cri, Aislinn s'était jetée vers sa mère. Avant que Vachel ait pu la déclarer sienne, Ragnor s'était placé entre eux, avait arraché le bandeau serrant les cheveux de la jeune fille, libérant une masse soyeuse, cuivrée. Empoignant celle-ci à pleine main, il avait remis la jeune fille sur pied, puis, chevilles et poignets liés, il l'avait attachée à une chaise, lui interdisant tout mouvement. Maida, comme elle reprenait conscience, avait été entravée. Ensuite de quoi, les deux chevaliers avaient rejoint leurs hommes pour la mise à sac du bourg.

À présent, la jeune fille était là, vaincue, vouée à la mort peut-être, mais elle n'avait pas émis une plainte. Ragnor, mal à l'aise, devait s'avouer qu'elle avait une force de volonté rare, même pour un homme.

Mais il ne se doutait nullement de la bataille que se livrait Aislinn pour ne pas trembler et offrir aux regards un visage orgueilleux, alors qu'elle suivait sa mère des yeux. Cette dernière servait les envahisseurs, les chevilles toujours entravées. Un long morceau de corde traînait derrière elle et les hommes prenaient plaisir à marcher dessus. Ils riaient bruyamment quand elle tombait et, chaque fois, Aislinn pâlissait, supportant plus facilement sa propre punition que les souffrances de sa mère, que l'on châtiait à coups de pied pour avoir laissé tomber aliments ou boisson.

La peur de la jeune fille ne fit que croître quand elle vit sa mère trébucher contre un soldat au visage de brute épaisse, l'inondant du contenu d'un pichet de bière. L'homme, d'une main énorme, lui saisit le bras, la força à se mettre à genoux et la repoussa d'un violent coup de pied. Dans sa chute, un petit sac s'échappa de sa ceinture, elle le rattrapa d'un geste vif, mais avant qu'elle eût le temps de le remettre en place, l'ivrogne le lui arracha des mains.

Elle eut un geste pour le lui reprendre ; furieux de tant d'audace, il l'assomma d'un coup de poing, l'envoyant bouler au loin. Les yeux brillants de haine, les dents découvertes, Aislinn, impuissante, regardait le bourreau de sa mère qui, amusé, continuait de frapper la pauvre femme.

Avec un cri de rage, Aislinn se redressa mais, d'un coup sec sur la corde, Ragnor la fit tomber brutalement. Quand elle put respirer de nouveau, sa mère était étendue, immobile, évanouie, son bourreau la dominant, triomphant, le petit sac à la main. Impatient d'en découvrir le contenu, il le déchira mais n'y trouva qu'une poignée de feuilles séchées qu'il éparpilla avec une bordée de jurons. Puis il décocha un violent coup de pied à la femme étendue, inconsciente.

Incapable de supporter davantage cet ignoble spectacle, Aislinn, avec un sanglot, se boucha les oreilles, ferma les yeux.

— Ça suffit ! gronda Ragnor ; si`la vieille vit, elle pourra nous servir.

Les mains appuyées par terre, Aislinn leva sur son tourmenteur deux yeux violets brillant de haine. Ses longs cheveux cuivrés tombaient en désordre sur ses épaules et sa poitrine haletante. Elle ressemblait à un animal sauvage, indompté, tenant tête à un ennemi. Mais elle revoyait l'épée rouge de sang frais que tenait Ragnor en pénétrant dans le manoir. Elle lutta contre la panique qui menaçait d'avoir raison d'elle. Elle avala un sanglot. Le cadavre de son père était resté sans sépulture. Il n'aurait même pas la bénédiction d'un prêtre et elle était désarmée devant ces hommes venus de Normandie qui, la bataille gagnée, ne respectaient même pas les corps des vaincus.

Ragnor baissa les yeux vers la jeune fille, paupières closes, lèvres entrouvertes et tremblantes. Il ne pouvait se douter de la bataille qui minait sa résistance. S'il s'était levé alors, peut-être aurait-il vu exaucer son désir de la voir écrasée de peur à ses pieds. Mais son esprit était ailleurs. Il pensait à cet homme de basse extraction, à ce bâtard, qui viendrait réclamer tout ce qui l'entourait : terres, serfs, gens, tout le fief.

Dès avant l'aube, les Normands étaient arrivés au galop, avec la hardiesse des conquérants pour demander la reddition du bourg. Darkenwald n'était pas préparé à recevoir l'ennemi. Après la victoire sanglante de Guillaume, duc de Normandie, que l'on appellera bientôt Guillaume le Conquérant, sur Harold, roi d'Angleterre, à Senlac, quinze jours plus tôt, la nouvelle s'était répandue que le duc normand marchait sur Canterbury avec son armée, les Anglais, quoique battus, lui refusant toujours la couronne. Les habitants de Darkenwald avaient été soulagés, ce bourg étant dans une direction opposée à celle de Canterbury. Mais ils avaient compté sans les détachements normands lancés pour s'emparer de divers châteaux d'où les Saxons auraient pu harceler les flancs des troupes de Guillaume. Beaucoup avaient perdu courage aux cris des guetteurs annonçant l'arrivée des envahisseurs. Erland, le sire de Darkenwald, sàchant la vulnérabilité de sa position, se serait rendu, malgré sa fidélité au roi Harold, s'il n'avait été provoqué au-delà du soutenable.

Chez les Normands, Ragnor de Marte était le seul à éprouver une sorte de malaise tandis qu'ils traversaient les champs en direction du manoir. Il s'arrêta devant la grande demeure de pierre grise et regarda autour de lui. Rien ne bougeait, tout paraissait inhabité. L'entrée principale, une épaisse porte de chêne bardée de fer, était fermée. Aucune lumière n'était visible à travers les peaux huilées tendues sur les fenêtres et les torches n'avaient pas été allumées, dans les torchères de chaque côté de la porte, malgré la venue de la nuit. L'on n'entendait aucun bruit à l'intérieur, mais, à l'appel d'un jeune héraut, la lourde porte s'ouvrit lentement. Un vieil homme aux cheveux et à la barbe blancs, grand et puissant, parut. Il avait une épée nue à la main. Il referma la porte derrière lui et Ragnor entendit le bruit d'un verrou que l'on poussait. Puis le Saxon se retourna et fit face aux intrus. Il attendit, calme, prudent, tandis que le héraut s'approchait, déroulant un parchemin. Confiant en la justice de sa mission, le jeune homme s'arrêta devant son aîné et commença à lire.

— Oyez Erland, seigneur de Darkenwald. Guillaume, duc de Normandie, déclare l'Angleterre sienne par droit souverain...

Le héraut lut, en anglais, ce que Ragnor avait préparé en français. Ce dernier n'avait guère suivi le parchemin qu'avait préparé Wulfgar, ce bâtard de sang normand. Selon Ragnor, le texte de Wulfgar était une supplique au lieu d'être un ordre, parfaitement légitime, de soumission. Qu'étaient donc ces Saxons, sinon de vils païens dont la résistance arrogante méritait d'être écrasée sans merci ? Wulfgar voulait les traiter en gens honorables. Les Anglais avaient été battus : qu'ils apprennent donc à connaître leurs maîtres.

Mais Ragnor se sentit mal à l'aise en regardant le visage du vieil homme qui s'empourprait au fur et à mesure que la lecture se poursuivait. Tous, hommes, femmes et enfants, devaient se rassembler pour être marqués au front, au fer rouge, du stigmate des esclaves. Quant au seigneur lui-même et sa famille, ils devaient se livrer comme otages, garantissant la bonne volonté de toute la population du fief.

Ragnor s'agita sur sa selle et, nerveux, regarda autour de lui. Un caquetage de volaille, un roucoulement de colombe... puis un faible mouvement capta son regard. On avait poussé, à peine, un volet à l'étage. Il ne pouvait voir personne, mais il sentait qu'on le surveillait. Par mesure de précaution, il rejeta son manteau dans son dos, dégagea la garde de son épée.

Le héraut continuait sa lecture et le visage du

vieux seigneur se faisait de plus en plus sombre sous l'outrage.

Un coup de vent brutal fit claquer les gonfalons au-dessus de leurs têtes, comme une mise en garde. Vachel, le cousin de Ragnor, murmura quelques mots dans le dos de ce dernier, inondé de sueur.

Soudain, le vieil homme poussa un véritable hurlement de rage et brandit son épée. Le corps du héraut, décapité d'un seul coup, s'affaissa lentement sur sa tête qui avait roulé à terre. La stupeur empêcha une réaction immédiate des Normands, laissant le temps aux serfs de surgir de partout, armés de faux, de fourches, de haches. Ragnor, furieux de s'être laissé prendre par surprise, lança un ordre à ses hommes et se jeta dans la mêlée, fendant des crânes à droite, à gauche, coupant des mains tendues pour le désarçonner. Le sire de Darkenwald tenait à lui tout seul tête à trois Normands. Il fallait qu'il meure ! Les paysans, comprenant l'intention de Ragnor, tentèrent de lui barrer le chemin pour sauver leur seigneur. Mais ils n'étaient pas de taille à lutter contre des hommes entraînés à la guerre. Le puissant destrier du Normand continua pesamment son avance parmi les corps à terre. Sire Erland vit l'épée levée sur lui et s'abattre. Ragnor de Marte lui fendit le crâne. Leur seigneur à terre, les serfs s'enfuirent. La bataille arrêtée, l'on n'entendit plus que les cris d'enfants, des lamentations de femmes et le fracas des coups du tronc d'arbre faisant office de bélier pour enfoncer la porte du manoir.

De l'endroit où elle se trouvait, aux pieds de Ragnor, Aislinn, anxieuse, regardait sa mère, en quête d'un signe de vie. Soulagée, elle la vit qui remuait, enfin. Avec un gémissement, Maida parvint à se redresser sur un coude. Elle regarda autour d'elle d'un air vague, encore abrutie par la correction reçue. Celui qui la lui avait infligée s'en reprit à elle :

— Va me chercher de la bière, esclave !

La soulevant par ses vêtements, il la précipita en direction du tonneau. Ses pieds entravés lui firent perdre l'équilibre et elle tomba de nouveau.

— De la bière ! hurla l'homme en lui jetant sa corne à boire.

Maida le regarda sans comprendre, jusqu'au moment où il la repoussa, une fois encore, vers le tonneau. Elle fit effort pour se mettre debout, mais l'homme tira sur la corde et elle se retrouva à quatre pattes, ce qui mit son tortionnaire en joie :

— Rampe, chienne !

Elle fut forcée de le servir à genoux. D'autres soldats l'appelèrent et, aidée de deux serfs pris au moment où ils s'enfuyaient, Hlynn et Ham, elle continua de verser vin et bière.

Elle marmonnait et ses lèvres, enflées par les coups, laissaient passer comme une étrange mélopée. Horrifiée soudain, Aislinn comprit que sa mère appelait sur la tête des envahisseurs la malédiction de tous les esprits mauvais hantant les marais. Qu'un seul comprenne le saxon et Maida serait embrochée comme un porcelet. Leur vie, Aislinn le savait, tenait au simple caprice de ces hommes. Son fiancé lui-même était en danger. Elle avait entendu ces Normands dire qu'un autre bâtard, sous les ordres de Guillaume, s'était rendu à Gregan pour obtenir la reddition du bourg. Kerwick était-il mort aussi après avoir combattu si courageusement aux côtés du roi Harold dans la désastreuse bataille de Hastings qui vit la défaite des Anglais et le triomphe des envahisseurs normands ?

Ragnor, qui regardait Maida, pensa à la dignité, à la beauté de cette femme avant que ce soldat ne l'assomme. Rien ne rappelait ce qu'elle avait été, dans la créature sautillant péniblement, le visage enflé, déformé, ses cheveux auburn emmêlés, poissés de sang et de boue. La fille, à ses pieds, pensait-elle à elle-même en regardant sa mère avec une telle fixité ?

Un cri détourna l'attention d'Aislinn de sa mère.

Elle regarda autour d'elle pour voir Hlynn, la servante, que se disputaient violemment deux soldats. Elle avait à peine quinze ans. Elle n'avait jamais connu d'homme et ces deux ruffians s'apprêtaient à la violer.

Aislinn, comprenant la terreur de Hlynn, se mordait les doigts pour ne pas crier, elle aussi. Elle ne le savait que trop, le même sort l'attendait. Il y eut un bruit d'étoffe déchirée. Sa robe arrachée, Hlynn avait à présent les seins nus. Une main lourde tomba alors sur l'épaule d'Aislinn, freinant son mouvement de révolte. Les deux soldats, pendant ce temps-là, se disputaient le jeune corps. Finalement, l'un d'eux assomma l'autre d'un coup de poing et, emportant Hlynn qui se débattait en criant, il sortit avec elle.

Soudain, Aislinn fut incapable de supporter davantage le poids sur son épaule. Elle se retourna d'un coup pour regarder le Normand, ses yeux violets glacés par le mépris. L'autre soutint son regard et un sourire moqueur entrouvrit sa bouche aux lèvres charnues. Mais loin de baisser les yeux, elle continua de le regarder, méprisante. Son sourire s'effaça. Elle sentit ses doigts se refermer sur son épaule, la meurtrissant. Incapable de se contenir davantage, elle poussa un cri de rage et leva la main pour le souffleter. Mais il lui saisit le poignet au passage, lui immobilisa le bras derrière le dos. Elle avait, à présent, le visage tout contre le sien, sentait son souffle sur sa joue. De sa main libre, avec une lenteur calculée, il entreprit de la caresser, s'attardant sur la courbe de ses hanches. Tremblant de dégoût et de colère, elle lui cracha au visage un furieux : « Porc immonde ! », éprouvant malgré tout une certaine satisfaction devant son expression de stupeur, car elle avait parlé français.

— Hein ?

Vachel de Comté se redressa vivement, les oreilles alertées par cette voix de femme disant quelque chose qu'il était capable de comprendre. Il n'avait rien entendu de tel depuis qu'ils avaient mis à la voile à Saint-Valéry, sur les côtes de France, pour venir conquérir l'Angleterre.

— Par Dieu, cousin, non seulement la fille est belle, mais elle est instruite. La chance te sert : tomber dans ce pays de païens sur la seule fille capable de te comprendre quand tu lui donneras tes instructions au lit... Il faut bien admettre que le viol, s'il a des avantages, a aussi des inconvénients. Mais si la fille comprend, tu sauras peut-être l'amener à se montrer mignonne. Qu'importe que tu aies tué son père !

Ragnor relâcha la jeune fille et adressa un coup d'œil féroce à Vachel :

— Silence, blanc-bec ! Tes bavardages m'excèdent.

Vachel réfléchit un instant et sourit :

— Cher cousin, j'ai l'impression que tu te fais beaucoup trop de souci, sans quoi tu comprendrais que je plaisante. Que pourra donc dire Wulfgar quand tu lui annonceras que nous avons été attaqués par ces misérables païens ? Le vieux était rusé. Le duc Guillaume ne saurait te blâmer. Mais quel bâtard crains-tu le plus ? Le duc ou Wulfgar ?

Aislinn écoutait avec attention. Ragnor, les sourcils froncés, le visage sombre soudain, s'écria d'une voix vibrante de colère :

— Je ne crains personne !

— Oh ! oh ! Très bien dit, mais le penses-tu vraiment ? N'y a-t-il pas lieu de se sentir un peu gêné ce soir ? Wulfgar avait donné l'ordre de ne pas se battre avec les villageois et pourtant tu as tué bon nombre de ceux qui devaient être ses serfs.

Quel était cet homme, ce Wulfgar, que ces terribles envahisseurs semblaient craindre eux-mêmes ? Est-ce lui qui serait le nouveau sire de Darkenwald ?

— ... Le duc a promis ces fiefs à Wulfgar, continua Vachel avec désinvolture. Mais ils ont peu de valeur sans paysans pour travailler aux champs. Oui, Wulfgar aura son mot à dire.

— Ce cuistre sans blason ! s'écria Ragnor. De quel droit posséderait-il ces terres ?

— Eh ! oui, cousin, je comprends ton ressentiment. Le duc a promis ce fief à Wulfgar, alors que nous, qui sommes de maison noble, l'on ne nous donne rien. Ton père sera très déçu.

La lèvre supérieure de Ragnor se retroussa en un rictus :

— La loyauté d'un bâtard pour un autre bâtard ! Ce sont les autres, plus méritants, qui en pâtissent. Guillaume ferait Wulfgar pape s'il le pouvait, ajouta-t-il en caressant une des tresses dorées d'Aislinn.

Vachel, pensif, se passa la main sur le menton et fronça les sourcils :

— A dire vrai, on ne peut dire que Wulfgar ne soit pas méritant, cousin. Qui l'a jamais vaincu dans une joute ? A Hastings, il s'est battu comme dix. Il a tenu quand tout le monde pensait Guillaume mort. Mais, de là à en faire un baron ! (Il eut de la main un geste de mépris.) Il va, à présent, se croire notre égal.

— En a-t-il jamais été autrement ?

Tout en parlant, Vachel détaillait Aislinn. Elle était très jeune. Dix-huit ans, peut-être ? Elle avait du caractère. Il ne serait pas facile de la faire plier. Wulfgar serait sans nul doute satisfait. Les cheveux de la jeune fille captaient la lumière du feu à chacun de ses mouvements. Ils étaient d'une couleur peu commune pour une Saxonne. Elle avait aussi des yeux étonnants. Ils semblaient noirs sous l'effet de la colère provoquée par l'examen dont elle se sentait l'objet. Mais, au repos, ils étaient violet clair. De longs cils noirs les bordaient. Elle avait les traits fins, les pommettes hautes, la bouche petite et rose et les dents blanches intactes, sans ces chicots noirs qui déparaient tant de belles filles. Sans doute serait-elle difficile à dompter, mais la perspective n'était pas sans charme à en juger par ses courbes.

— Ah ! cousin, conclut Vachel, un conseil : amuse-toi bien avec la demoiselle cette nuit, car le jour qui vient verra peut-être Wulfgar avec elle.

— Ce rustre ! Depuis quand s'occupe-t-il des femmes ? Il les hait. Peut-être que si nous lui trouvions un gentil damoiseau...

— Si c'était vrai, cousin, nous l'aurions à notre merci. Mais je crains que ce ne soit pas son goût. Il fuit les femmes comme la peste, en public, mais m'est avis qu'il en a autant qu'il en veut en privé. Je l'ai vu examiner quelques damoiselles de l'œil de quelqu'un que l'objet intéresse. Le fait qu'il s'arrange pour mener ses affaires avec discrétion semble fasciner les femmes. Mais je n'arrive pas à comprendre pourquoi tant de donzelles, à la cour de Guillaume, seraient volontiers à ses pieds. Son dédain doit les exciter.

— Je n'ai jamais vu tellement de femmes lui faire les yeux doux.

— Bien sûr, cousin, parce que tu es beaucoup trop occupé toi-même à faire trébucher les belles pour t'occuper de celles auxquelles Wulfgar plaît.

— Comment peut-il plaire, marqué comme il l'est !

Vachel haussa les épaules :

— Qu'importe une cicatrice par-ci par-là ? Elles sont la preuve que l'homme est brave et audacieux.

Il fit signe qu'on lui remplisse sa corne et Maida s'approcha en tremblant pour le servir. Elle échangea un regard rapide avec sa fille avant de s'éloigner en marmonnant.

— N'aie crainte, cousin, poursuivit Vachel. La partie n'est pas encore perdue. Qu'importe que Guillaume favorise Wulfgar ? Cela n'aura qu'un temps. Nos familles ne sauront tolérer cette usurpation longtemps.

— Mon père ne sera pas enthousiasmé quand il apprendra que je n'ai gagné aucune terre pour la famille, ici, gronda Ragnor.

— Oh ! Guy est un vieil homme et il a des idées démodées. Il a fait fortune et il pense naturellement qu'il doit être facile pour toi d'en faire autant.

Les doigts de Ragnor se crispèrent sur sa corne et les jointures blanchirent :

— Parfois, Vachel, je me demande si je ne le hais pas.

Son cousin haussa les épaules :

— Moi aussi, mon père m'impatiente. Te rends-tu compte qu'il m'a menacé de me flanquer à la porte et de me déshériter au prochain bâtard que j'engendrerai !

Pour la première fois, depuis qu'il avait fait enfoncer la porte du manoir, Ragnor de Marte éclata de rire :

— Avoue, Vachel, que tu ne te prives pas !

Vachel rit à son tour :

— Et toi, beau cousin ?

— Quoi de plus normal, pour un homme, que de rechercher son plaisir ? répondit Ragnor dont les yeux s'abaissèrent vers la jeune fille, à ses pieds.

Il lui caressa la joue et, excité soudain, empoigna sa robe qui se déchira dans le mouvement qu'elle fit pour se libérer. Les soldats se retournèrent vivement pour profiter du spectacle offert à leurs yeux par la jeune poitrine à demi nue. Comme avec Hlynn, plus tôt, ils crièrent des encouragements, des obscénités. Elle rapprocha sur ses seins les morceaux de son corsage et, sans un mot, de ses seuls yeux violets, leur dit tout son mépris, sa haine. Un par un, ils se turent, se détournèrent.

Dame Maida, de toutes ses forces, serrait sur sa poitrine une outre contenant du vin. Torturée, elle regardait Ragnor caresser sa fille. Lentement, ses mains passaient sur la peau soyeuse, osaient des gestes qu'aucun autre homme avant lui n'avait risqué. Aislinn tremblait de dégoût et Maida, suffoquée par la peur et la haine, avait du mal à respirer.

Elle leva les yeux vers l'escalier obscur menant aux chambres à coucher. Elle s'imaginait sa fille se débattant avec Ragnor sur le lit qu'elle avait partagé avec son mari et sur lequel elle avait donné le jour à Aislinn. Elle croyait entendre les cris de douleur arrachés à sa fille par ce sauvage. Le Normand n'aurait aucune pitié et Aislinn ne le supplierait pas. Sa fille avait l'orgueil entêté de lord Erland. Jamais elle ne prierait pour elle ; pour les autres, peut-être, mais pas pour elle.

Maida s'éloigna, disparut dans l'ombre. Elle n'aurait de repos qu'elle n'ait vengé son mari.

Ragnor se leva, entraînant Aislinn avec lui, et referma ses bras autour d'elle. Il rit de la sentir lutter pour lui échapper, prenant plaisir aux grimaces de douleur qu'elle ne pouvait réprimer, ses doigts lui meurtrissant les bras.

— Comment se fait-il que tu parles notre langue ? demanda-t-il.

Elle rejeta la tête en arrière pour rencontrer son regard et garda le silence, les yeux méprisants. Ragnor desserra son étreinte brutale. La torturer ne servirait à rien si elle avait décidé de se taire. Elle était restée muette quand il lui avait demandé son nom. C'est sa mère qui s'était précipitée pour lui répondre, quand il l'avait menacée. Mais il avait ses méthodes pour assouplir les damoiselles les plus hautaines.

— Parle, Aislinn, sinon je te déshabille et te livre nue à mes hommes.

A contrecœur, elle répondit :

— Un troubadour a séjourné longtemps dans ce manoir quand j'étais enfant. Avant de venir chez nous, il avait voyagé de pays en pays. Il connaissait quatre langues. Il m'a enseigné la vôtre parce que cela l'amusait.

— Je ne vois pas ce qu'il y a de drôle à ça !

— A ce qu'il paraît, votre duc aurait eu dès l'enfance des visées sur l'Angleterre. Mon troubadour connaissait cette légende, car souvent il avait joué pour les grands personnages dans votre pays. A deux ou trois reprises, il avait même, dans sa jeunesse, distrait votre duc jusqu'au jour où votre sire lui a fait couper le petit doigt, pour le punir d'avoir chanté, en sa présence, l'histoire d'un chevalier de basse naissance. Ce qui plaisait à mon troubadour en m'enseignant sa langue, c'est l'idée que, si un jour les ambitions de votre duc se réalisaient, je pourrais me faire comprendre en vous disant quelles ordures vous êtes.

Les traits de Ragnor s'assombrirent, mais Vachel gloussa dans son hanap.

— Où est votre galant troubadour à présent, damoiselle ? demanda le jeune Normand. Le duc n'aime pas davantage à présent que dans sa jeunesse qu'on le traite de bâtard. Votre homme risque de se voir couper la tête et non plus un doigt.

— Là où aucun mortel ne peut l'atteindre, parfaitement à l'abri de votre duc !

La vue des épaules de la jeune fille à peine voilées par la robe déchirée ramena Ragnor à ses préoccupations premières. Il se pencha, la souleva de terre sans tenir compte de ses protestations véhémentes et du flot d'insultes dont elle l'accabla. Il rit de ses efforts pour lui échapper et, baissant la tête, il appliqua sur ses lèvres sa bouche humide. Mais il se redressa brusquement. Une goutte de sang perlait sur sa lèvre.

— Sale petite vipère !

Il jeta alors la jeune fille sur son épaule. A demi assommée par le choc contre la cotte de mailles, elle ne bougea pas, la tête pendant dans le vide. Attrapant une chandelle au passage, il traversa la grande salle gravit l'escalier et se dirigea vers la chambre du seigneur défunt, dont il referma, d'un coup de pied, la porte derrière lui. Posant la chandelle sur un meuble, il marcha vers le lit, y jeta Aislinn sans cérémonie. Elle tenta aussitôt de se redresser, montrant ses jambes dans l'effort, et voulut sauter à bas du lit. La corde qui la retenait par le cou la freina brutalement. Un sourire cruel aux lèvres, Ragnor entreprit d'enrouler la corde autour de son poignet jusqu'à ce que la jeune fille se trouve à genoux tout contre lui. Il rit de son expression, dégagea son poignet et noua la corde à l'un des piliers du lit. Puis, avec une lenteur calculée, il commença à se déshabiller, laissant tomber par terre épée, haubert et tunique de cuir. Il se rapprocha de la cheminée vêtu de ses seules chausses. Son appréhension croissant, Aislinn tirait de toutes ses forces sur la corde qui lui enserrait le cou, mais en vain. Il activa le feu, ajouta du bois et, réchauffé, ôta son dernier vêtement. La jeune fille frissonna à la vue de son corps nu et musclé. Elle ne pourrait lutter avec lui. Il vint à elle, un sourire satisfait aux lèvres, et lui caressa la joue.

— Une fleur sur un buisson d'épines, murmura-t-il. Oui, tu es mienne. Wulfgar m'a laissé libre de prendre ce qui me plairait si j'exécutais ses ordres. Quelle plus belle récompense pourrais-je réclamer ? Pour ce qui reste, d'ailleurs !

— Vous vous attendez donc à être récompensé pour avoir massacré tout le monde ?

Il haussa les épaules :

— Ces idiots auraient dû réfléchir avant de s'attaquer à des chevaliers armés, et le vieil homme, en tuant le messager du duc, se condamnait à mort. Nous avons fait une bonne journée de travail pour Guillaume. Je mérite une récompense.

Révoltée, Aislinn s'écarta dans la mesure où elle le pouvait.

Ragnor éclata de rire et, tirant sur la corde, la rapprocha de lui.

— Viens, ma colombe, dit-il doucement. Viens, ma colombe, partager mon nid. Ragnor sera très gentil avec toi.

Les dents serrées, étouffant ses sanglots, Aislinn résistait de toutes ses forces contre la traction de la corde, mais elle finit par se retrouver à genoux, tout contre son tortionnaire. Serrant le nœud sous son menton, il la contraignait à lever la tête. A demi étranglée, les yeux exorbités, elle pouvait à peine respirer.

De sa main libre, il saisit une outre de vin, posée sur un meuble.

— Goûte-moi un peu ça, ma colombe, fit-il d'une voix enjôleuse, en la contraignant à boire.

Elle dut avaler le liquide pour retrouver son souffle et il maintint l'outre contre sa bouche jusqu'à ce qu'elle en perde la respiration. Puis il la relâcha, s'assit sur le lit et levant le récipient, but et s'arrosa tout à la fois.

Aislinn était épuisée et quand il tira à nouveau sur la corde, elle eut à peine la force de résister. Son haleine, empuantie par la bière et le vin, lui donnait la nausée. D'un geste brutal, empoignant sa robe par l'encolure, il la déchira jusqu'à la taille. Puis, il s'étendit sur le lit et but longuement à nouveau, sans la quitter des yeux.

— Allez, viens ma petite colombe. Tu aurais pu tomber plus mal, dit-il en la détaillant avec un sourire d'ivrogne. Tu pourrais être restée avec ces lourdauds, en bas.

Les yeux dilatés, Aislinn, contre tout espoir, tirait sur le nœud qui lui serrait le cou.

Il ricana, donna une secousse à la corde, faisant perdre l'équilibre à la jeune fille.

— Non, non, ma colombe.

Il se leva, s'avança vers elle, les yeux brillants de désir. Aislinn sentit un frisson glacé la parcourir, elle respirait avec difficulté, comme on sanglote. Elle aurait voulu crier, hurler de terreur comme l'avait fait Hlynn. Elle se sentait suffoquer de désespoir. Ses membres, lourds comme du plomb, refusaient de lui obéir et elle se trouva, liée au pied du lit, sans pouvoir réagir. L'ombre, derrière lui, lui semblait trouble, le beau visage cruel de l'homme occupait tout son champ de vision. Il étendit une main, la lui posa sur le sein. Avec un cri, Aislinn se tordit pour lui échapper. Mais il s'appuya sur elle, de tout son poids, et elle perdit l'équilibre. Elle était prise, écrasée sous lui. La chambre tangua autour d'elle et elle entendit l'homme parler comme à travers un mur :

— Tu es à moi...

De sa joue, il lui caressa le cou, la poitrine, et son souffle brûlant et lourd la perça jusqu'aux os. Sa bouche sur l'un de ses seins, il murmura encore :

— Tu es à moi. Je suis ton maître.

Aislinn ne pouvait pas bouger. Elle était en son pouvoir. Peu lui importait à présent. Tout était brouillé à ses yeux. Le poids de l'homme nu l'enfonça davantage dans les fourrures. Tout ça serait bientôt fini...

Maida regarda le couple enlacé, silencieux et immobile à présent. Elle rejeta la tête en arrière et son éclat de rire couvrit le bruit des hommes ivres, en bas. Le cri d'un loup affamé déchira la nuit à cet instant et les deux sons se mêlèrent. Dans la grande salle, les envahisseurs se turent, mal à l'aise. Quelques-uns d'entre eux se signèrent. Jamais encore ils n'avaient entendu cela. Les autres, songeant à la rage de Wulfgar, pensèrent qu'il venait d'arriver.

2

Aislinn s'éveilla lentement. Il lui semblait qu'on l'appelait de très loin. Elle se redressa, repoussa le poids qui lui écrasait la poitrine. Le Normand tressaillit à côté d'elle et roula sur le flanc. En dormant, il avait un beau visage faussement innocent. Mais, à le voir ainsi, Aislinn cracha de haine et de mépris, se souvenant trop bien du contact de ses mains sur son corps, de son ventre pressant le sien... Elle secoua la tête. Et s'il lui avait fait un enfant ? Oh, Dieu !

— Aislinn !

Elle sursauta, se retourna et aperçut sa mère, debout à côté du lit et qui se tordait les mains.

— Il faut nous dépêcher. Nous n'avons pas beaucoup de temps. (Elle tendit une robe en laine à sa fille.) Il faut partir maintenant, pendant que les sentinelles dorment encore. Dépêche-toi, ma fille.

Aislinn était consciente de la terreur qui vibrait dans la voix de sa mère, mais elle n'éprouvait elle-même aucune émotion. Elle ne ressentait rien.

— Si nous voulons nous échapper, il faut nous hâter, suppliait Maida. Viens avant qu'ils ne soient tous réveillés !

Aislinn se leva, épuisée, engourdie, et enfila la robe, indifférente au contact râpeux sur sa peau nue, sans la protection habituelle de son jupon. Inquiète à l'idée de réveiller le Normand, elle jeta un coup d'œil anxieux par-dessus son épaule. Mais il dormait paisiblement, satisfait sans doute de son exploit.

Elle fit volte-face, gagna la fenêtre dont elle ouvrit les volets d'un mouvement impatient. Sous la lumière dure du soleil levant, elle apparut pâle et fatiguée, l'image même de la fragilité. Elle commença à démêler ses cheveux avec ses doigts, mais elle s'arrêta brusquement. Elle croyait sentir à nouveau les doigts bruns de Ragnor s'y accrochant, la forçant à lui obéir. Elle rejeta l'épaisse masse bouclée dans son dos, la laissant tomber libre jusqu'à ses hanches et se retourna vers sa mère.

— Non, dit-elle avec fermeté. Nous ne partirons pas aujourd'hui. Nous ne laisserons pas nos morts être la proie des corbeaux et des loups.

D'un pas décidé, elle quitta la chambre suivie par sa mère, désespérée. En bas, les Normands dormaient à même le sol, là où le sommeil les avait surpris.

Aislinn ouvrit la lourde porte du manoir, s'apprêta

à sortir et s'arrêta en vacillant sur le seuil, suffoquée par l'odeur écœurante de la mort. Elle lutta de toutes ses forces contre la nausée et, se frayant un chemin parmi les cadavres, elle avança jusqu'à ce qu'elle ait trouvé celui de son père. Rigide, étendu sur le dos, il n'avait pas lâché son épée.

Une larme, une seule, roula sur la joue de la jeune fille. Son père était mort comme il avait vécu, dans l'honneur, pour la terre qu'il aimait.

Maida regarda fixement son époux assassiné et émit une plainte sourde qui se termina en un cri aigu.

— Oh ! Erland ! Pourquoi nous avoir laissées à la merci de ces bandits qui ont tout pillé et violé ta fille !

Elle tomba à genoux, saisit le haubert du mort, comme pour le relever. Mais ses forces la trahirent et elle resta à se lamenter, désespérée :

— Que vais-je devenir ? Que vais-je devenir ?

Aislinn dégagea l'épée de la main de son père et, le prenant par le bras, tenta de tirer le cadavre vers un endroit plus abrité. Sa mère saisit l'autre main, mais seulement pour retirer, de son doigt recroquevillé, une lourde chevalière. Elle sentit le regard de sa fille et gémit :

— Elle m'appartient. Elle faisait partie de ma dot. Regarde les armoiries de mon père. (Elle brandit la bague sous le nez d'Aislinn.) Elle partira avec moi.

Une voix s'éleva qui les fit sursauter. La vieille femme se redressa, défigurée par la peur. Elle laissa tomber la main du mort et, avec une agilité stupéfiante, elle se mit à courir à travers le champ de bataille jonché de cadavres et disparut dans les broussailles, au bord du marais. Aislinn lâcha le bras de son père et se retourna, avec un calme qui la surprit elle-même, pour faire face à cette menace nouvelle. Ses yeux se dilatèrent à la vue de l'immense guerrier à cheval sur un étalon gigantesque. L'énorme cheval avançait avec une grâce surprenante pour sa taille, évitant les corps éparpillés. Aislinn attendit, immobile, mais elle sentait la terreur monter en elle au fur et à mesure qu'ils approchaient, la faisant paraître très petite et vulnérable. L'homme avait le visage à demi dissimulé par son heaume, mais sous le regard d'acier, dont elle percevait l'éclat, la jeune fille sentait fondre son courage et sa gorge se noua sous l'emprise de la peur.

Son bouclier, accroché à la selle, représentait un loup noir sur fond de gueule et portait la barre de bâtardise. Aislinn en comprit le sens et n'eût été la peur que lui inspiraient sa taille et celle de sa monture qu'elle lui eût craché son dégoût au visage. Elle redressa le menton dans un geste de défi pitoyable, ses yeux violets brillant de haine. Mais l'homme parla, méprisant.

— Porcs saxons ! Il faut que vous détroussiez les cadavres.

La voix d'Aislinn, si elle fut plus aiguë, n'avait rien à lui envier quant au mépris.

— Que dites-vous, sire chevalier ? Nos braves envahisseurs ne peuvent-ils donc nous laisser ensevelir nos morts en paix ?

Railleuse, elle balaya, du geste, le champ de bataille.

Il renifla avec dédain.

— Si j'en juge par la puanteur, vous n'avez attendu que trop longtemps.

— Ce ne sera pas l'avis de l'un de vos compagnons, quand il s'éveillera et constatera que j'ai disparu, répliqua-t-elle.

Malgré sa volonté, c'est les yeux pleins de larmes qu'elle soutint son regard.

L'homme parut se détendre sur sa selle. Un coup de vent brusque plaqua la robe de la jeune fille contre elle, révélant les courbes de son corps. Le nouveau venu la détailla, s'attardant sur ses seins ronds, palpitants de rage. Aislinn rougit vivement, furieuse de se sentir comme quelque fille de ferme, examinée par son maître.

— Tu devrais être contente d'avoir eu à offrir davantage à sire Ragnor que tous ceux-là, dit-il en désignant les morts.

Aislinn crut s'étrangler de rage. Il mit pied à terre et vint se planter devant elle. Il ôta son heaume, le mit au creux de son bras et, repoussant son capuchon, il le laissa tomber sur ses épaules. Il souriait, la contemplant, et toucha, du doigt, une boucle tombée sur son sein.

— Oui, damoiselle, bénissez le sort d'avoir eu à offrir davantage.

— Ils ont donné le meilleur d'eux-mêmes. Que n'ai-je pu me battre comme eux !

Avec un grognement, il se détourna et regarda le carnage sans cacher son dégoût. Il était très grand. Ses cheveux emmêlés étaient en partie décolorés par le soleil et, malgré le poids de sa cotte de mailles, il se déplaçait avec aisance. Il avait le nez long et mince, la bouche grande, mais bien dessinée. Une cicatrice, qui courait de sa pommette à son menton, pâlissait à vue d'œil et l'on voyait se contracter les muscles de sa mâchoire. D'un mouvement vif, il se retourna pour faire face à Aislinn qui en eut le souffle coupé. Ses lèvres retroussées découvraient de puissantes dents blanches et un grondement sourd roulait dans sa gorge. La jeune fille fut stupéfiée par son aspect sauvage, on aurait dit un chien féroce... non, plus que cela encore. Un loup décidé à se venger d'un ennemi. Il fit demi-tour de nouveau et, à grandes enjambées, en courant presque, il se dirigea vers la porte de Darkenwald et disparut à l'intérieur du manoir.

Alors, le tonnerre parut éclater à l'intérieur. Aislinn l'entendit qui criait et les murs tremblèrent. Sa peur oubliée, elle écouta et attendit. Sa mère apparut à l'angle de la maison et lui fit signe de venir. A contrecœur, la jeune fille se reporta à sa tâche première. Elle se penchait vers son père quand un hurlement déchira l'air. Elle sursauta, se redressa, anxieuse, pour voir Ragnor projeté tout nu par la porte. Ses vêtements et son épée subirent le même sort et s'écrasèrent dans la poussière.

— Imbécile ! (Le nouveau venu se dressait sur les marches, le dominant) : A quoi me serviront des morts ?

Aislinn ne perdait rien du spectacle, ravie de voir Ragnor se relever avec maladresse, profondément blessé dans son orgueil. Sa main chercha son épée.

— Prends garde, Ragnor. Tu ne ferais qu'ajouter ta puanteur à celle de tes victimes.

— Wulfgar, fils de Satan ! (Ragnor s'étranglait de rage.) Approche que je puisse t'embrocher !

— J'ai autre chose à faire que de me battre avec un charognard tout nu et braillard. Bien que cette dame souhaite ta mort, j'ai malheureusement besoin de toi, ajouta-t-il en remarquant l'intérêt manifesté par Aislinn.

Ragnor eut un sursaut de surprise et se retourna pour voir Aislinn qui suivait la scène avec amusement. Son visage s'assombrit. Furieux et humilié, il ramassa ses chausses et les enfila avant de la rejoindre.

— Que fais-tu ici ? demanda-t-il. Pourquoi es-tu sortie ?

Elle eut un rire de gorge et lui dédia tout son mépris :

— Parce que cela me convenait.

Ragnor la regarda fixement, se demandant comment la mater sans nuire à sa beauté et abîmer le beau corps dont il gardait le souvenir contre le sien. Il lui saisit le poignet :

— Rentre et attends-moi. Tu ne seras pas longue

à apprendre que tu es à moi et que tu dois m'obéir.

D'une secousse, Aislinn se dégagea.

— Crois-tu donc que je t'appartienne parce que tu as couché une fois avec moi ? lança-t-elle. Tu as encore beaucoup à apprendre. Jamais je ne serai à toi. Toute ma vie, je te haïrai. Le sang de mon père criera toujours vengeance. Son cadavre est là qui demande une sépulture et, que tu le veuilles ou non, je la lui donnerai. Tu ne pourras m'en empêcher qu'en versant mon sang, à moi aussi.

Ragnor la saisit à nouveau par le bras, la serrant avec brutalité. Il avait conscience que Wulfgar les regardait avec beaucoup d'intérêt et il enrageait de ne pouvoir faire céder cette fille obstinée.

— Il est d'autres gens mieux à même de l'enterrer, gronda-t-il entre ses dents serrées. Obéis et fais ce que je te dis.

La mâchoire d'Aislinn se durcit et elle soutint le regard flamboyant des yeux noirs :

— Non ! Je préfère que ce soit fait par des mains aimantes.

Ragnor crispa le poing comme s'il allait la battre puis, sans prévenir, il la repoussa brutalement, la faisant trébucher et tomber dans la boue nauséabonde. Il la domina, la détaillant. Vivement, Aislinn repoussa sa robe sur ses cuisses dénudées et soutint son regard avec froideur.

— Je cède pour cette fois, damoiselle. Mais ne me provoque pas à nouveau.

— Un vrai chevalier ! railla-t-elle en se relevant.

Elle le toisa en se massant le poignet et remarqua le grand guerrier, debout sur le perron. Le Normand croisa son regard et sourit, un pli moqueur à la bouche.

Aislinn se détourna brusquement, manquant le coup d'œil appréciateur dont il l'enveloppa. Elle se baissa, reprit le bras de son père et tira sur lui. Les deux hommes la regardaient faire. Enfin Ragnor s'approcha pour l'aider. Elle le repoussa avec force.

— Allez-vous-en ! cria-t-elle. Ne pouvez-vous nous laisser en paix, au moins en ce moment ? C'était mon père. Laissez-moi l'enterrer.

Ragnor n'insista pas, et, sentant la morsure du vent sur son corps à demi vêtu, il alla ramasser ses affaires pour se rhabiller.

Aislinn parvint à tirer son père jusqu'au pied d'un arbre. Un oiseau s'enfuit à son arrivée et elle le suivit des yeux dans son vol, lui enviant sa liberté. Elle sursauta en entendant le choc d'un objet lourd à ses pieds.

— Même à des mains aimantes, il faut une pelle, damoiselle.

— Vous êtes aussi aimable que l'autre Normand, sire chevalier, dit-elle. (Puis, elle leva les sourcils.) Ou bien est-ce « monseigneur » à présent ?

Il s'inclina profondément :

— Comme il vous plaira, damoiselle.

Aislinn pointa le menton :

— Mon père était le seigneur des lieux. Il ne me plaît pas de vous appeler sire de Darkenwald !

Le chevalier normand haussa les épaules sans se démonter :

— On me connaît sous le nom de Wulfgar.

Aislinn, qui avait espéré le vexer, se sentit frustrée. Son nom ne lui était cependant pas inconnu. Elle avait entendu Ragnor et son cousin en parler, la veille, avec haine.

Peut-être jouait-elle sa vie en provoquant la colère de cet homme.

— Votre duc donnera peut-être ces terres à quelqu'un d'autre, maintenant que vous les lui avez gagnées, rétorqua-t-elle avec insolence. Vous n'êtes pas baron encore et peut-être ne le serez-vous jamais !

— Vous apprendrez que Guillaume tient sa parole. Ces terres sont pratiquement miennes dès à présent, car l'Angleterre lui appartiendra bientôt. Ne vous laissez pas entraîner par de faux espoirs, damoiselle. Ils ne vous mèneraient nulle part.

— Quel genre d'espoir m'avez-vous laissé ? deman-da-t-elle avec amertume.

Il la toisa, moqueur :

— Vous déclareriez-vous vaincue si vite ? J'avais cru déceler une certaine détermination dans le balan-cement de vos jupes. Me serais-je trompé ?

— Moquez-vous, c'est facile.

Sa colère le fit rire :

— A ce que je vois, personne n'a encore osé vous remettre à votre place.

— Et vous vous en croyez davantage capable ? (Du menton, elle désigna Ragnor qui les surveillait à distance :) Et celui-là, qu'en pensez-vous ? Il m'a torturée et violée. En ferez-vous autant ?

Ses yeux violets, voilés de larmes, brillaient d'indi-gnation.

Wulfgar secoua la tête et, d'une main, lui souleva le menton :

— Non, j'ai d'autres méthodes pour dresser une fille comme vous. Le plaisir peut faire merveille quand la douleur ne mène à rien.

Aislinn repoussa sa main d'un geste vif :

— Vous vous faites des illusions. Je ne me lais-serai pas mater, même par la bonté.

— Je n'ai jamais été bon avec les femmes, répli-qua-t-il, désinvolte.

Elle le regarda l'espace de quelques secondes, mais ses yeux gris ne lui révélèrent rien de sa pensée. Elle ramassa alors la pelle et commença de creuser. Wulfgar suivit ses efforts maladroits et sourit :

— Vous auriez dû obéir à Ragnor. Vous trouver dans son lit aurait été moins fatigant.

Elle se tourna vers lui, haineuse :

— Nous prenez-vous toutes pour des catins ? Sa-chez-le, je préfère mille fois cette tâche à l'obligation de céder à des bêtes puantes. Normands, bêtes puan-tes, pour moi c'est tout un.

Wulfgar lui répondit avec lenteur pour qu'elle le comprenne bien :

— Tant que je n'aurai pas couché avec vous, damoiselle, réservez donc votre jugement sur les Normands. Vous préférerez peut-être être chevauchée par un homme que par un vantard braillard.

Aislinn le regarda, effarée, dans l'incapacité de répondre. Il avait énoncé un fait en toute simplicité et elle comprit que, tôt ou tard, elle aurait à partager la couche de cet homme. Elle serait écrasée par son poids quand il déciderait de la prendre et, malgré ses paroles, il la ferait vraisemblablement souffrir et prendrait plaisir à sa douleur.

Elle songea aux nombreux prétendants qu'elle avait repoussés jusqu'à ce que son père, perdant patience, choisisse Kerwick pour elle. Qu'était-elle à présent ? Une pauvre fille dont on usait et que l'on passait au suivant, s'il en avait envie.

— Peut-être avez-vous conquis l'Angleterre, Normand, mais je vous préviens, ce ne sera pas la même chose avec moi.

— Je vous l'accorde, ce sera beaucoup plus agréable.

— Prétentieux ! Je ne suis pas une de vos catins normandes pour me coucher quand bon vous semble. Vous l'apprendrez à vos dépens !

Il rit.

— J'ai l'impression que c'est moi qui vous donnerai la leçon.

Là-dessus, il lui tourna le dos. Elle le suivit du regard, bouillant de rage. Elle remarqua, alors, qu'il boitait. Etait-ce le résultat d'une blessure reçue dans la bataille ou bien une infirmité de naissance ? De tout son cœur, elle forma le vœu que, de toute façon, il en souffrît.

Consciente soudain que Ragnor n'avait pas cessé de la regarder, Aislinn se mit à creuser avec rage, s'attaquant au sol comme à l'un de ces horribles Normands. Puis elle se rendit compte que les deux hommes discutaient avec ardeur. Wulfgar parlait à voix contenue, mais où grondait la colère. Ragnor répliquait, blessé dans son orgueil.

— J'ai reçu l'ordre de m'emparer de cette place pour toi. D'après les conseillers anglais du duc, il n'y avait ici que des vieillards et des hommes sans entraînement militaire. Comment pouvions-nous deviner que le vieux baron allait nous attaquer et que ses serfs tenteraient de nous tuer ? Qu'aurais-tu fait à notre place ? Attendre qu'on nous embroche sans toucher à nos armes ?

— As-tu fait lire l'offre de paix que je t'avais confiée ? Le vieux seigneur était fier. Il fallait lui parler avec tact pour éviter de verser inutilement le sang. N'y avait-il pas mieux à faire que de se présenter en conquérants venant lui réclamer son domaine ? Mon Dieu, es-tu donc totalement inepte que je doive t'accompagner à chaque pas pour te montrer comment agir avec des hommes comme lui ? Que lui as-tu dit ?

Ragnor renifla avec mépris :

— Qui te dit que ce ne sont pas tes propres phrases qui l'ont rendu furieux ? Il nous a attaqués malgré la subtilité de tes formules. Je n'ai rien fait d'autre que laisser le héraut lire le parchemin que tu m'avais donné.

— Tu mens, gronda Wulfgar. Je lui offrais à lui et aux siens la vie sauve et la sécurité, s'il se rendait. Il n'était pas complètement idiot. Il aurait accepté de se rendre pour sauver sa famille.

— Eh bien ! il faut croire que tu avais tort, répondit Ragnor avec un sourire supérieur. Mais qui peut prouver le contraire à présent ? Mes hommes ne parlent pas un mot de cette langue de païen et le héraut était le seul, avec moi, à avoir vu ce document. Comment peux-tu prouver tes accusations ?

— Je n'ai nul besoin de preuves. Je sais que tu as assassiné ces gens.

Ragnor rit, dédaigneux :

— Et quel est le prix pour avoir fait passer quelques Saxons dans un monde meilleur ? Tu en as tué davantage à Hastings !

— Si je me suis chargé de la prise de Cregan, c'est que l'on disait la place mieux défendue. J'ai cru que tu aurais assez de bon sens pour persuader un vieillard de renoncer à un combat stérile. Je vois que je me suis trompé et je regrette de t'avoir envoyé ici. Peu importe la mort du vieux, mais les paysans seront difficiles à remplacer.

Ces paroles frappèrent Aislinn au cœur. Sa pelle dérapa et elle tomba brutalement. Le souffle coupé, elle resta allongée par terre, désespérée. Pour ces hommes, une vie ne comptait pas ; mais il en allait autrement pour une fille qui avait aimé son père.

La querelle cessa, l'attention des deux hommes fut reprise par la jeune fille. Wulfgar, d'une voix de stentor, ordonna qu'on envoie l'un des serfs du manoir. Ham, un garçon solide de treize ans, surgit en trébuchant, propulsé par un pied normand.

— Enterre ton maître, commanda Wulfgar.

Mais le garçon le regarda sans comprendre. Le Normand fit alors signe à Aislinn de traduire son ordre. Résignée, elle lui tendit la pelle. Elle le regarda creuser la tombe, pendant que le bâtard de Normandie appelait ses hommes, leur faisait enlever les cadavres.

Aislinn, avec l'aide de Ham, enveloppa son père dans une peau de loup et lui plaça son épée sur la poitrine. La dernière pelletée de terre tombée sur le mort, Maida s'approcha, apeurée ; et, courbée sur le monticule, elle se laissa aller à son chagrin.

— Un prêtre, gémit-elle. Il faut bénir sa tombe.

— Oui, mère, murmura Aislinn. On va en faire chercher un.

Elle avait voulu rassurer sa mère, au moins en cela, mais elle n'avait pas la moindre idée de la façon dont elle tiendrait parole. La chapelle de Darkenwald n'était plus qu'un amas de cendres et son curé était mort depuis plusieurs mois. Le moine de Cregan avait dit la messe pour les gens de Darkenwald, en attendant qu'ils aient un autre prêtre. Mais, à supposer qu'elle puisse partir sans être vue, elle risquerait sa vie en allant le chercher. Plusieurs Normands couchaient dans l'écurie où se trouvait son cheval. La jeune fille se sentait désarmée, mais sa mère était au bord de la folie et une déception supplémentaire pouvait lui être fatale.

Aislinn leva les yeux vers Wulfgar. Il ôtait la cuirasse de son cheval et elle comprit qu'il avait l'intention de rester à Darkenwald et non pas à Cregan. Le choix était plus judicieux, car si la localité était moins peuplée, le manoir était plus vaste, construit presque entièrement de pierres et capable d'abriter une armée. Mais, s'il restait, sans doute entendrait-il qu'elle serve à ses plaisirs. Angoissée à l'idée d'être réclamée comme sienne par cet homme terrifiant, elle avait du mal à rassurer qui que ce soit.

— Madame ? commença Ham.

Elle se retourna vers le garçon qui la regardait. Il s'était rendu compte, lui aussi, de l'état de sa mère et s'adressait à la jeune fille en quête d'autorité. Son regard l'interrogeait. Découragée, elle haussa les épaules. Puis, lentement, elle se dirigea vers Wulfgar. Le Normand tourna la tête et interrompit son travail. Hésitante, elle se rapprocha, peu rassurée par l'énorme destrier.

Wulfgar la regarda tout en caressant la crinière de sa monture. La jeune fille prit une profonde inspiration.

— Monseigneur, commença-t-elle, faisant fi de sa fierté pour le bien de sa mère et de ses gens. Puis-je vous présenter une humble requête ?

Il répondit par un signe de tête. Elle le sentait aux aguets. Elle aurait voulu lui jeter au visage ce qu'elle pensait de lui, de ses semblables. Il n'avait jamais été dans sa nature de se montrer docile et elle avait souvent subi, sans fléchir, la colère de son père, qui en faisait trembler tant. Mais elle avait su aussi, par la gentillesse et la docilité, l'amener à faire ce qu'elle voulait. Elle procéderait de même avec ce Normand.

— Monseigneur, je demande seulement un prêtre. C'est peu de chose... mais pour ceux qui sont morts...

Il acquiesça du chef :

— On y veillera.

Aislinn se laissa tomber à genoux devant lui.

Avec un grognement, Wulfgar la remit sur ses pieds. Elle le regarda, très surprise.

— Relève-toi ! Je respecte bien davantage ta haine.

Puis, lui tournant le dos, il pénétra dans le manoir.

Des serfs de Cregan, bien gardés par quelques-uns des hommes de Wulfgar, vinrent enterrer les hommes de Darkenwald. A sa grande surprise, Aislinn reconnut parmi eux Kerwick qui suivait un puissant Viking à cheval. Pénétrée de soulagement de le savoir en vie, Aislinn voulut courir à lui. Maida l'en empêcha en la retenant par sa robe.

— Ils le tueraient... ces deux-là qui se disputent ton corps.

Elle comprit aussitôt la sagesse de sa réaction. Elle s'immobilisa et le regarda à la dérobée. La différence de langage provoqua quelques difficultés et Aislinn s'étonna du jeu de Kerwick auquel elle avait enseigné le français, qu'il parlait fort bien. Finalement, les paysans comprirent ce que l'on attendait d'eux et entreprirent de préparer les cadavres pour les enterrer. Tous, sauf Kerwick, qui resta figé sur place, regardant avec horreur le terrible spectacle offert à ses yeux. Brusquement, il se détourna et vomit. Les soldats se mirent à rire et Aislinn les voua au diable. Elle avait pitié de Kerwick qui n'avait que trop vu de guerres. Mais elle aurait voulu le voir se redresser, faire preuve de dignité devant ces Normands. Et il se ridiculisait. Incapable de supporter davantage ces rires grossiers, elle fit demi-tour, s'enfuit vers le manoir. La tête basse, inconsciente des regards, elle se précipita droit dans les bras de Wulfgar. Il avait enlevé son haubert, remplacé par une tunique de cuir, et se tenait avec Ragnor, Vachel et le Norvégien arrivé avec Kerwick. D'une main, qui lui caressa le dos au passage, il la retint légèrement.

— Belle damoiselle, dois-je comprendre que vous avez hâte de partager ma couche ? railla-t-il.

Seul le Viking manifesta sa joie par un gros rire. Le visage assombri, Ragnor dédia à Wulfgar un regard luisant de jalousie et de mépris. Mais cela suffit à faire déborder la coupe pour Aislinn, humiliée au plus profond d'elle-même. Bouillant de rage, sans réfléchir à la portée de son geste, à toute volée, elle gifla Wulfgar.

Stupéfaits, les hommes autour d'eux retinrent leur souffle. Ils s'attendaient tous à voir Wulfgar étendre cette fille d'un coup de poing. Ils connaissaient sa façon d'être avec les femmes. Il s'occupait à peine d'elles et, parfois, tournait purement et simplement le dos quand l'une d'elles essayait d'engager la conversation. Mais jamais encore aucune n'avait osé le souffleter. On craignait son mauvais caractère, et son regard froid suffisait le plus souvent à faire fuir la damoiselle la plus effrontée. Et celle-ci, qui avait tout à perdre, avait fait ça !

Pendant les quelques secondes où Wulfgar la regarda fixement, Aislinn retrouva ses esprits et connut la peur. Les yeux violets soutinrent le regard des yeux gris. Elle était aussi horrifiée par son geste qu'il en était surpris.

Ragnor, lui, semblait satisfait.

Brusquement, les mains de Wulfgar se refermèrent sur ses bras comme des bracelets d'esclave, l'attirant, l'écrasant contre son torse. Ragnor était grand et musclé, mais, là, Aislinn eut l'impression d'être pressée sur une statue d'airain. Ses lèvres

38

entrouvertes par la surprise et l'impression soudaine d'étouffer furent aussitôt scellées par la bouche de l'homme. Les soldats manifestèrent leur joie, criant des encouragements. Seul, Ragnor, le visage rouge de fureur, serrait les poings, luttant pour ne pas séparer le couple.

— Ah ! La donzelle a rencontré à qui parler ! s'exclama le Viking.

La main en coupe derrière la tête d'Aislinn, Wulf-gar lui maintenait le visage contre le sien, ses lèvres fouillant sa bouche, exigeantes, brutales. Elle sentait contre son sein les battements puissants de son cœur. Elle avait conscience de son corps dur, menaçant, contre le sien. D'un bras, il lui serrait la taille, implacable et, d'une simple pression de la main qui lui tenait la tête, il pouvait lui briser le crâne. Mais, quelque part, tout au fond de son être, une étincelle jaillit, secouant son corps et son esprit de leur réserve glacée, les entraînant dans un tourbillon d'émotions inconnues. Le contact, le goût, l'odeur de cet étrange homme lui procurèrent soudain une sensation étrange faite d'une sorte d'ivresse merveilleuse. Elle cessa de se débattre. D'eux-mêmes, indépendamment de sa volon-té, ses bras se levèrent, enlacèrent son dos, et une vague de feu brûlant la fit fondre. Peu lui importait qu'il fût un ennemi et qu'on les regardât, les entou-rant de près. Elle était seule avec lui. Jamais Ker-wick n'avait su la bouleverser. Ses baisers n'avaient pas éveillé en elle de passion, d'envie de lui appar-tenir. A présent, serrée dans les bras de ce Normand, elle se laissait aller, désarmée, à une volonté plus grande que la sienne, lui rendant ses baisers avec une ardeur qu'elle ne se connaissait même pas.

Wulfgar la lâcha brutalement et, à la stupéfaction intense d'Aislinn, il ne semblait nullement troublé par ce qui avait été, pour elle, une expérience bou-leversante. Jamais on n'aurait, par la force, pu l'abais-ser aussi bas. Elle eut honte et comprit sa faiblesse devant ce Normand, faiblesse née, non pas de la peur, mais du désir. Effarée par sa propre réaction à ses baisers, elle l'attaqua avec la seule arme dont elle disposait.

— Chien ! dans quel ruisseau ta mère s'est-elle fait couvrir ?

Un silence pesant tomba, mais Wulfgar fronça à peine le sourcil à ses insultes. Etait-ce de la colère ? De la douleur ? Difficile à croire.

Il la regarda, ironique :

— Quelle étrange façon de manifester votre gratitude, damoiselle. Auriez-vous oublié votre requête, au sujet d'un prêtre ?

Aislinn se sentit sans force et maudit sa stupidité. Elle avait juré que l'on bénirait les tombes et, par sa faute, les morts de Darkenwald resteraient déshonorés. Elle le regarda, anéantie, incapable de trouver un mot de supplication ou d'excuse.

Wulfgar eut un rire bref :

— N'ayez crainte, damoiselle. Je n'ai qu'une parole. Vous aurez votre prêtre, aussi sûrement que vous partagerez mon lit.

A ces mots, un grand rire éclata dans la salle, mais le cœur d'Aislinn se serra.

— Non ! Wulfgar, s'écria Ragnor furieux. Par tout ce qui est sacré, tu dépasses les bornes. As-tu oublié m'avoir dit que je pourrais, en récompense, choisir ce qui me plairait ? Prends garde, j'ai choisi cette fille comme prix de la conquête de ce manoir.

Avec une lenteur calculée, Wulfgar se tourna pour faire face au chevalier hors de lui, et la colère gronda dans sa voix quand il lui dit :

— Ta récompense, va la chercher dans les champs où elle a été enterrée. Tu n'auras rien d'autre ! Si j'avais su le prix qu'il me faudrait payer, j'aurais envoyé ici un chevalier moins borné.

Ragnor se ramassa pour sauter à la gorge de Wulfgar, mais son cousin le retint.

— Non, c'est de la folie, lui dit-il à l'oreille. Attaquer le loup dans sa tanière, entouré de ses pareils qui attendent de voir couler notre sang ! Réfléchis, mon vieux. N'as-tu pas laissé ta marque sur la donzelle ? Maintenant, le bâtard va se demander de qui sera le bâtard qu'elle mettra bas.

Ragnor se détendit. Wulfgar ne changea pas d'expression, mais sa cicatrice pâlit sur le hâle de sa peau. Il lança son mépris aux deux chevaliers de naissance régulière, eux :

— Il ne saurait y avoir contestation. La semence d'un être débile n'atteint jamais son but, mais celle du fort connaît les sols fertiles.

Aislinn sourit, ravie de leur querelle. Les conquérants se battaient entre eux. Il serait facile d'attiser leur colère et de les regarder s'entre-tuer. Elle releva la tête, sa fierté retrouvée, beaucoup plus optimiste, et elle rencontra le regard de Wulfgar sur elle. Le regard gris semblait la transpercer, la fouiller. Un sourire lui releva un coin de la bouche, comme si le spectacle découvert l'amusait.

— ... Cette jeune personne n'a pas eu son mot à dire, fit-il remarquer en se tournant vers Ragnor. Qu'elle choisisse donc l'un de nous. Si son choix se porte sur toi, je ne te la disputerai pas. Je t'autoriserai à la prendre.

Tous les espoirs d'Aislinn s'écroulèrent.

Ragnor, elle le remarqua, ne cachait pas le désir qu'il avait d'elle et son regard noir disait son programme. Wulfgar, par contre, semblait se moquer d'elle. Il ne se battrait pas pour elle. Son orgueil blessé lui disait de prendre Ragnor, de dédaigner le bâtard. Elle aurait été ravie de l'humilier. Mais, elle le savait, elle serait incapable d'accorder quoi que ce fût à Ragnor. Elle le méprisait de tout son être, comme une bête puante, et, puisqu'on lui offrait la possibilité de se venger de lui, elle ne la repousserait pas.

A ce moment, les gardes normands introduisirent Kerwick dans la salle. Debout au milieu de ces hommes puissants dont la seule présence réclamait l'attention, Aislinn ne pouvait passer inaperçue. Son fiancé la vit immédiatement. Elle rencontra son regard torturé, suppliant. Que voulait-il lui dire ? Il ne portait aucune blessure visible, mais sa tunique et ses chausses étaient souillées, ses cheveux blonds en broussaille. Lettré, son monde était celui des livres, et sa présence semblait incongrue parmi ces envahisseurs brutaux.

— Damoiselle, nous attendons votre bon plaisir, la pressa Wulfgar. Lequel de nous deux choisissez-vous comme amant ?

Elle vit les yeux de Kerwick se dilater. Elle ne pouvait rien pour lui. Elle poussa un soupir résigné. Autant en finir :

— Il me faut donc choisir entre le loup et le faucon. Celui-là, je le connais, et ses cris sont ceux d'un corbeau pris au piège.

Elle posa sa petite main sur la poitrine de Wulf-gar :

— Ainsi, c'est vous que je choisis. Ce sera à vous de dresser la sorcière. (Elle eut un rire sans joie.) Qu'avez-vous gagné à ce jeu ?

— Une belle damoiselle pour chauffer ma couche, répliqua Wulfgar qui ajouta : Aurais-je gagné davantage ?

— Non !

Les poings serrés de Ragnor témoignaient seuls de sa rage.

Par-dessus la tête dorée d'Aislinn, Wulfgar le regarda.

— J'ai dit clairement que chaque homme aurait sa part du butin, fit-il avec lenteur. Avant d'aller vaquer à tes travaux, Ragnor, laissez, tes hommes et toi, tout ce que vous avez ramassé ici. Le duc Guillaume sera servi le premier.

Ragnor luttait visiblement contre la fureur qui bouillonnait en lui. Ses mâchoires se crispèrent, sa main se ferma sur le pommeau de son épée. Enfin, il sortit de son pourpoint une petite bourse et en vida le contenu sur le tas d'objets amoncelés. Ais-linn reconnut des bijoux de sa mère et des pièces d'or ayant appartenu à son père. Un par un, chaque soldat suivit son exemple et le tas doubla de volume. Quand ce fut fait, Ragnor tourna les talons et sortit du manoir, Vachel le suivant de près. La lourde porte refermée sur eux, il se frappa la paume du poing :

— Je le tuerai. De mes mains, je lui arracherai les membres. Qu'est-ce que cette fille voit en lui ? Ne suis-je pas plus beau que lui ?

— Calme-toi ! La fille ne cherche qu'à semer la discorde entre nous. Je l'ai vu dans ses yeux. Elle est assoiffée du sang de toute la Normandie. Méfie-t'en comme d'une vipère, mais ne perds pas de vue qu'elle peut te servir car elle n'aime pas davantage Wulfgar que nous.

— Evidemment ! Un bâtard couvert de cicatrices, il ne peut plaire à une femme.

— Nous allons lui laisser le temps d'empoisonner le loup avec sa beauté et, quand il sera affaibli, nous tendrons notre piège.

Ragnor approuva lentement de la tête :

— Si quelqu'un le peut, c'est bien elle. Elle m'a jeté un sort, Vachel. Mon corps la réclame. Tout mon être la revoit telle que la nature l'a faite. Quelques instants d'intimité, je la couche et je la reprends.

— Patience, cousin, cela ne saurait tarder et le loup ne sera plus là.

— Je te le jure, Vachel, je l'aurai, d'une façon ou d'une autre !

3

Les quelques hommes de Darkenwald qui avaient été faits prisonniers furent libérés après avoir passé la nuit attachés en plein air. Ils se redressèrent, encore abrutis par la défaite de la veille. Les femmes vinrent avec de la nourriture et de l'eau. Celles dont les maris avaient survécu les nourrirent et les emmenèrent avec elles. Les autres reconnurent les morts et attendirent en silence qu'on les mît en terre. Certaines ne trouvèrent les leurs ni parmi les vivants ni parmi les morts. Elles s'en retournèrent chez elles se demandant si elles les reverraient jamais.

Aislinn suivait ce triste spectacle de la porte du manoir. Sa mère, le visage marqué de coups et enflé, courbée sur la tombe d'Erland, pleurait et semblait parler à son mari. De beaucoup son aîné, il avait soixante-cinq ans le jour de sa mort et elle n'en avait que quarante-deux. Ils s'étaient toujours beaucoup aimés.

Maida se releva. Elle regarda autour d'elle en se tordant les mains. Puis elle se dirigea vers le château d'un pas traînant. Elle fut aussitôt entourée par des femmes l'assaillant de leurs doléances, lui demandant son aide, comme elles l'avaient fait pendant des années, inconscientes de son propre drame. Elle les écouta un moment, ses lèvres enflées entrouvertes. Aislinn frissonna, secouée par un sanglot, en voyant sa mère qui avait été si belle et qui, à présent, ressemblait davantage à une pauvre idiote qu'à une dame.

Incapable d'en supporter davantage, Maida leva soudain les bras et poussa un cri strident :

— Laissez-moi tranquille ! Moi aussi, je suis dans la peine. Mon Erland est mort pour vous et maintenant vous accueillez ses assassins. Oui, vous les avez laissé entrer chez moi, violer ma fille et voler mes biens.

Elle s'arrachait les cheveux et les villageoises reculèrent, apeurées. Le pas lourd, elle se dirigea vers le manoir. Elle s'arrêta à la vue d'Aislinn :

— Qu'elles trouvent leurs herbes toutes seules et qu'elles pansent leurs blessures elles-mêmes, marmonna-t-elle. J'en ai assez de leurs maux, de leurs bosses et de leurs écorchures.

Aislinn la regarda partir, profondément peinée. Ce n'était plus la mère qu'elle avait connue, si pleine de compassion pour ses gens. Elle avait passé des jours dans les marais et les bois à chercher racines et feuilles pour les faire sécher. Elle avait préparé des potions, des baumes, des tisanes propres à soigner ceux qui venaient à sa porte. Elle avait enseigné à sa fille l'art de reconnaître les herbes et de s'en servir. A présent que Maida refusait de s'occuper de ceux qui lui demandaient son aide, Aislinn devrait la remplacer. Tant mieux, cette tâche lui occuperait l'esprit. Mais, auparavant, il lui fallait se changer. Elle monta dans sa chambre où elle se lava, se coiffa, mit un jupon et enfila par-dessus une robe de fin lainage mauve. Elle eut un sourire triste en lissant cette dernière. Elle n'avait plus ni ceinture ni collier pour orner le vêtement. Les Normands avaient bien travaillé.

La jeune fille tapota sa jupe et, décidée à ne plus penser à tout cela, sortit de sa chambre pour aller dans celle de sa mère — celle-là même qu'elle avait partagée avec Ragnor la veille — chercher les potions dont elle avait besoin. Elle poussa l'épaisse porte de chêne et s'arrêta net. Wulfgar, apparemment nu, était assis devant la cheminée, dans le fauteuil de son père. Agenouillé à ses pieds, Sweyn, le Viking, était penché sur l'une de ses jambes. Ils sursautèrent tous les deux à son arrivée. Wulfgar, se dressant à demi, saisit son épée. Il n'était pas nu, mais portait à même la peau, autour des reins, la large ceinture des hommes de guerre. Aislinn remarqua aussi, collé à sa cuisse, un chiffon souillé. Il se rassit, reposa son épée, ne voyant pas grande menace en la personne de la jeune fille.

— Je vous demande pardon, monseigneur, dit-elle d'un ton froid. Je venais chercher le coffret d'herbes de ma mère et je ne vous savais pas ici.

— Eh bien, prends ce qu'il te faut, lui répondit-il en la détaillant.

Un plateau chargé de fioles et de pots se trouvait sur une petite table. Aislinn le prit, les deux hommes avaient retourné leur attention au pansement, sur la cuisse de Wulfgar. Le sang, séché sur l'étoffe, commençait à suinter par en dessous. Aislinn s'approcha.

— Enlevez vos grosses pattes de là-dessus, Viking, ordonna-t-elle. A moins qu'il ne vous plaise de jouer les nourrices pour un mendiant unijambiste. Reculez-vous.

Le Norvégien la regarda, interrogateur, mais il se leva et s'écarta. Aislinn posa son plateau et, s'agenouillant entre les jambes écartées de Wulfgar, elle souleva doucement un coin du pansement pour regarder par en dessous. Il était collé à une longue plaie qui barrait la cuisse et d'où s'écoulait un liquide jaune.

— Cela suppure, dit-elle. Il faut l'ôter.

Elle se redressa et, prenant une étoffe de toile, la plongea dans le chaudron d'eau bouillante posé dans la cheminée, l'en ressortit avec une baguette et, un sourire aux lèvres, elle la laissa tomber sur le pansement. Wulfgar fit un bond sur son siège. Mais il serra les mâchoires et se détendit. Qu'il soit damné, s'il montrait sa douleur à cette petite sorcière ! Il leva vers elle un regard rien moins que confiant, mais elle fit un geste désignant sa jambe.

— Cela va amollir la croûte et nettoyer la blessure, dit-elle. (Puis elle ajouta, avec un petit rire ironique :) Vous traitez vos chevaux mieux que vous-même.

Puis elle alla tirer de la ceinture de Wulfgar, posée à côté de son épée, son couteau qu'il y avait laissé. Le Viking, qui ne l'avait pas quittée des yeux, se rapprocha de sa hache d'armes. Mais elle se contenta de glisser la lame du couteau dans les

46

charbons ardents. En se relevant, elle trouva les deux hommes qui la surveillaient.

— Le courageux chevalier normand et le farouche Viking auraient-ils peur d'une simple jeune fille saxonne ? demanda-t-elle.

— Pourquoi tenez-vous à me soigner ?

Aislinn lui tourna le dos et, émiettant une feuille séchée dans de la graisse d'oie, elle malaxa le tout.

— Pendant longtemps, ma mère et moi avons soigné les gens de ce bourg. Ne craignez pas que je vous estropie par maladresse. Que je le fasse et Ragnor prendrait votre place. Tout le monde, à commencer par moi, en souffrirait. J'attendrai donc, pour me venger.

— Bonne chose. Mais, sache que si tu te venges, Sweyn le prendrait assez mal. Il a perdu beaucoup de temps à tenter de m'apprendre comment on s'occupe d'une femme.

— Ce lourdaud ! Que pourrait-il me faire qu'on ne m'a pas déjà fait subir, sinon mettre un terme à mon esclavage ?

— Les siens ont beaucoup étudié l'art de tuer, précisa Wulfgar d'un ton froid. Et ce qu'ils ne savent pas, ils l'apprennent très vite.

— Me menaceriez-vous ? demanda Aislinn, interrompant son travail.

— Non. Je promets, mais je ne menace jamais. (Il la regarda longuement, puis s'adossa à son siège :) Comment t'appelle-t-on ?

— Aislinn, monseigneur. Aislinn de Darkenwald jusqu'ici.

— Bon, montre ce que tu sais faire, Aislinn, pendant que tu me tiens à ta merci. Mon heure viendra bien assez tôt.

La jeune fille posa le mortier, s'agenouilla et, immobilisant la jambe du Normand avec sa poitrine, elle ôta le chiffon mouillé. Puis elle enleva le pansement, mettant à nu une blessure béante qui courait du genou à l'aine.

47

— Une lame anglaise ?

Il haussa les épaules.

— Un souvenir de Senlac.

— Votre homme visait mal !

— Dépêche-toi, j'ai à faire.

Elle entreprit de laver la plaie à l'eau chaude. Quand elle fut nettoyée, elle sortit le couteau du feu. Sweyn avait empoigné sa hache et s'était rapproché d'elle.

Wulfgar la regarda, un sourire narquois aux lèvres.

— Pour t'éviter d'être tentée d'achever le travail du Saxon.

En guise de réponse, elle posa la lame chauffée à blanc sur la blessure et la fit glisser tout le long, la refermant et brûlant les chairs abîmées. Wulfgar n'émit pas un son, mais ses mâchoires serrées, son corps arc-bouté témoignaient de ce qu'il ressentait. Une horrible odeur empesta la chambre. Aislinn reposa le couteau et enduisit la blessure de la pommade préparée, appliqua sur le tout une pâte faite de mie de pain et d'eau et fit un pansement serré avec des linges propres.

— Il faut laisser cela en place pendant trois jours, dit-elle enfin, en se relevant. Puis je le retirerai. En attendant, je suggère une bonne nuit de repos.

— La douleur est déjà moins vive, murmura Wulfgar un peu pâle. Mais, j'ai du travail.

Avec un haussement d'épaules, Aislinn rangea ses potions sur le plateau. Elle allait quitter la pièce quand, en passant derrière le dos du Normand, elle remarqua une éraflure visiblement enflammée. Elle le toucha du bout du doigt. Wulfgar sursauta et se retourna avec une expression qui la fit rire.

— Inutile de cautériser, rassurez-vous. Juste un peu de baume, dit-elle en joignant le geste à la parole.

A ce moment, on frappa à la porte. Sweyn, le Viking, ouvrit et fit entrer Kerwick chargé de vêtements appartenant à Wulfgar. Aislinn leva les yeux à l'arrivée de son fiancé, mais les rabaissa très vite sur son travail, pour ne pas donner l'éveil au Normand qui surveillait le jeune homme. Celui-ci marqua un temps d'arrêt, puis, après avoir posé vêtements et coffre à côté du lit, sortit sans un mot.

— Ma bride ! s'exclama Wulfgar. Sweyn redescends-la et veille à ce que l'on n'amène pas mon cheval dans ma chambre.

Quand l'homme du Nord eut refermé la porte sur lui, Aislinn reprit son plateau pour sortir à son tour.

— Un moment, damoiselle, la pria Wulfgar.

Elle se retourna et le regarda avec indifférence se lever, éprouver la force de sa jambe. Assuré qu'elle pouvait le porter, il enfila une tunique et alla pousser les volets. Puis, il examina la pièce sous cette nouvelle lumière.

— Ce sera ma chambre, décida-t-il. Fais en sorte que l'on enlève les affaires de ta mère et que tout soit nettoyé.

— Puis-je vous demander, monseigneur, dit la jeune fille avec insolence, où je dois les mettre ? Dans la porcherie peut-être ?

— Et où dors-tu ? demanda-t-il.

— Dans ma propre chambre... à moins qu'on ne me l'ait prise.

— Eh bien, mets-y les effets de ta mère. Dorénavant ta chambre ne te servira plus, ajouta-t-il en la regardant droit dans les yeux.

Elle rougit vivement, le haïssant pour ce rappel. Elle attendit qu'il la congédie et le silence tomba.

— Qu'est-ce que cet homme est pour toi ? demanda-t-il brusquement.

Elle se tourna vers lui et le regarda sans comprendre sur l'instant :

— Kerwick. Que t'est-il ? répéta-t-il.

— Rien, réussit-elle à balbutier.

— Mais, tu le connaissais et il te connaît ?

Elle avait retrouvé un peu de son assurance :

— Bien sûr. Il est baron de Cregan et nous faisions des échanges avec sa famille.

— Il n'a plus rien à échanger et il n'est plus baron. (Il la regarda attentivement.) ... On ne l'a vu que lorsque les villageois se sont rendus. Quand je lui ai demandé de se rendre, il a jeté son épée et s'est fait mon esclave, dit-il avec mépris.

Aislinn, beaucoup plus sûre d'elle, répondit d'un ton plus posé :

— Kerwick est davantage un lettré qu'un guerrier. Mais son père l'a élevé en chevalier et il s'est battu vaillamment avec Harold.

— Il s'est lamenté pour quelques morts. Aucun Normand ne le respecte.

— C'est un garçon très doux, répondit Aislinn, les yeux baissés. Et il s'agissait de ses amis. Il a vu trop de morts depuis que les Normands ont débarqué dans notre pays.

Les mains nouées dans le dos, puissant et impressionnant, Wulfgar regardait la jeune fille.

— Et ceux qui ne sont pas morts ? demanda-t-il. Combien sont-ils, qui ont fui et se cachent dans la forêt ?

— Je n'en connais aucun, répondit-elle — et ce n'était pas tout à fait un mensonge.

Elle en avait vu quelques-uns gagner le marais quand son père était tombé, mais elle n'aurait su dire leur nom ni s'ils avaient été repris.

Il tendit la main pour soulever une de ses tresses sans la quitter des yeux. Au sourire lent qui éclaira son visage, elle comprit qu'il n'était pas dupe.

— Tu n'en connais aucun ? Peu importe. Ils reviendront sous peu servir leur maître, tout comme toi.

Sa main s'appesantit sur son épaule et il l'attira vers lui.

— Je vous en prie... murmura-t-elle. Je vous en prie.

Sa main glissa sur son bras en une caresse. Puis, il s'écarta.

— Fais ce que je t'ai dit pour les chambres, dit-il avec douceur, ses yeux toujours dans les siens. Et si les gens viennent à toi, soigne-les aussi bien que tu m'as soigné. Ils m'appartiennent et ils sont peu nombreux.

Dans le couloir, Aislinn se heurta presque à Kerwick, chargé d'autres objets appartenant au nouveau seigneur. Elle ne s'arrêta pas, mais se précipita dans sa chambre. Ses mains tremblaient comme elle rassemblait ses affaires. Quel étrange pouvoir brûlait-il donc dans les yeux gris de ce Normand méprisant qui la mettait dans un tel état, se demandait-elle, furieuse.

Le soir venu, un semblant d'ordre régnait à Darkenwald et, par rapport à la veille, le souper eut lieu dans une atmosphère relativement tranquille. Wulfgar était le maître et chacun le savait. Ceux qui l'enviaient n'osaient pas le provoquer. Et ceux qui le respectaient l'en trouvaient digne.

Aislinn occupait la place légitime de sa mère et avait profondément conscience de la présence dominatrice de Wulfgar à côté d'elle. Il s'entretenait avec Sweyn, assis du côté opposé, ignorant le plus souvent la jeune fille, ce qui la surprenait d'autant plus qu'il avait insisté pour qu'elle soupe avec lui. Elle avait obéi à contrecœur. Sa mère en était réduite à ramasser les reliefs du repas avec les serfs et Aislinn aurait trouvé normal de partager son sort.

Kerwick, debout derrière le siège de Wulfgar, les servait comme un simple domestique. Aislinn aurait beaucoup donné pour qu'il fût ailleurs et détestait son expression de défaite résignée. Ragnor, quant à lui, ne les quittait pas des yeux. Sa haine pour Wulfgar avait quelque chose de tangible et sa jalousie, dans une certaine mesure, amusait la jeune fille.

Un œil bleu et la mâchoire enflée, Hlynn servait de la bière aux Normands, tressaillant quand ils criaient ou tentaient de toucher ses seins ou ses hanches. Les lacets de son corsage déchiré avaient été remplacés par de la ficelle et les hommes pariaient à qui l'enlèverait.

Maida, indifférente à la détresse de la pauvre fille, s'intéressait davantage aux morceaux de viande jetés aux chiens alentour. Aislinn, impuissante, la voyait les leur disputer.

La réparation faite au corsage de Hlynn tint jusqu'à la fin du repas, à peu près. Mais, Ragnor, frustré, se vengea sur elle. L'attrapant d'un geste brusque, il trancha les ficelles d'un coup de sa dague et, dénudant les jeunes seins, il y appliqua brutalement sa bouche, sans tenir compte de ses pleurs.

Aislinn, proche de la nausée, détourna les yeux, se rappelant ces mêmes lèvres brûlantes sur ses seins. Elle ne leva pas la tête quand il sortit en portant la jeune fille, mais elle fut secouée d'un long frisson. Au bout de quelques instants, redevenue à peu près maîtresse d'elle-même, elle releva la tête et rencontra le regard de Wulfgar.

— Le temps a des ailes, Aislinn, commenta-t-il en la surveillant. Est-il ton ennemi ?

Elle se refusait à croiser son regard. Elle comprenait son allusion. Tout comme Ragnor, il songeait à d'autres distractions.

— Je me répète, damoiselle. Le temps est-il ton ennemi ?

Elle se tourna vers lui et fut surprise de le voir penché vers elle, si près qu'elle sentait son haleine chaude contre sa joue. Ses yeux, presque bleus à présent, plongeaient dans les siens.

— Non, murmura-t-elle, je ne crois pas.

— Tu n'as pas peur de moi ?

Elle secoua bravement la tête faisant voler ses tresses.

— Aucun homme ne me fait peur. Je ne crains que Dieu.

— Et Lui, est-il ton ennemi ?

Elle avala sa salive avec peine et détourna le regard. Quel Dieu avait-il donc permis à ces étrangers d'envahir leurs maisons ? Mais qu'était-elle pour douter de Lui ?

— Je prie qu'il n'en soit rien, répliqua-t-elle. Car Il est mon seul espoir. (Puis, elle ajouta, le menton redressé :) A ce qu'il paraît, votre duc serait un homme pieux. Puisque nous avons le même Dieu, pourquoi a-t-il tué tant d'entre nous pour avoir le trône ?

— Edouard et Harold lui avaient donné leur parole que le trône serait à lui. Ce n'est qu'après être resté seul avec Edouard moribond que Harold a cru avoir une chance. Il a déclaré que, dans son dernier souffle, Edouard lui avait dit que la couronne serait pour lui. Rien ne prouve qu'il ait menti, mais — Wulfgar haussa les épaules — par droit de naissance, cette couronne appartient à Guillaume.

Aislinn se tourna vivement vers lui :

— Le petit-fils d'un simple tanneur ? Un...

Elle s'interrompit brusquement. Il acheva la phrase pour elle :

— Bâtard, damoiselle, dit-il avec un sourire amer. Une mésaventure qui arrive à beaucoup d'entre nous, hélas !

Les joues brûlantes, Aislinn baissa les yeux.

— Même les bâtards sont des êtres humains, Aislinn. Leurs besoins et leurs désirs sont les mêmes que ceux des autres hommes. Un trône est aussi séduisant pour un fils illégitime que pour un fils légitime. Davantage peut-être.

Il se leva et, prenant le bras de la jeune fille, il la fit se lever à son tour. Une étrange lueur amusée brillait dans ses yeux, tandis que ses mains, encerclant sa taille étroite, attiraient son corps souple contre le sien, tellement plus dur, plus grand :

— Nous apprécions même notre confort. Viens, amour, je suis las des hommes et de la bataille. Cette nuit, j'ai besoin d'exercices plus aimables.

Les yeux brillants de haine, elle ouvrait la bouche pour lui répliquer quand un hurlement terrible retentit sous la voûte. Elle sursauta, se retournant pour voir Kerwick se ruer sur eux, une dague à la main. Son cœur sauta dans sa poitrine et, pétrifiée, elle attendit. Elle n'aurait su dire lequel de Wulfgar ou d'elle-même, Kerwick voulait tuer. Elle poussa un cri quand le Normand la fit passer derrière lui, se préparant à affronter Kerwick les mains nues. Mais, Sweyn, qui ne faisait confiance à personne, avait remarqué l'attention portée par le jeune Saxon à la jeune fille. Il agit aussitôt et, d'un seul balancement de bras, envoya Kerwick par terre. Son énorme pied sur la nuque, il l'immobilisa, le visage dans la paille, et le désarma sans peine. Il lança la dague au loin et leva sa hache pour le décapiter. Aislinn poussa un cri d'horreur :

— Non ! Par la grâce de Dieu, non !

Sweyn la regarda. Secouée de sanglots, Aislinn s'accrochait au pourpoint de Wulfgar :

— Non ! Non ! Ne lui faites pas mal ! Epargnez-le, je vous en prie.

Maida, qui s'était approchée, frottait le dos de sa fille en gémissant :

— D'abord son père, maintenant son fiancé. Ils ne nous laisseront personne.

Wulfgar fit volte-face et Maida se recroquevilla sous son regard.

— Que dis-tu la vieille ? Cet homme est son fiancé ?

Elle acquiesça, terrifiée :

— Oui, ils allaient bientôt être mariés.

Wulfgar regarda tour à tour Aislinn et le jeune Saxon. Puis, il se tourna vers Sweyn qui attendait.

— Enchaîne-le avec les chiens, aboya-t-il. Je m'occuperai de lui demain.

Le Viking redressa Kerwick en le tenant par le col de sa tunique, le maintenant au-dessus du sol.

— N'aie pas peur, petit Saxon, gloussa-t-il. Ce soir, tu as été sauvé par une fille. Tu es protégé par une bonne étoile.

Aislinn tremblait encore de la peur éprouvée,

54

mais c'est avec dignité qu'elle le vit traîner au fond de la salle où se tenaient les chiens. Il fut jeté au milieu de la meute, suscitant un concert de protestations et de coups de dents. Dans le tohu-bohu, personne ne vit Maida dissimuler la dague de Kerwick sous ses vêtements.

Aislinn se tourna vers Wulfgar.

— Je vous suis reconnaissante, murmura-t-elle, la voix encore mal assurée.

— Vraiment ? gronda-t-il. Eh bien, nous allons voir à quel point dans un moment. Tu me craches au visage quand j'accepte de faire venir un prêtre. Tu me mens et me déclares que ce poltron ne t'est rien. Tu aurais beaucoup mieux fait de me dire toi-même que c'était ton fiancé, plutôt que de laisser la vieille annoncer la nouvelle.

— J'ai menti, pour que vous ne le tuiez pas ! s'écria Aislinn. C'est votre façon d'agir, non ?

L'œil gris de Wulfgar s'assombrit :

— Me prends-tu pour un fol, damoiselle, pour aller tuer à la légère des esclaves de valeur ? Mais la vieille n'aurait-elle pas parlé qu'il mourait. Au moins, sachant qu'il était ton fiancé, j'ai compris la raison de son acte.

— Vous l'avez épargné ce soir, mais demain qu'en ferez-vous ?

Il haussa les épaules :

— Qu'importe demain ? Je suivrai l'inspiration du moment. Une danse au bout d'une corde, peut-être, ou un autre divertissement.

Le cœur d'Aislinn s'arrêta de battre. Aurait-elle sauvé Kerwick d'une mort rapide, pour le voir torturer ou pendre ?

— Que donnes-tu en échange de sa vie ? Toi-même ? Mais ce n'est pas de jeu. Je ne sais pas ce que j'aurai. (Il lui prit le poignet :) Allez ! viens, on va voir.

Elle tenta de se dégager, en vain.

— Crains-tu de ne pas avoir assez de valeur pour sauver une vie ? railla-t-il.

Il l'entraîna et renvoya le soldat en faction à la porte de sa chambre. Il poussa la jeune fille à l'intérieur, referma la porte et la verrouilla. Puis il se retourna et, les bras croisés sur la poitrine, s'adossa au mur.

— J'attends, dit-il en la détaillant des pieds à la tête.

Aislinn se redressa avec dignité.

— Vous attendrez encore longtemps, messire, répondit-elle, dédaigneuse. Je ne joue pas les catins.

— Même pour le pauvre Kerwick ? demanda-t-il en souriant. Sois pitoyable. Pense à demain.

— Que voulez-vous de moi ? demanda-t-elle, le haïssant de tout son être.

Il haussa les épaules avec lenteur :

— J'aimerais bien commencer par me faire une idée de la valeur de l'enjeu. Nous sommes seuls. Ne sois pas timide.

— Vous êtes ignoble !

Son sourire s'accentua :

— Peu de femmes me l'ont dit, mais tu n'es pas la première.

Aislinn jeta son regard autour d'elle à la recherche d'un objet à lui jeter à la figure.

— Allez, viens, Aislinn, fit-il d'un ton cajoleur. Je commence à m'impatienter. Montre-moi ce que tu vaux.

Elle tapa du pied par terre :

— Non ! Non ! Non ! Je refuse de faire la catin.

— Pauvre Kerwick ! soupira-t-il.

— Je vous hais ! hurla-t-elle.

Cela le laissa parfaitement indifférent.

— Je n'éprouve pas beaucoup d'affection pour toi non plus. Je déteste les femmes qui mentent.

— Alors, si vous me détestez, pourquoi ça ?

Il rit.

— Je n'ai pas besoin de t'aimer pour coucher avec toi. Je te désire. C'est suffisant.

— Pas pour moi !

— Tu n'es pas vierge. Qu'importe un homme de plus ou de moins ?

Aislinn crut s'étouffer de rage.

— J'ai été prise une fois contre mon gré. Cela ne signifie pas que je sois une putain.

Il la regarda, le front penché :

— Même pas pour Kerwick ?

Aislinn avala un sanglot. Tremblant de colère et de peur, elle se sentait incapable de supporter davantage ses railleries. Lentement, elle délaça sa robe et la laissa tomber par terre. Une larme coula sur sa joue. Le jupon rejoignit la robe et resta en tas autour de ses chevilles.

Elle entendit Wulfgar s'approcher. Planté devant elle, lentement, il la regarda, la détaillant avec précision, et elle sentait son regard comme une brûlure. Grande, fière, haineuse, elle éprouvait cependant une étrange excitation.

— Oui, tu es jolie.

Il respira avec force et, tendant la main, caressa un sein rond. Aislinn se raidit, mais, à sa grande honte, la chaleur et la douceur de sa main lui procurèrent un plaisir incroyable. Du doigt, il traça le contour de son sein, descendit jusqu'à sa taille qu'elle avait très fine. Effectivement, elle était très belle, avec ses membres élancés, ses hanches étroites, sa poitrine généreuse qui pointait sous la caresse de l'homme.

— M'estimez-vous digne de la vie d'un homme ? demanda-t-elle, glaciale.

— Très certainement, répondit-il. Mais il n'en a jamais été question.

Elle le regarda avec stupeur et il lui sourit :

— La dette de Kerwick ne te concerne pas. Je lui fais grâce de la vie. Il sera puni, car il le mérite. Mais rien de ce que tu ferais ne changera ce que j'ai décidé pour lui.

Aislinn devint livide de colère et leva la main pour le gifler. Il lui saisit le poignet au vol et, d'une secousse, l'attira contre lui. Elle lutta pour se libérer et il rit de ses efforts :

— Petite sorcière, tu es digne de la vie de n'importe quel homme, même si tous les royaumes du monde étaient en jeu.

— Sale individu ! hurla-t-elle. Butor ! Espèce de... de bâtard !

Son étreinte se resserra et son sourire s'effaça. Aislinn ne put réprimer une exclamation de douleur. Ses cuisses étaient littéralement soudées aux siennes et elle sentait le désir qu'il avait d'elle. A demi étouffée, elle gémissait et sa tête tournait.

— Souviens-toi d'une chose, damoiselle. Les femmes ne m'intéressent pas et encore moins une menteuse. La prochaine fois que tu me mentiras, je saurai t'humilier encore davantage.

Là-dessus, il la repoussa. Elle tomba au pied du lit, meurtrie physiquement et morte de honte. Un bruit insolite lui fit lever la tête. Il ramassait une chaîne dont son père s'était servi pour attacher les chiens. Il s'approcha d'elle, la tenant à la main, et, de terreur, elle se recroquevilla sur elle-même. Elle avait dépassé les bornes en l'insultant et il allait la tuer. Les battements de son cœur résonnaient dans ses oreilles, l'assourdissaient. Il se pencha sur elle, elle fit un bond, repoussant à coups de pied ses mains tendues. Il laissa tomber la chaîne et se précipita sur elle.

— Non !

Elle lui échappa en lui passant sous le bras et se jeta sur la porte.

Elle lutta avec la barre de fermeture, mais, malgré sa blessure, Wulfgar avait les gestes vifs. Elle crut sentir son souffle sur sa nuque. Avec un cri, elle renonça à ouvrir la porte et courut vers la cheminée, mais dans sa précipitation elle se prit le pied dans une peau de loup étendue devant l'âtre et trébucha.

Avant qu'elle ait pu retrouver son équilibre, il avait plongé sur elle et l'avait saisie par la taille. Ils tombèrent ensemble, mais, d'une torsion, il fit en sorte de la recevoir sur lui, supportant tout le choc. Elle ne s'attarda pas à se demander s'il l'avait fait exprès, car elle luttait pour lui échapper. Elle se retourna contre lui pour l'attaquer de front. Elle comprit vite son erreur. Sans effort apparent, il se redressa et la cloua sous lui.

— Laissez-moi !

Elle tremblait et claquait des dents, malgré la chaleur du feu qui lui brûlait la peau. Elle sentait son regard sur elle, mais tenait obstinément les yeux fermés.

— Laissez-moi ! Je vous en prie.

A sa grande surprise, il se leva et la redressa, la mit sur pied. Un demi-sourire aux lèvres, il examina son visage inondé de larmes et le dégagea des mèches désordonnées qui le barraient. Les bras croisés sur sa poitrine et son ventre pour cacher sa nudité, épuisée, meurtrie, elle soutint son regard.

Wulfgar rit et, lui prenant la main, la ramena au pied du lit. Il ramassa la chaîne et, avec un hoquet, Aislinn eut un mouvement de recul. Mais, d'une pression sur l'épaule, il la contraignit à s'asseoir par terre. Alors, il boucla une extrémité de la chaîne au lit et l'autre autour d'une des chevilles de la jeune fille. Lisant sa stupeur affolée sur son visage, il sourit :

— Je n'ai aucune envie de te perdre, comme l'a fait Ragnor. Il n'y a plus de braves Saxons à mettre en terre et je doute que tu t'attardes aux environs de Darkenwald, si tu étais libre d'aller où tu le veux pendant que je me repose. La chaîne est longue et te permet de te déplacer.

— Vous êtes vraiment trop bon, monseigneur, répliqua-t-elle, la colère prenant le pas sur la peur. Je ne me doutais pas que vous manquiez de force au point de m'enchaîner pour me faire subir les derniers outrages.

— Pourquoi se fatiguer inutilement ? Il faut de la ressource pour mater une teigne comme toi.

Puis il la laissa pour se rapprocher du feu où il commença à se déshabiller, pliant ses vêtements avec soin au fur et à mesure qu'il les ôtait. Nue sur le sol froid, Aislinn le regardait faire. Perdu dans ses pensées, il contemplait la flamme et, machinalement, massait sa jambe blessée.

Une longue cicatrice traversait son torse bronzé, d'autres, plus petites, marquaient tout son corps et les muscles qui roulaient sous sa peau tannée par le soleil témoignaient d'une existence rude. C'était évidemment un homme d'action et l'on comprenait facilement que la jeune fille n'ait pu lui échapper. Il avait le ventre dur et plat, les jambes longues et bien proportionnées.

Mais, sous la lumière vacillante, il paraissait soudain au bord de l'épuisement, hagard. Aislinn éprouva, l'espace d'une seconde, un élan de pitié pour ce Normand, cet ennemi qui tenait debout par sa seule force de volonté.

Wulfgar soupira, puis, s'asseyant, il retira ses chausses qu'il avait conservées et les rangea avec ses vêtements. Il se tourna vers Aislinn et la vue de sa nudité fit renaître toute sa peur. Elle se recula, tentant de dissimuler son propre corps. Son mouvement attira l'attention de l'homme qui s'immobilisa comme s'il se rappelait soudain sa présence, et il lut la peur dans les yeux violets levés vers lui. Un coin de sa bouche relevé par un demi-sourire, il ramassa sur le lit une brassée de peaux de loups et les lui jeta.

— Bonne nuit, amour, dit-il simplement.

Elle le regarda, partagée entre l'étonnement et le soulagement ; et, s'enveloppant vivement dans les fourrures, elle s'étendit sur le dallage. Wulfgar, quant à lui, souffla les bougies et s'installa dans le

60

lit de ses parents. Presque aussitôt le bruit de sa respiration, régulière et profonde, emplit la chambre.

Aislinn se pelotonna dans ses fourrures et sourit, rassurée.

4

Le lendemain matin, Aislinn fut tirée du sommeil par une vigoureuse claque sur les fesses. Elle poussa un cri et se redressa pour se trouver face à face avec Wulfgar qui, assis au bord du lit, semblait s'amuser beaucoup. Il lui tendit ses vêtements et, appréciateur, la regarda les enfiler.

— Tu es bien paresseuse, dit-il. Va me chercher de l'eau que je puisse me laver et tu m'aideras à m'habiller. J'ai à faire, moi.

Aislinn lui lança un regard mauvais, tout en frottant son postérieur malmené.

— J'ai l'impression que vous avez bien dormi, monseigneur, dit-elle. Vous semblez reposé.

Il la détailla, puis sourit, l'œil brillant :

— Oui, effectivement.

Aislinn rougit et se précipita vers la porte :

— Je vais chercher de l'eau.

Maida la rejoignit, comme elle emplissait un broc d'eau chaude prise dans le chaudron pendu dans la cheminée de la grande salle :

— Cette brute ! Je t'ai entendue crier cette nuit.

— Il ne m'a pas touchée, répondit Aislinn encore surprise. J'ai passé la nuit au pied du lit et il ne m'a pas touchée.

— Ce n'est pas par pitié, j'en jurerais. Attends ce soir et il te prendra. Cette fois-ci, ne perds pas de temps. Fuis, sauve-toi.

— Je ne peux pas. Il m'enchaîne au lit.

Maida poussa un cri d'horreur :

— Il te traite comme un animal.

La jeune fille haussa les épaules :

— En tout cas, il ne me bat pas. Enfin... un petit peu seulement, ajouta-t-elle en se frottant le postérieur.

— Il te tuerait, si tu le provoquais.

Aislinn secoua la tête au souvenir du moment où il l'avait tenue serrée contre lui. Même fou de colère, il n'avait pas cherché à la violer.

— Non, il est différent des autres.

— Comment le sais-tu ? Ses propres hommes le craignent.

— Moi, je n'en ai pas peur, répliqua la jeune fille.

— Tu es stupide ! gémit Maida. A quoi cela te servira-t-il d'être orgueilleuse et obstinée comme ton père ?

— Il faut que je monte, murmura la jeune fille. Il attend pour se laver.

— Je vais trouver un moyen pour t'aider.

— Non, mère, n'en faites rien ! J'ai peur pour vous. Celui qu'on appelle Sweyn veille sur son maître à chaque pas. Il vous tuerait si vous osiez quoi que ce soit. Quant à moi, je préfère Wulfgar à tous ces autres bandits.

— Et Kerwick, alors ? chuchota Maida avec un coup d'œil là où le jeune homme dormait, couché avec les chiens.

Aislinn haussa les épaules :

— Ragnor a mis fin à tout cela.

— Ce n'est pas l'avis de Kerwick. Il te veut toujours.

— Il doit comprendre alors que le monde a changé. Nous ne sommes plus libres. J'appartiens à Wulfgar, à présent. Et lui aussi. Nous ne sommes plus que des esclaves. Nous n'avons droit qu'à ce que l'on nous donne.

Maida renifla son mépris :

— Dire que c'est toi, ma fille, toujours aussi fière, que j'entends parler.

— Que gagnerions-nous à être arrogants ? soupira Aislinn. Nous n'avons rien. Il nous faut songer à rester en vie et à nous aider mutuellement.

— Ton père était un grand seigneur, ton sang est des plus nobles. Je ne te laisserai pas faire un enfant par ce bâtard.

Aislinn regarda sa mère les yeux brillants de colère :

— Préférez-vous que je donne un rejeton à Ragnor, le meurtrier de mon père ?

Désespérée, Maida se tordait les mains :

— Ne me gronde pas, Aislinn. Je ne pense qu'à toi.

— Je sais, mère, répondit-elle adoucie. Je vous en prie, attendons au moins de savoir quel genre d'homme est ce Wulfgar. Il était mécontent de tous ces morts. Peut-être sera-t-il juste.

— Un Normand ! s'écria Maida.

— Oui, mère, un Normand. Maintenant, je dois monter.

Quand Aislinn ouvrit la porte de la chambre, Wulfgar, à demi habillé, l'accueillit le sourcil froncé :

— On peut dire que tu y a mis le temps !

— Pardonnez-moi, monseigneur, murmura-t-elle.

Elle posa son fardeau et leva les yeux vers lui :

— Ma mère s'inquiétait pour moi et j'ai dû la rassurer.

— Ta mère ? Qui est-ce ? Je n'ai pas vu la maîtresse de ce manoir.

— Celle que vous appelez « la vieille ». C'est ma mère, répondit-elle doucement.

— Celle-là ! A ce qu'il paraît, elle a plutôt été malmenée.

Aislinn acquiesça.

— Je suis tout ce qui lui reste. Elle se tourmente à mon sujet. Elle parle de se venger.

Wulfgar la regarda avec attention :

— Cherches-tu à me mettre en garde ? Tentera-t-elle de me tuer ?

Aislinn détourna les yeux :

— Peut-être, je n'en suis pas certaine.

— Tu me dis cela parce que tu ne veux pas la voir exécutée ?

— Mon Dieu ! Jamais je ne me le pardonnerais, si cela devait arriver. Elle a eu assez à souffrir des Normands. D'autre part, votre duc nous ferait tous tuer si vous l'étiez.

Wulfgar sourit :

— Je prends note de ta mise en garde. Je la surveillerai et préviendrai Sweyn d'avoir à ouvrir l'œil.

— Je vous en remercie, messire, dit Aislinn avec un soupir de soulagement.

— A présent, aide-moi à finir de m'habiller. Tu as trop tardé et je n'ai plus que faire de cette eau. Mais je veux prendre un bain ce soir et là je ne souffrirai pas que tu me fasses attendre.

La salle était vide, à l'exception de Kerwick, quand Aislinn descendit à la suite de Wulfgar. Son fiancé était encore enchaîné avec les chiens, mais il ne dormait plus. Il la regarda traverser la pièce.

Maida vint les servir elle-même, se précipitant pour placer sur la table du pain chaud, de la viande et des rayons de miel. Wulfgar s'assit et, du geste, fit signe à Aislinn de s'installer à côté de lui. Kerwick, qui n'avait pas quitté son ancienne fiancée des yeux, ne put résister au spectacle de la nourriture et lui consacra toute son attention. Maida attendit que Wulfgar ait servi Aislinn et lui-même et, prenant ce qui restait de pain, elle le donna à Kerwick, n'en gardant qu'un petit morceau pour elle. Elle s'accroupit à côté du jeune homme et s'entretint avec lui à voix basse. Wulfgar, qui les observait, plaqua brusquement son couteau sur la table. Aislinn sursauta, se demandant ce qui se passait.

— Eh ! la vieille ! Viens ici ! ordonna-t-il.

Maida parut se recroqueviller encore davantage. Elle s'approcha de la table, la tête dans les épaules, comme si elle prévoyait une correction.

— Redresse-toi, femme ! Tiens-toi droite, tu le peux, je le sais.

Lentement, Maida obéit. Alors, Wulfgar se pencha vers elle :

— Est-ce toi que l'on appelait Dame Maida avant la mort de ton seigneur ?

Elle hocha la tête à plusieurs reprises, comme un moineau :

— Oui, messire.

— Et c'était toi la maîtresse de ce manoir ?

On l'entendit avaler sa salive et elle hocha de nouveau la tête :

— Oui, messire.

— Alors, dame Maida vous m'indisposez en jouant les demeurées. Vous vous habillez de loques, vous disputez leur nourriture aux chiens et vous vous lamentez sur votre sort, alors que si vous aviez fait preuve du même courage que votre époux et aviez dit qui vous étiez, vous pouviez occuper votre place habituelle. Vous me trahissez aux yeux des vôtres. Aussi, je vous le dis, retrouvez vos effets, habillez-vous comme il convient et, par la même occasion, lavez la crasse de votre corps. Le jeu n'a qu'assez duré. La chambre de votre fille sera la vôtre. Allez !

Elle s'éloigna et Wulfgar reprit son repas interrompu. Quand il leva les yeux, il surprit Aislinn qui le regardait, une expression presque tendre sur le visage.

— Tes sentiments à mon égard s'adouciraient-ils, damoiselle ?

Il rit du regard noir qu'elle lui lança.

— ... Prends garde ! Tu n'es pas la première et tu ne seras pas la dernière. Aucun lien ne saurait m'attacher à une femme. Ne me donne pas ton cœur.

— Messire, vous surestimez grandement votre puissance de séduction ! Si j'éprouve un sentiment pour vous c'est de haine. Vous êtes et restez un ennemi pour moi.

— Vraiment ? Dis-moi alors, embrasses-tu donc toujours les ennemis avec une telle chaleur ?

Elle rougit :

— Vous faites erreur, messire, ce n'est pas de la chaleur mais seulement de la résistance passive.

— Dois-je t'embrasser à nouveau pour te prouver que j'ai raison ?

A ce moment la grande porte fut ouverte à la volée et Ragnor parut. Il s'arrêta devant Aislinn et s'inclina :

— Bonjour ma colombe. Tu m'as l'air satisfaite de ta nuit.

— Mais, oui, messire chevalier. J'en suis très contente.

Elle vit sa surprise et sentit sur elle le regard amusé de Wulfgar.

— Avec ce froid, il faisait bon avoir une fille dans son lit, remarqua Ragnor d'un ton badin en se tournant vers Wulfgar. Quand tu en auras assez de coucher avec un paquet d'épines et d'orties, tu pourras toujours tâter de la petite Hlynn, ajouta-t-il en se passant le pouce sur sa lèvre mordue. Elle fait tout ce qu'on lui demande et elle n'a pas la dent dure.

— Je préfère un gibier moins docile, grommela Wulfgar.

Ragnor haussa les épaules et se versa à boire. Il but, poussa un soupir de satisfaction et rendit compte de son activité :

— Les paysans sont à leurs travaux, comme tu l'as ordonné, et les sentinelles montent la garde contre les bandes de pillards.

D'un signe de tête, Wulfgar marqua son approbation.

— Que l'on forme des groupes de cinq hommes qui patrouilleront les limites du territoire pendant trois jours consécutifs chacun ; un groupe partant chaque matin, sauf le dimanche, dans une direction différente, un à l'est, un à l'ouest, un au nord, un au sud. Le signal sera un coup de trompe toutes les lieues, ou un feu allumé toutes les cinq lieues. Nous saurons de la sorte que chaque patrouille a effectué son trajet ; dans le cas contraire, nous serons sur nos gardes.

— Bien calculé, Wulfgar. A t'entendre, tu devrais un jour ou l'autre mener une vie de seigneur.

Wulfgar ne releva pas le commentaire et les deux hommes parlèrent d'autre chose. Aislinn les regardait notant leur dissemblance. Là où Ragnor était arrogant et exigeait le respect de ses hommes, Wulfgar se montrait calme et réservé. Il préférait donner l'exemple que des ordres. Il ne mettait pas en doute la loyauté de ses soldats, persuadé qu'ils préféreraient mourir que de le décevoir.

Aislinn réfléchissait à tout cela quand elle leva les yeux et, d'instinct, se dressa à demi, car, en haut de l'escalier se tenait sa mère, telle qu'elle l'avait toujours connue. Petite de taille, mais très digne. Lavée, habillée avec soin, elle avait drapé un voile sur ses cheveux dont les plis dissimulaient en partie son visage enflé. Elle descendit avec la grâce et l'élégance qui lui étaient naturelles et le cœur d'Aislinn se gonfla de joie, de soulagement. Elle retrouvait sa mère.

Par son silence même, Wulfgar donna son approbation, mais Ragnor bondit sur ses pieds avec un rugissement et, avant qu'on ait pu l'en empêcher, il s'était précipité et avait saisi Maida par les cheveux. Le voile lui resta dans les mains et, avec un cri de terreur, la pauvre femme tomba à genoux, le visage à nouveau tordu par une grimace idiote. Sous les yeux d'Aislinn, impuissante, sa mère aimée disparut, redevint une vieille femme gémissante, dans des vêtements qu'elle semblait avoir empruntés.

Ragnor tremblait de rage :

— De quel droit t'es-tu habillée comme cela pour venir te pavaner devant ton maître, espèce de truie ?

Il se pencha pour l'empoigner, mais Wulfgar frappa avec bruit sur la table.

— Arrête ! ordonna-t-il. Ne lui fais pas mal. C'est moi qui lui ai dit de se vêtir de la sorte.

Ragnor fit volte-face.

— Tu dépasses vraiment les bornes ! Tu fais passer cette vieille avant nous ! Te prendrais-tu pour Guillaume ? Tu m'as pris ce qui me revenait et...

— Ne te laisse pas aveugler par la colère, Ragnor. Même toi, tu devrais te rendre compte que ces pauvres épaves ne peuvent supporter de voir leur ancienne maîtresse maltraitée et réduite à partager la nourriture des chiens. Pour elle, ils pourraient reprendre les armes et venir nous attaquer. Nous n'aurions d'autre choix que de les tuer et il ne nous resterait que des vieillards et des enfants au berceau pour nous servir. Voudrais-tu que nous, soldats du duc Guillaume, nous labourions les champs et trayions les chèvres ? Ne penses-tu pas qu'il est préférable de respecter un peu la fierté de ces gens pour apaiser leurs craintes et les amener à faire ce que nous leur demandons en attendant que le pays nous appartienne réellement et qu'il soit trop tard, pour eux, de se soulever ? De ma part, c'est beaucoup plus qu'un geste. Elle reste leur dame. Inutile d'en faire une martyre.

— Wulfgar, je n'en doute pas, si Guillaume disparaissait tu ferais la preuve que tu es son frère perdu et retrouvé et tu saurais te frayer un chemin jusqu'au trône. Mais, écoute-moi bien : si tu te trompes, je souhaite d'être celui qui brandira la hache qui séparera ton cœur de bâtard de ces lèvres qui chantent la vertu et trompent ceux qui sont meilleurs que toi.

Avec un salut méprisant, il sortit de la pièce et claqua la porte derrière lui. A peine eut-il disparu qu'Aislinn se précipita vers sa mère. Elle tenta de la calmer, mais, aplatie par terre, Maida gémissait, ignorant que son tortionnaire était parti. Agenouillée à côté d'elle, Aislinn la prit par les épaules, la berça doucement, sa tête contre sa poitrine.

Elle sursauta en remarquant Wulfgar à côté d'elles. Il regardait Maida avec une expression qui ressemblait à de la pitié.

— Emmène ta mère dans sa chambre et soigne-la.

Elle se raidit à l'entendre lui donner un ordre. Mais, déjà, il lui avait tourné le dos et se dirigeait vers la porte. Elle le suivit des yeux, un instant furieuse qu'il exploitât leur fierté. Puis, elle reporta son attention sur sa mère et, l'aidant à se lever, elle la guida jusqu'à la chambre qui avait été la sienne jusque-là. Elle la mit au lit, la rassurant du mieux qu'elle le pouvait en lui caressant les cheveux. Peu à peu ses gémissements s'estompèrent et elle s'endormit.

Aislinn fit un peu d'ordre dans la chambre mise à sac par les pillards et entrouvrit les volets pour laisser passer un peu d'air. Ce faisant, elle entendit une voix prononcer une sentence : vingt coups de fouet. Elle se pencha et étouffa un cri au spectacle offert sous ses yeux. Kerwick, nu jusqu'à la ceinture, était attaché à la rangée de rondins plantés au centre de la place du bourg, Wulfgar était à côté de lui. Son épée, fichée en terre, supportait son heaume, sa cotte de mailles et ses gantelets. Sans armes, mais seigneurial, il s'apprêtait à infliger la punition. Il tenait une corde de la longueur d'un bras détressée sur les deux tiers ; chaque mèche ainsi obtenue se terminait par un nœud. Tout sembla se figer un instant, puis Wulfgar leva le bras et l'abattit avec un sifflement. Kerwick fit un bond dans ses liens. Un gémissement sourd monta de la masse des villageois assemblés. Le bras de Wulfgar se leva et s'abaissa à nouveau. Cette fois-ci, ce fut Kerwick qui gémit. Il ne réagit pas au troisième coup, mais cria au quatrième. Au dixième, les plaintes se transformèrent en gargouillis et, au quinzième, son corps ne fit que tressauter. Quand le vingtième coup tomba, les spectateurs respirèrent profondément et Aislinn s'arracha à la fenêtre, en larmes et suffoquant. Ses sanglots devinrent des malédictions quand elle sortit de la chambre en courant et lutta avec la masse de la grande porte. Elle se précipita aux côtés de Kerwick, mais il avait perdu connaissance. Elle fit face à Wulfgar.

— Alors, après l'avoir jeté aux chiens, il faut que vous torturiez ce pauvre homme ! hurla-t-elle. Cela ne vous suffit-il pas de lui avoir volé ses terres et de l'avoir fait votre esclave ?

Wulfgar, qui avait laissé tomber son fouet au dernier coup infligé, essuyait de ses mains le sang du jeune homme.

— Ce fou a cherché à me tuer. Je te l'ai dit, son sort était décidé et tu n'avais pas à t'en mêler.

— Etes-vous si puissant, monseigneur, que vous tirez vous-même vengeance d'un homme dont on molestait la fiancée, sous ses yeux ?

Les yeux de Wulfgar se durcirent :

— C'est mon cœur qu'il a voulu percer, c'était à mon bras de marquer son dos du sceau de la justice ! (Il ne laissa pas à Aislinn le temps de parler et, du bras, désignant les gens assemblés :) Ils savent à présent ce qui les attend s'ils commettent des erreurs de ce genre. Et ne parle pas d'innocence, Aislinn de Darkenwald, toi qui as caché la vérité, tu devrais souffrir à sa place. Satisfais-toi que ton dos ne porte pas de marques. Mais n'oublie pas que je peux te punir. (Puis, il se tourna vers ses hommes :) Maintenant, que l'on tonde cet idiot et qu'on laisse ses compagnons saler ses blessures. Qu'ils soient tous tondus ! Qu'on les mette à la mode normande, cette saison.

Aislinn ne comprit le sens de ses paroles qu'en voyant que l'on coupait les cheveux de Kerwick et qu'on lui rasait la barbe. Un nouveau murmure monta de la foule et les hommes s'apprêtèrent à fuir. Mais, rattrapés très vite, on les ramena sur la place où on leur fit subir la dernière partie de la punition infligée à Kerwick. Profondément humiliés, ils tâtaient leurs joues et leurs cous dénudés, n'osant se regarder.

Aislinn, à pas mesurés, mais bouillonnant de colère, quitta la cour, remonta dans la chambre des maîtres où elle se mit en quête des ciseaux de sa mère. Elle avait libéré ses cheveux et, tremblant de rage, s'apprêtait à agir quand la porte s'ouvrit brusquement. Un coup sec sur le poignet et les ciseaux tombèrent. Une lourde main l'agrippa aux épaules et lui fit faire demi-tour. Un regard d'acier la cloua sur place.

— Tu me provoques un peu trop, gronda Wulfgar. Je te préviens. A chaque boucle coupée, ce sera un coup de fouet sur ton dos !

Les genoux de la jeune fille se mirent à trembler. Face à celle de l'homme, sa propre colère semblait ridicule et, sous son étreinte brutale, elle comprit la stupidité de son geste.

— Bien, messire, je vous entends, dit-elle d'une voix rauque : je cède, vous me faites mal.

Le regard de Wulfgar s'adoucit et, l'encerclant de ses bras, il l'attira à lui :

— Alors, cède-moi tout. Cède-moi tout.

Il lui ferma la bouche dans un baiser passionné. Elle se sentit fondre, pénétrée par une vague de chaleur, brûlante, ses lèvres caressant les siennes, lui ôtant toute volonté.

Puis il se pencha, la regarda, le regard voilé, impénétrable et, brutalement, il la repoussa, la jetant sur le lit. A longues enjambées, il traversa la pièce, se retourna arrivé à la porte, la regarda à nouveau, mais avec mépris.

— Ah ! les femmes ! cria-t-il — puis il claqua la porte sur lui.

Aislinn resta étourdie, stupéfaite de ses propres réactions. Quel homme était-il donc qu'elle puisse le haïr avec une telle intensité et trouver en même temps un tel plaisir à ses baisers ?

Wulfgar sortit du manoir et aboya des ordres

à ses hommes. Sweyn s'approcha de lui avec son heaume et son haubert.

— Cette fille a du caractère, remarqua le Viking.

— Oui, mais elle apprendra à obéir. Allons, en selle. J'ai envie de voir ma terre promise.

Le manoir était plus calme. Wulfgar n'y avait laissé que quelques gardes et enjoint à ses hommes blessés de se faire soigner par Aislinn. Elle y avait consacré presque toute la journée. La vue des plaies purulentes et l'odeur écœurante de la cautérisation lui donnaient envie de vomir. Elle n'avait pourtant pas cessé de penser à Kerwick et se demandait où on l'avait transporté. Le soir tombait quand deux serfs l'amenèrent et le déposèrent doucement avec les chiens. Ils l'entourèrent aussitôt, tirant sur leurs chaînes, sautant et aboyant. Affolée, Aislinn les dispersa.

— Pourquoi le mettez-vous là ? demanda-t-elle aux deux hommes qu'elle reconnaissait à peine avec leurs cheveux tondus et leur barbe rasée.

— C'est un ordre du seigneur Wulfgar... Il a perdu connaissance en chemin.

Les chassant d'un geste impatient, la jeune fille s'agenouilla à côté de son fiancé et se mit à pleurer :

— Oh ! Kerwick, toute cette souffrance à cause de moi.

Ham s'approcha avec de l'eau et des herbes. Il se laissa tomber à genoux à côté d'elle, lui tendit ce dont elle avait besoin et contempla avec désespoir le dos à vif de Kerwick.

— Il a toujours été bon pour moi, madame. On m'a forcé à regarder ça. Et je n'ai rien pu faire pour l'aider.

Aislinn se pencha pour étendre sur le dos mutilé le baume qu'elle avait préparé.

— Aucun Anglais ne pouvait rien faire. C'est une mise en garde. Leur justice est expéditive. Ils exécuteront sans doute le prochain qui osera les attaquer.

Une grimace haineuse déforma le visage du jeune homme :

— Alors deux d'entre eux paieront de leur vie. Celui qui a assassiné votre père et ce Wulfgar qui vous a déshonorée et fait subir ça à sire Kerwick.

— Non, ne cherche pas à faire une chose pareille ! s'écria Aislinn, alarmée. Mon père est mort comme un héros, l'épée à la main, après avoir tué beaucoup d'ennemis. On chantera ses louanges longtemps après que ces envahisseurs auront quitté notre pays. Quant à ces coups de fouet, c'est une punition bénigne, le geste de Kerwick aurait dû lui coûter la tête. Ce n'est pas Wulfgar qui m'a déshonorée, mais l'autre, Ragnor. S'il y avait une raison de se venger, ce serait bien celle-là... Mais, écoute-moi, Ham, c'est à moi de le faire et par tout ce qui est saint, mon honneur sera lavé dans le sang de ce Normand. (Elle haussa les épaules et reprit, d'un ton plus calme :) Nous avons été vaincus et nous devons nous soumettre pour un temps. Inutile de se lamenter sur les pertes d'hier, mais pensons à ce que demain nous apportera. Va, maintenant, Ham, et ne te laisse pas aller à un acte insensé.

Le garçon ouvrit la bouche, comme pour parler, puis s'inclina et sortit de la pièce. Aislinn se retourna, pour reprendre sa tâche et rencontra le regard bleu de Kerwick.

— Folie ! Acte insensé ! C'est ton honneur que j'ai tenté de sauver. (Il ébaucha un geste immédiatement interrompu par la douleur.) Curieuse façon de te venger. Tu entres, consentante, dans sa chambre et sans nul doute le voues-tu à la mort en écartant les jambes devant lui. Sacrebleu de sacrebleu, ton serment ne signifie-t-il rien ? Tu es à moi ! Ma fiancée !

Il tenta à nouveau de se redresser mais, avec un cri, se laissa retomber.

— Oh ! Kerwick, dit doucement Aislinn. Ecoute-moi. Non, ne bouge pas. La pommade va bientôt atténuer la douleur. Mais aucun remède ne guérira le mal que tu me fais. J'ai été prise contre mon gré. Ecoute-moi et ne te fâche pas. Ce sont des soldats bien armés et tu n'es qu'un serviteur, sans même une lame. Je ne veux pas te voir monter à l'échafaud pour le peu d'honneur qui me reste. Nos gens ont besoin de quelqu'un qui intercède en leur faveur. Aide-moi. Ne me force pas à creuser une autre tombe à côté de celle de mon père. Je ne peux pas honorer des vœux qui ont été rompus contre mon gré et je ne veux pas te voir garder une épouse souillée. J'accomplis mon devoir tel que je le comprends. Je me dois aux pauvres gens qui ont été fidèles jusqu'au bout à mon père. Si je peux leur faciliter la vie, je m'y efforcerai. Ne me juge pas trop sévèrement, Kerwick, je t'en prie.

Le jeune homme pleurait à chaudes larmes :

— Je t'aimais ! Comment as-tu pu laisser un autre homme te prendre ? Je te désirais, tu le savais, comme tout homme désire la femme qu'il aime. Et je n'avais que le droit de rêver que je te tenais dans mes bras. Tu m'as demandé de te respecter et, comme un imbécile, j'ai obéi ; maintenant, tu as choisi cet homme comme amant aussi facilement que s'il s'était agi d'un amoureux de longue date. Comme je regrette de ne pas t'avoir prise comme je le voulais. Peut-être alors pourrais-je te chasser de mon esprit. Maintenant, je ne peux que penser au plaisir que tu donnes à mon ennemi.

— Je te prie de me pardonner, murmura la jeune fille. Je ne savais pas que je te blesserais à ce point.

Incapable de supporter sa douleur, il enfouit son visage dans la paille et sanglota. Aislinn se leva et s'écarta. Elle ne pouvait rien pour lui.

Un bruit léger la fit se retourner. Wulfgar était debout sur le seuil, les jambes écartées, et la regardait. Elle rougit sous l'intensité de son regard et se demanda ce qu'il avait pu entendre. Puis, elle respira en se souvenant qu'il ignorait leur langue.

Elle s'enfuit, gravit l'escalier et ne se sentit soulagée qu'une fois derrière la porte de la chambre. Elle se jeta sur le lit, secouée de sanglots. Kerwick la prenait pour une fille qui s'était livrée au bâtard normand pour échapper à quelques petites misères. A la pensée du Normand et de ses railleries, ses sanglots s'accentuèrent. Oh ! comme elle le haïssait !

« Il croit que je suis là pour servir ses caprices. Mais, il a encore à apprendre. Il ne m'a pas et ne m'aura jamais. »

Elle était à ce point plongée dans ses pensées qu'elle n'entendit pas la porte s'ouvrir et se refermer. Elle sursauta violemment au son de la voix de Wulfgar :

— Ma parole, tu t'es jurée d'emplir la Manche avec tes larmes !

Elle roula sur elle-même et sauta à bas du lit d'un seul mouvement. Elle avala ses larmes et se retourna vers lui en lissant ses cheveux emmêlés. Ses yeux étaient encore rougis par les pleurs.

— Mes ennuis sont nombreux, seigneur Wulfgar, et provoqués par vous pour la plupart. Mon père abattu, ma mère maltraitée, insultée comme une esclave, ma maison pillée et mon honneur souillé. Me reconnaissez-vous des raisons de pleurer ?

Il l'avait regardée sans rien dire. Puis il sourit. Saisissant une chaise, il la tourna vers elle et s'assit, frappant machinalement ses gantelets contre sa cuisse, tout en examinant la jeune fille.

— J'admets tes larmes et leur cause. Pleure si tu le dois et ne crains rien de moi. En fait, à mes yeux, tu manifestes un courage rare pour une femme. Tu portes bien ton fardeau. (Il rit, doucement.) J'oserais dire que le malheur te sied.

Il se leva, s'approcha d'elle et elle dut lever la tête pour le voir.

— ... Car à la vérité, ma petite mégère, tu ne fais qu'embellir. (Puis son visage se durcit.) Mais, même une jolie fille doit connaître son maître. (Il jeta ses gantelets à ses pieds.) Ramasse-les et sache que tu es mienne ! Tout comme ces gants tu m'appartiens et à nul autre.

La révolte brilla dans les yeux violets :

— Je ne suis pas une esclave ni un gant que l'on peut jeter sans plus y penser.

Il eut un sourire, mais qui ne toucha pas ses yeux gris, glacés :

— Vraiment ? C'est à voir. Je peux te monter, chevaucher entre tes cuisses et l'instant d'après aller vaquer à mes occupations, sans plus y songer. Tu te surestimes. Oui, tu es une esclave.

— Non, messire, répondit-elle avec une détermination tranquille qui lui en imposa. Un esclave a reculé devant la mort et n'a d'autre voie à suivre que celle de l'obéissance misérable. Quant à moi, je n'hésiterais pas.

Wulfgar tendit la main, prit son menton en coupe, l'attira vers lui et la retint, immobile. Son regard s'adoucit et, sentant sa résistance passive, son front se plissa.

— Oui, murmura-t-il. Peut-être n'es-tu pas l'esclave d'un homme.

Puis, il la lâcha et se détourna d'un geste brusque :

— Mais n'insiste pas trop... (Il la regarda par-dessus son épaule :) à moins que je ne change d'avis.

Elle rougit.

— Et alors, serai-je juste une fille comme une autre destinée à votre plaisir pour un temps, puis oubliée comme vos gants ? Aucune dame n'a-t-elle jamais occupé vos pensées ?

Il rit.

— Oh ! elles ont joué et écarté leurs jupes. Je me suis amusé d'elles et aucune ne m'est restée à l'esprit.

Aislinn se vit près de la victoire et le singea dans sa façon désinvolte de lever le sourcil.

— Même pas votre mère ? railla-t-elle, contente de sa répartie.

La seconde d'après, elle crut défaillir de peur. Son visage s'était totalement transformé sous l'effet d'une rage intense.

— Non ! grinça-t-il à travers ses dents serrées. Cette noble dame moins que les autres.

Puis il fit demi-tour et quitta la pièce à grands pas.

Aislinn resta stupéfaite. Sa transformation avait été si soudaine que, à n'en pas douter, son cœur de bâtard ne nourrissait aucun amour pour sa mère.

5

Wulfgar sortit en trombe du manoir et traversa la cour, le visage levé vers le soleil couchant, redevenant peu à peu maître de soi. Soudain, un cri, un bras tendu, Wulfgar regarda dans la direction indiquée. Un tourbillon de fumée s'élevait. Un ordre aboyé et, immédiatement, plusieurs hommes sautèrent en selle. Sweyn et Wulfgar en firent autant et la troupe s'ébranla, au grand galop.

De l'autre côté de la colline, une meule de paille et une grange en feu à côté d'une petite ferme. Sept ou huit corps gisaient par terre, parmi lesquels ceux des deux soldats que Wulfgar avait envoyés en sentinelles. Les autres, en guenilles, étaient hérissés des javelots normands. Ce qui, de loin, ressemblait à un tas de chiffons, était le corps d'une jeune fille violée et gisant dans ses vêtements arrachés. Une vieille femme, couverte de sang et d'ecchymoses, sortit en rampant d'un fossé et se jeta en pleurant sur le corps de la jeune fille. Une douzaine d'hommes fuyaient à pied à travers champs, mais Wulfgar remarqua six cavaliers qui disparaissaient au loin dans un taillis. Il cria à ses hommes de s'occuper des fuyards à pied et, avec un signe de tête à Sweyn, prit les cavaliers en chasse. Les grands destriers connaissaient leur métier et la distance qui les séparait se raccourcit très vite. Gagnant du terrain à chaque foulée, Wulfgar brandit son épée et poussa son terrible cri de guerre, Sweyn lui faisant écho. Deux des bandits ralentirent et firent demi-tour pour leur faire face. Wulfgar les évita au passage. Mais Sweyn chargea, en désarçonnant un pendant que, de sa hache, il défonçait la poitrine de l'autre. Wulfgar, s'assurant d'un coup d'œil que Sweyn n'était pas en danger, continua sa course. Les quatre fuyards avaient ralenti eux aussi et s'apprêtaient à se battre. De nouveau, le terrifiant cri de guerre retentit et l'énorme coursier fonça sur les chevaux plus légers. L'épée de son cavalier siffla, s'abattit fendant un crâne. Puis, le Hun bloquant des quatre fers et virant sur la gauche, la lourde épée continua son travail. D'un coup de pied, Wulfgar repoussa le nouveau cadavre, dégageant son arme. Le troisième homme leva le bras pour assener un coup et, horrifié, regarda son épaule d'où le membre venait d'être tranché. Il n'eut pas le temps de réfléchir, un coup en plein cœur l'acheva. Le dernier, voyant le sort réservé à ses camarades, tournait bride pour fuir quand la terrible lame l'atteignit par-derrière, envoyant sa tête rouler dans la poussière.

Sweyn arriva pour voir Wulfgar contempler le spectacle et essuyer le sang qui souillait son épée. Le Norvégien se gratta le crâne à la vue des corps sales, vêtus de guenilles, mais qui portaient des armes et des boucliers de chevaliers.

— Des pillards ? demanda-t-il.

Wulfgar remit son épée au fourreau :

— Oui et tout porte à croire qu'ils ont pillé le champ de bataille de Hastings.

Du pied il retourna un bouclier aux armes d'une famille anglaise :

— Les charognards ne respectent même pas leur roi.

Ils rassemblèrent les chevaux et y attachèrent les cadavres. Le soleil disparaissait à l'horizon quand ils se retrouvèrent devant la ferme pillée. Ils creusèrent des tombes et, dans le crépuscule, les marquèrent d'une croix. Onze, parmi les fuyards à pied, s'étaient rendus sans combattre. Deux d'entre eux avaient voulu résister et y avaient gagné une place sous terre.

Wulfgar donna un cheval à la vieille femme, piètre compensation pour la perte de sa fille, mais elle accepta, surprise de cet acte de générosité.

Les mains liées dans le dos, une corde autour du cou les reliant les uns aux autres, les pillards furent emmenés à Darkenwald et mis sous bonne garde.

Dans la chambre à coucher, la lumière était faible, diffusée seulement par le feu et une seule chandelle. Wulfgar sourit en remarquant le grand bac de bois plein d'eau chaude et le chaudron dans la cheminée. De la viande, du pain et du fromage attendaient, au chaud. Ah ! au moins cette fille, si elle n'avait pas encore appris à obéir, avait-elle pensé à son confort. Elle dormait, pelotonnée dans le grand fauteuil devant la cheminée ; sous l'éclat du feu, ses cheveux ressemblaient à du cuivre en fusion et son teint clair était sans défaut. Les joues rosies par la chaleur, les lèvres entrouvertes, elle respirait doucement. Ses seins ronds se soulevaient avec régularité et, pour un temps, le souvenir de toutes les autres femmes s'effaça dans l'esprit de Wulfgar. Il se leva et, du bout du doigt, avec précaution, il souleva une boucle tombée sur sa joue et, la caressant de ses lèvres, en respira le parfum. Il se redressa brusquement, car il n'avait pas pensé à l'effet de cette odeur sur ses sens. Ce faisant, le fourreau de son épée heurta le fauteuil. Aislinn se réveilla avec un sursaut de peur. Mais, en le voyant, elle sourit, s'étira et poussa un soupir.

— Messire...

A la vue de sa silhouette souple se détendant, Wulfgar sentit le sang lui battre dans les tempes. Il recula prudemment et but une longue gorgée de bière. Puis il commença à retirer sa cuirasse, maculée de sang et de boue.

Vêtu d'une tunique de toile et de chausses, il chercha la corne à bière et se tourna vers Aislinn. Elle s'était pelotonnée à nouveau dans le fauteuil et le suivait des yeux. Quand son regard tomba sur elle, elle se leva pour placer une nouvelle bûche dans le feu.

— Pourquoi ne pas t'être couchée ? demanda-t-il d'un ton brusque. Il est tard. Tu avais quelque chose à me dire ?

— Vous aviez demandé un bain, messire. J'ai gardé l'eau et votre souper au chaud. Ils vous attendent.

— Tu n'avais pas peur en mon absence ? Ferais-tu confiance aux Normands ?

Elle le regarda, les mains croisées dans le dos :

— J'ai entendu dire que vous aviez expédié Ragnor exécuter quelque mission et, depuis que je suis à vous, vos hommes gardent leurs distances. Ils vous craignent sans doute beaucoup.

Il émit un grognement, puis :

— J'ai un appétit à avaler un ours rôti. Donne-moi à manger.

Elle se tourna pour lui obéir et il observa le balancement gracieux de ses hanches, revoyant avec précision l'image de son corps nu. Elle le frôla pour poser la nourriture sur la table et il fut à nouveau conscient de son parfum délicat, comme celui de la lavande en mai. Elle se retourna et surprit l'intensité de son regard sur elle. Il la vit rougir. Elle parut hésiter et, comme il s'approchait d'elle, elle recula d'un pas. Il s'arrêta, plongea les yeux dans les siens. Puis il tendit une main, la plaça sur sa poitrine et sentit son cœur palpiter sous sa paume. Son pouce, lentement, passa sur le bout de son sein :

— Oh ! qu'as-tu là, petite ! Cela m'intéresse.

— Messire, vous avez déjà joué à ce jeu avec moi. Vous m'avez vue sans vêtements et vous savez parfaitement ce qu'il y a sous ma robe.

— Oh ! là ! Un peu de feu pour vous échauffer le sang !

— Je préférerais beaucoup, messire, que le vôtre se refroidisse.

Renversant la tête en arrière, Wulfgar éclata de rire :

— Oh ! je sens que je vais me plaire ici, en dehors du lit et dedans.

Aislinn repoussa sa main :

— Venez souper, messire, pendant que c'est encore chaud.

— Tu parles comme une épouse et je n'ai pas encore fait de toi ma maîtresse.

— On m'a élevée à devenir l'une, pas l'autre.

Il haussa les épaules :

— Alors, imagine que tu es ma femme, si cela te plaît.

— Je ne le saurais sans la bénédiction d'un prêtre, répondit-elle, d'un ton sec.

Il la regarda, amusé :

— Et tu le pourrais, après quelques paroles prononcées ?

— Je le pourrais, messire. On ne demande pas aux filles de choisir leur mari. Et vous êtes comme n'importe quel autre homme, exception faite que vous êtes normand.

— Mais tu as dit me haïr.

Elle eut un geste d'impuissance :

— J'ai connu beaucoup de jeunes épouses qui haïssaient l'homme qu'elles épousaient.

Il se rapprocha d'elle et pencha la tête de côté pour mieux voir son profil. Elle sentait son haleine chaude sur sa joue, mais regardait droit devant elle, comme s'il n'avait pas été là.

— Des vieillards que l'on devait aider à remplir leur rôle ? Dis-moi donc, n'étaient-ce pas des hommes vieux et décrépits que ces filles haïssaient ?

— Je ne m'en souviens pas.

Il gloussa :

— Oh ! que si, tu t'en souviens. Une fille normale n'a jamais trouvé à redire d'avoir un gars viril pour lui tenir compagnie au lit et passer les longues nuits d'hiver. Tu ne t'ennuieras pas dans le mien.

— Dois-je comprendre que vous me demandez ma main, messire ? demanda-t-elle railleuse.

Il se redressa :

— Quoi ? Me mettre la chaîne au cou ? Jamais !

— Et vos bâtards ? Qu'en faites-vous ?

— Jusqu'ici, je n'en ai pas eu... Mais, avec toi, cela peut changer, ajouta-t-il un sourire aux lèvres.

— Merci de me prévenir ! s'écria-t-elle toute sa froide réserve envolée.

Il haussa les épaules :

— Peut-être es-tu stérile.

— Oh ! (Elle suffoqua d'indignation.) Cela ferait votre affaire sans doute. Pas de bâtards, alors. Mais il n'en est pas moins vrai que ce serait très mal de me prendre sans que notre union soit bénie.

Il rit et se mit à table :

— Obstinée comme une mule. En devenant ma femme, tu penses peut-être que tu te sacrifierais pour les paysans et leur famille. Quel beau geste ! Mais je n'apprécie pas.

— Le prêtre n'est pas venu aujourd'hui, dit-elle, comme il commençait à manger. Avez-vous oublié votre promesse ?

— Non, répondit-il, la bouche pleine. Il est en tournée. Dès son retour à Cregan, mes hommes le dépêcheront ici. C'est une question de quelques jours. Patiente !

— Ceux qui ont mis le feu à la ferme de Hilda, les avez-vous pris ?

— Oui. Tu en doutais ?

Elle soutint son regard :

— Non, messire, je l'ai déjà remarqué, vous êtes un homme qui arrive à ce qu'il veut. Que ferez-vous d'eux ?

— Ils ont tué la fille de cette femme, j'en ai tué quatre. Mes hommes autant. Les autres jurent qu'ils n'ont pas pris part au meurtre, mais ils ont sûrement pris leur plaisir avec la fille avant qu'on la tue. Demain, ils seront fouettés. Ils répareront le dommage causé à la vieille. Puis ils m'appartiendront, comme esclaves.

Aislinn crut revoir le fouet dans la main du Normand.

— Votre travail va devenir bien lassant, murmura-t-elle.

— Je n'infligerai pas moi-même la punition. Les hommes du bourg le feront, pour venger la vieille.

— Vous avez des méthodes étranges.

Il la regarda avec une insistance qui la gêna. Elle détourna les yeux et s'affaira à ranger quelques objets.

— Les voleurs ont-ils résisté ? demanda-t-elle. D'ordinaire, ils se montrent plutôt couards. Mon père a souvent eu à s'en plaindre.

— Non, à l'exception de ceux que nous avons poursuivis, Sweyn et moi.

Elle lui jeta un coup d'œil rapide :

— Et vous n'avez pas été blessé ?

— Non, à cette exception près. (Il étendit les

mains, la paume en l'air et elle eut un haut-le-corps à la vue des ampoules qui les gonflaient.) Les gantelets sont bien utiles, tu vois, j'ai été fou de les laisser ici.

— Mais vous avez dû vous servir de votre épée comme un forcené.

— En effet, ma vie en dépendait.

Là-dessus, il se leva et commença à se déshabiller pour prendre son bain. Aislinn se détourna. La coutume voulait que les femmes du manoir aident les visiteurs dans leur toilette, mais son père l'avait dispensée de ce genre de tâche. Elle était trop belle et il n'était pas nécessaire de tenter le diable. Jusqu'à l'arrivée de Ragnor, elle n'avait jamais vu un homme nu.

Déshabillé, à l'exception de son cache-sexe, Wulfgar l'appela. Elle jeta un coup d'œil par-dessus son épaule et s'aperçut qu'il lui indiquait son pansement. Ramassant les ciseaux qu'il lui avait confisqués le matin, elle le rejoignit et coupa la compresse. La blessure commençait à se refermer. Elle lui recommanda la prudence et, ramassant les linges souillés, elle regarda au loin, en attendant qu'il soit dans l'eau.

— Voulez-vous vous joindre à moi, damoiselle ?

Elle fit demi-tour, incrédule :

— Messire !

Il rit et elle comprit qu'il la taquinait, mais il la détailla des pieds à la tête, l'œil brillant.

— Une autre fois... Quand nous nous connaîtrons mieux, peut-être.

Ecarlate, elle se recula dans l'ombre. Elle pouvait le surveiller sans être vue.

Enfin il sortit de la baignoire. Elle resta immobile dans son coin, n'osant se rapprocher de lui. Pour peu que son désir renaisse, sans vêtements pour le freiner, son sort était bon.

Elle sursauta au son de sa voix.

— Viens ici, Aislinn.

Elle hésita. Que ferait-il si elle fuyait, comme la veille ? Il avait oublié de verrouiller la porte. Peut-être parviendrait-elle à l'atteindre à temps ? Mais elle se leva et, les jambes molles, se rapprocha de lui, comptant chaque pas comme s'ils la menaient à son bourreau. Debout devant lui, elle se sentait petite et sans défense. Elle lui arrivait à peine au menton. Cependant, malgré sa peur, elle soutint son regard. Il souriait, de son sourire moqueur.

— Croyez-vous que j'ai oublié la chaîne, madame ? Je ne vous fais pas confiance à ce point.

Un immense soulagement lui gonfla la poitrine, lui détendant les traits. Docile, elle resta immobile pendant qu'il se baissait et bouclait la chaîne à sa cheville. Puis, sans un mot, il poussa le verrou, souffla la chandelle et monta dans le lit, la laissant presque heureuse.

Au pied du lit, son tas de peaux de loup l'attendait. Sentant le regard de Wulfgar sur elle, elle ôta sa robe, gardant son jupon par pudeur, et commença à défaire ses cheveux. Elle les peignait lentement, à la lueur du feu, s'étonnant de cet homme qui l'avait à sa disposition et qui pourtant ne lui faisait rien, quand elle jeta un coup d'œil dans sa direction et le trouva qui, appuyé sur un coude, la contemplait avec beaucoup d'intérêt.

— A moins que tu ne sois prête à me tenir compagnie dans ce lit cette nuit, dit-il, la voix rauque, je te suggère de remettre ta toilette à demain. Je n'ai pas l'esprit assez brumeux que je ne me souvienne pas de ce qu'il y a sous cette chemise et peu m'importerait que tu ne sois pas consentante.

Aislinn ne se le fit pas répéter et, vivement, se glissa dans ses fourrures.

Plusieurs jours s'écoulèrent sans rien de marquant. Aislinn n'oubliait pas la mise en garde de Wulfgar, mais il la traitait davantage en serve qu'en maîtresse. Elle ravaudait ses vêtements, lui apportait ses repas et l'aidait à s'habiller. Durant la journée, il oubliait son existence. Il s'occupait avec ses hommes, mettant au point un système de défense pour le cas où ils seraient attaqués par des pillards ou des Saxons loyaux.

La chambre verrouillée et seuls tous les deux, en sentant le regard de Wulfgar sur elle, Aislinn se rendait compte qu'elle était sur un terrain très glissant. Les yeux gris d'acier la suivaient dans chacun de ses mouvements avec une intensité qui la faisait trembler. De sa couche de fourrures, elle se rendait compte qu'il restait éveillé très longtemps.

Une nuit, elle se réveilla, glacée des pieds à la tête. Elle se leva et tenta d'aller tisonner un peu le feu, mais la chaîne, trop courte, le lui interdit. Indécise, grelottant de froid, les bras croisés sur sa poitrine, elle se demandait comment se réchauffer. Elle se retourna à un mouvement dans son dos et vit les longues jambes de Wulfgar passer par-dessus le bord du lit. Son corps nu n'était que silhouette dans l'ombre.

— Tu as froid ?

Elle répondit d'un signe de tête, claquant des dents. Retirant une fourrure du lit, il la lui mit sur les épaules, la drapant étroitement autour d'elle. Puis, il jeta de nouvelles bûches dans le feu. Il attendit que les flammes soient hautes et, revenant à la jeune fille, il libéra sa cheville, jeta la chaîne au loin. Puis, debout, il la regarda au fond des yeux.

— Je veux ta parole que tu ne partiras pas. Peux-tu me la donner ?

— Oui. Et où pourrais-je aller ?

— Alors, tu es libre.

Elle sourit avec gratitude :

— Je n'aime pas du tout être enchaînée.

— Cela ne me plairait pas non plus, répondit-il d'un ton brusque.

Puis il se recoucha.

Les jours suivants, Aislinn eut le droit de se déplacer comme elle l'entendait. Elle pouvait aller et venir sans surveillance. Mais, le jour où reparut Ragnor, et qu'il l'aborda dans la cour, deux des hommes de Wulfgar se montrèrent aussitôt.

— Il te fait garder et m'envoie en mission, grommela Ragnor. Il doit craindre de te perdre.

— Ou bien il connaît vos façons d'agir.

— Ma parole, tu sembles satisfaite de ton sort ! Ton maître est-il donc si bon amant ? Cela m'étonnerait. Tout porte à croire qu'il préfère les jolis garçons aux belles filles.

Aislinn ouvrit de grands yeux innocents où brillait un éclair de malice.

— Oh ! messire, vous voulez plaisanter ! Jamais encore, je n'ai rencontré un homme aussi fort, aussi puissant. (Elle vit sa bouche se durcir et poursuivit :) J'avoue qu'à sa vue je me pâme.

— Tu te payes me tête.

— Oh, messire ! Iriez-vous prétendre que je lui joue la comédie ? Pouvez-vous croire que je ne puis aimer un homme qui sait se montrer doux à mon cœur et dont les paroles de tendresse mettent le feu dans mon corps ?

— J'aimerais bien savoir ce que tu lui trouves.

Elle haussa les épaules :

— Messire, votre temps est précieux et je ne voudrais pas retenir votre attention les heures durant qu'il me faudrait pour vous expliquer les raisons qui font qu'une femme sait reconnaître le seigneur de son cœur, les liens qui se tissent entre eux et...

Le tonnerre d'une cavalcade l'interrompit ; elle se retourna. Wulfgar arrivait avec ses hommes. A la vue du couple, il fronça les sourcils et fit halte à côté d'eux. Il mit pied à terre et tendit les rênes à son écuyer, Gowain.

— Tu es revenu de bonne heure.

— Oui, admit Ragnor de mauvaise humeur. Ma tournée dans le Nord n'a servi à rien. Les Anglais sont rentrés chez eux et ont fermé leurs portes par peur des espions. Je ne suis pas en mesure de savoir ce qu'ils font derrière leurs murs. Peut-être se divertissent-ils avec leurs femmes comme tu parais le faire avec celle-ci. A l'entendre, tu sais très bien t'y prendre.

— Vraiment, c'est ce qu'elle dit ?

D'une main, Wulfgar caressa doucement la nuque d'Aislinn, sans tenir compte de sa crispation soudaine. Il sourit :

— Elle me donne aussi beaucoup de plaisir.

— Et moi, je dis qu'elle ment !

— Parce qu'elle s'est débattue avec toi ? (Wulfgar rit :) Comme toute damoiselle, elle est beaucoup plus sensible à la douceur.

Ragnor renifla de mépris :

— Elle n'a pourtant rien d'un jouvenceau. Je me demande comment tu as pu t'y méprendre.

Aislinn, à la pression des doigts de Wulfgar sur son épaule, sentit la colère monter en lui. Mais il répondit avec calme :

.— Tu te montres bien imprudent. Je ne pensais pas que tu désirais cette jeune personne au prix de ta vie. Mais je te pardonne, elle est de celles qui rendent les hommes téméraires. Peut-être qu'à ta place j'aurais tes réactions.

Sa main glissa jusqu'à la taille d'Aislinn, la serra doucement contre lui :

— ... Tu ferais bien d'envoyer chercher Hlynn. Demain, il te faudra partir. Le duc requiert ta présence. Là-bas, tu n'auras que peu de temps pour trousser des filles.

Là-dessus, il lui tourna le dos, entraînant Aislinn. A leur entrée dans le manoir, Kerwick, enchaîné avec les chiens, vit le Normand envelopper d'une caresse légère le postérieur de la jeune fille. Torturé par la jalousie, toute son attention concentrée sur cette main, le jeune homme ne remarqua pas le regard furieux d'Aislinn. Elle se précipita dans l'escalier, criant à Hlynn de lui apporter de l'eau. Wulfgar la suivit des yeux et ne se retourna qu'en entendant la porte claquer.

— Petit Saxon, dit-il à l'intention de Kerwick, si tu parlais ma langue, je te féliciterais pour ton goût. Mais, de Marte et toi vous êtes peu sages de vouloir cette fille comme vous le faites. Elle a déchiré vos cœurs et elle en a jeté les morceaux. Bientôt, tu l'apprendras, comme je l'ai fait : il ne faut jamais faire confiance à une femme. (Il prit un pichet de bière, le leva comme pour boire à la santé de l'homme enchaîné :) Les femmes, sers-t'en, caresse-les, laisse-les, mais ne les aime jamais, mon ami. Cette leçon m'a été enseignée dès l'enfance.

Debout, devant la cheminée, il en contempla le feu, puis il monta dans sa chambre. Elle était vide. Quel tour lui jouait donc cette petite mégère ? Qu'elle cherche à se venger de Ragnor, soit, mais il n'avait lui, nullement l'intention de se laisser faire. Profondément irrité, il se dirigea vers la chambre qu'il avait désignée pour sa mère et, sans hésiter, en ouvrit la porte qui s'en fut claquer contre le mur. Aislinn sursauta, voilant de ses mains ses seins nus, et Hlynn manqua de faire tomber le pot d'eau, dont elle arrosait le dos de sa maîtresse. La petite servante s'écarta vivement, craintive, comme Wulfgar s'approchait. Il se planta à côté de la baignoire, regardant Aislinn qui levait vers lui un visage rouge de colère.

— Cela vous gêne, messire ? demanda-t-elle, indignée.

Il lui sourit :

— Oh, que non ! (Puis il indiqua Hlynn :) Ragnor la cherche à ce que je crois.

— Et moi, j'ai besoin d'elle, répliqua-t-elle. C'est visible, ce me semble.

— C'est curieux, je croyais que tu te baignais le matin, après mon départ, fit-il en se repaissant du spectacle de ses jolis seins.

— D'habitude, oui. Mais certains contacts m'ont fait éprouver le besoin de me laver.

— Dis-moi donc, l'idée que de Marte fasse l'amour

à une autre fille te déplaît-elle donc tellement que tu gardes celle-ci avec toi ?

Aislinn lui décocha un regard meurtrier :

— Cette brute peut bousculer toutes les catins normandes qu'il lui plaira. Hlynn n'est pas faite à vos brutalités. Il se plaît à lui faire mal et, si vous aviez un peu de compassion, vous ne la lui livreriez pas si facilement.

Il haussa les épaules :

— Je ne veux pas me mêler de ces raisonnements de femmes, répondit-il en entourant autour de son doigt une boucle échappée à la masse des cheveux noués au-dessus de sa tête.

— Je sais, répliqua-t-elle d'un ton bref. Vous avez voulu me discréditer aux yeux de mon fiancé en me caressant devant lui. S'il était libre, vous agiriez autrement.

Il se pencha sur le rebord de la baignoire :

— Dois-je le libérer ? M'est avis que le petit Saxon t'aime beaucoup plus que tu ne l'aimes... Pourquoi as-tu l'air aussi effrayée ? ajouta-t-il, impatienté, après un coup d'œil dans la direction de Hlynn, réfugiée dans un coin obscur. Dis-lui que c'est sa maîtresse que je veux dans mon lit. Pas elle.

Aislinn leva les yeux vers la jeune fille qui tremblait.

— Le seigneur ne te veut aucun mal, Hlynn, dit-elle en anglais. Peut-être pourra-t-il t'accorder sa protection. Calme tes pleurs.

La petite s'assit par terre, très intimidée par le grand Normand, mais animée de l'espoir que sa maîtresse saurait veiller sur elle.

— Que lui as-tu dit ?

Aislinn se leva, saisit vivement une serviette pour dissimuler sa nudité aux regards très intéressés de Wulfgar et sortit de la baignoire.

— Selon vos instructions, je lui ai dit que vous ne lui feriez pas de mal.

— Tu es aussi sage que belle, murmura-t-il en caressant doucement son bras du bout du doigt.

Aislinn leva vers lui un regard implorant. Ils étaient si proches l'un de l'autre qu'elle sentait le long de sa cuisse le contact de la sienne. Aislinn eut une soudaine impression de faiblesse. Wulfgar, quant à lui, réagit comme s'il avait reçu un coup et son souffle s'accéléra. Il serra les poings, luttant pour supporter cette proximité sans la saisir violemment et satisfaire, immédiatement et sur place, à la violence de son désir. Hlynn les regardait, il le savait et il se sentait stupéfait de réagir physiquement avec une telle force, en présence d'un tiers. Il avait réussi à se maîtriser en la regardant se baigner, mais la serviette mouillée étroitement appliquée sur ses formes le mettait au supplice.

— Messire, murmura doucement la jeune fille. Vous me l'avez dit, nous ne sommes que des esclaves. Vous avez indiscutablement le droit de donner Hlynn à qui bon vous semble, mais, je vous en prie, soyez pitoyable en ce qui la concerne. Elle a toujours été une bonne servante et ne demande qu'à continuer, mais pas comme fille à soldats. Elle est sensible. Tenez-en compte. Faites en sorte qu'elle ne vous haïsse pas comme les hommes qui l'ont prise. Elle n'a rien fait qui mérite une telle cruauté.

Wulfgar fronça le sourcil :

— Proposes-tu un nouveau marché ? Es-tu prête à partager mon lit pour que cette fille ne soit pas livrée à Ragnor ?

Aislinn prit une profonde inspiration :

— Non, je vous prie, c'est tout.

— Tu demandes beaucoup, mais tu ne veux rien donner en retour. Tu es venue me supplier pour Kerwick, à présent, pour cette fille, quand le feras-tu pour toi ?

— Ma vie en dépend-elle, messire ?

— Et s'il en était ainsi ?

— Je pense que je ne saurais pas jouer les catins, même alors.

Il la regarda au fond des yeux :

— Viendrais-tu de ton plein gré si tu m'aimais ?

— Si je vous aimais ? répéta-t-elle. Mon amour est tout ce qui me reste et je peux le donner librement. L'homme que j'aimerais n'aurait pas besoin de me prier d'être une épouse ou de lui accorder tous les droits que cela implique. Ragnor m'a pris ce que je réservais à mon fiancé, mais mon amour reste destiné à l'homme que mon cœur désignera.

— Aimes-tu Kerwick ?

Elle secoua la tête.

— Non, je n'ai jamais aimé un homme, répondit-elle avec franchise.

— Et moi, aucune femme, répliqua-t-il. Mais je les ai désirées.

— Je ne désire aucun homme.

De la paume, il lui caressa la joue, descendit le long de son cou. Il la sentit trembler et sourit :

— Il me semble que vous traitez bien à la légère ce à quoi rêvent les jeunes filles, damoiselle.

Elle leva vivement les yeux vers lui, s'aperçut qu'il riait d'elle. Elle s'apprêtait à lui répondre vertement quand, d'un doigt sur les lèvres, il lui ferma la bouche :

— Hlynn a pour ordre de s'occuper de toi jusqu'au départ de Ragnor, demain matin. Il ne la cherchera pas longtemps et, à moins que tu ne désires la remplacer, je te conseille de rester auprès de moi. C'est toi qu'il veut et il a cela de commun avec ses hommes et les miens. Mais s'ils sont assez avisés pour garder leurs distances, ce n'est peut-être pas son cas. Tu comprendras vite la sécurité que t'offre notre chambre.

Aislinn lui sourit et une fossette se creusa au coin de sa bouche :

— Je suis parfaitement consciente de l'avantage

qu'il y a à dormir à côté de vous, messire, sinon avec vous.

Pour le repas du soir, Aislinn prit place, comme d'habitude, à côté de Wulfgar. Mais Ragnor s'installa à côté d'elle et la dévora des yeux. Ses cheveux, tressés en couronne sur sa tête, brillaient. Sa peau claire sentait la fraîcheur. Elle avait les joues roses et les yeux étincelants. Elle se tourna pour répondre à une question de Wulfgar et la vue de sa nuque, de ses épaules dégagées par sa robe de velours vert, accéléra les battements de son cœur. Penser que ce joyau lui avait été dérobé par cet ignoble bâtard !

Il se pencha vers elle.

— Il m'expédie à Guillaume, murmura-t-il. Mais il ne pourra pas m'éloigner éternellement de toi. (Doucement, il caressa sa manche.) Je peux te donner beaucoup plus que lui. Ma famille est noble et influente. Viens avec moi, tu ne le regretteras pas.

Aislinn repoussa sa main, méprisante :

— Darkenwald est ma maison. Je n'ai pas besoin d'autre chose.

— Tu appartiendras alors au possesseur de ce manoir ?

— C'est Wulfgar et je lui appartiens, répliqua-t-elle d'un ton froid.

Le repas terminé, Wulfgar sortit et Aislinn monta aussitôt dans sa chambre comme il le lui avait conseillé. Mais elle n'avait pas compté sur le fait que Ragnor l'attendrait dans l'ombre de l'étroit couloir. En le voyant, elle s'arrêta net. Il s'approcha d'elle, un sourire satisfait aux lèvres et la prit par le bras.

— Wulfgar est bien imprudent avec toi, Aislinn.

— Il n'a pas pensé que vous auriez un accès de folie, répondit-elle en cherchant à se dégager.

Lentement, il lui caressa les seins, descendit jusqu'aux hanches :

— Jamais je n'aurais cru que le souvenir d'une fille puisse me hanter à ce point.

— Vous me voulez pour la seule raison que Wulfgar m'a faite sienne. Laissez-moi tranquille ! Trouvez quelqu'un d'autre à caresser ! Lâchez-moi !

— Non, c'est toi que je veux, murmura-t-il contre ses cheveux.

La retenant d'un bras contre lui, de l'autre, il ouvrit la porte de la chambre.

— Wulfgar s'occupe de ses chevaux et de ses hommes. Vachel m'a promis de monter la garde devant cette porte. Il nous avertira. Viens ma colombe, nous n'avons pas de temps à perdre.

Aislinn chercha à lui griffer le visage. Mais il lui saisit les poignets et lui ramena les bras dans le dos, l'écrasant contre son torse. D'un coup de pied il referma la porte et, soulevant la jeune fille, l'emporta.

— Vermine gluante ! Rat visqueux ! Plutôt mourir que te subir une fois encore !

Elle luttait de toutes ses forces contre l'étreinte de ses muscles puissants.

— Je ne vois pas comment tu ferais, ma colombe, à moins de mourir sur commande. Détends-toi, je serai gentil avec toi.

— Jamais !

— Eh bien, comme tu voudras.

Il la jeta sur le lit et se laissa tomber sur elle avant qu'elle n'ait pu faire un mouvement. Elle se tordit sous lui, ramenant sur ses cuisses sa jupe qu'il soulevait. Si seulement elle pouvait tenir jusqu'à l'arrivée de Wulfgar ! Mais, dans ses efforts pour sauver ce qui lui restait de dignité, elle perdait rapidement du terrain. Ragnor, déchirant son corsage, lui dénuda la poitrine. Elle sentit le contact de ses lèvres chaudes et humides sur son sein et elle frissonna de dégoût.

— Si tu peux coucher avec ce lourdaud, tu vas apprendre ce qu'est le plaisir avec un amant digne de ce nom.

A demi étranglée, elle tenta de le repousser :

— Rustre imbécile. Tu es lamentable, comparé à lui !

Soudain, un énorme craquement fit vibrer toute la pièce. Ragnor sursauta violemment, roula sur lui-même et regarda d'où venait ce bruit. La porte tremblait encore dans ses gonds. Sur le seuil se tenait Wulfgar, à ses pieds Vachel, gémissant et comme désarticulé. Avec une désinvolture rien moins que rassurante pour Ragnor, Wulfgar s'adossa au chambranle et posa un pied sur la poitrine de Vachel. Son premier regard fut pour Aislinn, enregistrant les dégâts subis. Puis il fixa son tourmenteur devenu fort pâle.

— Je n'ai pas l'habitude de tuer un homme pour une femme, dit lentement le grand Normand. Mais, vous, sire de Marte, vous cherchez la provocation. Ce qui m'appartient, je le garde et n'autorise personne à en discuter. Il est heureux pour vous que Sweyn ait remarqué Vachel dans l'ombre, devant ma porte. Si vous aviez été plus loin avec cette damoiselle, vous n'auriez pas assisté au lever du soleil.

Là-dessus, il se tourna, fit un geste en direction du couloir et Sweyn parut. Aislinn s'assit et c'est avec un sourire radieux qu'elle regarda le gigantesque Viking s'approcher et cueillir le jeune noble à ses côtés. Ragnor se débattit, vouant les deux hommes au diable.

— Jette-moi ça dans la première soue venue, dit Wulfgar. (Et, désignant Vachel :) Puis, viens chercher celui-là et fais-lui subir le même sort. Ils pourront échanger leurs impressions et réfléchir à ce qui attend ceux qui touchent à ce qui m'appartient.

Les ordres exécutés, Wulfgar ferma la porte et se tourna vers Aislinn. Elle arborait un lumineux sourire de gratitude, mais, quand il s'approcha d'elle, elle évacua vivement le lit.

— Sire Ragnor aura des raisons de vouloir votre dépouille à présent. Vous lui avez infligé une terrible blessure d'amour-propre.

— Et cela t'enchante de nous voir nous quereller à ton sujet. Duquel de nous deux seras-tu le plus contente d'être débarrassée ? Je menace davantage ta tranquillité d'esprit que lui.

Elle leva ses yeux violets vers ses yeux gris, sourit :

— Messire, me prenez-vous pour une sotte ? Je suis protégée par le seul fait que vous avez jeté votre dévolu sur moi. Je sais parfaitement ne pas encore avoir payé pour cela et je vous en suis reconnaissante mais je continue à espérer que vous êtes d'esprit assez noble pour ne pas demander un dû de cette sorte à une dame qui n'est pas votre épouse.

— Je ne suis jamais noble par nature, Aislinn. Surtout pas avec les femmes. Ne te fais pas d'illusion, tu paieras.

Il souffla sur les chandelles, se déshabilla à la lueur du feu, puis se jeta sur le lit :

— Demain, tu porteras une dague pour te protéger. Cela découragera peut-être d'autres attaques.

6

Le départ de Ragnor, le lendemain matin, avait été rapide et discret. Aislinn, le cœur léger, vaquait à ses occupations, le poids familier de sa ceinture et de sa dague dans son étui ajoutait à sa satisfaction. Wulfgar les lui avait apportées lui-même alors qu'elle s'habillait.

L'après-midi tirait à sa fin quand, assise à côté de la tombe de son père avec sa mère, elle aperçut un homme qui, d'un pas lourd, se dirigeait vers le manoir, à travers bois. Elle le regarda avec attention. Quelque chose en lui l'intriguait. Brusquement, elle découvrit qu'il portait des cheveux longs et une barbe. Elle étouffa une exclamation de surprise et sa mère leva la tête. Elle lui sourit, rassurante, et Maida reporta son attention au monticule de terre, reprenant son balancement d'avant en arrière et sa mélopée assourdie.

D'un coup d'œil autour d'elle, Aislinn s'assura qu'aucun Normand n'avait aperçu l'homme. Puis elle se leva et, à pas comptés, se dirigea vers l'arrière du manoir. Là, certaine qu'on ne la regardait ni ne la suivait, elle se mit à courir, traversant la clairière, jusqu'au bord du marais où elle avait remarqué l'homme. Il était encore là et elle reconnut en lui Thomas, l'écuyer de son père qu'elle avait cru mort. Il s'arrêta en la voyant, puis se précipita vers elle.

— Oh! madame, je désespérais de jamais revoir Darkenwald. Comment va messire Erland? J'ai été blessé à Stamford Bridge et je n'ai pu suivre l'armée, au sud, pour rencontrer Guillaume. L'heure est triste pour l'Angleterre. Nous avons perdu.

— Ils sont là, Thomas, murmura-t-elle. Mon père est mort. Il faut vous cacher.

Il comprit soudain la portée de ce qu'elle venait de dire et, une main sur son épée, regarda en direction du manoir. Il vit alors l'ennemi dans la cour et quelques-uns à côté de Maida.

— Allez chez Hilda, dit la jeune fille, très vite. Son mari est mort à côté de mon père et des bandits ont tué sa fille. Elle sera heureuse de vous avoir auprès d'elle. Allez à présent. Je vous rejoindrai quand je serai sûre de ne pas être surveillée. J'apporterai des provisions.

Il ne se le fit pas répéter et disparut entre les arbres. Quand il fut hors de vue, elle rentra et, aidée de Hlynn, réunit pain, viande et fromage qu'elle dissimula sous son manteau. Dans sa hâte elle passa devant Kerwick sans y prendre garde. Il saisit sa jupe au passage, l'arrêtant brusquement:

— Où vas-tu si vite? Ton amant s'impatiente?

— Oh ! Kerwick ! protesta-t-elle. Pas maintenant ! Thomas est revenu. Je vais m'occuper de lui.

— Dis-moi donc quand ton amant daignera me libérer. Les chaînes sont pénibles à porter. Mon cerveau se rouille. J'aimerais avoir autre chose à faire qu'à empêcher les chiens de me sauter dessus. Eux, on les détache dans la journée. Que dois-je faire pour être libéré ?

— J'en parlerai à Wulfgar, ce soir.

— Quelle douceur lui promettras-tu que tu ne lui aies déjà donnée ?

Elle soupira :

— La jalousie t'égare.

Furieux, il tira sur son vêtement, lui faisant lâcher son paquet, et l'attira brutalement sur ses genoux. Possessive, sa bouche lui écrasa les lèvres et, d'une main, il arracha l'étoffe de son corsage.

Elle réussit à se dégager, le repoussa :

— Kerwick, non ! Pas toi aussi !

— Et pourquoi le bâtard et pas moi ? (Il lui caressait les seins, son visage émacié, creusé par le désir :) J'en ai le droit, pas lui !

— Non ! Non ! (Folle de rage elle tentait de repousser ses mains avides :) Notre union n'a pas été bénie. Je n'appartiens à personne. Ni à toi ni à Ragnor, même pas à Wulfgar ! Seulement à moi-même.

— Alors, pourquoi te vautres-tu dans le lit du Normand comme une chienne bien docile ? lui cracha-t-il au visage. A table, tu n'as d'yeux que pour lui. Il t'accorde à peine un regard et tu te mets à bredouiller.

— C'est faux !

— Crois-tu donc que je ne le remarque pas ? Je n'ai rien de mieux à faire. Tu le regardes comme un affamé regarderait un morceau de gibier ! Et pourquoi, mon Dieu ! Il est l'ennemi et je suis ton fiancé. Pourquoi ne me manifestes-tu pas la même tendresse ? J'ai besoin de ton corps, moi aussi. Tous ces mois où je suis resté chaste pour toi. Je n'en peux plus.

— Aurais-tu l'intention de me prendre ici ? lui demanda-t-elle, tremblant de colère. Suis-je si peu pour toi qu'il faille te satisfaire comme tes compagnons de chaîne le font avec leurs femelles ? Au moins, Wulfgar ne me traite pas ainsi.

Il lui infligea une violente secousse :

— Tu l'avoues, tu préfères ses baisers aux miens.

— Oui ! cria-t-elle, des larmes de douleur et de colère jaillissant de ses yeux. Et à présent, lâche-moi avant qu'il n'arrive.

Il la repoussa brusquement avec un juron. Puis, honteux, tendit la main vers elle. Elle eut aussitôt un mouvement de recul.

— Tu as raison, Aislinn. La jalousie me rend fou. Pardonne-moi, mon amour.

— Je vais voir si Wulfgar veut te libérer, dit-elle d'un ton posé.

Puis elle le laissa, son manteau haut croisé sur son corsage déchiré et sur son petit paquet. Elle n'avait pas le temps d'aller se changer. Wulfgar pouvait revenir à tout moment.

Hilda attendait à sa porte. Aislinn entra vivement chez elle, lui donna la nourriture :

— Si quelqu'un s'étonne, dis que c'est moi qui l'ai pris. Inutile de te faire punir à ma place. Mais il faut cacher Thomas. On ne doit pas le trouver ici.

— N'ayez crainte, mademoiselle. On trouvera un endroit sûr.

— Il faut que je parte. Je rapporterai de la nourriture dès que je le pourrai.

Elle avait ouvert la porte et s'apprêtait à sortir lorsque Hilda poussa un cri :

— Les Normands !

Aislinn se sentit glacée de peur. Wulfgar était là, flanqué de deux hommes. D'un simple geste de la main, il l'écarta de son passage.

— Non ! Il n'a rien fait ! cria-t-elle en s'accrochant à son bras. Laissez-le !

Il baissa les yeux sur les petites mains crispées sur sa manche :

— Vous vous mêlez de ce qui ne vous regarde pas, Aislinn de Darkenwald.

Anxieuse, elle regarda en direction de Thomas prêt à se battre. Fallait-il qu'un autre Saxon périsse de la main des Normands ? Son cœur se serra.

— Seigneur, dit-elle, ses beaux yeux suppliants levés vers Wulfgar. Thomas est un valeureux guerrier. Faut-il que son sang soit versé maintenant que la bataille est terminée, parce qu'il a combattu loyalement pour le roi, auquel mon père et lui avaient donné leur parole ? Seigneur, montrez sagesse et merci. Je ramasserai le gant, je serai votre esclave.

— Tu marchandes ce qui m'appartient déjà, répondit-il, le visage taillé dans la pierre. Laisse-moi et occupe-toi ailleurs.

— Je vous en prie, murmura-t-elle, en larmes.

Sans autre parole, il dénoua ses doigts, la repoussa et s'avança vers Thomas, qu'encadrèrent aussitôt ses deux soldats.

— On t'appelle Thomas ? lui demanda-t-il.

Celui-ci se tourna vers Aislinn, déconcerté.

— Seigneur, il ne parle pas votre langue.

— Dis-lui de rendre son épée et de venir avec nous.

Elle traduisit pour le Saxon qui regarda les trois hommes avec méfiance.

— Vont-ils me tuer, madame ?

Elle eut un regard hésitant pour le dos de Wulfgar. S'il pouvait tuer quatre bandits armés à lui tout seul, un homme épuisé, mourant de faim, ne lui opposerait pas grande résistance, s'il cherchait à l'abattre.

— Non, répondit-elle. Je ne crois pas. Le nouveau seigneur de Darkenwald sait se montrer juste.

Thomas, à contrecœur, tendit son épée, sur ses deux paumes, à Wulfgar qui l'accepta. Puis, prenant

Aislinn par le bras, il la fit passer devant lui et sortit, suivi de Thomas, encadré de ses hommes. Il marchait à grands pas et elle avait du mal à suivre sa cadence, trébuchant sur le sol inégal. Soudain, elle se tordit le pied et, pour retrouver son équilibre, lâcha les bords de son manteau. Il l'aida à se redresser et son regard tomba sur son corsage déchiré, mettant sa poitrine à nu. Ses yeux s'agrandirent de surprise à la vue de ses seins blancs, impudents, ils s'étrécirent en s'abaissant vers la dague dans son fourreau, puis ils remontèrent vers son visage. Elle eut l'impression alors que l'acier de son regard lui perforait le cerveau, lisait ses pensées les plus intimes, certaine qu'il savait la vérité. Elle attendit, respirant à peine, jusqu'à ce qu'il ait drapé les plis du manteau sur ses épaules pour qu'elle pût le retenir et lui ait repris le coude.

Il ne prononça pas un mot jusqu'au manoir où il la libéra. Puis, comme il paraissait consacrer son attention à Thomas, elle gravit les première marches de l'escalier dans l'espoir de se changer.

— Non ! commanda-t-il d'une voix de stentor.

Lentement, digne, elle fit demi-tour, redescendit.

— Messire ? s'enquit-elle doucement. Qu'y a-t-il pour vous servir ?

— Reste jusqu'à ce que je te dise d'aller. Trouve un siège.

Elle obéit, s'assit sur un banc, devant la table. Pivotant sur les talons, Wulfgar désigna Kerwick :

— Qu'on le détache et qu'on l'amène ici !

Kerwick pâlit et se débattit, mais il n'était pas de taille. Il parut se rétrécir sous le regard de Wulfgar et Sweyn ricana.

— Le petit Saxon tremble de frousse. Qu'a-t-il donc fait pour trembler ainsi ?

— Rien ! s'écria Kerwick. Lâchez-moi !

Il se mordit les lèvres, mais trop tard.

— Ah ! tu parles notre langue. Wulfgar avait raison.

— Que me voulez-vous ? demanda le jeune homme avec un regard en direction d'Aislinn.

Wulfgar lui sourit :

— Ce Thomas, là, ne nous comprend pas. Tu vas m'aider.

Aislinn n'était pas complètement rassurée. Pourquoi ne pas lui avoir demandé cela, à elle ? Elle ne quittait pas Wulfgar des yeux, qui parlait à Kerwick sans même accorder un regard à Thomas.

— Parle à cet homme et dis-lui qu'il peut être esclave et rester enchaîné avec les voleurs, ou retrouver en partie sa position d'avant, à trois conditions : il ne reprendra les armes que sur mon ordre ; il doit se faire tailler barbe et cheveux comme nous et il doit jurer fidélité au duc Guillaume aujourd'hui même.

Kerwick traduisit et Thomas donna son accord avec d'autant plus de vigueur que le jeune homme lui montra les traces de fouet sur son dos.

Aislinn, qui avait centré toute son attention sur les deux hommes, se rendit compte soudain que son manteau s'était ouvert offrant ses seins aux regard de Wulfgar. Très rouge, elle rapprocha vivement les pans du vêtement, mais, déjà, il avait posé une main sur son épaule nue, la caressait, descendait. Horriblement gênée, elle s'aperçut que Kerwick s'était tu. Le regard brillant de rage, il serrait les poings, luttant visiblement pour garder son sang-froid. Elle comprit le jeu de Wulfgar et voulut parler. Avant qu'elle ait pu réagir, la pression de ses doigts sur son épaule s'accentua. Elle leva les yeux et le regard gris lui ordonna de se taire.

— Alors, Kerwick, continue ton travail.

— Je ne peux pas !

— Et pourquoi cela ? s'étonna Wulfgar d'un ton plaisant. Je suis ton maître. N'est-il pas entendu que tu dois m'obéir ?

— Alors, laissez-la ! hurla soudain le jeune homme. Vous n'avez pas le droit de la caresser. Elle est à moi.

Brusquement, Wulfgar changea d'attitude. Il arracha son épée du fourreau et, la tenant à deux mains, il fendit en deux une énorme bûche, devant la cheminée. Puis, il la ficha dans un siège et marcha sur Kerwick. Celui-ci, quoique pâle, s'efforçait de le regarder avec défi. Le grand Normand se planta devant lui, jambes écartées, et sa voix fit trembler la voûte :

— Par tous les dieux ! Saxon ! Tu commences à m'irriter ! Tu n'es plus baron et tu n'as plus de terres. Tu es un serf et tu oses faire valoir des droits sur ce qui m'appartient. Je ne voudrais pas m'embarrasser d'une femme qui s'accrocherait à moi, celle-là a un avantage sur toi, elle me donne du plaisir et sa vie, de ce fait, compte davantage à mes yeux que la tienne. Aussi, n'insiste pas, si tu tiens à ta peau. Tu comprends ? ajouta-t-il d'un tout autre ton.

Kerwick baissa la tête.

— Oui, monseigneur, dit-il. (Puis il se redressa de toute sa taille et regarda Wulfgar en face :) Mais ce sera dur, car je l'aime.

— Bon, la question est réglée alors, déclara le grand Normand. (Il était pris entre une certaine forme de respect pour le jeune homme et l'étonnement : comment pouvait-on en arriver à de tels excès pour une femme ?) On t'enlèvera tes chaînes. A présent, que l'on emmène cet homme, qu'on lui coupe les cheveux et qu'on lui fasse prêter serment sur la croix.

Aislinn s'étira dans son lit de fourrures, ouvrit à demi un œil sous la lumière qui l'avait réveillée. Wulfgar s'était-il donc levé avant l'aube pour ouvrir les volets ? Elle regarda, un moment, la pluie qui tombait, puis, une ombre passant devant la fenêtre, elle comprit que Wulfgar était debout et habillé. Elle se leva aussitôt :

— Pardonnez-moi. J'ignorais que vous vouliez vous lever de bonne heure. Je vais vous chercher à manger.

Il secoua la tête :

— Non, je ne suis pas pressé. La pluie m'a réveillé.

Elle le rejoignit auprès de la fenêtre et, se penchant à l'extérieur, elle tendit ses mains en coupe à la pluie qui tombait. Elle but l'eau recueillie et rit comme une enfant au contact des gouttes froides, sur son menton et sa poitrine, à travers la fine camisole. Puis elle répéta son geste et sentit le regard de Wulfgar sur elle.

Un instant, elle contempla le paysage, très consciente de sa présence à côté d'elle.

— Messire, commença-t-elle sans le regarder, je vous suis infiniment reconnaissante de votre attitude envers Kerwick. Ce n'est pas le simple d'esprit qu'on peut croire. J'ignore le pourquoi de son attitude déraisonnable. Il est très intelligent, savez-vous ?

— Jusqu'au moment où il est aveuglé par la traîtrise d'une femme.

Elle se tourna vivement vers lui.

— J'ai toujours été fidèle à Kerwick, protesta-t-elle, empourprée. Jusqu'au jour où votre lieutenant en a décidé autrement.

— Je me demande si votre loyauté aurait duré longtemps si Ragnor n'avait pas couché avec vous.

Elle le regarda avec hauteur :

— Kerwick était le choix de mon père et j'aurais été loyale à ce choix jusqu'à ma mort. Je ne suis pas de celles qui s'offrent au premier mâle qui passe... Mais, dites-moi donc, messire, pourquoi craignez-vous tant les femmes et leurs infidélités ? Pourquoi cette haine, ce mépris de celle qui vous a donné le jour ? Que vous a-t-elle fait ?

La cicatrice qui barrait la joue de Wulfgar devint livide. Il lutta contre l'envie de souffleter la jeune fille, mais, dans ses yeux, il ne vit aucune crainte, seulement une question nette, calme. D'un mouvement brusque, il lui tourna le dos, s'écarta à grands pas, serrant les poings. Il garda le silence longtemps, secoué par la rage. Quand il parla, ce fut par-dessus son épaule, d'une voix sèche, claire.

— Oui, elle m'a donné le jour, mais c'est tout. Elle m'a haï aussitôt. Pour un petit garçon qui demandait un peu d'amour, elle n'avait rien à donner. Quand cet enfant s'est tourné vers un père qui aurait pu l'aimer, elle a détruit cela aussi. Ils m'ont rejeté comme une ordure ramassée dans le ruisseau !

A la pensée de ce petit être privé d'affection, le cœur d'Aislinn se serra. Elle ne comprenait pas pourquoi elle désirait soudain aller à Wulfgar, serrer sa tête contre sa poitrine et caresser son front pour en ôter les plis de souffrance. Jamais elle n'avait ressenti une telle tendresse pour un homme et elle ne savait comment réagir. Cet homme était un ennemi et elle voulait le consoler ! Etait-elle devenue folle ?

Elle le rejoignit, posa sa main sur son bras et leva les yeux vers lui :

— Je parle trop vite et mes paroles blessent. C'est un défaut que l'on me reproche souvent. Je vous demande pardon. Il ne faut pas rappeler des souvenirs aussi tristes.

Il lui caressa la joue :

— Pour être franc, je n'ai jamais fait confiance à une femme. C'est un défaut que l'on me reproche souvent, ajouta-t-il avec un sourire forcé.

— Il y a un début à tout, messire, nous verrons bien.

7

Wulfgar, du pouce, éprouva le tranchant de son
épée et la lame refléta la lueur du feu. Il avait
enlevé sa tunique et les muscles de son dos et de
ses bras jouaient magnifiquement au rythme de ses
mouvements pendant qu'il affûtait son arme. Assise
au pied du lit, Aislinn cousait. Elle était vêtue de sa
seule chemise. Installée, jambes croisées sur la pile
de fourrures, ses cheveux libres dans son dos, elle
ressemblait à quelque jeune Viking des temps
anciens. Peut-être avait-elle dans les veines du sang
de ces navigateurs, car la chaleur du feu et la vue
de l'homme à demi nu proche d'elle accéléraient les
battements de son cœur. Elle cassa son fil d'un coup
de dent et l'idée lui vint soudain que, si elle était
cette fille sauvage, elle pourrait se lever, aller caresser ce dos puissant et souple, ces bras musclés...

Elle ne put retenir un gloussement en songeant
à sa réaction. En l'entendant rire, Wulfgar la regarda,
railleur. Elle détourna vivement les yeux, plia le
vêtement qu'elle avait réparé, rangea fil et aiguille.
Wulfgar sursauta soudain, poussa un léger juron et,
levant le pouce, lui montra une coupure où perlait
une goutte de sang.

— C'est moi qui t'amuse ?

— Non, messire ! s'empressa-t-elle de répondre,
étonnée de sa propre réaction.

Elle devait bien se l'avouer, elle appréciait sa
présence et la recherchait sous le moindre prétexte.
Kerwick avait-il raison ?

Wulfgar reprit son travail et elle entreprit de
ravauder une autre de ses tuniques. Un coup léger à
la porte dérangea soudain ce tableau de tranquillité
domestique. A l'invitation de Wulfgar, Maida entra.

Elle fit une courbette à l'homme et alla s'asseoir à côté de sa fille.

— Comment as-tu passé la journée, mon enfant ? demanda-t-elle sur le ton du bavardage. Je ne t'ai pas vue. J'ai été occupée au-dehors pour tous les maux, les ennuis habituels.

Wulfgar eut un reniflement de mépris pour ce genre de conversation et continua d'affûter son épée. Quant à Aislinn, elle leva un sourcil surpris car, elle le savait, sa mère à présent ne s'occupait plus ni des gens ni de leurs maladies. Voyant Wulfgar intéressé ailleurs, elle baissa la voix et reprit, en saxon :

— Ne te laisse-t-il pas libre un instant ? Depuis ce matin, j'ai cherché à te parler et j'ai toujours trouvé un Normand planté à côté de toi.

D'un geste, Aislinn demanda à sa mère de se taire, avec un regard inquiet vers Wulfgar. Mais Maida secoua la tête.

— Cet âne ne parle pas notre langue et ne suivrait probablement pas nos idées s'il la parlait.

Aislinn haussa les épaules, impuissante, et sa mère poursuivit :

— Aislinn, écoute-moi avec attention. Kerwick et moi, nous avons trouvé un moyen de nous échapper. Rejoins-nous quand la lune sera levée... (Elle ignora le regard stupéfait de sa fille et lui prit la main :) Nous fuirons vers le nord où ils sont encore libres et où nous avons des parents. Nous attendrons le temps de réunir assez de monde pour revenir libérer notre maison de ces vandales.

— Mère, je vous en prie, ne faites pas cela, supplia Aislinn, luttant pour parler d'une voix calme. Les Normands sont trop nombreux et ils patrouillent la campagne. Ils nous écraseraient dans les champs comme des voleurs. Et Kerwick, qu'adviendra-t-il de lui si on le rattrape ?

— Il le faut. Je ne peux pas supporter de voir ces terres qui m'ont appartenu foulées par des pieds de Normands et donner du « seigneur » à celui-là !

— Non, mère, c'est de la folie. Si vous ne pouvez pas faire autrement, partez, mais moi, je ne le peux pas. Nos gens sont sous le joug du duc normand et ce seigneur, au moins (elle eut un coup d'œil pour Wulfgar), fait preuve d'une certaine compassion et accorde quelques concessions.

Maida vit le regard de sa fille s'adoucir et elle cracha son mépris :

— Quand je pense que ma propre fille, la chair de ma chair, donne son cœur à un bâtard normand et déserte ses propres parents pour une compagnie aussi vulgaire !

— Bâtard, peut-être, Normand sans doute, mais un homme et comme je n'en ai encore jamais vu.

Sa mère renifla :

— Il te chevauche bien, à ce que je vois.

Aislinn secoua la tête et leva un peu le menton :

— Non, mère, même pas. Nous sommes assises sur ce qui me sert de lit et je n'ai jamais été plus loin. Pourtant, mon esprit me trahit parfois et je me demande si je ne vais pas finir par me laisser aller et prendre l'initiative.

Là-dessus, elle fit un signe à sa mère et elles reprirent leur conversation en français, s'entretenant de menus faits sans importance. Wulfgar se leva, glissa son épée dans son fourreau et sortit de la chambre sans les regarder. Elles attendirent et, quand le bruit de ses pas s'éteignit dans l'escalier, Aislinn supplia sa mère de renoncer à son projet irréalisable et dangereux pour tout le monde.

Il se passa quelque temps avant que reparaisse Wulfgar qui revint en remontant ses chausses, comme s'il était sorti pour satisfaire un besoin naturel. Avec un grognement dans la direction des deux femmes, il s'assit et, prenant son écu, entreprit de le frotter avec un chiffon huilé.

Maida se leva, caressa doucement la joue de sa fille, leur dit au revoir et sortit de la pièce. Aislinn resta plongée dans ses pensées, toute son heureuse tranquillité disparue, remplacée par l'inquiétude. Elle leva soudain les yeux pour constater que Wulfgar avait cessé son travail et la contemplait avec un sourire presque doux aux lèvres. Il hocha la tête sans rien dire, reprit sa tâche, mais il paraissait attendre quelque chose.

Aislinn avait les nerfs tendus à craquer et, soudain, on entendit Maida pousser un hurlement. Une bousculade, un bruit sourd et puis le silence. Les yeux dilatés par l'horreur, Aislinn jeta sa couture et se précipita vers la porte, l'ouvrit, courut jusqu'à l'escalier qui surplombait la grande salle. La première chose qu'elle aperçut fut Kerwick, lié, bâillonné et enchaîné avec les chiens. Il ne se débattait pas. Maida, immobilisée à quelques centimètres du sol par les bras puissants de Sweyn, l'accablait d'insultes. Elle était de nouveau en guenilles et un gros ballot gisait par terre. A ce spectacle, la colère commença à monter en Aislinn. Elle fit volte-face en entendant la voix de Wulfgar, dans son dos.

— Qui donc vous a poussés à quitter mon toit ? Votre pays vous déplaît donc tant que cela ? N'obtenez-vous donc pas justice et récompense pour toute tâche bien accomplie, à moins que vous trouviez les marais du nord plus séduisants ?

Trois paires d'yeux se tournèrent vers lui, stupéfaits. Il s'était exprimé en un anglais parfait. Aislinn sentit ses joues la brûler. Il avait dû entendre tout ce qu'elle avait dit. Combien de fois avait-elle parlé en sa présence, assurée qu'il ne la comprenait pas ? Elle sentit la honte l'envahir.

Wulfgar, passant devant elle, descendit l'escalier et s'avança vers Maida, qu'il regarda dans les yeux.

— Sweyn, attache cette vieille avec les chiens et détache le bras de son compagnon avant qu'ils ne le mangent.

— Non ! hurla Aislinn en se précipitant. Vous ne lui ferez pas ça !

Wulfgar l'ignora et fit signe à Sweyn de lui obéir. Puis, s'adressant au couple :

— Vous vous tiendrez chaud cette nuit. Réfléchissez à tout cela et dites-vous que vous êtes bien naïfs. Bonne nuit... si vous le pouvez.

Il se pencha pour caresser l'un des chiens et, se tournant vers Aislinn, sans un mot, il lui prit le bras et l'entraîna vers l'escalier. Là, il s'arrêta, parut réfléchir et se retourna :

— Oh, Sweyn, lâche les chiens demain matin et vois si ces deux-là acceptent d'agir comme de loyaux esclaves. Ils pourront même retrouver leur liberté s'ils promettent de renoncer à leurs projets idiots.

En guise de reconnaissance, il reçut un regard meurtrier de Kerwick et une malédiction de Maida. Il haussa les épaules et sourit :

— Vous aurez changé d'avis demain.

Là-dessus, sans lâcher Aislinn, il monta vers sa chambre. Il venait d'en refermer la porte et se retournait quand il reçut une claque en pleine figure.

— Vous enchaînez ma mère avec les chiens ! cria la jeune fille. Eh bien ! vous m'enchaînerez avec elle.

Elle levait le bras pour le frapper à nouveau. Il la saisit au passage. Folle de rage, elle lui expédia un coup de pied dans le tibia. Sous l'emprise de la douleur, il la lâcha :

— Ça suffit ! Prends garde, espèce de mégère !

— Vous vous êtes payé notre tête ! hurla-t-elle tout en cherchant quelque objet pesant à lui jeter à la figure.

Il eut juste le temps de se baisser pour éviter une corne à boire, qui s'écrasa sur la porte.

— Aislinn ! fit-il d'un ton menaçant.

Mais, déjà, elle attrapait autre chose :

— Je vous hais !

En deux pas, Wulfgar fut sur elle. Il l'immobilisa, les deux bras autour d'elle.

— Ce n'est pas pour ta mère que tu es furieuse, lui

110

dit-il d'une voix de stentor. Tu sais parfaitement que j'aurais pu la faire fouetter.

— Vous n'avez pas le droit de l'humilier, protesta-t-elle avec véhémence en se tordant pour lui échapper.

— C'est ta vanité à toi qui a souffert, et c'est pour cela que tu cherches à te venger.

— Vous m'avez joué la comédie ! lança-t-elle en cherchant à lui écraser les orteils avec son talon.

Il fit glisser ses bras jusqu'à ses cuisses pour immobiliser ses jambes et la souleva de terre. Puis il l'installa sans douceur dans un fauteuil :

— A présent, calme-toi. Je n'ai pas du tout envie de te laisser mordre et marquer par les chiens.

Elle sauta tout aussitôt sur ses pieds :

— Je ne veux pas rester ici avec vous !

— Ne te tracasse pas. Je n'ai nullement l'intention de profiter de ton bon vouloir, répondit-il, railleur.

Elle se jeta sur lui pour le frapper à nouveau. Mais il lui saisit les bras, les lui ramena dans le dos, l'écrasant contre lui. Elle leva la jambe pour lui marcher sur le pied, mais son genou entrant en contact brutal avec le bas-ventre de Wulfgar, le Normand poussa un grognement de douleur et, à la grande surprise de la jeune fille, tomba à la renverse sur le lit. Elle en profita aussitôt pour lui labourer la poitrine de ses ongles.

— Petite garce ! Cette fois tu vas l'avoir ta leçon.

Il l'attrapa par le poignet, la renversa sur ses genoux mais, avant qu'il ait pu frapper, elle avait réussi à se laisser glisser à terre. Il la rattrapa, déterminé à lui administrer une bonne fessée. Sa chemise remontée jusqu'à sa taille, la rage de la jeune fille se transformait peu à peu en terreur.

Ses longs cheveux freinaient ses mouvements, mais elle parvint à lui enfoncer les dents dans la main. Wulfgar lâcha son bras, l'espace d'une seconde et, dans sa tentative pour la rattraper, il saisit la chemise à l'encolure et, Aislinn se redressant, le vêtement se déchira du haut en bas.

Muette d'horreur, elle regarda son corps mis à nu que Wulfgar contemplait avec un plaisir évident, un désir d'autant plus violent qu'il était inassouvi depuis longtemps.

Ses bras se refermèrent sur elle et, l'instant d'après, vêtue de ses cheveux et d'une chemise ouverte en deux, elle se retrouva étendue sur le lit. Elle croisa le regard de Wulfgar et comprit que son heure était venue.

— Non ! cria-t-elle en tentant de le repousser.

Mais, il lui prit les mains, les ramena sous elle et, du genou, lui écarta les cuisses. Elle poussa un cri de douleur, l'insulta, mais sa bouche sur la sienne, il la fit taire. Sa tête renversée en arrière, cambrée, ses seins étaient écrasés contre son torse. Elle suffoquait sous ses baisers. Il lui embrassait les paupières, les joues, les oreilles avec passion, murmurant des mots tendres, inintelligibles. Elle se rendait compte de l'ardeur tumultueuse qu'elle provoquait en lui. Affolée, elle tenta de se redresser et sentit les muscles de sa cuisse entre ses jambes. Cela ne fit qu'augmenter son désir. Il accentua sa pression et, comme elle se reculait, il lui lâcha les poignets. Mais, emprisonnée par ses cheveux, sa chemise, les couvertures, elle ne pouvait bouger. Il se déshabilla et elle sentit son corps nu contre le sien. Elle se tordait, luttait de toutes ses forces, mais ses mouvements ajoutaient à l'envie qu'il avait d'elle. Elle sentait la brûlure de ses baisers sur ses seins. Une impression de chaleur étrange naquit soudain au fond d'elle-même et son pouls s'accéléra. Sa bouche remonta, prit possession de la sienne et elle se surprit à s'accrocher à lui, à se laisser emporter par sa passion. Elle eut soudain un cri étouffé, autant de surprise que de peine à la douleur vive ressentie soudain entre ses cuisses. Elle se débattit violemment, tenta de le repousser en criant. Mais il n'en tint aucun compte, l'immobilisant de tout son poids, se laissant aller à sa jouissance. Aislinn, en larmes, ne put qu'attendre qu'il se retire et s'écarte d'elle. D'un coup de reins, elle se recula à l'extrême bord du lit, arracha ce qui restait du jupon et se couvrit jusqu'aux oreilles. Entre deux sanglots de rage, elle l'accablait de toutes les insultes de son vocabulaire.

Il rit de sa fureur :

— Je ne l'aurais pas cru, mais je dois reconnaître qu'il y a longtemps que je n'ai pas eu affaire à une petite femelle aussi ardente que toi.

Une exclamation furieuse provoqua à nouveau son hilarité. Du bout du doigt, il toucha les égratignures de sa poitrine :

— Quatre lambeaux de chair pour gambader avec une furie, ça en vaut la peine. Je recommencerais bien, au même tarif.

— Sale brute ! Essayez et avec votre épée je prolongerai votre nombril jusqu'au menton !

La tête renversée en arrière, il éclata d'un rire qui fit trembler la voûte. Puis il se glissa sous les fourrures et sourit à la jeune fille :

— Peut-être est-ce une consolation pour toi : ce lit est tout de même plus confortable que le sol.

Là-dessus, il lui tourna le dos et s'endormit immédiatement.

Aislinn, elle, resta éveillée. Elle réfléchissait. Oubliée, déjà ? Oui, il avait dit qu'il le pourrait. Mais, elle, pourrait-elle oublier le seul homme qui occupait ses pensées, même quand la colère la secouait ? Elle pouvait le haïr, le mépriser, mais l'oublier ? Il occupait tout son être, et elle n'aurait de cesse que lui aussi soit torturé par son image, jour et nuit. Garce ou ange, elle réussirait.

Satisfaite à cette idée, elle s'endormit comme un enfant et s'éveilla à demi au milieu de la nuit pour sentir le corps chaud de Wulfgar moulé contre son dos et sa main la caressant doucement. Feignant de dormir, elle le laissa faire mais, sous ses doigts, sa chair la brûlait et des vagues d'infini délice parcouraient chacun de ses nerfs. Il posa ses lèvres sur sa nuque et son haleine chaude caressa sa peau. Aislinn tressaillit, proche de l'extase. Sa main glissa sur son ventre et, vivement, elle roula sur elle-même, mais ses cheveux étaient pris sous lui. Elle se redressa alors sur un coude, le regarda. Ses yeux brillaient à la lueur défaillante du feu.

— Je suis entre mon épée et toi, ma chérie. Il faut que tu m'enjambes pour la prendre.

Il tendit les mains, la prit par les bras, l'attira contre lui, la contraignant à baisser la tête jusqu'à ce que sa bouche rencontre la sienne. Ses lèvres tremblaient sous son baiser et elle luttait pour se détourner, mais il roula sur lui-même, l'entraînant avec lui, sous lui.

Aislinn ouvrit lentement les yeux pour regarder un rayon de soleil qui se faufilait entre les volets. Des petits grains de poussière dansaient dans la lumière. Enfant, elle jouait à les attraper et ses parents riaient de ses efforts. Ce souvenir la réveilla complètement. Elle était dans le lit de ses parents, mais elle ne l'occupait pas seule. Elle sentait, sans le toucher, la chaleur de Wulfgar. Il dormait encore profondément. Elle s'assit avec précaution, tenta de se lever, mais il avait les doigts pris dans ses cheveux. Doucement, elle dégagea ses boucles et son cœur battit quand elle le vit remuer, remonter un genou. Mais il ne se réveilla pas. Elle respira, soulagée.

Son visage, au repos, avait un charme juvénile qui la désarmait. Qui était donc cette mère qui l'avait repoussé sans le moindre remords ? Cette femme n'avait pas de cœur. Aislinn sourit, sans joie. Penser qu'elle avait décidé de se servir de ce Normand pour faire s'entre-tuer les ennemis. Au lieu de cela, elle s'était prise à son propre piège.

Elle avait voulu haïr Wulfgar, lui montrer qu'il

n'était, pour elle, qu'un sale Normand comme un autre, tout aussi méprisable. Et voilà que, comble de la dégradation, elle était devenue sa maîtresse.

Le mot la fit frémir. La fière, l'orgueilleuse Aislinn à la disposition d'un Normand !

Elle dut faire effort pour ne pas s'arracher au lit. Mais elle se leva très doucement, frissonnant sous un courant d'air glacé. La chemise qu'elle avait portée la veille était par terre, en lambeaux. Elle n'osa pas ouvrir son coffre pour en prendre une autre. Elle mit sa robe de lainage, un peu rugueuse, à même sa peau, enfila des chaussures de cuir souple, jeta une peau de loup sur ses épaules et sortit doucement de la chambre.

Les chiens étaient détachés, mais Maida et Kerwick étaient encore couchés dans la paille. Ils dormaient ou feignaient de dormir. Aislinn ouvrit la lourde porte et se glissa à l'extérieur. L'air était très froid mais le soleil commençait à réchauffer la terre. En traversant la cour, elle aperçut, au loin, un groupe d'hommes qui donnaient de l'exercice aux chevaux. Désirant être seule, elle prit la direction opposée, vers les marais. Elle y connaissait une cachette.

Dans le lit, Wulfgar s'étira, tendit une main et rencontra le vide. Un juron aux lèvres, il sauta à terre, regarda autour de lui :

— Bon Dieu ! Elle est partie, cette petite garce ! Kerwick, Maida... je vais leur tordre le cou !

Il se rua hors de la chambre, se précipita vers l'escalier, totalement nu, et se pencha par-dessus la rampe. Ses prisonniers étaient encore là. Mais, elle, où était-elle passée ?

Maida remua et il battit précipitamment en retraite. Dans sa chambre, il jeta du bois sur les braises et entreprit de ramasser ses vêtements. Une pensée soudaine lui vint à l'esprit, elle s'était enfuie toute seule ! Il accéléra ses mouvements, s'habillant en toute hâte, mordu à présent par l'inquiétude. Elle était sans défense, si elle rencontrait des maraudeurs... L'image de la fille de Hilda, morte dans ses vêtements arrachés, s'offrit à ses yeux. Il se refusa à y penser davantage. Il saisit son épée, son manteau, courut tout au long du couloir, de l'escalier, à travers la grande salle jusqu'aux écuries. Il brida son grand destrier en un tournemain, empoigna sa crinière et, d'un bond, l'enfourcha, à cru. Dans la cour, il rencontra Sweyn et quelques hommes qui rentraient. Une question brève. Non, aucun d'entre eux n'avait vu la jeune fille, ce matin. Sollicitant son cheval du talon, Wulfgar le lança dans une course circulaire autour du manoir, à la recherche d'une piste. Un soupir de satisfaction lui échappa à la vue d'une trace légère laissée par de petits pieds dans la rosée. Il leva la tête. « Mais, où cela mène-t-il ? Mon Dieu, droit dans le marais ! » Seul endroit où il ne pouvait se risquer au galop.

Cependant, l'énorme destrier se laissait guider, avançant avec grâce le long de la trace laissée. Et si elle avait fait un faux pas ? Peut-être à cet instant même s'engloutissait-elle lentement, avalée par la boue noire ? A moins que, désemparée par l'aventure subie, elle ait cherché quelque point d'eau profonde pour s'y jeter.

Aislinn, comme tous les gens de la région, connaissait bien le sentier sinueux, elle l'avait suivi assez loin pour trouver la source d'eau vive qu'elle cherchait. Elle éprouvait un besoin intense de se purifier, sentait sur elle une odeur évocatrice de trop de souvenirs pénibles de la nuit passée.

Elle se déshabilla, jeta ses affaires sur un buisson et entra dans l'eau glacée. Le souffle coupé par le froid, elle se mit à nager très vite en rond et, bientôt, elle sentit son sang couler dans ses veines. Au-dessus de sa tête, le ciel brillait, lumineux, le soleil dissipait les dernières écharpes de brouillard sur la forêt. Le bruit de l'eau cascadant sur les roches avait un effet apaisant. Tout, en cet endroit, semblait pur,

116

intouché par les guerres et les hommes. Pour un peu, elle-même se serait sentie innocente, comme autrefois. Mais, il y avait Wulfgar ! Elle tressaillit au souvenir de ses bras et son impression de paix s'enfuit. Avec un soupir, elle regagna le bord. Elle avait encore de l'eau jusqu'aux hanches quand elle leva les yeux et vit Wulfgar qui, à cheval, la regardait tranquillement. Une étrange expression noyait son regard. Etait-ce du soulagement ? Ou, plus vraisemblablement, du désir né de sa nudité ? Elle frissonna sous la brise fraîche et croisa les bras sur sa poitrine.

— Monseigneur, implora-t-elle. L'air est froid et j'ai laissé mes vêtements, là, sur le bord. Si vous vouliez...

Il parut ne pas l'entendre. Puis il poussa son cheval dans l'eau. L'espace d'une seconde, il regarda la jeune femme fixement et, se penchant, d'un bras autour de la taille, il la souleva, dégouttante, et l'installa devant lui. Otant son manteau, il l'en enveloppa totalement en glissant les bouts sous ses propres genoux. Tremblante, elle se serra contre lui, contre sa chaleur. Elle sentait, sous elle, celle du cheval et ses frissons cessèrent.

— Avez-vous cru que je vous avais quitté ? demanda-t-elle doucement.

Il répondit par un grognement et fit faire demi-tour à sa monture.

— Mais, vous êtes venu me chercher. (Elle renversa la tête en arrière afin de le regarder et sourit :) Peut-être dois-je me sentir honorée que vous vous soyez souvenu de moi, après tant d'autres.

Il mit quelques secondes à comprendre où elle voulait en venir et il lui adressa un coup d'œil mécontent :

— Les autres n'étaient que des aventures passagères. Tu es mon esclave. Tu devrais savoir, depuis le temps, que je prends soin de ce qui m'appartient.

Il la sentit se raidir contre lui.

— A quel prix m'estimez-vous ? demanda-t-elle d'un ton amer. Je ne sais que coudre et soigner quelques petites blessures.

— Tu oublies la nuit dernière ! Tu t'es révélée pleine de dispositions étonnantes. Sois assurée que j'ai en tête une tâche convenant parfaitement à tes talents.

— Celle de maîtresse. La putain d'un bâtard ! C'est le nom que l'on me donne à présent ! (Elle eut un petit rire sec :) Autant que je le mérite, n'est-ce pas ?

Elle avala un sanglot et il ne trouva rien à répliquer. Ils firent le trajet de retour dans un silence pesant. Arrivée à Darkenwald, Aislinn ne perdit pas une seconde pour mettre pied à terre. Sans attendre Wulfgar, elle drapa autour d'elle les plis de l'énorme manteau et se dirigea vers le manoir. Elle poussa la lourde porte juste assez pour pouvoir passer et s'arrêta net sur le seuil, car avec les hommes de Wulfgar, elle avait reconnu des mercenaires de Ragnor. Elle entendit celui-ci qui donnait des nouvelles du duc Guillaume :

— Il sera bientôt en état de se remettre en selle et il ne laissera pas passer cette insulte. Ces Anglais apprendront vite qu'il faut compter avec Guillaume. Il les écrasera sans pitié et il sera roi !

Excités par ses paroles, les soldats parlaient tous à la fois, discutant avec chaleur.

Soudain, la porte s'ouvrit en grand et Wulfgar parut. Il regarda autour de lui, surpris de ce rassemblement. Au bruit du vantail qui se refermait, ils se retournèrent, s'écartèrent pour laisser passer le couple. Une main rassurante au creux de sa taille, Wulfgar poussa la jeune fille devant lui. Elle vit les regards enregistrer ses cheveux mouillés, ses pieds nus. Nul doute qu'on les croyait revenir d'une escapade amoureuse.

Ragnor était debout sur la première marche de l'escalier. Sweyn, un peu plus haut que lui, surveillait la scène calmement. Maida, accroupie devant lui, serrait un vêtement déchiré sur sa poitrine. A la vue de Wulfgar et de Aislinn, Ragnor s'approcha pour les saluer. Son œil noir enveloppa la jeune fille des pieds à la tête. Leurs regards se croisèrent, se heurtèrent. Il ouvrit la bouche, comme pour lui parler, changea d'avis et continua la tirade commencée à l'intention des soldats, mais en regardant Wulfgar avec insolence :

— Et, je répète, pour obtenir du bon travail d'une bande de païens vaincus, il faut leur rappeler, de manière forte et continuelle, que l'on est les vainqueurs.

Il s'interrompit, attendant la réaction de Wulfgar qui, avec un sourire tolérant, attendait qu'il achève.

— ... A ces rustres, il faut apprendre que nous en savons plus qu'eux. C'est une main de fer qu'il leur faut, conclut-il.

Puis il se croisa les bras sur la poitrine. Les hommes s'étaient tus, attendant l'éclat. Mais, dans le silence, la voix de Wulfgar fut très douce :

— Sire de Marte, dois-je vous rappeler que mes hommes sont des soldats ? Voudriez-vous que je les gâche à cultiver les champs entourés des paysans pendus à des gibets ?

Un mouvement naquit à cet instant dans la foule, comme un moine, au teint très rouge, écartait les hommes pour avancer :

— Bien dit, haleta le vieil homme. Montrez-vous pitoyables pour vos voisins. Il y a eu assez de sang versé pour Satan. Seigneur Dieu ! s'écria-t-il en joignant les mains, protégez-les tous. Oui ! c'est bien, mon fils, de repousser l'œuvre du diable.

— Si tu continues ton caquetage, tu verras à qui il ressemble, ton diable ! s'écria Ragnor, furieux.

Le moine, effrayé, recula d'un pas, et Ragnor se tourna vers Wulfgar.

— Alors, le brave bâtard se fait à présent le champion des Anglais, railla-t-il. Tu protèges ces pour-ceaux saxons et dorlotes cette chienne anglaise comme si elle était la propre sœur de notre duc.

Wulfgar se contenta de hausser les épaules :

— Ce sont tous mes serfs et, en me servant, ils servent le duc Guillaume. Veux-tu, à la place de ceux que tu as tués, t'occuper des chiens, des porcs, des oies ? Non, je ne voudrais pas traiter un Nor-mand de la sorte, mais je veux donner à Guillaume quelque chose qui en vaille la peine.

Ragnor contempla Aislinn et s'empourpra d'un désir mal dissimulé. Puis il se retourna vers Wulf-gar avec un sourire presque aimable et, à voix conte-nue, lui dit :

— Ma famille s'occupe bien de moi, Wulfgar. Et la tienne ?

Son sourire s'effaça en entendant la réponse du grand Normand.

— Mon épée, ma cotte de mailles, mon cheval et ce Viking sont ma famille, et ils m'ont rendu plus de loyaux services que tu ne peux en rêver.

— Et elle ? Le bâtard qu'elle mettra bas, ce sera le tien ou le mien ? L'ajouteras-tu à ta famille ? (Il rit, satisfait, et saisit Aislinn par le menton :) Nous aurons un fils vigoureux ma douce, plein de courage et de feu. Dommage, mais le bâtard ne voudra pas t'épouser. Il déteste les femmes, sais-tu ?

— Hum ! Monseigneur, messire Wulfgar...

Le moine tentait d'attirer son attention.

— ... Nous ne nous sommes pas encore rencontrés. Je suis le frère Dunley et vous m'avez fait demander. (Wulfgar se tourna vers lui et il poursuivit très vite :) Je suis venu bénir les tombes, mais, à ce qu'il me semble, il y a d'autres questions encore plus urgentes à régler. Les affaires de Dieu ont été grande-ment négligées ici. Beaucoup de jeunes filles ont été déshonorées ainsi que des femmes mariées. L'Eglise ne peut accepter cela sans réagir. Il faut offrir réparation, sous forme matérielle aux époux et aux fiancés bafoués.

Wulfgar, un sourcil levé, un demi-sourire aux lèvres le laissa poursuivre.

— ... Et, monseigneur, j'estime que ceux qui ont mis à mal une jeune fille non encore promise doivent leur offrir le mariage...

— Il suffit, mon père, dit Wulfgar, une main levée pour endiguer le flot de paroles. Quel est l'homme digne de ce nom qui accepterait de se faire payer pour le plaisir pris avec sa femme, la désignant ainsi comme une putain ? Une belle somme, en fait, quand toute l'Angleterre a ouvert les cuisses ! Cela mettrait un royaume sur la paille. Je ne suis, quant à moi, qu'un pauvre chevalier, sans un écu vaillant. Le mariage ? Mais, ce sont tous là des soldats, formés à faire la guerre, destinés à partir au premier appel aux armes, laissant derrière eux leurs femmes avec des gosses à nourrir. Et comment ? En se vendant au plus offrant ? Non, mon père, avec les meilleures intentions du monde, vous ne feriez qu'ajouter à leur malheur. Tout s'arrangera avec le temps. Je ne peux, pour ma part, effacer le mal qui a été fait.

Le moine ne s'avoua pas battu :

— Mais, monseigneur, et vous-même ? Vous êtes le seigneur de ces terres à présent et parmi les proches du duc. Vous n'allez pas laisser cette pauvre enfant souffrir pour une faute dont elle n'est pas responsable. Votre serment de chevalier vous oblige à protéger le sexe faible. Puis-je être assuré que vous en ferez au moins votre épouse ?

Ragnor manifesta sa joie dans un grand éclat de rire et Wulfgar fronça les sourcils :

— Non, mon père. Mon serment ne m'y oblige pas. De plus, je suis bâtard et ne saurais contraindre de chastes oreilles à entendre les grossières plaisanteries que me dispensent quelques esprits bien nés mais de faible capacité, dit-il avec un regard entendu à Ragnor. Toute ma vie, j'ai vu les plus cruelles blessures infligées par la langue de celles mêmes qui se disent faibles, sans défense et gonflées d'amour maternel. Les larmes féminines ne m'émeuvent pas et je ne donne que ce qu'elles méritent. Non, inutile d'insister.

Là-dessus, il tourna le dos, mais le moine le retint :

— Messire Wulfgar, si vous ne voulez pas l'épouser, rendez-lui au moins sa liberté. Son fiancé l'acceptera quand même.

Non loin de là, Kerwick, lugubre, regardait la jeune fille.

— Non, je ne veux pas, gronda Wulfgar qui avait fait volte-face de nouveau et, les poings serrés, luttait visiblement pour retrouver son calme. (Il poursuivit, à voix plus contenue, mais d'un ton dur :) Je suis seigneur et maître ici ! Tout ce que vous voyez est à moi. Ne mettez pas ma bonne volonté à l'épreuve inutilement. Allez vous occuper des tombes, comme je vous l'ai dit, et ne vous mêlez pas du reste.

Le moine comprit qu'il était inutile d'insister.

8

Les tombes bénies, Aislinn remonta dans la chambre pour y goûter un peu de solitude. Mais elle y trouva Wulfgar qui regardait par la fenêtre d'un air morose. Il avait à la main le contenu d'un paquet que lui avait donné Ragnor pendant que le religieux officiait. Sweyn, appuyé d'un bras à la cheminée, du bout du pied repoussait des braises échappées au feu. Ils levèrent la tête à l'arrivée de la jeune fille et, avec un murmure d'excuse, elle s'apprêta à ressortir. Wulfgar la retint :

— Non, entre. Nous avons terminé.

Elle obéit, referma la porte derrière elle et, gênée par le poids du regard des deux hommes, elle leur tourna le dos.

— Je t'en laisse le soin, entendit-elle Wulfgar dire à Sweyn.

— Oui, messire. Je surveillerai et monterai la garde.

— Je serai plus tranquille.

— Cela va faire un drôle d'effet, après toutes ces années. Nous nous sommes toujours bien battus ensemble.

— Oui, mais le devoir avant tout. Espérons que ce ne sera pas long.

— Ce sont des gens obstinés, ces Anglais.

Wulfgar poussa un soupir :

— Oui, mais le duc l'est encore davantage.

Sweyn acquiesça d'un signe de tête et quitta la pièce. Aislinn continua de ramasser les morceaux de la corne qu'elle avait brisée sur la porte, la veille, puis chercha sa chemise. Peut-être parviendrait-elle à la réparer. Mais elle ne la trouva nulle part.

— Messire, demanda-t-elle enfin. Auriez-vous aperçu mon cotillon, ce matin ?

— Je l'ai mis sur le lit.

Aislinn y avait déjà regardé, en vain.

— Il n'y est pas.

— Hlynn l'aura peut-être enlevé, répliqua-t-il, indifférent.

— Non, elle ne serait pas entrée ici sans votre autorisation.

— Tu le retrouveras un jour ou l'autre. N'y pense plus.

— Je n'en ai pas beaucoup et pas d'argent pour acheter de la toile. C'est désagréable de porter une robe en lainage à même la peau.

— Allons, cesse ce bavardage. Tu me rappelles toutes ces bonnes femmes qui geignent pour avoir de l'argent car elles n'ont rien à se mettre.

Le menton tremblant, Aislinn lui tourna le dos pour lui cacher les larmes qu'elle sentait monter. Puis elle se redressa :

— Messire, je ne vous demande rien. Je m'efforce seulement de conserver ce que je possède comme vous avez l'habitude de le faire vous-même.

Puis elle s'affaira à mettre de l'ordre, désireuse d'oublier l'atmosphère pénible de la pièce. Quand, enfin, elle leva les yeux dans la direction de Wulfgar, elle rencontra le regard maussade de ses yeux gris.

— Monseigneur, murmura-t-elle, dois-je être punie pour un forfait que je n'ai pas conscience d'avoir commis ? Je ne vous ai jamais demandé de m'acheter des vêtements. Cependant, vous me regardez comme si vous vouliez me voir fouettée. Me haïssez-vous à ce point, messire ?

— Te haïr ? grogna-t-il. Et pourquoi te haïrais-je, alors que tu es en tous points ce qu'un homme désire ?

Soudain, le souvenir des paroles de Ragnor lui revint en mémoire et elle retint sa respiration.

— Craignez-vous que je porte l'enfant d'un autre homme, messire ? demanda-t-elle alors avec audace. (Elle vit son regard s'assombrir.) Peut-être acceptez-vous mal l'idée que je porte déjà votre enfant, mais que vous ne serez jamais certain qu'il soit à vous ?

— Silence !

Obstinée, elle secoua la tête et ses boucles emmêlées dansèrent sur ses épaules :

— Non, je veux savoir la vérité, à présent. Si je suis grosse, accepterez-vous de prononcer les vœux qui épargneront à un innocent le sort dont vous avez souffert ?

— Non. Tu as entendu ma réponse au prêtre.

Elle avala sa salive avec peine :

— J'espère de toute mon âme que je suis stérile, car je ne pense pas que j'aimerai votre enfant.

Il tressaillit mais garda un silence têtu jusqu'à ce qu'une pensée le frappe. Il saisit la jeune fille par les bras, la regarda avec attention et fronça les sourcils.

124

— Que cela te plaise ou non, ne pense pas, Aislinn, qu'en te sacrifiant, ton honneur sera lavé. J'ai entendu parler de femmes qui mettaient fin à leur vie parce qu'elles ne pouvaient supporter leur honte. Pour moi, c'est de la folie.

— De la folie ? répéta Aislinn avec un doux sourire, sachant qu'elle le provoquait. Je trouve cela parfaitement digne.

A deux mains, Wulfgar la secoua à lui faire s'entrechoquer les dents.

— Oh ! je vais te faire enchaîner à côté de moi pour t'empêcher de faire des stupidités.

D'une secousse, Aislinn se libéra et, à travers ses larmes, ses yeux brillaient de colère :

— Ne craignez rien, noble sire. Pour moi, la vie est un bien précieux. Si je suis grosse, je porterai cet enfant, que vous le reconnaissiez ou non.

Il manifesta un soulagement visible :

— C'est bien, je n'aurai pas ta mort sur la conscience.

— C'est vrai, qui deviendrait votre catin ?

— Aislinn, surveille tes paroles. J'en ai assez de ces coups d'épingle perpétuels.

— Je vous prie de me pardonner, monseigneur, fit-elle avec une humilité feinte. Monseigneur en souffre-t-il beaucoup ?

— Monseigneur, monseigneur ! Je t'ai dit mon nom. Pourquoi ne l'emploies-tu pas ?

— Je suis votre esclave. Une telle familiarité serait déplacée.

— C'est un ordre, Aislinn...

— Dans ce cas... Wulfgar.

S'approchant d'elle, il la saisit par les épaules, l'immobilisant, et la regarda au fond des yeux :

— Tu choisis d'être esclave quand cela te convient. J'entends qu'il en soit autrement. Je te donne ma semence, j'en veux le maximum.

Il lui ferma la bouche, étouffant ses protestations furieuses sous un baiser brûlant. Etourdie, Aislinn

125

tenta de se débattre, mais son étreinte s'accentua, lui interdisant toute résistance. Abandonnant ses lèvres, sa bouche glissa sur sa gorge, sa poitrine. Elle sentait son ventre tendu contre le sien et se croyait déjà vaincue. Désespérément, elle lutta pour se ressaisir.

— Mais... Wulfgar ! Vous me faites mal ! haleta-t-elle, comme il lui couvrait le cou et le visage de baisers ardents.

Elle gémit au contact de ses lèvres sur sa bouche et, d'une torsion, parvint à libérer celle-ci.

— ... Lâchez-moi, demanda-t-elle beaucoup plus mécontente contre elle-même que contre lui, car elle ne pouvait éteindre le désir qu'elle sentait naître en elle. Lâchez-moi, je vous dis.

— Non, répliqua-t-il en la cambrant sur son bras.

D'une main glissée sous ses genoux, il la souleva, l'emporta vers le lit, l'y déposa et commença à la déshabiller. Puis il étendit ses cheveux autour d'elle, couvrant de leur soie dorée les peaux de loup, et recula légèrement pour ôter ses propres vêtements, sans la quitter des yeux.

Profondément choquée, Aislinn protesta violemment :

— C'est indécent !

La lumière du jour le lui révélait comme jamais encore elle ne l'avait vu, guerrier à la peau bronzée, héros de quelque légende païenne, merveilleux animal à dompter pour le garder près de soi.

— ... Le soleil est déjà haut ! s'écria-t-elle.

Wulfgar rit et se laissa tomber sur le lit, à côté d'elle.

— Et après ? Comme cela, nous n'aurons plus de secret l'un pour l'autre.

Il ne cachait pas son admiration à la vue de son corps nu et commença de la caresser, s'émerveillant de la douceur de sa peau.

Rouge de confusion, elle le sentait déterminé à satisfaire le désir évident qu'il avait d'elle. Désarmée, elle décida de lui opposer la passivité. Elle ne remua, ni ne résista, il se laissa aller au plaisir et, celui-ci satisfait, il s'écarta d'elle et, seulement alors, manifesta un certain mécontentement. Couché à côté d'elle, il resta immobile à la regarder, le sourcil froncé. Aislinn, cachant son impression de triomphe, soutint son regard avec une froideur qui disait bien son absence de plaisir.

Du bout du doigt, il traça un petit chemin entre ses seins :

— J'ai bien l'impression, ma chérie, que ce n'est pas contre moi que tu résistes, mais contre toi-même. Un jour viendra où il me suffira de te toucher pour que tu me demandes de t'accorder mes faveurs.

Elle parut ne pas l'entendre et continua de le regarder fixement. Avec un soupir pensif, il se leva, ramassa ses vêtements. Habillé, il lui tendit sa robe. Elle la prit et, regardant la porte, parut attendre qu'il sorte. Mais il secoua la tête :

— Non, je reste.

Avec un coup d'œil furieux, elle se leva et passa devant lui pour aller se mettre devant la cheminée.

Soudain, un appel monta de l'extérieur, signalant l'arrivée d'étrangers. Wulfgar ceignit aussitôt son ceinturon et sortit de la chambre. Pensant qu'il s'agissait peut-être d'autres soldats de son père revenant à Darkenwald, Aislinn se hâta de s'habiller et, laissant ses cheveux libres sur ses épaules, elle se précipita vers l'escalier. Ragnor traversait la salle, en bas, et lui barra le passage.

— Dois-je appeler à l'aide ? demanda-t-elle d'un ton sec. (Elle voyait Wulfgar au-dehors, qui attendait l'arrivée des étrangers.) Wulfgar ne vous a-t-il pas prévenu d'avoir à me laisser tranquille ? Il me semble pourtant que vous avez eu à souffrir de ne pas l'avoir écouté.

— Un jour, je le tuerai pour ça, murmura-t-il. (Puis il haussa les épaules, sourit et s'empara d'une de ses boucles :) Comme tu peux le constater, ma petite sorcière, je brave la mort et la honte pour être près de toi. Mais je vois qu'il te traite bien, ajouta-t-il en touchant la mèche soyeuse entre ses seins qu'il caressa au passage. Tu es encore toute rouge.

Ecarlate, Aislinn tenta de passer à côté de lui, mais il se planta devant elle et lui déposa un baiser rapide et brûlant sur les lèvres et rit de sa colère. Il s'écarta alors et s'inclina très bas :

— Je conserverai le souvenir de ce baiser comme un trésor.

Une carriole couverte approchait, accompagnée d'un homme à cheval. Elle fit halte devant l'un des soldats en faction, lequel, en réponse à une question posée, désigna Wulfgar. L'étrange équipage se remit en marche et, comme il s'approchait, Aislinn put voir qu'il était conduit par une jeune femme extrêmement mince aux cheveux blonds, très pâles. Le cavalier, de très haute stature, portait une cotte de mailles qui avait visiblement connu des jours meilleurs. Son destrier aussi, que recouvrait une épaisse couche de poussière. La femme arrêta sa voiture devant Wulfgar et examina le manoir :

— Tu t'es bien débrouillé, Wulfgar. (Elle se leva et, sans attendre son aide, descendit et s'approcha de lui.) Mieux que nous, en tout cas, ajouta-t-elle avec un geste de la main enveloppant carriole et cavalier.

Devant cette familiarité, Aislinn éprouva une impression immédiate de menace et un sentiment d'hostilité. La femme était d'une beauté froide, fragile, les traits fins, aristocratiques, le teint d'ivoire sans défaut apparent. Elle était plus âgée qu'elle, trente ans peut-être. Quel droit cette femme avait-elle sur Wulfgar ?

Le cavalier salua Wulfgar. Celui-ci lui rendit son salut et les deux hommes se regardèrent, longuement. Le nouveau venu planta alors sa lance en terre,

128

enleva son heaume et Aislinn put voir une chevelure blanche, longue à la façon saxonne.

Un chevalier saxon armé à Darkenwald ?

Wulfgar parla et sa voix sonna de façon étrange aux oreilles d'Aislinn :

— Ma maison est pauvre, monseigneur, mais vous y êtes le bienvenu.

Le vieil homme parut s'appesantir sur sa selle et, regardant droit devant lui, répondit :

— Wulfgar, ce n'est pas l'hospitalité pour quelques jours que nous te demandons. Tes Normands m'ont chassé de chez moi. Les Saxons me considèrent presque comme un traître, car je n'ai pas pu me battre aux côtés de Harold. Je suis venu te demander de m'abriter.

Wulfgar se déplaça d'un pas, puis leva la tête vers le vieil homme qui attendait, fier, raide :

— C'est ce que j'ai dit, monseigneur, vous êtes le bienvenu ici, dit-il d'une voix claire.

Le vieux chevalier hocha la tête et se détendit. Puis il ferma les yeux un instant comme pour rassembler la force nécessaire à une nouvelle épreuve. Glissant sa main sous son genou droit, il tenta de soulever sa jambe pour la faire passer par-dessus le pommeau de la selle. Wulfgar avança d'un pas pour lui venir en aide, mais fut repoussé d'un geste. Le vieil homme heurta le flanc du cheval et ne put retenir un gémissement. Sweyn alors s'approcha et, sans tenir compte de ses protestations, l'enleva de sa monture, le mit sur pied, le soutenant contre lui. Le cavalier lui sourit alors et le Viking secoua vigoureusement le poing appliqué sur son torse.

— Sweyn, ce brave Sweyn ! Tu n'as pas changé.

La femme se tourna alors vers Wulfgar :

— Nous avons grand-soif. Les routes étaient poussiéreuses. Pouvons-nous boire quelque chose ?

— Entrez, dit Wulfgar.

Pour la seconde fois de la journée, Aislinn eut conscience de son aspect négligé quand elle sentit le regard des nouveaux venus sur elle. Impossible de ne pas remarquer ses cheveux emmêlés, sa robe lacée à la hâte et ses petits pieds nus. Le rouge aux joues, elle tenta de lisser ses jupes. Sweyn détourna les yeux, indulgent et compréhensif. La femme, debout au bas des marches, examinait Aislinn avec curiosité. Ragnor s'encadra dans la porte à côté de la jeune fille et son attitude semblait la proclamer sienne. Elle se tourna vers Wulfgar en quête d'une explication, mais, déjà, il s'avançait vers Aislinn. Extrêmement étonnée, elle le vit gravir les degrés, prendre la main de la jeune fille et l'attirer à lui. L'espace d'une seconde, Wulfgar soutint le regard stupéfait de l'étrangère et une lueur de moquerie passa dans le sien :

— Je vous présente damoiselle Aislinn, fille du noble seigneur de ce manoir. Aislinn, ma demi-sœur Gwyneth, dit-il. (Il sentit, plus qu'il ne vit, la surprise de sa compagne, puis il désigna le vieil homme :) Monseigneur Bolsgar de Callenham, son père.

— Monseigneur ? répéta Bolsgar. Non, Wulfgar, les temps ont changé. Tu es seigneur à présent, je ne suis plus qu'un chevalier sans armes.

— Il y a si longtemps que vous êtes pour moi le sire de Callenham qu'il m'est difficile de changer. Accordez-moi cette grâce.

Aislinn sourit au vieil homme qui, visiblement troublé, les regardait tour à tour, Wulfgar et elle :

— L'ancien Darkenwald se sentait toujours honoré quand des hôtes de passage s'arrêtaient pour séjourner au manoir. Vous y auriez été accueillis alors, comme messire Wulfgar vous y accueille aujourd'hui.

Ragnor s'avança pour se présenter et s'inclina très bas sur la main de Gwyneth. Au contact de ses lèvres chaudes, la première impression qu'elle avait eue de lui se changea en un délicieux frisson de plaisir. Elle lui sourit et il sentit aussitôt une nouvelle conquête à portée de la main.

— Tu ne nous avais pas dit que tu avais des parents ici, dit-il en se tournant vers Wulfgar. Cette nouvelle intéressera beaucoup Guillaume.

— Inutile de te donner le mal d'aller le lui raconter. Il le sait depuis longtemps.

Là-dessus, Wulfgar ouvrit la porte en grand et redescendit vers Bolsgar. Il lui prit le bras, le passa par-dessus son épaule et, avec Sweyn, l'aida à pénétrer dans le manoir. Aislinn se précipita, approcha un large siège de la cheminée et donna l'ordre que l'on apporte à boire et à manger aux voyageurs. Elle plaça un tabouret devant le fauteuil où les deux hommes installèrent le vieillard. Celui-ci grimaça de douleur quand Wulfgar, lui soulevant doucement la jambe, la plaça sur le tabouret. Kerwick s'approcha pour regarder Aislinn qui, agenouillée à côté de Bolsgar, tentait d'ôter sa jambière de cuir. L'enflure du membre l'en empêcha et elle résolut de couper le cuir, mais sa dague manquait de tranchant et, à en juger par l'expression du blessé, elle ajoutait à sa souffrance. Wulfgar s'accroupit alors à côté d'elle et, d'un seul coup de son propre couteau, fendit le harnachement. Comme Aislinn s'apprêtait à en écarter les deux parties, Bolsgar lui fit signe de se reculer :

— Wulfgar, éloigne cette enfant. Ce n'est pas un spectacle pour elle.

— Non, messire, je reste. J'ai de la résistance et, à ce qu'il paraît, je suis d'un caractère assez obstiné, ajouta-t-elle en regardant Wulfgar en face.

Une lueur amusée naquit dans les yeux gris :

— Effectivement.

Gwyneth s'était approchée et les regardait, à genoux tous les deux, pendant que Maida s'empressait de les servir, son père et elle.

— Quel effet cela fait-il de figurer parmi les conquérants, Wulfgar ? demanda-t-elle.

Bolsgar tourna vivement la tête vers elle :

— Mesure tes paroles, ma fille !

Wulfgar haussa les épaules.

— C'est beaucoup plus agréable que d'être parmi les vaincus, répondit-il, nonchalant.

Aislinn avait mis la blessure à nu et le spectacle offert provoqua un haut-le-cœur chez Gwyneth qui se détourna brusquement. Ragnor s'empressa, lui prit des mains son assiette et son gobelet et l'aida, galant, à s'installer à la table du maître de maison.

Une telle puanteur s'élevait de la jambe blessée qu'Aislinn, elle-même, eut du mal à avaler sa salive. Wulfgar lui posa une main sur l'épaule.

— Dis-moi ce qu'il faut faire, demanda-t-il en la voyant pâlir.

— Non, répondit-elle doucement, je le ferai moi-même.

Puis, elle ramassa un seau de bois, se tourna vers Kerwick.

— ... Les marais... tu connais l'endroit ?

Il acquiesça d'un signe de tête et elle lui tendit le seau :

— Remplis ce seau de la boue la plus noire.

Il sortit aussitôt sans que personne ne s'y oppose.

— Comment cela vous est-il arrivé, messire ? demanda Wulfgar. Est-ce un coup d'un Normand ?

— Non, répondit le vieillard avec un soupir. Si c'était le cas, j'en serais fier. Je suis le seul coupable. Mon cheval a trébuché, je n'ai pas eu le temps de sauter, j'ai eu la jambe prise sous lui. Une pierre était là qui a déchiré ma jambière, coupé dans la chair. J'ai fait ce que j'ai pu, mais la blessure s'est infectée.

Aislinn ne put cacher sa surprise :

— N'avez-vous pas demandé que l'on vous soigne ? Il aurait fallu la nettoyer aussitôt.

— Je n'avais personne à qui le demander.

Aislinn jeta un coup d'œil dans la direction de Gwyneth mais se tut. Combien de fois, elle-même, avait pansé les blessures de son père ! Elle ne perdit pas de temps, donna ses instructions :

— Wulfgar, apportez-moi le chaudron d'eau chaude. Mère, allez chercher, je vous prie, des linges propres. Sweyn, préparez des paillasses devant le feu.

Le blessé constata avec amusement que, le grand guerrier y compris, chacun s'empressa de faire comme elle le demandait. Puis, à gestes rapides et précis, elle s'en fut cueillir, dans les coins sombres de la salle, des poignées de toiles d'araignée, qu'elles fussent en pleine activité ou non. Wulfgar et Sweyn avaient dépouillé Bolsgar de sa cotte de mailles et l'avaient étendu sur les paillasses, les reins calés par des fourrures roulées. Aislinn, revenue auprès de lui, le prévint :

— Ce sera douloureux, messire. Mais c'est nécessaire.

Il la rassura d'un sourire :

— J'ai déjà apprécié la douceur de votre main, dame Aislinn, et je doute que vous puissiez me faire mal au-delà du supportable.

Avec un linge imbibé d'eau chaude, elle commença à laver la plaie à l'odeur fétide. Il ne put empêcher son pied de trembler et elle le regarda. La sueur perlait sur son front, mais il lui sourit, les mains crispées sur la paillasse.

Elle venait à peine de terminer quand Kerwick reparut courbé sous le poids d'un seau de boue noire et visqueuse. Elle en versa aussitôt dans un récipient et, y ajoutant les toiles d'araignée, elle en fit une pâte épaisse qu'elle appliqua sur la blessure béante et son pourtour enflammé. Puis elle enveloppa la jambe de linges plongés dans l'eau chaude et l'immobilisa en serrant, tout autour, une peau de chèvre. S'asseyant alors sur les talons, elle s'essuya les mains et regarda le blessé.

— Vous ne devez surtout pas bouger, messire, dit-elle d'un ton ferme. Interdiction absolue. (Elle sourit et se leva :) A moins que vous désiriez porter une jambe de bois. Messire Bolsgar aimerait peut-être boire un peu de bière fraîche, ajouta-t-elle, s'adressant à Wulfgar.

Le vieil homme la remercia, vida la corne offerte et s'endormit presque aussitôt.

Ragnor sortit du manoir avec Wulfgar et Sweyn, et, après avoir conduit Gwyneth dans une chambre où se reposer, Aislinn gagna celle qu'elle partageait avec Wulfgar. Le lit en désordre portait témoignage de ce qui s'était passé avant l'arrivée des nouveaux venus. Elle revit alors l'examen auquel l'avait soumise Gwyneth quand elle ne regardait pas Ragnor. Que penserait-elle, ce soir, quand elle prendrait place, à table, à côté de Wulfgar et qu'elle les verrait entrer dans la même chambre ? A la porte déjà, il avait affiché leurs relations en lui prenant la main, sans se préoccuper du regard de sa sœur. Habillée à la hâte, échevelée, pieds nus, elle devait avoir fière allure ! Rouge de honte, elle secoua la tête et, les mains sur les oreilles, elle s'efforça de faire taire une voix qui criait : « Ribaude, Ribaude »...

Puis elle se calma, mit de l'ordre dans la pièce et fit une toilette soignée. Elle tressa ses cheveux de rubans jaunes et passa une robe également jaune, brodée aux manches. Elle ceignit ses hanches d'une ceinture en treillis de métal doré, y glissa sa dague à la poignée ciselée et ornée de pierreries, montrant par là qu'elle était un peu plus qu'une esclave. Elle plaça sur sa tête un bandeau de soie très fine. Jamais, depuis l'arrivée de Wulfgar, elle n'avait mis un tel soin à sa toilette. Quelle serait sa réaction ? Le remarquerait-il seulement ? Cela donnerait certainement à penser à Kerwick et à Maida, car elle avait mis sa plus belle robe, celle qu'elle réservait pour son mariage.

Il faisait nuit quand elle descendit. Les tables étaient dressées sur leurs tréteaux pour les soldats, mais ils n'étaient pas encore rentrés. Gwyneth marchait de long en large. Elle s'était coiffée, mais elle portait encore la robe tachée avec laquelle elle avait voyagé. Immédiatement, Aislinn regretta d'avoir mis sa robe jaune. Elle n'avait songé qu'à impressionner Wulfgar. Mais il était trop tard pour réparer sa bévue.

En l'entendant, Gwyneth se tourna vers elle et la détailla de la tête aux pieds.

— Eh bien, je vois que les Normands vous ont laissé de quoi vous changer, dit-elle d'une voix acerbe. Il faut dire que moi, je ne leur ai pas accordé mes faveurs.

Aislinn s'immobilisa, rouge de colère. Elle lutta contre l'envie de lui demander comment elle pouvait se compter parmi les rares Anglaises à n'avoir pas été violée par les Normands. Sans doute avait-on respecté en elle la sœur de Wulfgar, mais de quel droit se moquait-elle de celles qui avaient été déshonorées ? Sans réagir, elle avança jusqu'à la cheminée où le vieil homme dormait encore. Elle le contempla, laissant la pitié qu'elle éprouvait pour lui effacer la morsure des paroles de sa fille. Elle se retourna comme Ham s'approchait d'elle :

— Maîtresse, tout est prêt pour être servi. Que faut-il faire ?

Aislinn lui sourit :

— Mon pauvre Ham. Tu n'es pas encore habitué aux heures des Normands. L'exactitude de mon père t'a gâté.

Gwyneth intervint aussitôt :

— C'est une chose à enseigner à ces Normands. Qu'ils mangent froid ! Moi, j'aime mes repas chauds. Sers-moi !

Lentement, Aislinn tourna la tête vers elle et lui répondit avec un calme qu'elle était loin de ressentir :

135

— La coutume veut, dans ce manoir, d'en attendre le sire quand il ne nous a pas dit de faire autrement. Je ne voudrais pas discréditer mon seigneur en manifestant ma hâte.

Gwyneth ouvrit la bouche pour répliquer, mais Ham tourna les talons et les quitta, acceptant sans discuter l'autorité d'Aislinn.

Le bruit de chevaux qui approchaient rompit soudain le silence de la nuit et Aislinn alla ouvrir la porte. Elle attendit que Wulfgar ait mis pied à terre. Ses hommes emmenèrent les chevaux et il rejoignit la jeune fille. Il s'arrêta devant elle, la regarda.

— Vous me faites honneur, ma chérie, murmura-t-il. Jamais je n'aurais cru que vous puissiez parvenir à vous embellir. Je me rends compte que la perfection avec vous n'a pas de limites.

Aislinn rosit sous le compliment, sachant que Gwyneth les écoutait et les observait. Wulfgar se pencha pour lui baiser les lèvres. Surprise, elle se recula et, de la main, désigna l'autre femme.

— Votre sœur meurt de faim, monseigneur, dit-elle vivement. Vos hommes ne vont-ils pas bientôt être prêts ?

— Monseigneur ? Auriez-vous déjà oublié ce que je vous ai dit, Aislinn ?

Elle lui lança un regard suppliant, tenta de lui changer les idées :

— Vous avez tant tardé. Nous nous demandions si nous aurions à dîner seules.

Il répondit par un grognement, un froncement de sourcils et s'approcha de la cheminée pour se réchauffer.

Bolsgar remua et Aislinn lui consacra aussitôt son attention. Elle lui donna à boire et, avec un soupir de contentement, il se rallongea dans ses fourrures. Il aperçut alors sa fille qui s'était approchée, puis Wulfgar, qui surveillait la scène sans mot dire.

— Vous ne m'avez pas parlé de ma mère, messire, dit-il enfin, le regard lointain. Va-t-elle bien ?

Le vieil homme mit un certain temps avant de répondre :

— Il y a eu un an en décembre qu'elle est morte.

— Je l'ignorais, murmura Wulfgar.

— Nous avons annoncé sa mort à Robert, en Normandie.

— Je n'ai pas revu son frère depuis dix ans, répondit Wulfgar avec calme. Robert m'a toujours considéré comme une charge inutile.

— Il était bien payé pour s'occuper de toi. Il aurait dû apprécier.

— Oh ! oui, cela lui a permis de s'approvisionner en bière et il a pu raconter à tout un chacun que sa sœur avait cocufié un Saxon et que son neveu n'était pas autre chose qu'un bâtard. Cela l'amusait beaucoup que personne ne me réclame comme son fils.

— Tu as été élevé comme n'importe quel fils légitime. Tu as été armé chevalier !

— Oui, Robert a fait de moi son page et m'a fait instruire, mais il a fallu pour cela que Sweyn lui rappelle ses obligations sans douceur.

Le vieux chevalier hocha lentement la tête :

— Robert était un être léger. J'aurais dû y penser. Il est bon que j'aie envoyé Sweyn près de toi.

Les traits de Wulfgar s'étaient creusés :

— Me haïssiez-vous donc tellement que vous ne pouviez plus supporter de me voir ?

Aislinn leva les yeux et son cœur se gonfla. Jamais Wulfgar n'avait paru aussi malheureux. Bolsgar, quant à lui, fixait le feu :

— Un temps, je t'ai haï quand j'ai su la vérité. C'était atroce d'apprendre que je n'étais pas le père d'un fils comme toi. Je te croyais mon premier né et j'étais fier de toi. Pour toi, j'ai négligé mon autre fils, ce garçon fragile et faible. Tu étais le sang de ma vie et je t'aimais plus que moi-même.

— Jusqu'au jour où ma mère vous a dit que je ne vous appartenais pas, mais à quelque Normand qu'elle s'est refusée à nommer, murmura-t-il, amer.

— Elle voulait réparer une injustice. J'étais plus fier du bâtard d'un inconnu que de mes propres enfants et elle ne pouvait supporter de les voir traités sans considération. Elle a préféré assumer tout le poids de sa faute pour le bien de ses enfants. Je ne peux pas le lui reprocher. L'amertume que j'ai ressentie m'a fait t'arracher à moi. Toi, qui étais le vent à mon côté, mon ombre, ma joie... mais non pas le fils de ma chair. J'ai donné mon cœur à mon autre fils, j'en ai fait quelqu'un. Mais il est mort, trop tôt. J'aurais dû mourir à sa place. Je suis resté pour m'occuper d'une fille qui ne sait qu'épandre sa bile et dont la langue est aussi acérée que celle de sa mère... Quand nous t'avons envoyé dans le pays de ta mère, reprit Bolsgar d'une voix rauque, après un silence douloureux, nous ignorions que tu en reviendrais de cette façon. Savais-tu que ton frère est mort à Senlac ?

Wulfgar releva brusquement la tête, regarda le vieux monsieur. Gwyneth avait fait volte-face, s'était approchée d'eux, les yeux brillants :

— Oui, il a été tué par des pillards normands. Ils ont tué mon frère !

Wulfgar la regarda, le sourcil levé :

— Pillards normands ? Tu fais allusion à moi, je pense.

— Cela te convient parfaitement.

Il lui sourit, avec douceur presque :

— Prends garde, ma sœur. La façon d'être des vaincus doit toujours plaire aux vainqueurs. Tu ferais bien de prendre exemple sur mon Aislinn.

Il alla se planter à côté de la chaise de la jeune fille, caressa du doigt une des belles tresses cuivrées :

— ... Elle sait si bien jouer les vaincues que je

me demande parfois si je suis réellement le vainqueur. Oui, ma sœur, laisse cette enfant te donner quelques leçons.

Tremblant de rage, Gwyneth avança d'un pas. Il la regarda, moqueur, notant la minceur de ses lèvres, ses yeux à demi fermés.

— Tu veux dire quelque chose d'autre, Gwyneth ?

Haletante, elle lui lança au visage :

— Oui, toute ma vie je regretterai que ce ne soit pas toi qui aies été tué à la place de Falsworth. Tu me répugnes et j'ai honte d'en être réduite à te demander la charité ! (D'un bloc elle se tourna vers Aislinn qui fut stupéfaite par son expression de haine :) Cela te va de nous donner cette fille en exemple. Regarde un peu de quelle façon modeste elle se pare. Elle représente vraiment la femme anglaise en deuil !

— Félicite-toi donc que je sois encore en vie. Sans moi, c'est à la belle étoile que tu coucherais.

— Qu'est-ce donc, une querelle de famille déjà ?

Ragnor venait d'entrer, suivi de soldats qui, sans attendre, s'installaient aux tables. Il enveloppa Aislinn d'un regard appréciateur mais, vivement, se tourna vers Gwyneth, lui saisit les deux mains, les serra sur sa poitrine :

— Ah, douce Gwyneth, le féroce Wulfgar aurait-il montré les crocs ? Je vous en prie, madame, pardonnez-lui ses façons d'être. Ou permettez-moi de lui demander raison, je ne supporterai pas que l'on fît insulte à votre grâce et à votre beauté.

La jeune femme lui sourit avec affectation :

— Il est normal qu'un frère reproche à sa sœur des défauts qu'un étranger ne remarquerait pas.

Ragnor se pencha sur sa main.

— Si je pouvais me parer du titre d'amant et bien vous connaître, murmura-t-il, je ne vous trouverais aucun défaut.

Elle se recula, le feu aux joues :

— Sire chevalier, vous vous avancez beaucoup en imaginant que nous puissions jamais être amants.

— Puis-je quand même espérer ? demanda-t-il avec un sourire.

Nerveuse, elle jeta un coup d'œil à Wulfgar qui les observait tranquillement. Prenant Aislinn par la main, il indiqua la table à sa sœur :

— Soupons donc en bons termes, Gwyneth. Autant commencer, puisque nous sommes appelés à nous voir beaucoup.

Elle s'écarta d'un geste vif et laissa Ragnor lui reprendre la main et la mener à sa chaise. Il se pencha vers elle, comme elle s'installait.

— Vous troublez mon cœur et m'enflammez, lui dit-il avec un regard caressant. Que dois-je faire pour gagner votre amitié ? Je serai votre esclave à tout jamais.

— Messire de Marte, vous ne manquez pas d'audace, balbutia-t-elle. Vous oubliez que les Normands ont tué mon véritable frère et que j'ai peu d'amour pour eux.

Il se glissa à côté d'elle :

— Mais, belle demoiselle, vous n'allez pas blâmer tous les Normands pour la mort de votre frère. Nous étions liés par notre serment à Guillaume. S'il vous faut haïr quelqu'un, haïssez le duc, mais non pas moi, je vous en prie.

— Ma mère était normande, fit-elle avec douceur. Je ne la hais pas.

— Et vous ne me haïssez pas ?

— Mais non.

Dans un sourire lumineux, Ragnor montra ses belles dents blanches. Il lui baisa la main :

— Madame, vous me rendez très heureux.

Confuse, elle se détourna et regarda Wulfgar aider Aislinn à s'asseoir à côté de lui. Son regard perdit toute sa chaleur.

— Tu ne nous avais pas dit que tu t'étais marié, mon frère, dit-elle, la lèvre retroussée.

— Marié ? Non. Pourquoi ?

Elle appuya sur Aislinn le regard de ses yeux clairs.

— Alors Aislinn n'est pas une parente. A en juger par la façon dont tu la traites, je l'aurais prise pour une jeune épousée.

Ragnor émit un grognement de joie. Aislinn lui lança un coup d'œil glacé et il but à sa santé avec ostentation. Puis il se pencha vers sa compagne, lui murmura quelque chose à l'oreille ce qui eut le don de la faire éclater de rire.

Les mains crispées sur ses genoux, Aislinn aurait donné n'importe quoi pour être ailleurs. Elle perdit tout appétit, ne toucha pas au contenu de son assiette.

— Cet ours rôti a fort bon goût, fit remarquer Wulfgar d'un ton égal. Pourquoi ne pas y goûter ?

— Je n'ai pas faim, murmura-t-elle.

— Tu perdras du poids si tu ne manges pas et rien ne me déplaît davantage que les femmes osseuses. Tu es délicieusement enveloppée, mais tu manques de force. Mange, cela te fera du bien.

— Je suis assez robuste comme cela.

— Vraiment ! Je ne m'en serais jamais douté à en juger par le peu de résistance que tu m'as opposée il y a quelques heures à peine.

Aislinn rougit vivement :

— Messire, votre sœur ! Elle va nous entendre. Ne pouvez-vous me traiter avec moins de familiarité ?

— Quoi ? Et te demander de te glisser dans ma chambre quand la nuit sera noire et que personne ne risquera de te voir ? (Il rit et la regarda dans les yeux :) Je n'en aurai jamais la patience.

— Je ne plaisante pas. Est-il nécessaire d'apprendre à vos parents que je suis votre maîtresse ?

— Dois-je leur annoncer maintenant ou faut-il attendre à plus tard ?

— Oh ! Vous êtes impossible !

Elle avait, involontairement, élevé le ton et attiré, un instant, l'attention de Gwyneth. Celle-ci revenue à Ragnor, Aislinn se pencha vers Wulfgar :

— Leur opinion ne vous importe-t-elle donc pas ? Il s'agit de votre famille.

— Ma famille ! Je n'en ai pas. Tu as entendu ma sœur parler de sa haine à mon égard. Je n'en attendais pas davantage et je ne lui dois aucune explication. Quant à ma façon de vivre, je me moque de ce qu'elle pense. Tu es mienne et je ne te repousserai pas du seul fait que des parents sont arrivés.

— Et vous ne m'épouserez pas non plus, ajouta-t-elle, doucement.

Il haussa les épaules :

— Cela me regarde. Je te possède. Cela me suffit.

Les yeux fixés au loin, il se ramassa dans l'attente de sa réaction. Après un long moment de silence, n'entendant rien venir, il se tourna vers elle et rencontra un regard violet qui ne révélait aucune pensée. Le léger sourire qui écartait ses lèvres roses s'accentua. Sa beauté était telle qu'il en oublia tout ce qui l'entourait. Elle rit, d'un rire doux, musical.

— Oui, Wulfgar, chuchota-t-elle. Je suis votre esclave et si cela vous suffit, eh bien ! cela me suffit aussi.

Il était encore stupéfié par sa réponse quand la voix de Gwyneth le tira de ses pensées.

— Wulfgar, tu n'as quand même pas l'intention de nourrir tous ces Normands pendant tout l'hiver ? dit-elle en indiquant les hommes autour d'eux. Nous mourrons certainement de faim si tu le tentes.

Il jeta un coup d'œil aux vingt soldats qui festoyaient avant de regarder sa sœur :

— Il y en a d'autres encore, mais ils sont en patrouille. Ils nous protègent, toi comprise, contre les maraudeurs et les pillards. Ne t'occupe pas de ce qu'ils mangent.

Elle eut une inspiration profonde mais n'insista pas.

Quelques minutes plus tard, demandant à Wulfgar

de l'excuser, Aislinn se leva pour aller s'occuper du blessé. Elle humecta son pansement et le couvrit afin qu'il ne se refroidisse pas. Il la regarda faire et, quand elle se redressa, lui sourit :

— Vous êtes trop bonne pour un vieillard, dame Aislinn. Votre gentillesse et la douceur de vos mains ont illuminé ma journée.

— Sire chevalier, la fièvre vous égare, répondit-elle gaiement.

Il lui effleura la main de ses lèvres et referma les yeux avec un soupir. Elle le laissa se reposer. Wulfgar, qui ne l'avait pas quittée des yeux, la regarda s'approcher sans ciller jusqu'à ce qu'elle fût derrière lui. Là, debout à côté de sa chaise, elle pouvait le voir sans être vue. Détendu, il répondait aux questions dont sa sœur le bombardait touchant à ses propriétés et à sa situation auprès de Guillaume. Puis elle lui reprocha son indulgence avec ses serfs. Là Wulfgar eut un coup d'œil pour Ragnor qui, confortablement installé, semblait content de soi et des propos de Gwyneth.

— Je suis ravi de constater que tu te fais très vîte une opinion, répliqua Wulfgar.

— Tu ne tarderas pas à apprendre que je suis très perspicace, fit-elle en regardant Aislinn.

Son frère haussa les épaules et, sans se retourner, tendit la main pour prendre celle de la jeune fille qu'il attira à lui.

— Je n'ai rien à cacher.

A la grande irritation de Gwyneth, il se mit à jouer avec les doigts d'Aislinn, à lui caresser le bras. Le sourire de satisfaction disparut des lèvres de Ragnor qui se détourna pour remplir son hanap. Wulfgar se leva et, un bras autour des épaules d'Aislinn, plaisanta son page sur ses talents d'archer et sa jolie figure. Un grand rire secoua ses hommes et Aislinn ne vit pas le regard venimeux dont l'enveloppait Gwyneth.

— Mais que voit-il donc dans cette petite catin ?

demanda-t-elle en les voyant gravir l'escalier, la main de Wulfgar au creux de la taille d'Aislinn.

Ragnor détourna les yeux de la gracieuse silhouette qui s'éloignait et, rageur, finit sa bière. Il parvint cependant à sourire à sa compagne :

— Je ne saurais le dire, madame, car je ne vois que vous. Que ne vous senté-je tout contre moi ! Je connaîtrais les joies du paradis.

Elle eut un rire de gorge :

— Sire de Marte, vous me faites trembler pour ma vertu. Jamais l'on ne m'a fait la cour avec une telle audace.

— Je dispose de peu de temps, admit-il sans fard. Il me faut partir demain rejoindre Guillaume. (Il sourit devant sa déception :) Mais, n'ayez crainte, belle dame, je reviendrai, fût-ce sur mon lit de mort.

— Sur votre lit de mort ! Mais où allez-vous ? Serez-vous en danger ?

— Oui, bien sûr. Nous autres Normands ne sommes pas populaires. Il faut persuader les Anglais que Guillaume est, pour eux, le choix le meilleur.

— Vous vous battez pour votre duc pendant que mon frère s'amuse avec cette roulure. Il est réellement sans honneur.

— Qui se préoccupe du sort qui m'est réservé ?

— Moi, confessa-t-elle.

Il lui saisit la main, la serra sur sa poitrine :

— Oh ! sentez comme mon cœur bat, comme il vous désire. Venez avec moi dans la prairie et laissez-moi étendre mon manteau pour vous. Je ne vous toucherai pas, je vous le jure, mais je vous serrerai contre moi avant de m'éloigner.

— Vous êtes très persuasif, messire chevalier.

Il accentua la pression de ses doigts sur les siens :

— Vous êtes trop belle pour que je puisse résister. Dites que vous viendrez. Que je parte avec un petit gage de votre bonté.

— Je ne peux pas, dit-elle sans conviction.

— Personne ne le saura jamais. Votre père dort.

Votre frère s'amuse. Amour, dites que vous viendrez.

De la tête, elle fit un petit signe d'assentiment :

— Ne me faites pas attendre !

Il lui baisa la main avec passion et s'éloigna vivement.

Le clair de lune éclairait la clairière, Gwyneth avança doucement et étouffa un cri en sentant une main sur son épaule. Elle fit volte-face. Le manoir était plein de soldats et elle connut un instant de peur. Mais, à la vue du visage souriant de Ragnor, elle rit doucement, soulagée.

— Vous êtes venue.

— Effectivement, messire chevalier, je suis là.

Il se pencha aussitôt, la souleva et l'emporta. Les bras noués autour de son cou, elle eut un petit rire nerveux.

— Vous me faites perdre la tête, lui murmura-t-elle dans l'oreille. J'ai peine à croire que nous ne nous sommes rencontrés que ce matin.

Il s'arrêta, ôta sa main de sous ses genoux, la laissant glisser contre lui.

— Vraiment ? J'ai l'impression que des siècles ont passé depuis que je vous ai quittée tout à l'heure.

— Des années seulement, mon chéri.

Sa bouche s'écrasa contre la sienne, fiévreuse. Avec adresse, il délaça robe et cotillon qui tombèrent à ses pieds, puis, doucement, il l'allongea sur son manteau qu'il avait étendu par terre. Un instant, il contempla son corps qui semblait argenté au clair de lune. Il caressa ses seins menus, pendant que ses pensées allaient à d'autres seins, plus ronds, plus pleins, à une peau satinée, à de lourdes tresses cuivrées dansant autour d'un corps merveilleux. Il crut voir Wulfgar prendre possession de tant de perfections et ne put réprimer un mouvement brusque de rage, arrachant un cri de peur à Gwyneth.

— Que se passe-t-il ? Quelqu'un vient ?

A gestes saccadés elle ramassa les plis du manteau pour s'en couvrir.

Il la rassura :

— Non, ce n'est rien. J'ai cru voir une ombre. Ce n'est que la lune.

Détendue, elle glissa une main sous sa tunique, caressa son torse musclé.

— Je suis curieuse, savez-vous.

Il sourit et entreprit de se déshabiller.

— C'est mieux. Dieu que vous êtes beau ! Jamais je n'aurais cru qu'un homme puisse être aussi beau.

Oubliant toute pudeur, elle continua ses caresses, de plus en plus audacieuses. Puis, elle s'allongea sur le manteau, s'offrit.

Un loup hurlait au loin quand Ragnor se redressa. Il s'assit, les bras autour des genoux, le visage tourné vers la fenêtre faiblement éclairée de Wulfgar. L'ombre d'un homme s'y encadra, se présenta de profil, regardant vers ce que Ragnor savait être le lit. Il crut voir les cheveux lumineux étalés sur l'oreiller, le petit visage ovale, doux, parfait dans le sommeil.

Oh ! cette vengeance qu'il croyait parfois à portée de la main, elle serait sienne un jour. Cette fille dans ses bras, il n'aurait de satisfaction qu'il ne la lui prenne. Même si Wulfgar ne l'aimait pas, son orgueil en souffrirait.

— A quoi pensez-vous ? murmura Gwyneth.

Ragnor se tourna vers elle, la reprit dans ses bras :

— Je pensais à quel point tu m'as rendu heureux.

9

Gwyneth descendit de bonne heure. Elle se sentait d'excellente humeur. Elle avait assisté au départ de Ragnor qui avait emporté son cœur avec lui. Dans la grande salle, les hommes mangeaient. Ils ne lui accordèrent aucune attention. Bolsgar dormait encore. Elle s'assit à la grande table et Ham lui apporta de quoi se restaurer.

— Où est mon frère ? demanda-t-elle. Ces hommes sont là à ne rien faire. Ne leur a-t-il pas commandé des tâches à accomplir ?

— Ils l'attendent, madame. Il n'est pas encore descendu.

— Sa paresse est un véritable fléau.

— D'habitude, il se lève de bonne heure. Je ne sais pas ce qui le retient.

— Cette catin saxonne, sans doute.

Ham rougit fortement et ouvrit la bouche pour répliquer. Puis il changea d'avis et, tournant les talons, il retourna aux cuisines sans un regard en arrière.

Gwyneth goûtait au contenu de son assiette d'un air absent, écoutant d'une oreille ce qui se disait autour d'elle et songeant aux événements de la nuit, quand Gowain parut avec Beaufonte. Les Normands les saluèrent avec bruit.

— Ne deviez-vous pas partir pour Cregan, ce matin ? demanda Gowain à Milbourne, l'aîné des chevaliers présents.

— Si, mon vieux, mais Wulfgar paraît préférer rester au lit, répondit Milbourne avec une grimace qui suscita un énorme éclat de rire.

Gowain sourit :

— Peut-être devrions-nous nous assurer qu'on ne lui a pas tranché la gorge. A en juger par la façon dont Ragnor appelait tous les diables de l'enfer sur sa tête, juste avant de se mettre en route, ils ont dû encore se quereller.

L'autre haussa les épaules :

— Oh ! sans doute au sujet de cette fille. Ragnor l'a dans la peau depuis qu'il a couché avec elle.

Gwyneth sursauta. Elle avait soudain du mal à respirer, l'impression qu'on l'avait frappée violemment dans la poitrine.

— Hé ! Et si Wulfgar a décidé de la garder, ce ne sera pas une petite affaire que de chercher à la lui prendre. Je serais à la place de Ragnor, je me battrais volontiers pour elle.

— Elle a le sang chaud. Laisse-la donc à un homme d'expérience.

La conversation cessa brusquement au bruit d'une porte qui claquait au premier étage. Wulfgar parut et descendit l'escalier, bouclant son ceinturon. Il salua sa sœur qui le regarda d'un air froid.

— J'espère que tu t'es bien reposée, Gwyneth.

Sans se soucier de sa réponse, il se tourna vers ses hommes :

— Alors, qu'est-ce que vous attendez ? Je pars pour Cregan. Et vous ?

Il sortit, ramassant un morceau de pain et une tranche de viande au passage, et ils se précipitèrent derrière lui.

Gwyneth se leva lentement de table. Elle se sentait malade. A pas mesurés, elle gagna l'escalier, le gravit. Devant la chambre du maître de maison, elle s'arrêta. D'une main qui tremblait, elle fit le geste de tourner le loquet. Puis elle se recula brusquement et serra son poing crispé sur sa poitrine. Dans la pénombre, son visage était livide et le regard de ses yeux pâles semblait vouloir percer le panneau de bois. Elle éprouvait une haine qui dépassait maintenant de beaucoup le mépris qu'elle vouait à Wulfgar. Qu'un jour vienne où cette fille soit à sa merci et elle verrait !

Avec précaution, comme si elle craignait que le moindre bruit apprenne à l'autre tout le mal qu'elle lui souhaitait, elle s'éloigna, retourna dans sa propre chambre.

Quand Aislinn s'éveilla peu de temps après, elle s'habilla et descendit pour apprendre que Wulfgar était parti pour Cregan. Sweyn était resté pour veiller au bon ordre.

Bolsgar allait beaucoup mieux que la veille, il avait

perdu son teint cireux et retrouvé son appétit. Aislinn lui changea sa compresse et put constater que la plaie avait déjà meilleur aspect.

L'après-midi tirait à sa fin, lorsque Gwyneth descendit et approcha Aislinn :

— Avez-vous une monture ? J'ai envie de voir ces terres que Wulfgar a conquises.

— Oui. Une jument barbe. Elle est rapide et forte. Mais elle n'a pas très bon caractère. Je ne vous conseille pas...

— Si vous pouvez la monter, je ne vois pas ce qui m'en empêcherait ?

— Vous êtes certainement une excellente cavalière, je n'en doute pas. Mais je crains pour Cleome...

Aislinn fut réduite brusquement au silence par le regard meurtrier de l'autre. Elle joignit les mains et recula devant la haine qu'elle lut dans les yeux de Gwyneth. Celle-ci donna aussitôt l'ordre que l'on selle la jument et qu'on l'accompagne dans sa promenade. La monture harnachée, Aislinn tenta une fois encore de la mettre en garde et lui indiqua d'avoir à tenir les rênes avec fermeté, mais elle rencontra, une fois encore, ce regard haineux qui la réduisit au silence. Elle frémit quand Gwyneth cravacha brutalement la jument qui bondit.

Une chape d'inquiétude pesant sur ses épaules, Aislinn chercha à s'occuper. Mais elle dut entendre Maida se plaindre des façons d'être de Gwyneth. Elle écouta aussi longtemps qu'elle le supporta et se retira dans sa chambre. Elle ne pouvait parler à Wulfgar de sa sœur. Il haïssait suffisamment les femmes pour qu'il soit inutile de le confirmer dans ses sentiments et il ne voudrait peut-être pas l'entendre critiquer Gwyneth. Pourtant, en l'espace d'une matinée, celle-ci avait montré ce dont elle était capable. Elle avait passé son temps à fouiller dans les coffres de Maida à la recherche de robes pour elle-même. Puis elle avait eu une crise de rage car aucune ne lui allait, Maida étant beaucoup plus petite qu'elle. A peu de

149

temps de là, elle s'était fait apporter son repas dans sa chambre et avait giflé Hlynn qu'elle jugeait trop lente à son goût. Et maintenant, elle parcourait la campagne sur le cheval favori d'Aislinn.

Gwyneth n'avait aucun but de promenade. Elle était démoralisée et de fort mauvaise humeur. La vue de cette petite garce profitant de l'hospitalité de son frère était déjà pénible en soi, mais savoir que son amant avait eu cette fille interdisait toute chance d'amitié entre elles. Et, comme si cela ne suffisait pas, Wulfgar se parait de cette catin comme s'il s'agissait d'une jeune fille convenable, alors qu'elle n'était qu'une esclave. Et cette petite saleté avait l'audace de dire que cette jument lui appartenait. Elle ne possédait rien elle-même, même pas une robe convenable à porter pour le retour de Ragnor. Tout son bien, les Normands l'avaient pris. Aislinn avait de jolies toilettes que Wulfgar lui avait permis de garder. Cette dague ornée de pierreries qu'elle portait valait une belle somme.

Frappant Cleome à coups redoublés, Gwyneth enleva la jument dans un galop effréné. Les deux hommes d'escorte suivirent à distance. Habituée à la main ferme de sa maîtresse, la jument ne trouva pas l'autorité nécessaire dans les rênes lâchées sur son cou. Elle choisit son chemin sans se préoccuper des ordres de sa cavalière. Cela eut pour effet de mettre la rage de Gwyneth à son comble. Elle donna un coup violent aux rênes et la jument quitta la piste pour s'engager dans le bois. Folle de colère, Gwyneth la cravacha à tour de bras et, le cou tendu, l'animal partit à longues foulées à travers les buissons. La peur s'empara de la cavalière quand elle comprit. Des branches la cinglaient au passage, des épines la déchiraient, mais la jument galopait toujours, droit devant elle. Gwyneth entendit des voix derrière elle, lui criant de s'arrêter. Mais Cleome avait pris le mors aux dents et peu lui importait que l'on tire ou non sur les rênes. L'animal poursuivait sa course démentielle, descendant à flanc de colline. Une gorge étroite s'ouvrait devant elle, elle ne ralentit pas. Avec un cri de terreur, Gwyneth se laissa tomber au bas de la selle, pendant que la jument continuait à travers les buissons pour s'écraser, avec un bruit affreux, sur le fond rocheux du ravin. Les deux hommes d'escorte rejoignirent Gwyneth et s'arrêtèrent. Elle se releva, oubliant sa peur et sa propre folie pour crier des insultes à la jument, en ôtant feuilles mortes et mousse de sa robe. L'un des hommes mit pied à terre, se rapprocha du bord de la faille.

— Madame, j'ai peur que votre monture ne soit gravement blessée, dit-il gêné.

— Cette bête idiote, qui n'est même pas capable de voir un trou de cette taille ! Bon débarras !

Un martèlement de sabots se fit entendre alors et Wulfgar parut, suivi de ses hommes.

— Que s'est-il passé ? demanda-t-il, le sourcil froncé. Nous avons entendu crier.

L'un des gardes du corps de Gwyneth, sans mot dire, désigna le fond de la gorge et Wulfgar s'en approcha. A la vue de la petite jument gisant sur le rocher, il se rembrunit encore.

— Je ne me souviens pas avoir donné des instructions pour que tu montes ce cheval, dit-il en se tournant vers sa sœur.

Elle haussa les épaules :

— Le cheval d'une esclave, qu'importe ? Aislinn n'en aurait plus l'emploi, ses devoirs la retiennent dans ta chambre.

Le visage figé, Wulfgar dut faire un grand effort sur lui-même pour parler avec une certaine mesure :

— Par ton imbécillité tu as provoqué la mort d'une bête de valeur ! Ton mépris du bien d'autrui me coûte un bon cheval.

— Elle avait un sale caractère. J'aurais pu être tuée !

Il avala une réplique cinglante :

— Qui t'a autorisée à la prendre ?

— Je n'ai que faire de l'autorisation d'une esclave. C'était le cheval d'Aislinn, il était donc à ma disposition.

Wulfgar serra les poings :

— Si Aislinn est une esclave, ce qu'elle possède m'appartient. Je suis le maître ici et j'entends que tu ne maltraites ni mes esclaves ni mes chevaux.

— Maltraitée ! C'est moi qui l'ai été ! s'écria la jeune femme, furieuse. Regarde-moi ! J'aurais pu être tuée en montant cet animal et personne ne m'a mise en garde. Aislinn aurait pu m'en empêcher. Elle voulait ma mort, oui ! Elle n'a pas eu un mot pour me prévenir... Vraiment, Wulfgar, je me demande ce que tu vois dans cette petite idiote. Je t'aurais cru plus difficile, habitué comme tu l'es aux dames de la cour de Guillaume. C'est une petite garce à l'esprit tortueux, qui s'est jurée d'avoir notre peau.

Wulfgar fit demi-tour brusquement, se retrouva face à ses hommes. D'un geste du bras, il leur fit signe de se mettre en route.

— Wulfgar ! cria Gwyneth en tapant du pied. Tu pourrais au moins me faire donner le cheval de l'un de tes hommes !

Il la regarda longuement, sans un mot, puis s'adressant au cavalier qui avait escorté la jeune femme :

— Prenez-la en croupe. Quand elle aura fait du tape-cul jusqu'à Darkenwald, elle aura peut-être une idée de la valeur d'un bon cheval. (Et se tournant vers elle :)... A présent, ma chère sœur, je vais terminer le travail que tu as si bien commencé.

Cleome le regarda descendre vers elle de ses grands yeux bruns et fit effort pour se mettre sur pieds. Il lui caressa doucement les naseaux, lui saisit la mâchoire pour lui soulever la tête et de deux coups précis de dague, trancha la veine de chaque côté du cou.

Remonté en selle, il ne tarda pas à rejoindre la

petite troupe. Un appel de la sentinelle prévint de leur arrivée à Darkenwald.

Wulfgar vit le bleu de la robe d'Aislinn venue les attendre à la porte et les paroles de Gwyneth lui revinrent à l'esprit. Etait-il destiné à recevoir entre les côtes la lame de la dague qu'il avait laissée à la jeune fille ? Elle risquait moins, disait-elle, lui vivant que mort. Pour le moment peut-être, mais, plus tard, serait-elle celle qui veillerait à son exécution ? Seigneur, il ne pouvait pas faire confiance à une femme, quelle qu'elle soit. Mais il se plaisait en la compagnie de celle-ci. Elle serait difficile à remplacer. Pourquoi se laisser influencer par les accusations de sa sœur ? Il sourit presque et soudain se rappela la jument. Ce serait à lui de lui annoncer sa mort. Gwyneth ! Encore une femme dont il lui faudrait supporter l'idiotie sans aucun plaisir pour compenser.

Sweyn attendait à côté d'Aislinn. Elle rougit légèrement en croisant le regard de Wulfgar, incapable d'oublier ses dernières caresses passionnées. Mais, le sourcil froncé, il détourna les yeux et aboya un ordre à ses hommes, par-dessus son épaule. Il s'arrêta, mit pied à terre, jeta les rênes à Gowain et, sans saluer la jeune fille, entra dans le manoir dont il ouvrit la porte en grand avec brutalité.

Désemparée, Aislinn regarda autour d'elle, mais chacun des hommes évita son regard. Très étonnée de leur façon d'être, elle remarqua alors Gwyneth, en croupe derrière l'un de ceux qui l'avaient accompagnée dans sa promenade. Mais nulle part elle ne vit sa petite jument. Gwyneth descendit de cheval, brossa sa jupe et, l'œil froid, parut mettre Aislinn au défi de poser une question. Etouffant un cri, la jeune fille pivota sur elle-même et se précipita vers Wulfgar. Il était assis devant la table et leva les yeux vers elle comme elle s'approchait.

— Vous avez laissé Cleome à Cregan ? demanda-t-elle doucement, sans y croire.

Il poussa un profond soupir :

— Non. Elle s'est cassé les antérieurs et j'ai dû mettre un terme à ses souffrances. Elle est morte, Aislinn.

— Cleome ! Mais comment ? Elle connaissait très bien le chemin, fit-elle dans un sanglot.

— Parlons-en ! dit une voix coupante, derrière elle. Cette bourrique stupide était incapable de suivre le chemin le plus simple, mais elle a su trouver un fossé et me jeter par terre. Elle aurait pu me tuer. Vous ne m'aviez pas prévenue de sa méchanceté.

— Cleome méchante ! C'était une jument fine et douce. Il n'y avait pas plus rapide qu'elle.

— Vraiment ! Eh bien, demandez donc à mes gens. Qu'auriez-vous gagné à ma mort ?

Aislinn secoua la tête, absolument stupéfaite. Elle sentait le regard de Wulfgar fixé sur elle. Il semblait, par son silence, l'interroger lui aussi. Elle tenta de rire :

— Vous plaisantez avec cruauté, Gwyneth. C'est mon cheval que vous avez tué.

— Votre cheval ! Vous revendiquez un cheval ? Une esclave ? Vous voulez dire le cheval de mon frère, n'est-ce pas ? ajouta-t-elle en souriant.

— Non ! cria Aislinn. Cleome m'appartenait. Mon père me l'avait donnée. C'est tout ce que...

Le reste se termina en sanglots. Wulfgar se leva et posa une main sur son bras, comme pour la consoler, mais elle se dégagea brusquement et s'enfuit pour être seule. Elle était déjà dans l'escalier quand la voix de Gwyneth s'éleva, sèche :

— Arrêtez ! Personne ne vous a autorisée à partir !

Wulfgar, lui-même, ne put cacher sa surprise et il regarda sa sœur avec curiosité. Elle se tourna vers lui :

— Je suis ta sœur et cette petite garce geignarde n'est qu'une esclave. Je dois aller pieds nus et en haillons alors que tu mets cette catin dans ton lit

154

et que tu l'habilles des robes les plus élégantes. Tu te pavanes avec elle devant mon père et moi-même comme si elle était la récompense d'un acte de courage, nous mangeons les reliefs de la table, pendant que tu installes cette garce à côté de toi pour la caresser à ton aise.

Tout à son venin, elle ne prit pas garde à l'expression de son frère. Aislinn qui s'était immobilisée à son ordre, malgré la rage qui bouillonnait en elle, prit note de la tempête naissant sous le front de Wulfgar.

Ce fut Bolsgar qui intervint, se soulevant sur un coude.

— Gwyneth ! Ecoute-moi ! ordonna-t-il. Je t'interdis de parler de la sorte de Wulfgar. Il est chevalier de Guillaume et ils ont conquis ce pays. Nous ne possédons plus rien. Nous lui avons demandé l'hospitalité et nous sommes à sa merci. Si je suis ton père, tu n'abuseras pas de ses bontés.

— Mon père ! Etiez-vous mon père quand vous avez envoyé mon frère se faire tuer ? L'étiez-vous quand ma mère est morte ? L'étiez-vous quand vous m'avez arrachée à ma maison pour me faire traverser la moitié de l'Angleterre pour arriver dans cet horrible trou, parce que nous avons entendu les Normands parler de ce bâtard, Wulfgar, ici ? C'est moi qui ai été blessée aujourd'hui. Prenez-vous le parti d'une esclave contre celui de votre fille ou vous montrerez-vous, une fois au moins, mon père ?

Elle ouvrit la bouche pour continuer sur sa lancée, mais d'une voix de stentor, Wulfgar lui lança :

— Tais-toi !

Elle fit volte-face et rencontra le regard de ses yeux durs, froids.

— Surveille tes manières ici ! ordonna-t-il en avançant d'un pas. Fais bien attention. Tu me traites de bâtard. J'en suis un, mais je n'y suis pour rien. Tu te plains de la mort de notre noble mère. De quoi ? Tout me porte à croire qu'elle a choisi de mourir. Quant à mon frère, il est mort noblement sur un champ de bataille. Personne ne l'y a envoyé. Il est mort pour la cause qu'il avait choisie. Et ma cause, à moi ? A-t-elle été de mon choix ? Toi ! Ton frère ! Ma mère ! Ton père ! Vous m'y avez contraint. Vous m'avez envoyé au-delà des mers pour que je ne ternisse pas votre beau renom et ne vous cause aucune gêne. J'étais jeune, un adolescent qui ne se connaissait qu'un père... (Il se tourna vers Bolsgar :) Et vous m'avez dit, messire, que ma mère a voulu réparer une faute. (Il rit, sans gaieté :) Je vous dis, moi, qu'elle a cherché la vengeance d'une épouse querelleuse car qui a souffert de ses révélations ? Elle ? Bien peu. Ma sœur ? Nullement, car elle était la préférée de ma mère. Mon frère ? Aucunement, il est devenu le favori. Vous ? Profondément, je pense, car nous étions réellement père et fils. Mais pour son honneur à elle, vous m'avez chassé. Vous m'avez expédié auprès de ce crétin prétentieux qui a su prendre l'argent destiné à m'entretenir et s'est désintéressé de moi. Que je ne t'entende plus me refaire la leçon, quant à ce que je dois à la famille, continua-t-il en s'adressant à sa sœur. Tu prends ce que je donne sans te plaindre, car je ne me sens aucune obligation envers toi. Quant à mes plaisirs, c'est mon affaire et cela ne te regarde en rien. Prends garde quand tu emploies les mots de catin ou de bâtard, car je n'ai rien contre le fait d'appliquer une correction à une femme. J'en ai eu souvent l'envie, j'y céderai peut-être un jour. Tu es prévenue. La jument que tu as prise sans autorisation est morte. Je sais ce qu'est d'être attaché à un cheval. Peut-être était-elle un peu nerveuse, Aislinn n'ayant pas eu la permission de la monter depuis mon arrivée. Je ne veux plus entendre d'accusation sans preuves. Quant à la garde-robe, il faudra que tu te contentes de ce que tu as. Je n'ai nulle envie d'entendre tes criailleries à ce sujet. Si tu te sens brimée, parle donc de tout cela aux autres femmes d'Angleterre. Je dois partir demain, ordre du duc... J'ignore la durée de mon absence mais, à mon retour, j'espère que tu auras eu le temps de t'habituer à l'idée que je suis maître ici et que je mène ma vie comme je l'entends. Sweyn restera là et me remplacera. Je laisserai de l'argent pour vos besoins, parce que telle est mon intention. Maintenant, sache que je me fatigue facilement des bavardages féminins. Autrement dit, tu peux disposer et regagner ta chambre.

Il attendit qu'elle ait fait demi-tour. Elle gravit l'escalier en courant, sans regarder Aislinn, et claqua la porte de sa chambre derrière elle. Il croisa alors le regard angoissé des yeux violets pleins de larmes. Puis la jeune fille se détourna et, très droite, monta lentement les marches.

Conscient de l'attention de son beau-père, Wulfgar se tourna vers lui, s'attendant à un reproche. Mais un léger sourire jouait sur ses lèvres. Il eut un mouvement de la tête et s'allongea sur ses fourrures pour fixer le feu. Dans l'encadrement de la porte, Sweyn offrait un visage dépourvu de toute expression. Mais les deux amis n'avaient pas besoin de paroles pour se comprendre.

Ramassant son heaume et son bouclier, Wulfgar monta l'escalier. Il allait d'un pas pesant. Il le savait, Aislinn souffrait beaucoup de la perte de sa jument. S'il se sentait capable d'affronter ses colères, il était désarmé devant son chagrin. Il s'en voulait de ce qui s'était passé. Une simple parole aurait pu tout éviter, mais il avait eu d'autres problèmes en tête.

Il entra dans la chambre et referma la porte doucement derrière lui. Aislinn, debout devant la fenêtre, avait la tête appuyée contre le volet intérieur. Les larmes ruisselaient sur ses joues. Il la contempla quelques minutes puis, avec son soin habituel, rangea casque, bouclier et épée.

Sevré lui-même de tendresse, il ignorait de quelle façon approcher une jeune fille bouleversée par le chagrin et lui manifester sa sympathie. Il n'en avait jamais eu, ni recherché l'occasion. Ses rapports avec les femmes avaient toujours été brefs et sans profondeur, dépassant rarement une nuit ou deux avec la même. Les femmes, à ses yeux, servaient à assouvir un désir. Quand il était fatigué d'elles, il les plantait là, sans explication. Peu lui importaient leurs sentiments. Mais il éprouvait de la pitié pour Aislinn, car il avait perdu, lui aussi, un cheval très aimé.

Guidé par l'instinct, il s'approcha d'elle, la prit dans ses bras. Tendrement, il repoussa les cheveux mouillés collés à ses joues et sécha ses larmes avec ses baisers jusqu'à ce qu'elle lève sa bouche vers la sienne. Sa réaction le surprit agréablement. Depuis qu'il l'avait faite sienne, elle avait toléré ses avances, comme n'importe quelle esclave, impatiente d'en avoir terminé au plus vite. Mais elle refusait ses baisers, détournant la tête quand elle le pouvait. A présent, dans sa détresse, elle lui donnait ses lèvres. Sans chercher à comprendre davantage la raison de cette réaction, il l'enleva dans ses bras, l'emporta douce et soumise jusqu'au lit.

Un rayon argenté de lune, passant sans effort entre les volets clos, pénétrait dans la chambre où Aislinn dormait, pelotonnée entre les bras de son chevalier. Détendu, mais alerte, Wulfgar regardait le rai de lumière, songeant aux moments passés, incapable d'y trouver une explication logique.

Aislinn s'éveilla aux premières lueurs de l'aube. Elle resta immobile à savourer la chaleur du corps de son compagnon et la sensation de son épaule musclée sous sa tête.

« Ah ! mon beau sire, songeait-elle en suivant, du bout du doigt, le dessin de ses côtes, vous êtes à moi et ce n'est qu'une question de temps que vous ne le sachiez aussi. »

Elle sourit, rêvant à demi à la nuit passée mais goûtant les doux instants présents. Se soulevant sur un

coude, elle regarda son seigneur de plus près, s'émerveillant de la régularité de ses traits et, brusquement,
elle se sentit prisonnière de ses bras et attirée contre
lui. Surprise, elle poussa un petit cri et se débattit.
Il ouvrit les yeux, lui sourit.

— Aurais-tu tellement envie de moi qu'il te faut
m'arracher au sommeil ?

Rouge de confusion, Aislinn chercha à se libérer.
Mais il tenait ferme.

— Vous n'êtes qu'un vaniteux !

— Vraiment ? fit-il l'œil brillant. J'ai l'impression
que vous avez une petite place dans votre cœur pour
moi, ma petite mégère.

— C'est faux !

Il ignora ses protestations et poussa un profond
soupir :

— Ah ! j'aurai du mal à trouver en chemin une
fille aussi agréable que toi et qui m'aime, en plus.
Oh, si je pouvais t'emmener avec moi, je ne m'en-
nuierais pas. Mais, tu es trop fragile et ce serait
folie de risquer un trésor pareil.

Il lui glissa la main sur la nuque, la contraignant
à baisser la tête, à entrer en contact avec ses lèvres.
Il l'embrassa longuement, passionnément, lui meurtrissant la bouche. Une fois encore, elle sentit fondre sa volonté de résister. Le feu qui coulait dans
ses veines, les pulsations de ses entrailles demandaient à être apaisés. Un intense désir s'empara d'elle,
semblable à celui qu'elle avait éprouvé quelques heures plut tôt, faisant répondre son jeune corps aux
exigences du sien. Cependant, quand il s'était retiré,
elle avait encore brûlé du besoin de ses caresses et
comme une étrange impression de frustration qu'elle
ne pouvait expliquer.

La honte de son comportement et l'idée qu'il se
moquait d'elle refroidirent toute son ardeur. Il se
servait d'elle, puis la plaisantait pour l'affection
qu'elle pourrait éprouver pour lui. Ignorait-il toute
douceur ? Comment pouvait-elle se sentir froide et

distante avec lui alors que ses seuls baisers la rendaient folle ? Se pourrait-il qu'elle s'éprenne de lui ?

Cette seule idée lui fit l'effet d'un seau d'eau glacée. Elle fit un bond, le forçant à relâcher son étreinte et elle s'écarta en se tordant, l'entraînant jusqu'au bord du lit.

— Que diable se passe-t-il ? cria-t-il en tentant de la ramener à lui. Viens ici.

— Non !

Elle sauta à bas du lit, haletante, vêtue de ses seuls cheveux :

— Vous vous moquez de moi et puis vous cherchez votre plaisir ! Eh bien, trouvez-le auprès de vos ribaudes habituelles.

— Aislinn ! cria-t-il en s'élançant vers elle.

Mais, elle lui échappa, mit le lit entre eux :

— Vous partez pour vous battre contre les miens et vous voulez que je vous accompagne de mes bénédictions ! Dieu m'en garde !

Elle offrait un tableau ravissant avec son corps nu, doré par la première lueur du jour. Il se leva, s'appuya à l'un des pilastres du lit et la contempla, amusé. Elle le regarda avec défi, terriblement consciente de sa superbe nudité, du désir qu'il avait d'elle, mais décidée à sauvegarder sa petite parcelle de fierté.

Il lui sourit :

— Ah ! ma chérie, avec toi, partir est difficile. Mais, le devoir m'appelle. (Il s'approcha d'elle avec lenteur et elle le regarda, soupçonneuse.) Veux-tu me voir négliger mon devoir ?

— Il a déjà coûté trop de vies anglaises. Quand tout cela cessera-t-il ?

Il haussa les épaules :

— Quand l'Angleterre se sera inclinée devant Guillaume.

D'un geste vif, il tendit le bras, s'empara du sien, la prenant par surprise. Elle se débattit avec rage. Il rit de ses efforts, y prenant plaisir et, avec un grognement de dépit, Aislinn cessa de lutter et resta immobile contre lui, consciente qu'elle ne faisait qu'augmenter son désir en se débattant.

— Tu vois, Aislinn, c'est ce que le seigneur de ce manoir commande, non pas ce que son esclave souhaite.

Aislinn se refusa à céder à l'excitation provoquée par ses baisers. Elle resta froide, rigide contre lui. Après un long moment, il s'écarta, lut la moquerie dans ses yeux.

— Pour une fois, dit-elle, ses yeux violets brillant d'une chaleur qu'il n'avait pas trouvée sur ses lèvres. Ce qu'esclave veut...

Elle se recula et lui fit une gracieuse révérence. Du regard, elle le balaya de la tête aux pieds et vit son désir resté intact :

— Vous devriez vous habiller, messire, l'air est frais.

Elle se drapa elle-même dans une fourrure avant d'aller remettre du bois sur les braises. Bientôt l'eau du chaudron commença à chanter. Aislinn, alors, alla où Wulfgar avait accroché son ceinturon avec son épée et sa dague. Elle prit celle-ci, la rapporta et entreprit de l'aiguiser sur la dalle du foyer. Il leva les sourcils, très étonné.

— Ma peau est plus tendre que la vôtre, Wulfgar, expliqua-t-elle. Et votre barbe me fait souffrir. Depuis que j'ai vu raser mes compatriotes, j'ai pensé que vous me feriez l'honneur de vous en faire autant.

Wulfgar, avec un coup d'œil à sa petite dague posée sur sa robe, songea à son idée de la veille. Etait-il condamné à mort, maintenant qu'il devait partir pour combattre les siens ? Devait-il lui dire qu'il n'était pas homme à sacrifier des vies inutilement ? Oh ! il saurait bientôt à quoi s'en tenir. Il acquiesça d'un signe de tête.

— Peut-être as-tu la main plus douce que beaucoup, Aislinn, répondit-il.

Il plongea un linge dans l'eau chaude, le secoua

pour le refroidir un peu et se l'appliqua sur le visage.

— Ah, Wulfgar, quelle tentation vous offrez ! S'il y a un mois de cela, un Normand m'avait tendu sa gorge...

Elle se leva, tâta le tranchant de la lame du bout du doigt. Wulfgar ôta la serviette et leurs regards se croisèrent. Elle rit, diabolique et, d'un coup de tête, rejeta ses cheveux en arrière :

— Si je n'avais pas encore plus peur du prochain maître à venir, je me laisserais peut-être tenter.

Elle y gagna une claque magistrale sur le postérieur. Lentement, elle fit courir la lame sur ses joues qui retrouvèrent peu à peu leur velouté. Quand elle en eut terminé, il se passa la main sur la figure, s'émerveillant qu'elle ne lui ait pas entamé la peau.

— Un valet n'aurait pas mieux fait. (Il l'attira sur ses genoux et la regarda au fond des yeux :) Souviens-toi que tu m'appartiens, Aislinn, et que je ne veux te partager avec personne.

— Tiendriez-vous à moi, après tout, messire ? murmura-t-elle en suivant, du bout du doigt, la cicatrice qui barrait son torse.

Il ne répondit pas à sa question, mais répéta :
— Souviens-toi.

Cette fois-ci, en l'embrassant, il goûta à la chaleur et à la passion dont il la savait capable.

10

Le matin était froid et humide. Un vent vif fouettait la pluie qui pénétrait dans les fissures des murailles du manoir, l'air passait sous les portes. Emmitouflée dans un châle de laine, les doigts gourds, Aislinn prit une croûte de pain et se rapprocha de la

162

cheminée devant laquelle Bolsgar et Sweyn étaient assis. Le feu commençait à prendre et elle s'installa sur un tabouret à côté du vieil homme. Depuis le départ de Wulfgar, elle s'était attachée à Bolsgar qui lui rappelait beaucoup son père. Il l'aidait à supporter les railleries et les méchancetés de Gwyneth. Il était aimable et compréhensif, qualités dont sa fille était totalement dépourvue.

Aislinn venait souvent lui demander conseil pour des questions concernant les serfs ou le manoir. Sweyn, lui aussi, sollicitait son avis et restait avec lui à évoquer des souvenirs datant de l'époque où Wulfgar était encore considéré comme un fils. Aislinn, sans rien dire, écoutait alors les deux hommes parler avec tendresse et fierté du jeune homme. Très tôt, Wulfgar et Sweyn avaient quitté la maison de l'oncle de Normandie et avaient loué leurs services comme soldats. Célèbres bientôt, ils se faisaient payer très cher. Le duc avait entendu parler de l'adresse de Wulfgar dans le maniement de l'épée et de la lance, et l'avait fait appeler. L'amitié entre les deux hommes datait du jour de leur rencontre, quand Wulfgar avait déclaré tout de go qu'il était un bâtard et que son allégeance n'était qu'une question d'argent. Conquis par sa franchise, Guillaume l'avait pressé d'associer son sort au sien. Le duc savait être persuasif et Wulfgar avait trouvé en lui un homme qu'il pouvait respecter. Il lui était fidèle depuis plusieurs années.

Aislinn regardait le grand Nordique et le noble chevalier, sachant que si Gwyneth avait été là, elle les aurait tancés d'importance pour perdre leur temps. Dieu qu'elle était différente de son père ou de son frère ! A peine Wulfgar avait-il passé la colline qu'elle avait commencé à régner en maîtresse sur le manoir. Elle traitait les serfs comme des êtres inférieurs destinés à la servir elle seule et s'irritait de les voir demander leur approbation à Aislinn ou à Sweyn avant d'exécuter un ordre qu'elle leur donnait. Elle avait également pris le garde-manger en charge et rationnait la nourriture.

Un cri perçant déchira soudain l'atmosphère tranquille. Aislinn se dressa vivement en apercevant sa mère qui descendait l'escalier en courant, les bras levés, vouant cette fille de Satan aux feux de l'enfer. Gwyneth parut en haut des marches et, un sourire satisfait aux lèvres, toisa Maida qui se réfugiait derrière sa fille. Elle s'adressa immédiatement à cette dernière.

— J'ai surpris votre mère qui me volait, accusa-t-elle. Non seulement il nous faut supporter la promiscuité des serfs, mais aussi des voleurs. Wulfgar le saura, vous pouvez m'en croire.

— Mensonges ! Ce sont des mensonges ! hurla Maida. Mes œufs d'araignées, mes sangsues ! Ils m'appartenaient. Je les ai achetés aux juifs. Maintenant tout a disparu. J'ai été regarder dans sa chambre si je les trouvais.

— Des mensonges ? fit Gwyneth, indignée. Je la trouve qui fouille dans ma chambre et elle m'accuse de vol. Elle est folle.

— Ma mère a beaucoup souffert des mains de Ragnor et de ses hommes, expliqua la jeune fille. Les objets dont elle parle servent à soigner les malades. Elle leur attache beaucoup de valeur.

— Je les ai jetés ! Oui, parfaitement ! Je ne veux pas de cela sous mon toit.

— Gwyneth ! intervint Bolsgar, extrêmement mécontent. Tu n'avais pas le droit d'agir ainsi. Tu es ici à titre d'invitée et tu dois te plier aux habitudes de Wulfgar.

— Pas le droit ! s'écria la jeune femme, hors d'elle. Je suis la seule parente du seigneur de ce manoir. Qui me dénie mes droits ? (De ses yeux, elle les mettait au défi de répondre.) Pendant l'absence de Wulfgar, je veillerai sur ses biens.

Bolsgar eut un ricanement de mépris :

— Comme tu t'occupes de moi ? Tu mesures la

nourriture comme si elle t'appartenait. Wulfgar a laissé de l'argent pour nous tous et tu te l'es adjugé. A ma connaissance, tu ne t'es jamais occupée que de toi.

— Que je vous le confie et vous auriez vite fait de le gaspiller comme vous l'avez fait du nôtre. Des armes ! Des chevaux ! Des hommes ! Cela nous a servi à quoi ? Si nous avions eu un peu d'argent en réserve, nous n'aurions pas été obligés de venir mendier pour une croûte de pain.

— Si je n'avais pas été affligé de deux femelles criardes qui n'étaient jamais satisfaites, j'aurais pu envoyer d'autres hommes à ton frère et nous ne serions pas là.

— Oh ! Ma pauvre mère et moi nous devions vous supplier pour avoir quelques sous. Regardez donc ma robe. Mais je suis ici maintenant, et la seule parente de Wulfgar. Par les droits du sang, je ferai en sorte que ces Saxons n'abusent pas de sa nature généreuse.

— Il n'y a pas de droit du sang qui tienne, intervint Sweyn. En le chassant, votre mère l'a renié.

— Tiens ta langue, espèce de laquais flagorneur ! Tu entretiens l'armure de Wulfgar et gardes sa porte quand il dort. Tu n'as pas la parole ici. Il en sera fait comme je l'ai dit. Cette femme gardera sa vermine en dehors de ce manoir.

— Oh ! se lamenta Maida, je ne peux même pas être à l'abri des voleurs dans ma chambre, dans ma propre maison.

— Votre maison ! railla Gwyneth ! Au nom de Wulfgar vous en êtes chassée !

Aislinn ne put se contenir davantage :

— Par ordre de Wulfgar, nous sommes ici chez nous.

— Vous n'êtes que des serves et de l'espèce la plus vile. Je ne supporterai pas davantage la présence de cette vieille folle qui se comporte comme si elle était la maîtresse de maison !

— Elle est ici par la volonté de Wulfgar ! s'écria Aislinn de plus en plus furieuse de cette attaque ridicule contre sa mère. Votre frère a même empêché cette crapule de Ragnor de la chasser.

— Epargnez donc de vos insultes un gentilhomme normand !

Gwyneth se tourna à nouveau vers Maida :

— De quel droit réclamez-vous une place dans ce manoir ? Parce que votre fille couche avec le maître ? Et que direz-vous quand il reviendra avec une épouse et qu'il jettera votre précieux rejeton à ses hommes ? Quels droits ferez-vous valoir alors ? Ceux de mère d'une catin ? Sortez d'ici que je ne vous voie plus ! Trouvez un trou pour y mettre votre carcasse. Débarrassez votre chambre de toutes ses ordures et filez ! Filez !

— Non ! hurla Aislinn. C'est Wulfgar qui l'a installée dans sa chambre.

— Aislinn ! (Maida tirait sur la robe de sa fille.) Je pars. Je vais prendre mes affaires. Je n'en ai plus beaucoup à présent.

La jeune fille ouvrit la bouche pour parler, mais sa mère secoua la tête. Lentement, les épaules courbées, elle se dirigea vers l'escalier. Les yeux brillants de colère, les poings serrés, Aislinn regarda Gwyneth qui souriait.

— Il est des moments, Gwyneth, dit Bolsgar en appuyant sur les mots, où tu m'écœures.

Maida, une peau de loup sur les épaules, un petit paquet sous le bras, redescendit, s'arrêta sur le seuil. Aislinn suivit sa mère et elles frissonnèrent sous la morsure du vent, dans la cour.

— Où vais-je aller maintenant ? Ne ferions-nous pas mieux de partir avant le retour de Wulfgar et de chercher un refuge loin d'ici ?

Aislinn secoua la tête. Elle avait du mal à parler calmement alors qu'elle aurait voulu arracher les cheveux de Gwyneth :

— Non, mère chérie. Si nous partons, les gens

souffriront et nous ne pourrons rien faire pour eux. On ne peut les laisser à la merci de l'autre femme. De toute façon, le pays est en guerre. Ce n'est pas le moment pour deux femmes d'aller à l'aventure.

— Wulfgar nous chassera s'il revient avec une femme, insista Maida, et nous ne serons pas en meilleure posture que si nous partions maintenant.

Le seul souvenir des caresses de Wulfgar mettait du feu dans ses veines, lui donnait faim de lui. Mais lui ? Avait-il été réellement à elle ou allait-elle se trouver remplacée par une autre femme dès son retour ? La brève vision de son amant en étreignant une autre avec l'ardeur qu'il déployait pour elle passa devant ses yeux et la délicieuse excitation qu'elle avait ressentie l'instant d'avant s'envola, balayée par une vague de colère. Quelle ironie du sort que de s'être montrée si fière, si difficile, pour en arriver à être l'esclave de ce Normand méprisant les femmes et déclarant qu'il l'oublierait aussi facilement qu'un vulgaire gant. Peut-être, mais il en avait souvent besoin ! Elle faillit sourire et retrouver son calme. En admettant qu'il revienne avec une traînée quelconque pour chauffer son lit, l'oublierait-il si facilement ? Occupait-elle ses pensées comme il occupait les siennes ? Elle manquait d'expérience, mais pas au point de ne pas se rendre compte qu'il prenait beaucoup de plaisir avec elle.

Décidée, elle emprunta un sentier menant à une chaumière laissée vide par la mort du père et du fils, tués aux côtés d'Erland. Mais Maida eut un mouvement de recul quand Aislinn lui prit le bras.

— Non ! Elle est hantée ! J'ai peur des fantômes ! cria-t-elle. Si je suis seule, sans personne pour me défendre, ils s'en prendront à moi.

— Mais non, ce sont des amis qui habitaient ici. Jamais ils ne reviendront pour faire du mal à la veuve d'Erland.

— Crois-tu ? pleurnicha la pauvre femme.

Puis, avec une confiance enfantine, elle suivit sa fille.

La chaumière, un peu à l'écart du bourg, se trouvait en bordure d'un taillis qui la séparait du marais. Aislinn poussa la porte et manqua de suffoquer sous l'odeur fétide de l'endroit.

— Voyez, mère, la construction est solide. Avec un peu d'habileté, cela fera une habitation charmante.

L'intérieur était sinistre et elle eut du mal à conserver ses manières enjouées. Les peaux huilées, tendues sur les deux fenêtres étroites, laissaient passer davantage d'air froid que de lumière et chaque pas soulevait des nuages de poussière du sol en terre battue. Une cheminée rustique occupait une cloison et un bois de lit, recouvert d'une paillasse pourrie, l'autre. Une unique chaise grossière était placée à côté d'une table misérable. Maida s'y laissa tomber et, se balançant d'avant en arrière, se mit à gémir, désespérée.

Le cœur serré, Aislinn songeait à la bataille qu'il lui faudrait livrer avec Gwyneth pour que sa mère soit réinstallée dans la chambre que lui avait désignée Wulfgar. Cette femme était odieuse, dévorée de vanité et de jalousie, incapable de bonté simple.

Avec un soupir, la jeune fille secoua la tête et, retroussant ses manches, se mit en devoir de transformer cette tanière crasseuse en refuge. Elle trouva un briquet à silex, dans une niche au-dessus de la cheminée et, bientôt, des flammes jaillirent, chassant tristesse et froid, se nourrissant des lambeaux de tissus, de pelleteries grouillant de vermines qu'y jetait Aislinn. Elle plissa le nez à l'odeur puissante de la paillasse qu'elle arracha du lit.

Pendant que la jeune fille travaillait, Maida continuait de se balancer en psalmodiant, indifférente à ce qui l'entourait. Même quand la porte s'ouvrit, faisant sursauter Aislinn, elle ne réagit pas. Kerwick et Ham parurent, chargés de couvertures et de fourrures.

— Gwyneth nous a ordonné de nettoyer la chambre de dame Maida, qu'elle veut s'adjuger. Nous y avons pris cela. Si l'on doit accuser votre mère de vol, nous en aurons notre part, déclara Kerwick.

Aislinn les fit entrer et referma la porte :

— Nous serons tous appelés voleurs, car je me refuse à ce qu'elle ait faim ou froid.

Kerwick eut un coup d'œil circulaire :

— Thomas fabrique des tentes et des paillasses pour les Normands à présent. Je vais voir s'il en a une en trop.

— Voulez-vous lui demander de venir renforcer cette porte ? Elle n'opposerait pas la moindre résistance au plus petit animal.

Il la regarda avec attention :

— Auriez-vous l'intention de venir coucher ici **avec votre mère** ? Ce ne serait pas prudent. Il y a beaucoup plus à craindre d'individus comme Ragnor ou des autres Normands que de l'animal le plus bête. Les hommes ne feraient pas de mal à votre mère, ils la croient folle, mais vous...

— Sans doute ignorez-vous que Sweyn couche devant ma porte, la nuit. Comme son maître, il se méfie des femmes. Il ne me laisserait pas venir ici.

— Ah ! bon, fit-il, soulagé. Il faut que je parte avant que le Viking apprenne que je suis ici, continua-t-il. Je ne voudrais pas que cette simple rencontre afflige Wulfgar.

Ils partirent et Aislinn continua son travail. Thomas arriva au milieu de l'après-midi, portant un beau matelas de belle toile. Il sentait bon le trèfle séché et le foin.

— Je me suis arrêté dans la grange pour le remplir, expliqua-t-il en riant. Il y a des haridelles normandes qui auront le ventre creux cette nuit.

Aislinn, ravie, joignit son rire au sien et tous

deux placèrent le matelas sur le lit qu'ils garnirent de couvertures et de peaux. Thomas resta assez longtemps pour réparer la porte et faire en sorte que l'on puisse la verrouiller de l'intérieur.

La nuit était tombée, sa mère avait mangé et dormait quand Aislinn la quitta pour rentrer au manoir. Elle avait très faim, n'ayant rien pris depuis la croûte de pain du matin.

Ham plumait des perdrix tuées par Sweyn et, à l'arrivée de la jeune fille, il se précipita. Gwyneth, assise devant le feu, brodait et Bolsgar taillait une brindille.

— J'ai mis votre repas de côté, madame, dit le garçon. Je vais le chercher.

Gwyneth leva les yeux de sur sa tapisserie.

— Les retardataires doivent rester sur leur faim ! déclara-t-elle, d'une voix claire avec un coup d'aiguille sec. L'exactitude est une qualité utile, Aislinn. Vous feriez bien de l'apprendre.

Aislinn lui tourna le dos et s'adressa directement à Ham :

— J'ai grand faim, Ham, apporte-moi donc à manger.

Le jeune garçon s'empressa de lui obéir et Aislinn s'installa à sa place habituelle, à table.

Gwyneth réagit aussitôt :

— Vous n'êtes pas l'épouse de mon frère, que je sache ! Le fait d'être sa putain vous donne peut-être de l'assurance, mais vous n'êtes qu'une esclave, aussi il est inutile de faire croire autre chose.

Avant qu'Aislinn ait pu répondre, Ham attira son attention sur le plat qu'il lui apportait. Il y avait de quoi satisfaire deux appétits. Elle lui sourit, puis elle parut réfléchir.

— C'est curieux qu'alors que tant de femmes saxonnes ont été victimes des Normands, vous n'ayez pas eu à en souffrir, Gwyneth, dit-elle. (Puis, lentement, elle regarda l'autre de la tête aux pieds et des pieds à la tête :) Quoique, à la réflexion, non, cela n'a rien d'étonnant.

Un rire léger monta du fauteuil de Bolsgar et, folle de rage, Gwyneth bondit sur ses pieds.

— Vous verrez quand le duc Guillaume vous aura jeté au ruisseau, si vous aurez encore envie de rire ! lança-t-elle dans le dos de son père.

Puis elle se rua dans l'escalier et claqua la porte de sa nouvelle chambre, celle dont elle avait chassé Maida.

Les nuits étaient de plus en plus longues. Les arbres dénudés gémissaient sous le vent glacé du Nord qui balayait les marais. La neige remplaçait la pluie et l'on enfonçait jusqu'aux chevilles dans la boue des sentiers. À leurs vêtements de lainage, les gens ajoutaient des peaux d'ours, de loups ou de renards. Chaque jour, Aislinn rendait visite à sa mère et veillait à son bien-être matériel. Mais, malgré les attentions de sa fille, elle se repliait de plus en plus sur elle-même, ne soignant même plus son apparence. On l'entendait psalmodier, s'adressant aux esprits, parlant à son mari défunt comme s'il partageait sa chaumière. Chaque fois que Gwyneth la rencontrait et quand elle pensait Aislinn hors de portée d'oreille, elle faisait des allusions perfides aux fantômes qui hantaient l'endroit. Elle laissait entendre à Maida que les gens du bourg la haïssaient.

Un vent coupant soufflait ce jour-là. Ham, les joues rouges de froid, serrait sous sa tunique de peaux de loups, les herbes médicinales qu'Aislinn l'avait envoyé chercher chez sa mère.

— Eh, oh ! Toi, viens ici, Ham !

Gwyneth, drapée dans un long manteau, se tenait à la porte du manoir :

— Viens ici ! Vite !

Il se dirigea vers elle.

— Va me chercher du bois pour ma chambre. Ma provision s'épuise.

— Oui, madame, j'irai vous en chercher pour la

171

nuit, dès que j'aurai apporté à ma maîtresse ce qu'elle m'a demandé. C'est urgent.

Gwyneth ne vit que de l'insolence dans ses façons polies :

— Vaurien ! Tu oses me parler de je ne sais quelle commission ridicule, alors que j'ai froid ! Obéis-moi et immédiatement !

— Mais, dame Aislinn m'a demandé...

— Ta dame Aislinn n'est pas autre chose que la catin de sire Wulfgar. En tant que sœur du maître, je commande ici et je t'ordonne d'aller me chercher du bois.

Ham, malgré tout, avait une idée précise de ses devoirs.

— Dame Aislinn attend, répondit-il obstiné. J'irai vous chercher du bois dès que j'en aurai fini.

— Misérable pouilleux ! Je vais te faire arracher la peau !

Deux des hommes de Wulfgar s'étaient approchés et elle se tourna vers eux :

— Saisissez-vous de cet âne galeux et fouettez-le jusqu'à ce qu'on lui voie les os du dos.

Ham pâlit et les deux hommes hésitèrent. C'était la sœur de Wulfgar, mais ils doutaient fortement que celui-ci approuvât une punition d'une telle sauvagerie pour une offense aussi mineure. Ils avaient respecté leur maître qu'ils savaient équilibré et juste. Etaient-ils tenus d'obéir à sa sœur sans se poser de questions ?

Leur hésitation porta la rage de Gwyneth à son comble.

— Au nom de Wulfgar vous devez m'obéir ! Emparez-vous de ce garçon et trouvez le fouet le plus lourd.

Wulfgar en mission, Sweyn invisible, ils n'eurent pas le courage de tenir tête davantage à la furie. Ils s'avancèrent et, à contrecœur, prirent le garçon par les bras.

Aislinn prit la petite fille sur ses genoux et la serra contre elle pour la réchauffer. Entre deux terribles quintes de toux, l'enfant respirait avec difficulté. Les feuilles de camphre que Ham devait apporter, mises dans l'eau bouillante à côté du lit de la petite malade, dégageraient une vapeur qui la soulagerait. Mais, où donc était Ham ? Il avait eu grandement le temps de faire l'aller et retour ! S'il s'était amusé en route alors que ce bébé étouffait, elle se promettait de le ramener par les oreilles.

Aislinn rendit la petite forme emmaillottée à sa mère et décida d'aller voir ce qui retenait Ham. A peine eut-elle refermé la porte, qu'elle aperçut deux Normands qui entraînaient le garçon vers le pilori. Quelques secondes plus tard, une petite silhouette leur barrait la route.

— Que signifie tout cela ? Etes-vous devenus fous ? J'attends ce garçon que j'ai chargé d'une mission urgente et vous voulez l'attacher à ce poteau dans ce vent glacial ?

— C'est par ordre de dame Gwyneth, à laquelle il n'a pas voulu obéir, répondit l'un des hommes, d'une voix hésitante.

— Délivrez-le immédiatement, imbéciles !

— Arrêtez ! (La voix aigre de Gwyneth retentit.) Vous n'avez pas la parole, Aislinn !

La jeune fille se retourna pour faire face à l'autre qui s'approchait et attendit qu'elle s'arrête devant elle :

— Ainsi, Gwyneth, vous vous attribuez l'autorité de Wulfgar. Et vous tenez absolument à le priver d'un serf utile ?

— Utile ! répéta l'autre avec mépris. Ce fainéant m'a délibérément désobéi.

— Cela m'étonne. Je n'ai jamais eu ce genre de problèmes avec lui. Ce sont peut-être vos façons qui l'ont troublé. Il n'a pas l'habitude de vos croassements de corneille.

Gwyneth poussa un véritable cri de rage :

— Une corneille ! Espèce de putain de bâtard ! Comment osez-vous juger ma façon de faire ? En l'absence de Wulfgar, je suis maîtresse de ce manoir et personne n'a le droit de me contredire.

— Personne ne met en doute ce que vous voudriez être, ma chère Gwyneth. Mais c'est à Wulfgar d'en juger.

— Inutile ! Je suis sa sœur et vous n'êtes pas de sa famille.

— Peut-être. Mais je connais son sens de la justice mieux que vous.

— C'est dans son lit que vous avez appris à connaître sa façon de penser, putain ! C'en est assez et j'ai froid. Fouettez ce serf, comme je vous l'ai dit, ajouta-t-elle en se tournant vers les deux soldats. Nous verrons à l'avenir s'il saura se montrer plus respectueux.

— Non ! s'écria Aislinn qui s'adressa aux Normands. Il n'est pas coupable. Il porte les herbes que je l'ai envoyé chercher pour soulager les souffrances d'un bébé malade. Occupons-nous de cet enfant d'abord et, quand Wulfgar reviendra, je lui raconterai l'affaire et il jugera de la punition à infliger.

Gwyneth vit les deux hommes hésiter et s'interposa vivement.

— Cela ne servirait à rien ! Qu'il soit puni tant qu'il sait encore pourquoi !

— Mais, enfin, il y va de la vie d'un petit enfant ! s'écria Aislinn, désespérée. Cela vous est égal qu'il meure pourvu que l'on inflige votre punition hors de proportion.

— Je me moque de la vie d'un marmot saxon. Que ce serf insolent reçoive ce qu'il mérite et quant à vous, espèce de catin, je vous ordonne d'assister au spectacle afin qu'il ne vous vienne plus à l'idée de mettre mon autorité en doute.

— Vous n'avez aucun droit de commander ici ! s'écria la jeune fille.

Les yeux pâles de Gwyneth s'étrécirent :

— Ah ! Je n'en ai pas le droit ? Eh bien, on va voir ça ! Saisissez-vous d'elle et attachez-là à côté de cet âne buté !

Ham, qui, depuis l'arrivée des Normands, avait appris en partie leur langue, comprit l'ordre. Il se débattit de toutes ses forces :

— Non ! N'y touchez pas !

Les deux soldats, stupéfaits, regardaient la femme folle de rage. Corriger une femme saxonne n'était rien en soi, mais il en allait autrement quand cette femme appartenait à Wulfgar. Ils en subiraient vraisemblablement le contrecoup.

— Saisissez-la ! hurla Gwyneth incapable d'attendre davantage.

Ham réussit à s'échapper comme l'un des hommes faisait un pas en avant, davantage pour protéger la jeune fille que pour lui faire mal. Il lui posa une main sur l'épaule, mais Aislinn se méprenant sur son geste, se dégagea, outragée, lui laissant son manteau entre les doigts.

— Faites attention à ses vêtements, lourdaud ! Et ôtez-lui sa robe, j'en ai besoin ! ordonna Gwyneth.

— Ah ! vous en avez besoin ? répéta Aislinn.

Les doigts tremblants, avant que l'autre femme ait pu intervenir, elle avait arraché la robe, l'avait jetée par terre et la piétinait. Faisant face à la sœur de Wulfgar, vêtue d'un seul cotillon de fine toile dans le vent glacé, mais bouillant d'indignation, elle lui cracha au visage :

— Eh bien, prenez-la !

— Fouettez-la ! Cinquante coups ! hurla l'autre de sa voix stridente. Mon frère ne trouvera plus grand-chose de plaisant à votre carcasse quand ils en auront fini avec vous.

Mais l'homme qui tenait le fouet le laissa tomber et se recula en secouant la tête, imité par son compagnon.

— Non, nous ne ferons pas ça. Dame Aislinn a

pansé nos blessures et a soigné nos frères. Nous ne voulons pas la payer de ses bontés de cette façon.

— Chiens rampants ! Je vais vous montrer, moi !

Elle ramassa le fouet et avec toute la force de la haine qui la rongeait, Gwyneth leva le bras, l'abattit. La lannière siffla et vint mordre dans la chair tendre de la hanche. Aislinn se tordit de douleur et ses yeux s'emplirent de larmes.

— Arrêtez !

Ils se retournèrent brusquement pour faire face à un Sweyn visiblement hors de lui. Ham l'accompagnait et il ne faisait nul doute qu'il avait été chercher le Viking. Mais, imbue de son autorité, Gwyneth n'avait plus aucune notion de prudence. Elle refit demi-tour vers Aislinn, ramena le fouet en arrière pour frapper à nouveau. Mais, comme elle voulait l'abattre, il lui fut arraché des mains. Elle fit volte-face, outrée.

Sweyn, un pied sur le bout du fouet, les poings aux hanches, la regardait, l'œil sévère.

— J'ai dit d'arrêter, dit-il d'une voix de stentor.

— Non ! glapit-elle. Cette garce doit être punie ici et maintenant.

Le Viking s'approcha de la mégère et se pencha pour la regarder dans les yeux.

— Ecoutez-moi bien, dame Gwyneth, car votre vie peut dépendre de l'attention que vous me prêterez. Monseigneur Wulfgar m'a confié cette jeune dame pour la protéger du danger pendant son absence et cela s'entend aussi bien contre les femmes que contre les hommes. Elle lui appartient et jamais il ne tolérerait que vous la fouettiez. Tant qu'il ne m'aura pas dit le contraire, elle aura droit à ma protection. Wulfgar n'hésiterait pas à vous rompre les os si, à son retour, il la trouvait estropiée par votre faute. Aussi, tant pour sa sécurité que pour la vôtre, je l'emmène. La paix soit avec vous, dame Gwyneth, il me faut satisfaire aux ordres de mon maître avant d'en entendre d'autres.

Là-dessus, il lui tourna le dos et, arrachant le manteau d'Aislinn à l'un des Normands, il en entoura la jeune fille qui grelottait. Elle leva vers lui des yeux brillants de larmes et, en un geste de gratitude, lui posa la main sur le bras. Le colosse, peu habitué à cette manifestation de douceur de la part d'une femme, émit quelques borborygmes embarrassés.

11

Wulfgar se déplaça sur sa selle pour mieux voir alentour. Un vent dur, très froid, plaquait son manteau contre lui et lui mordait les joues. Un ciel lugubre ne faisait rien pour animer le gris et le brun tristes des champs et de la forêt. Gowain, Milbourne et Beaufonte attendaient ses ordres, derrière lui, avec seize hommes d'armes.

Au cours des semaines que Wulfgar avait passées à Darkenwald, Guillaume avait dû patienter en attendant que ses hommes aient retrouvé leurs forces. Ses armées, en effet, avaient été frappées par une maladie qui n'avait pas épargné Guillaume lui-même et les avait immobilisées pendant près d'un mois...

Wulfgar et ses hommes n'ayant pas été atteints, ils patrouillaient à la recherche d'ennemis groupés au sud ou à l'ouest. Séparé du gros de l'armée, il s'assurait de la prise des hameaux, villages et villes qui auraient pu amasser des troupes contre les Normands. Cela permettait à Guillaume de poursuivre son avance sans obstacle et sans être signalé. Nombreux étaient les châteaux et les forteresses qui, un matin, se réveillaient pour s'apercevoir qu'ils étaient encerclés. Le spectacle des soldats grouillant autour d'eux et n'attendant que l'ordre d'attaquer amenait le plus souvent les assiégés à accepter les conditions offertes par l'ennemi.

Les nuages bas crevèrent, libérant une pluie glacée, pénétrante. Les selles mouillées réclamaient une attention constante pour s'y maintenir. Cependant, si elle était désagréable, la pluie avait un avantage, car elle rendait les hommes plus discrets, ne les poussant pas à chanter, à crier ou même à parler. Ils chevauchaient en silence, tous les sens en alerte car, ils le savaient, on pouvait, à chaque instant, les prendre par surprise.

Wulfgar s'arrêta, leva la main. Un bruit de voix, des jurons, en avant. Au signal de leur commandant, les hommes d'armes mirent pied à terre, confièrent leurs montures aux pages et tendirent leurs arcs.

Lentement, les chevaliers de Wulfgar, lance au poing, progressèrent, protégés par les archers. Un ruisseau traversait la piste qui, en temps ordinaire, n'aurait pas fait davantage que mouiller les sabots d'un cheval, mais, gonflé par les pluies, il formait un bourbier de plusieurs toises au centre duquel s'était embourbée une voiture portant quatre enfants et deux femmes. Deux hommes et un adolescent, vigoureusement bâti, poussaient à la roue pendant que l'aînée des deux femmes encourageait, de la voix, un couple de chevaux fatigués. Un homme, auquel il manquait le bras gauche, tirait et jurait quand son regard tomba sur les quatre soldats, leurs lances pointées sur lui. Son silence soudain attira l'attention des autres et leurs exclamations étouffées de surprise atteignirent les oreilles de Wulfgar. Du talon, il enjoignit à son cheval d'avancer et étudia la situation quelques minutes avant de faire signe à ses hommes de poser les armes. Ces paysans boueux ne présentaient pas de danger pour eux.

S'approchant, Wulfgar, de sa lance, toucha la poitrine du plus âgé des hommes.

— Je vous demande de vous rendre car il est toujours trop tôt pour mourir.

Il avait parlé d'une voix calme, mais il n'y avait pas à se méprendre quant à ses intentions. Le manchot, sans quitter des yeux la pointe de la lance, donna son accord d'un hochement de tête. Mais un bruit suspect, venu de la voiture, alerta le destrier dressé qui, de lui-même, se tourna pour faire face à une menace possible. Un petit garçon tentait, désespérément, de brandir une lourde épée aussi longue qu'il était haut.

— Moi, je vais vous tuer, Normand ! cria l'enfant, les yeux pleins de larmes.

— Miles !

La plus jeune des femmes sauta à bas de la voiture et, se précipitant vers l'enfant, tenta de le calmer. Mais il la repoussa et, sous la pluie diluvienne, continua de défier Wulfgar.

— Vous avez tué mon père ! Je n'ai pas peur de me battre contre vous !

Redressant sa lance, Wulfgar sourit, indulgent.

— Je n'en doute pas, mon garçon. L'Angleterre et Guillaume auront grand besoin de caractères courageux comme le tien. Mais, pour le moment, je suis chargé de mission pour le duc et je ne suis pas libre de me battre en duel.

La femme qui s'efforçait de retenir son fils se détendit.

— Qui êtes-vous et où allez-vous ? continua Wulfgar, s'adressant à ses compagnons.

Le plus âgé s'avança d'un pas :

— Je suis Gowain, le forgeron. J'étais archer et j'ai perdu mon bras en me battant pour Harold dans le Nord. (Du menton il indiqua la femme restée dans la voiture :) Voici ma femme, Miderd et, elle, c'est ma sœur restée veuve, Haylan. (Il posa la main sur l'épaule du garçon, à côté de lui :) Celui-ci, c'est Miles, le fils de Haylan. Les autres enfants sont à moi et celui-ci, c'est mon frère, Sanhurst. Nous nous cherchons un nouveau foyer, les Normands nous ont pris le nôtre.

Il était très pâle et sa manche vide, nouée au niveau de l'épaule, était souillée d'une tache rougeâtre. L'autre homme était de petite taille, mais large.

— La localité de Darkenwald... vous la connaissez ? lui demanda Wulfgar.

— C'est un nom qui ne m'est pas inconnu, répondit le plus jeune, méfiant.

— Oui, on connaît, intervint l'autre. Le vieux seigneur qui l'habite s'est arrêté chez nous, un jour, pour faire ferrer une jument qu'il destinait à sa fille.

— Bon, si l'idée vous en dit, vous pouvez vous installer à Darkenwald. Il y faut un forgeron.

Gavin ne put cacher sa surprise.

— Vous m'envoyez à un seigneur saxon ?

— Le vieux seigneur est mort. Je garde le bourg pour Guillaume en attendant que l'Angleterre soit à lui. Le fief alors sera à moi. Votre frère m'accompagnera. Il surveillera mes arrières. S'il le fait bien, je reviendrai installer votre famille.

Les Saxons échangèrent des regards et Gowain se refit leur porte-parole.

— Nous vous demandons pardon, monseigneur, mais nous ne désirons pas servir des Normands. Nous voudrions trouver un endroit qui pourrait être à nous.

— Et vous croyez pouvoir aller loin alors que les Normands occupent le pays ? Je vous confierai ma bannière. S'ils la voient, aucun des hommes de Guillaume ne vous touchera. A Darkenwald, il y a quelqu'un qui s'occupera de votre blessure, ajouta Wulfgar en désignant le bras mutilé. C'est la fille du vieux seigneur et elle est très savante dans l'art de la médecine. C'est à vous de choisir. Mais je vous mets en garde. Les villes restées anglaises appartiendront bientôt à Guillaume, c'est lui l'héritier légitime du trône et il est décidé à s'y installer.

Gowain recula un peu pour s'entretenir avec son frère. La discussion dura plusieurs minutes. Puis Sanhurst s'approcha du cavalier et leva son visage sous la pluie.

— Ils iront à Darkenwald, monseigneur, et moi, avec vous, dit-il.

— C'est bien.

Désembourber la voiture fut ensuite une plaisanterie pour le Hun dont les énormes sabots s'enfoncèrent dans la vase avant que, rattaché à l'attelage par une grosse corde, il progresse par une série de secousses brèves et puissantes.

Cet incident avait pris un certain temps et le soir tombait. Le vent gémissait dans les arbres et la pluie inexorable ne cessait pas.

Suivi de ses hommes et de ses nouveaux protégés, Wulfgar fit dresser le campement. A la vue des enfants aux joues creuses, grelottant, serrés autour du feu et mâchant des croûtes de pain noir distribuées parcimonieusement par l'une des femmes, Wulfgar songea à sa propre enfance. Il se souvenait de sa détresse, envoyé loin de ce qu'il considérait comme son foyer, où l'on venait de détruire, dans son esprit, l'image de celui qu'il avait chéri comme son père.

Tourné vers Gowain, il le pria de donner à la famille saxonne un quartier d'ours rôti et du pain meilleur que le leur. Le seul spectacle de la lumière qui brilla dans les yeux des enfants lui fit chaud au cœur. Pensif, il s'écarta d'eux et alla s'asseoir au pied d'un arbre. Indifférent à la fraîcheur du sol mouillé, il appuya sa tête contre le tronc et ferma les yeux.

Un visage, alors, s'offrit à son esprit, visage encadré de boucles d'or roux, des yeux violets à demi clos sous l'empire de la passion, une boucle chaude, douce, entrouverte, tendue vers la sienne. Ses paupières se soulevèrent brusquement et il resta longtemps à fixer les braises ardentes du feu.

Puis, levant les yeux, il vit Haylan qui s'approchait. Le sentant qui la regardait, elle sourit, incertaine, et serra plus étroitement son manteau contre elle. Quel effet cela ferait-il s'il l'entraînait plus loin, sous le couvert des arbres ? Elle était jolie, avec des cheveux bruns bouclés et des yeux très noirs. Peut-être pourrait-il alors chasser Aislinn de son esprit. A sa grande surprise, cette perspective lui sourit à peine. Il fronça le sourcil car cette petite mégère à la toison dorée qu'il avait laissée à Darkenwald parvenait à l'émouvoir davantage, absente, que cette femme-là, devant lui, ou que toutes celles qu'il avait croisées dans ses pérégrinations. Si elle était là, il s'arrangerait pour la faire pleurer, souffrir, pour la torture qu'elle lui infligeait.

Ah ! Les femmes, elles s'entendaient à tourmenter un homme. Celle-là n'était pas comme les autres, à ceci près qu'elle savait mieux que la plupart se faire désirer. Leur dernière nuit était restée à ce point gravée dans sa mémoire qu'il avait l'impression de sentir sa peau contre la sienne, l'odeur de ses cheveux sous ses narines. Elle s'était abandonnée totalement et, maintenant qu'il était loin d'elle, il comprenait qu'elle l'avait fait exprès. Il aurait voulu la maudire, lui dire la garce qu'elle était et, en même temps, il désirait plus que tout l'avoir à côté de lui, pouvoir étendre la main et la toucher quand il en avait envie. Dieu, qu'il haïssait les femmes et elle entre toutes, car elle l'avait ensorcelé et occupait toutes ses pensées !

— Vous connaissez bien la langue anglaise, monseigneur, risqua Haylan, comme il se taisait. Si je n'avais pas vu votre bannière, je vous aurais pris pour l'un des nôtres.

En guise de réponse, Wulfgar émit un grogne-

ment et contempla le feu. Les soldats s'étaient étendus pour dormir sur des paillasses saturées d'humi-
dité ou à même l'herbe mouillée et, dans l'obscurité,
on n'entendait plus, que de temps à autre, un juron
étouffé. Les enfants, couchés dans le fond de leur
voiture, dormaient tranquillement.

Haylan toussota et tenta, une fois encore, d'interrompre les réflexions moroses de Wulfgar.

— Je voudrais vous remercier de votre gentillesse avec mon fils. Miles est aussi volontaire que
l'était son père.

— Un brave garçon, répondit Wulfgar, indifférent.
Votre mari devait l'être aussi.

— Pour mon mari, faire la guerre était un jeu,
murmura-t-elle.

Il lui lança un coup d'œil acéré, se demandant
s'il n'avait pas décelé une note d'amertume dans sa
voix. Elle soutint son regard :

— Je peux m'asseoir ?

Il accepta d'un signe de tête et elle s'assit près
du feu.

— J'étais destinée à être veuve très vite, je le
savais, dit-elle, tranquillement. C'était mon père qui
me l'avait choisi, sans me demander mon avis, mais
j'aimais mon mari. Il prenait trop de risques. Si ce
n'avait pas été un Normand, quelqu'un d'autre
l'aurait tué. Maintenant, je suis seule pour m'occuper de ma famille.

Elle accrocha et retint le regard de Wulfgar :

— Je ne suis pas fâchée avec son souvenir, monseigneur, je me résigne seulement au fait qu'il soit
mort.

Wulfgar ne répondit pas et elle sourit, penchant
la tête afin de pouvoir l'étudier de plus près :

— C'est étonnant, mais vous n'agissez pas non
plus comme un Normand.

Il leva un sourcil :

— Et comment vous représentez-vous les Normands ?

— Je n'en attends certainement pas de gentillesse.

Il eut un rire bref :

— Je vous assure que je n'ai ni queue fourchue ni cornes. Et si vous regardez bien, vous verrez que nous ressemblons à des hommes normaux, malgré les légendes qui font de nous des êtres diaboliques.

Elle rougit.

— Je ne voulais pas vous offenser, balbutia-t-elle. Nous vous sommes, en fait, très reconnaissants de l'aide que vous nous avez donnée ainsi que de la nourriture. Cela faisait des mois que je n'avais pas mangé de bonne viande et à ma faim. Nous n'osions même pas allumer du feu de peur d'attirer des rôdeurs.

Elle tendait les mains vers la chaleur de la flamme. Wulfgar la regarda faire et songea aux doigts d'Aislinn contre sa poitrine et à l'excitation que provoquait en lui ce simple contact. Furieux contre lui, il se demandait pourquoi son esprit revenait sans cesse à cette petite sorcière, alors que cette femme plaisante à regarder ne demandait visiblement pas mieux que de réchauffer sa paillasse. Il lui avait toujours suffi de se montrer charmant et persuasif pour que lui tombent entre les bras les damoiselles les plus hautaines et cette Haylan ne paraissait pas particulièrement arrogante. La façon de dire qu'elle devait se résigner à la mort de son mari était une invite en soi. Cependant, comme il regardait son ample poitrine et ses hanches généreuses, il se surprenait à souhaiter qu'elle fût plus délicate de proportions. C'était d'autant plus stupéfiant que, quelques mois auparavant, il l'aurait trouvée digne de l'attention la plus zélée. La beauté peu commune d'Aislinn avait-elle tué en lui tout désir pour une autre femme ? A cette pensée, il étouffa un juron. Qu'il soit damné avant d'en être réduit à jouer le rôle de mari gâteux ne

voyant que par les yeux de sa femme. Il coucherait
avec qui lui plairait !

Il se leva de façon si brusque qu'il en surprit
Haylan. Lui prenant la main, il la mit sur pied.
Elle le regarda, surprise, et, de la tête, il répondit
à sa question muette en indiquant la profondeur
du bois. Elle résista, un peu seulement. Puis ils
trouvèrent un chêne sur lequel grimpait du lierre,
qui formait une sorte d'auvent sur les basses branches. En dessous, le sol était presque sec. Il y étendit son manteau, puis, se retournant, il attira la
femme contre lui et l'embrassa. Il la serrait, ses
mains lui caressant le dos. Son ardeur était conta-
gieuse et elle commença à y répondre avec la même
chaleur, lui passant les bras autour du cou et se
dressant sur la pointe des pieds pour mouler son
corps contre le sien. Ils tombèrent ensemble sur le
manteau étalé et restèrent côte à côte. Haylan avait
une certaine expérience. Elle rejeta son propre
manteau, glissa une main sous la tunique de son
compagnon. Wulfgar, de son côté, délaça sa blouse,
libérant ses seins, enfouit son visage entre eux.
Haletante, elle le maintint contre elle, se cambrant.
Mais, au plus fort de son ardeur, Wulfgar perdit la
tête.

— Aislinn, Aislinn, murmura-t-il, la voix rauque.
Sous lui, Haylan se raidit, se recula :

— Qu'est-ce que vous dites ?

Il la regarda, conscient des mots qu'il venait de
prononcer et, contre ses cuisses, Haylan sentit son
désir s'éteindre. Il se détacha d'elle et gémit, ses
paumes pressées contre ses yeux :

— Oh, garce ! Tu me hantes, même dans le ventre d'une autre femme.

— Qu'est-ce que vous dites ? répéta Haylan, d'un
ton sec. Garce ? Une garce, moi ? Parfait, dans ce
cas, allez demander à votre chère Aislinn de vous
satisfaire ! Une garce, oh !

Furieuse, elle se leva, remit de l'ordre dans ses

vêtements et le laissa à ruminer tout seul. Wulfgar entendit le son de ses pas décroître et, dans
l'obscurité, se sentit rougir de son incapacité. Il
avait l'impression d'être un jeune puceau ayant
perdu ses moyens auprès de sa première maîtresse.
Il remonta les genoux et, y prenant appui d'un
bras, il resta à regarder dans la nuit. Longtemps,
il resta ainsi à songer aux folies des hommes affai-
blis par l'amour. Il ne se rangeait pas pour autant
dans cette catégorie et finit par attribuer ses réactions à la vie facile de Darkenwald.

— Je me suis amolli, murmura-t-il en ramassant
son manteau, qu'il brossa.

Pourtant, tout en revenant lentement vers le feu,
il voyait danser devant lui de lourdes tresses dorées
dont la forêt tout entière lui rendait le parfum.
Couché sous la voiture, son manteau tiré sur lui,
il remonta légèrement un bras, comme pour laisser
reposer une tête sur son épaule. Et sa dernière
pensée, avant de s'endormir, alla à deux grands
yeux violets plongés dans les siens.

Sous la carriole de sa famille, Haylan s'agitait
sur la paillasse qu'elle partageait avec sa belle-
sœur, Miderd.

— Qu'est-ce qui te prend ? demanda enfin celle-
ci. Reste donc un peu tranquille, tu vas réveiller
les hommes.

— Ah ! les hommes ! grommela-t-elle. Ils dorment tous à poings fermés, jusqu'au dernier !

— Qu'est-ce que tu racontes ? Evidemment, ils
dorment. En pleine nuit, c'est normal. Où as-tu mal ?

— Miderd, commença la jeune femme qui, ne
trouvant pas les mots qu'elle cherchait, poussa un
énorme soupir. Pourquoi les hommes sont-ils comme ils sont ? reprit-elle, enfin. Ils ne peuvent jamais
être bien avec une seule femme ?

— Il y en a qui sont heureux quand ils ont
trouvé celle qui leur convient. D'autres qui passent

186

leur temps à chercher, juste pour le plaisir du moment.

— Et Wulfgar, quel genre d'homme crois-tu qu'il soit ?

— Peuh ! un Normand comme les autres, mais auquel nous devons être loyaux pour ne pas nous trouver à la merci d'une brute quelconque.

— Le trouves-tu beau ?

— Et toi, es-tu tombée sur la tête ? Nous sommes des paysans et c'est notre seigneur.

— Oui, mais fourbe ou preux chevalier ?

— Comment veux-tu que je sache ce qui se passe dans l'esprit d'un homme ?

— Miderd, tu as de l'expérience. Crois-tu qu'il est homme à battre une paysanne qui l'a mis en colère ?

— Pourquoi ? C'est ce que tu as fait ?

— J'espère que non.

Là-dessus, la jeune femme tourna le dos à sa compagne et finit par s'endormir, non sans peine.

L'odeur de la viande grillée réveilla Wulfgar. Il se leva, s'étira. L'heure était calme et il y prit plaisir. Haylan l'avait regardé dormir, se demandant quelle serait sa réaction avec elle. Mais il semblait l'avoir chassée de son esprit. Il ôta sa tunique pour se laver et la vue de son torse musclé réveilla en elle l'impression ressentie à son contact.

Quand, habillé et revêtu de sa cotte de mailles, il s'approcha des femmes, avec Gowain et Milbourne, pour se faire servir à manger, Haylan rougit violemment. Mais il parla avec Milbourne, rit à une plaisanterie de Gowain, comme s'il avait totalement oublié leur escapade dans la forêt.

Un peu plus tard, quand l'aîné des écuyers s'approcha d'elle pour reprendre de la viande, Haylan lui demanda :

— Messire, qui est Aislinn ?

Milbourne eut un sursaut de surprise, puis avec un coup d'œil à la dérobée à Wulfgar, il bredouilla :

— Pourquoi ? Euh... elle est dame de Darkenwald.

187

Il s'éloigna vivement, laissant Haylan perdue dans des pensées qu'interrompit Gowain, qui lui souriait avec chaleur :

— Ah ! Madame, ce qui manque le plus souvent à un soldat c'est la présence d'une femme et le confort qu'elle sait faire naître. Quel plaisir de bien manger tout en vous regardant !

Haylan, le sourcil froncé par ses réflexions, l'entendit à peine.

— Sire écuyer, qui est Wulfgar ? demanda-t-elle. Qu'est-ce qu'il est par rapport à Darkenwald ?

L'enthousiasme manifesté par Gowain s'affaiblit aussitôt.

— Wulfgar, madame, est sire de Darkenwald, répondit-il.

— C'est bien ce que je craignais, murmura-t-elle.

Il la regarda, surpris, mais n'insista pas et s'éloigna.

Beaufonte, le troisième écuyer, qui venait juste de se lever, attendait patiemment qu'Haylan le vît et le servît.

— Sire écuyer, nous allons à Darkenwald, n'est-ce pas ? s'enquit-elle d'un ton léger.

— Oui.

Sa gorge se serra. Quel serait son châtiment si dame Aislinn apprenait ce qu'elle avait fait avec son mari, dans les bois ?

Tout le reste du temps, en attendant l'heure de lever le camp, elle se tint à l'écart de Wulfgar, se demandant qui craindre le plus de lui ou de son épouse. S'il avait été son mari, elle aurait été fort mécontente d'apprendre qu'il s'était roulé dans l'herbe avec une autre femme... même sans résultat.

Ils allaient partir quand Wulfgar s'approcha de Miderd et lui tendit un ballot soigneusement enveloppé de peau tannée.

— Donnez cela de ma part à ma... (Il s'éclaircit la gorge :) Donnez cela à Aislinn de Darkenwald, quand vous pourrez lui parler seule à seule. Dites-lui... dites-lui que cela a été acquis honnêtement.

— Oui, messire. J'en prendrai soin.

Il fit un signe de tête, mais ne s'éloigna pas. Il semblait mal à l'aise.

— Vous désirez autre chose, messire ? s'enquit-elle, étonnée de son hésitation.

— Ah ! (Il soupira.) Dites-lui aussi... dites-lui aussi que je lui souhaite beaucoup de bien et que j'espère qu'elle se repose sur Sweyn pour ce dont elle a besoin.

— Je saurai lui répéter cela, messire.

Il fit volte-face et, avec un ordre bref à ses hommes, sauta en selle et, sa troupe derrière lui, quitta la clairière.

Sur le siège, dans la voiture, Haylan regarda Miderd ranger à l'arrière le paquet confié par Wulfgar.

— Qu'est-ce que c'est ? demanda-t-elle. Il t'a donné quelque chose ?

— Non. Je dois simplement apporter ça à Darkenwald de sa part.

— T'a-t-il parlé de moi ?

Miderd secoua lentement la tête :

— Non, pourquoi l'aurait-il fait ?

— Je... j'ai cru. Il m'avait paru de mauvaise humeur, quand je l'ai laissé.

— Il ne l'était pas il y a une minute. (Miderd regarda sa belle-sœur, un pli entre les sourcils :) Ma parole, il t'obsède !

Haylan rit sans conviction :

— Il n'y a vraiment pas de raison.

— Que s'est-il passé hier soir ? Tout le monde était couché sauf toi. T'aurait-il fait l'amour ?

La jeune femme sursauta et poussa un cri d'indignation :

— Oh, non ! Il ne s'est rien passé !

Miderd examina ses joues empourprées d'un air soupçonneux, puis elle haussa les épaules :

— C'est ta vie. Mène-la comme tu l'entends. Tu ne m'as jamais demandé mon avis et je ne m'attends pas à ce que tu le fasses. Mais, à en juger par la façon d'être de notre seigneur, il est intéressé ailleurs.

— Comme tu dis, c'est ma vie et ça me regarde ! répliqua Haylan d'un ton acide.

12

Le premier chant du coq se faisait entendre quand, de la tour de guet de Darkenwald, on annonça l'approche de cavaliers normands. Aislinn se hâta d'enfiler une robe, espérant que Wulfgar envoyait enfin un messager. Son espoir s'évanouit très vite en descendant l'escalier quand elle aperçut Ragnor de Marte qui se chauffait devant la cheminée. Vachel et deux autres Normands étaient entrés avec lui, mais, sur un mot de Ragnor, ils quittèrent vivement la pièce.

Le sourire avec lequel il regarda Aislinn la rendit consciente de ses cheveux laissés libres dans son dos et de ses pieds nus sur la pierre glacée des marches. Elle s'avança vers la cheminée, prit un siège devant le feu et fit face au Normand. Ils étaient seuls. Sweyn et Bolsgar étaient partis à la chasse et Gwyneth n'était pas encore levée. Les serfs eux-mêmes avaient trouvé des tâches les appelant ailleurs, se souvenant trop bien de la façon dont ce Normand avait traité leurs familles.

— Ne se bat-on plus, sire Ragnor ? demanda Aislinn d'une voix douce. Cette maison est, je pense, plus confortable que le camp de Guillaume. J'ose croire que le duc est bien remis de la maladie qui l'a frappé ?

Le regard noir de Ragnor la parcourut, insistant,

avant de se poser sur les petits pieds nus qui dépassaient à peine sous la robe. Il sourit, s'agenouilla devant elle, saisit un pied, glacé, et le frictionna. Très gênée, Aislinn tenta de le repousser.

— Votre langue devient acérée, ma colombe. Wulfgar serait-il parvenu à vous faire haïr tous les hommes ?

Ses doigts encerclèrent sa cheville, serrèrent, rappelant à Aislinn ce qu'elle avait souffert entre ses mains.

— Il est facile de voir que vous ignorez tout d'eux. Me préférer le bâtard, c'est folie !

D'un coup de pied, elle repoussa sa main, incapable de supporter davantage son contact, et se leva vivement :

— Je n'ai pas eu lieu de le regretter. Et je ne pense pas le faire jamais. Wulfgar est seigneur ici et je suis à lui. Il me semble avoir fait un choix judicieux car que possédez-vous si ce n'est le cheval qui vous permet de vous éloigner des champs de bataille ?

Il se dressa de toute sa taille et lui passa les doigts dans les cheveux :

— J'aurais souhaité pouvoir rester et vous prouver à quel point vous avez fait erreur, Aislinn ! (Il haussa les épaules, s'écarta.) Mais je ne m'arrête que le temps de prendre un peu de repos. Je suis chargé de lettres à porter au vaisseau de Guillaume et destinées à son pays de Normandie.

— Cela doit être urgent pour que vous vous offriez le droit de folâtrer comme vous le faites, dit-elle, ironique.

— Effectivement, et je pique des deux quand je suis à cheval. Cependant, je n'ai pu résister au désir de revoir ce manoir. Et vous, ma colombe, ajouta-t-il, avec un sourire.

— C'est fait, maintenant. Je ne vous retiens pas. Un peu à manger pour la route ? Que puis-je faire pour hâter votre départ ?

— Rien, ma colombe. (Il se posa la main sur le cœur.) Je risquerais la mort elle-même pour m'attarder à vos côtés.

Une porte claqua et Ragnor s'écarta d'Aislinn, en entendant le bruit des pas de Gwyneth. Celle-ci parut au haut de l'escalier et Aislinn se mordit la lèvre a sa vue. En effet, elle portait sa robe jaune d'or, sa préférée et la seule en bon état qui soit restée dans son coffre. La sœur de Wulfgar s'était octroyé le droit de se servir de ses affaires et ne les lui rendait qu'une fois hors d'usage. Mais la jeune fille ne put réprimer un sourire. Le corsage, prévu pour une poitrine ronde, était vide et ses hanches pointaient sous l'étoffe souple.

— Je commençais à désespérer de vous revoir, sire chevalier, dit-elle, après un coup d'œil soupçonneux au couple.

— Ah ! damoiselle, votre image gracieuse est toujours présente à mon esprit, l'assura Ragnor. Il ne se passe pas de jour sans que je ne pense à vous. Comment pouvez-vous en douter ?

— Oh ! les hommes sont volages, répondit-elle avec un sourire pâle et le regard fixé sur la jeune fille. Ils ont si vite fait d'oublier leur maîtresse que la demoiselle comprend qu'il vaut mieux s'éloigner pour s'épargner la peine d'être rejetée et remplacée par une autre.

Aislinn se redressa.

— Votre expérience des hommes laisse à désirer, Gwyneth, répliqua-t-elle. Quant à moi, je préfère ne pas entendre les vantardises d'un bravache et m'en tenir à la parole d'un vrai chevalier.

Là-dessus, elle leur tourna le dos et s'engagea dans l'escalier. Gwyneth la suivit des yeux et exprima son mépris :

— Si elle croit que mon frère va changer ses façons d'être et revenir lui sauter au cou, elle se fait des illusions.

Ragnor eut un haussement d'épaules :

— Quant à moi, je ne cherche pas à comprendre les femmes. Je me contente de les aimer. (Il la saisit par le bras, l'attira à lui :) Viens, que je te sente contre moi.

Mécontente, elle lui martela la poitrine à coups de poings :

— Laissez-moi !

Il lui obéit aussitôt et de façon si soudaine qu'elle trébucha, manqua tomber.

— Vous ne m'aviez pas dit que vous aviez couché avec cette catin ! cria-t-elle. Vous avez fait l'amour avec cette traînée et vous m'avez joué la comédie.

— Je ne pouvais pas deviner que cela pouvait vous préoccuper, dit-il avec un sourire, en s'asseyant.

Elle se précipita vers lui, s'agenouilla à ses pieds et prit sa main entre les siennes. Ses yeux brillant de larmes cherchèrent les siens :

— Me préoccuper ? Mais vous plaisantez ! Nous sommes amants, nous devons tout partager, même nos pensées. (Dans son agitation, elle lui enfonça les ongles dans le bras :) Je ne veux pas passer après cette catin.

Ragnor repoussa sa main sans douceur :

— Malheureusement, ma chérie, c'est déjà fait.

Elle s'accrocha à ses genoux, désespérée :

— Oh ! mon amour, vous me faites mal.

— Je n'admets pas que l'on me dicte ma conduite, répondit-il d'un ton dur. Je ne me laisserai pas mener comme un bœuf au bout d'une longe. Si vous m'aimez, vous ferez en sorte de ne pas chercher à me mettre la bride, je ne le supporterais pas.

Gwyneth ne put retenir davantage ses larmes.

— Je la déteste, gémit-elle en se balançant d'avant en arrière. Je la déteste presque autant que je vous aime.

Un sourire en coin détendit les lèvres du jeune homme. Il lui prit le menton, leva son visage vers le sien et se pencha pour l'embrasser.

— Ce n'était qu'une aventure née de la chaleur d'une bataille, murmura-t-il contre sa bouche. Pas un acte d'amour, comme pour nous deux.

Il l'embrassa doucement tout d'abord, puis, la sentant lui répondre, il se fit plus exigeant, l'attira à lui jusqu'à ce qu'elle fût sur ses genoux.

— Venez dans ma chambre, offrit-elle. Je vous y attendrai.

Elle quitta ses genoux, traversa vivement la pièce en direction de l'escalier. Avant de s'y engager, elle regarda derrière elle et lui sourit. Il prit le temps de se verser à boire et de vider sa corne avant de monter, lentement, à son tour. Longtemps, il resta à contempler la lourde porte du maître de maison, seule barrière le séparant de celle qu'il désirait réellement. Il n'avait pas besoin de s'en assurer pour savoir qu'elle était verrouillée. Ne lui avait-elle pas dit que Wulfgar possédant Darkenwald, elle lui appartenait ? Quel qu'il fût, l'homme qui possédait le fief et le manoir la posséderait, elle aussi.

Il s'inclina devant la porte. « A bientôt, ma colombe, patience ! »

Sans bruit, il longea le couloir jusqu'à la chambre de Gwyneth. Elle l'y attendait, nue sur son lit. Son corps pâle semblait mince et gracieux sans ses vêtements. Les bras croisés sous ses seins, elle les faisait apparaître plus ronds, plus tentateurs. Ragnor sourit et referma doucement la porte derrière lui. Il se dévêtit, la rejoignit et s'allongea à côté d'elle. Elle osa des caresses insistantes et gémit sous les siennes. Elle chercha sa bouche et, passionnée, l'attira sur elle.

Le vent sifflait dans les branches dénudées, secouait, écartait les volets. Gwyneth s'enfonça davantage sous les fourrures et regarda Ragnor se rhabiller. Elle se redressa sur un coude comme il s'apprêtait à ouvrir la porte :

— Mon amour ?

Il s'immobilisa au son de sa voix, se retourna vers elle.

— Il est encore tôt, murmura-t-elle. Restez un peu et reposez-vous avec moi.

— Me reposer ? répéta-t-il d'un ton moqueur. Une autre fois, Gwyneth. A présent, j'ai une mission à accomplir.

Puis il la quitta et referma la porte doucement. Celle de la chambre d'Aislinn était ouverte, mais la pièce était vide, ainsi que la grande salle qu'il traversa, un peu déçu à l'idée de ne pas revoir la jeune fille avant de partir. Le jour était clair, ensoleillé, un vent frais soufflait. Il sortit, s'attarda un moment sur le seuil, s'étirant au soleil. Un mouvement capta soudain son attention du coin de l'œil. Il tourna la tête, juste le temps d'apercevoir, entrant dans la forêt, une masse de cheveux dorés. Vachel et ses autres hommes sommeillaient à côté des chevaux. Il pouvait retarder un peu son départ.

Aislinn avait fui le manoir pour ne pas revoir Ragnor, ni réentendre Gwyneth et sa langue acérée. Chaque fois qu'elle avait le Normand devant elle, elle se rappelait cette nuit où il lui avait mis une corde au cou, où il la caressait de ses mains d'ivrogne, ces mains qui avaient tué son père.

Arrêtée à côté du ruisseau, elle regardait les eaux sombres. Perdue dans ses pensées, elle se baissa pour ramasser un caillou et le lança dans une flaque de lumière.

— Les poissons n'ont pas beaucoup à manger en hiver, ma colombe, vous voulez leur faire peur ?

Aislinn se retourna avec un cri. Souriant, Ragnor s'approcha d'elle. Les genoux tremblants, elle s'appuya contre un arbre.

— Je me promenais et je vous ai vue passer. Ce n'est pas prudent d'être seule ici et hors de la vue du manoir. Certains pourraient...

Il s'interrompit, lui sourit et s'appuya contre le tronc, lui aussi :

— Bien sûr, ma colombe, je vous ai effrayée. Pardonnez-moi. Je ne vous voulais pas de mal.

Il s'écarta d'elle, s'accroupit au bord de l'eau et regarda la jeune fille par-dessus son épaule :

— Je sais qu'à vos yeux j'ai joué les meurtriers et apporté le malheur à votre porte. Mais, Aislinn, j'étais un soldat qui faisait son devoir. (Il lança un caillou dans l'eau, à son tour.) Et, peut-être, ai-je l'esprit dérangé. Ai-je été pris au piège, ai-je été enchanté par votre beauté, jamais je n'ai vu femme plus belle que vous. (Il se leva, lui fit face :) Aislinn, ai-je une chance, si petite soit-elle, d'obtenir vos faveurs ?

Elle secoua la tête :

— Ragnor, vous me stupéfiez. Vous ai-je donné des raisons de demander ma main ? Et pourquoi le voudriez-vous ? J'ai peu à vous offrir. J'appartiens à Wulfgar. Il est mon seigneur et maître et je suis sa maîtresse. Je lui ai juré d'être loyale. Est-ce ce que vous souhaitez ? Que je le trompe ?

Il tendit la main, souleva une tresse sur sa poitrine :

— Ne puis-je vous désirer pour vous-même, Aislinn ? Etes-vous tellement méfiante que vous ne puissiez croire la simple vérité ? Vous êtes d'une beauté que les mots ne peuvent décrire et je vous veux. Je vous voulais quand vous étiez à moi et, maintenant, je veux vous reprendre.

— J'appartiens à Wulfgar.

— Vous ne dites rien de votre cœur, Aislinn. A qui appartient-il ? L'honneur est une belle chose et j'y applaudis, mais c'est votre affection que je recherche. Oh ! Aislinn, combien je voudrais avoir retenu l'épée qui a frappé votre père, qu'il soit là, à vivre, comme nous. Je donnerais la fortune de ma famille pour vous le rendre. Mais, hélas ! Aislinn, le mal est fait. J'en appelle à votre bonté et je vous demande de me pardonner. Donnez-moi votre amour, adoucissez la peine de mon cœur.

— Je ne peux pas, murmura-t-elle. (Elle baissa les yeux sur la main brune, près de son sein, et ferma les paupières.) Chaque fois que je vous vois, je me souviens du malheur que vous avez apporté, non seulement à moi, mais à tous les autres. Rien ne peut laver le sang que vous avez sur les mains.

— C'est normal pour un soldat. Wulfgar n'est pas moins coupable. Avez-vous songé aux Saxons qu'il a tués ? Un malheureux sort a voulu que ce soit sous mon épée que votre père tombe.

Elle était absolument ravissante avec ses paupières délicates baissées, frangées de noir, sa peau lisse, claire, rosie aux joues, ses lèvres gonflées. Se rendait-elle compte que le désir qu'il avait d'elle le torturait ? Elle leva les yeux vers lui, murmura :

— Qui connaît les mouvements de mon cœur, à part Dieu ? Wulfgar m'a déclarée sienne et je suis à lui. Mon affection irait plutôt à lui...

Le visage de Ragnor s'assombrit et il grinça des dents :

— Vous osez prononcer le nom de cet individu ! Qu'est-il donc à côté de moi ? Un bâtard sans nom qui se traîne d'un champ de bataille à un autre, se battant pour une poignée d'or, rien de plus. Moi, je suis un chevalier de bonne famille, en excellents termes avec le duc. Je pourrais vous emmener à la cour, vous y conduire de cette main.

Il la tendit, la lui offrit. Mais Aislinn secoua la tête, s'écarta, lui tourna le dos.

— Je ne peux pas. Je suis la chose de Wulfgar et je lui dois obéissance. Jamais il ne me laisserait fuir.

Elle se retourna vers lui, s'appuya contre l'arbre et, avec un sourire, toucha du bout du doigt la main tendue :

— Ne perdez pas courage, Ragnor, dame Gwyneth vous trouve très beau et vous n'avez qu'un mot à dire en ce qui la concerne.

— Vous vous moquez de moi, grogna-t-il. Une

poule efflanquée à côté d'une colombe ravissante !
Vous vous moquez de moi. (Il lui saisit la main
avant qu'elle n'ait pu l'écarter et ce simple contact
lui mit le feu aux joues.) Aislinn, ayez pitié de moi.
Ne me tourmentez pas ainsi ! Un seul mot, Aislinn !
Dites-moi que je puis espérer.

— Non, je ne veux pas.

Elle tenta, vainement, de libérer sa main. La peur
monta en elle. L'expression avec laquelle il regardait son décolleté ne pouvait la tromper. Il commença à l'attirer vers lui, malgré ses efforts pour lui
résister.

— Non, je vous en prie ! Non !

Il la saisit par le coude d'une main, appuya
l'autre sur sa taille et tenta de l'embrasser dans le
cou :

— Ne te débats pas, ma colombe ! Je suis fou de
toi, murmura-t-il contre son oreille.

— Non ! (Elle se cambra, s'écarta et, saisissant
sa dague, la sortit de sa ceinture, la brandit.) Non,
Ragnor, jamais !

Il rit :

— Quel tempérament !

D'un geste preste, il lui ceignit le poignet, le tordit. Elle ne put réprimer un cri de douleur et laissa
tomber son arme. Puis il la saisit par les cheveux
et l'attira contre lui, l'écrasant contre son torse, ses
cuisses. Il l'embrassa, lui meurtrissant les lèvres.

Avec une force née du désespoir, Aislinn le
repoussa, se recula, se heurtant à un grand chêne.

Sûr de lui, il fit un pas vers elle en riant. A ce
moment, il y eut un sifflement, un choc et une
grande hache d'arme, passant à une largeur de main
de la tête de Ragnor, vint se planter dans l'arbre.
Il se retourna d'un bond et toute son ardeur amoureuse se changea en sueur froide à la vue de Sweyn,
debout à dix pas d'eux. Le Viking, son arc sur
l'épaule, avait déposé à ses pieds le produit de sa
chasse, quelques couples de colombes et des lièvres.

Sans hésiter une seconde, Aislinn courut se mettre sous sa protection. Mais Ragnor, voyant le Viking désarmé, tira son épée du fourreau et bondit pour rattraper Aislinn. Elle poussa un cri, échappa à sa main tendue et se réfugia derrière le puissant Norvégien. Celui-ci, déjà, avait récupéré sa hache en tirant sur la lanière de cuir attachée à son manche et se tenait prêt à subir l'attaque.

Ragnor s'arrêta sur sa lancée, grimaçant de rage et de déconvenue. Il connaissait la façon meurtrière dont le Viking savait se servir de sa hache, pour l'avoir vu fendre des crânes sur les champs de bataille. Il rengaina, écarta les bras pour que Sweyn ne se méprenne pas sur ses intentions. Ils restèrent là, longtemps, à se faire face. Puis un grondement naquit dans la poitrine du Viking pendant qu'un sourire lent lui tordait les lèvres et éclairait ses yeux bleus.

— Prends garde, Normand, dit-il doucement. Monseigneur Wulfgar m'a donné cette femme à garder. S'il faut pour ça que je fende un ou deux crânes français, je n'en perdrai pas le sommeil.

— Prends garde toi-même, païen. Je te retrouverai et c'est mon épée qui tranchera ta tête avec tes boucles de fille !

Le sourire du Viking s'élargit et il souleva sa hache au tranchant acéré.

— Il te faudra d'abord embrasser ma petite amie.

Aislinn, qui était restée dans le dos de Sweyn avança une main sur son bras musclé et s'adressa au Normand d'un ton glacé :

— Allez chercher vos plaisirs ailleurs, Ragnor. Allez-vous-en.

— Je pars, mais je reviendrai, promit-il, blanc de rage.

Revenue au manoir, quelques minutes plus tard, elle y trouva Gwyneth qui arpentait la grand-salle d'un pas nerveux. Elle se tourna immédiatement vers Aislinn, une lueur haineuse dans les yeux.

— Que s'est-il passé entre Ragnor et vous ? demanda-t-elle. Répondez, espèce de catin !

La colère assombrit les yeux violets d'Aislinn, mais elle haussa les épaules.

— Rien qui puisse vous intéresser, répondit-elle.

— Il était dans le bois avec vous ! Vous êtes-vous encore jetée à son cou ?

— Encore ? Vous avez certainement perdu la tête si vous pensez une seconde que je puisse faire la moindre avance à cette ordure.

— Il vous a déjà fait l'amour ! cria Gwyneth s'étranglant de fureur et de jalousie. Cela ne vous suffit pas d'avoir mon frère pendu à vos jupes. Il vous faut tous les hommes que vous rencontrez.

Aislinn dut faire effort pour parler lentement :

— Ragnor, quoi que vous en pensiez, ne m'a pas « fait l'amour » selon votre expression. Il m'a violée comme une brute. Il a assassiné mon père et réduit ma mère à l'état où elle est actuellement. Et vous voudriez qu'il m'intéresse ?

— Il a davantage à offrir que mon frère. Il est bien né et de famille riche.

Aislinn eut un rire dédaigneux :

— Peu m'importe. Votre frère est un homme, ce que ne sera jamais Ragnor. Si vous le voulez, prenez-le avec ma bénédiction. Vous vous valez tous les deux.

Puis elle fit demi-tour et monta dans sa chambre.

13

La neige craquait sous les pieds d'Aislinn qui, revenant de chez sa mère, retournait au manoir. L'obscurité était tombée, le froid pinçait et quelques flocons voletaient. Le ciel noir était très bas et semblait presque toucher la terre gelée. Aislinn s'arrêta pour profiter un peu du calme. Les visites à sa mère l'épuisaient. Chaque jour, Maida se cramponnait davantage à ses idées de vengeance. Elle se nourrissait de la haine qu'elle portait aux Normands et qui lui dérangeait l'esprit.

Le visage fouetté par la neige, Aislinn reprit sa route d'un pas rapide. En approchant du manoir, elle remarqua une charrette arrêtée devant la porte. De pauvres gens venus chercher abri à Darkenwald pour la nuit, sans doute. Gwyneth saurait les recevoir à sa façon !

Elle reprochait aux serfs et aux soldats de manger trop et ses reproches s'étendaient aussi bien aux visiteurs qu'à sa famille. Elle n'épargnait ni Bolsgar ni Sweyn qui, pourtant, approvisionnaient le manoir en gibier. L'aimable frère Dunley, lui-même, quand il venait, était victime de la langue acérée de Gwyneth.

Préparée au pire, Aislinn poussa la porte et la referma avec soin avant de regarder le groupe, installé devant la cheminée. Avec une lenteur voulue, elle ôta son épais manteau et s'approcha du feu. Son premier coup d'œil fut pour Bolsgar afin de juger de l'humeur de sa mégère de fille. Quand celle-ci était furieuse, Bolsgar avait le sourcil froncé et les lèvres serrées. Pour l'instant, il semblait détendu. Rassurée, Aislinn porta son attention aux trois adultes grossièrement habillés et aux enfants qui se chauffaient.

Le plus jeune des garçons, la bouche ouverte, béait d'admiration devant la masse de cheveux dorés répandus sur ses épaules. Aislinn ne put s'empêcher de lui sourire et il lui répondit, immédiatement, conquis. En revanche, la plus jeune des deux femmes la regardait d'un air curieusement méfiant et, un peu à l'écart du groupe suivait chacun de ses mouvements.

L'homme, très pâle, tremblait et semblait épuisé. Sa femme se tenait à côté de lui et observait ce qui l'entourait. Aislinn, sentant en elle un esprit sage et une force calme, lui rendit le sourire tranquille qu'elle lui adressa.

— Nous vous croyions perdue, Aislinn.

La jeune fille se retourna, alertée par la politesse du ton de Gwyneth. Elle attendit le coup à venir.

— Nous avons des hôtes envoyés par Wulfgar, continua Gwyneth qui remarqua la lueur d'intérêt dans les yeux violets. (De la main, elle désigna les nouveaux venus, les nomma et ajouta, apparemment satisfaite :) Il les a envoyés pour vivre ici.

— C'est exact, madame, reconnut Gowain. Mon frère, Sanhurst, est resté avec lui.

— Et mon seigneur ? Il va bien ? s'enquit Aislinn avec chaleur.

— Oui, il nous a tirés d'une fondrière et nous avons campé avec lui, cette nuit-là. Il nous a donné de la nourriture et nous a dépêchés ici.

— A-t-il dit combien de temps il resterait absent ? demanda Aislinn. Reviendra-t-il bientôt à Darkenwald ?

— Vous pourriez faire preuve d'un peu de pudeur, fit Gwyneth avec mépris.

Aislinn rougit, mais Gowain répondit doucement :

— Non, madame. Il n'a rien dit.

Le regard de Gwyneth passa d'Aislinn à la jeune veuve qui étudiait l'autre intensément, mesurant la taille étroite, les beaux cheveux bouclés tombant plus bas que les reins et ses yeux s'étrécirent à l'idée qui lui vint à l'esprit et qu'elle s'empressa d'exploiter.

— Wulfgar a offert tout particulièrement à Haylan et à son fils d'habiter Darkenwald.

Aislinn entendit l'intonation et jeta un coup d'œil à la jeune veuve. Haylan répondit à son regard par un sourire tremblant, mais Aislinn ne put le lui rendre.

— Je vois, dit-elle. Et vous les avez bien accueillis, Gwyneth. Wulfgar sera content de votre gentillesse.

Les yeux pâles de Gwyneth se durcirent :

— Puisque je suis sa sœur, ne dois-je pas le savoir mieux que vous ? Wulfgar est un seigneur très aimable. Il traite même les esclaves beaucoup mieux qu'ils ne le méritent et les habille richement.

Aislinn feignit la confusion :

— Vraiment ? Ma foi, Gwyneth, à part vous, je n'ai remarqué personne mieux habillé qu'avant.

Un rire étouffé secoua les larges épaules de Bolsgar et Gwyneth lui lança un coup d'œil meurtrier. Tout le monde savait qu'elle s'était emparée des toilettes d'Aislinn à laquelle il ne restait plus que la robe fort usée qu'elle réservait jusque-là aux jours de grand nettoyage.

— J'ai toujours été surprise par la façon dont un homme peut jurer fidélité à une femme alors qu'à peine l'a-t-il quittée, il cherche à la remplacer. Sans doute est-ce pour cela que Wulfgar, tombant sur une jolie fille, l'a envoyée l'attendre chez lui, fit remarquer Gwyneth de sa voix aigre.

Haylan s'étrangla et fut prise d'une quinte de toux, ce qui attira aussitôt l'attention d'Aislinn. Que s'était-il passé entre Wulfgar et cette femme pour qu'elle agisse ainsi ?

— Aucun d'entre nous ne connaît parfaitement Wulfgar, dit-elle d'un ton digne et tranquille. Personne, ici, ne peut honnêtement prétendre le connaître assez pour le juger. Quant à moi, je prie qu'il agisse honorablement. Le temps seul nous apportera une réponse. J'ai confiance en lui.

Tournant le dos à Gwyneth, qui déjà ouvrait la bouche pour répliquer, elle demanda à Ham d'aller lui chercher son coffret de médicaments :

— J'ai l'impression que ce brave homme a besoin que je le soigne, à moins, bien sûr, que quelqu'un se soit offert pour le panser.

Elle regarda d'abord Haylan qui secoua la tête et grimaça, puis Gwyneth qui, furieuse, haussa les épaules et reprit sa broderie.

Aislinn eut un sourire sans joie :

— Parfait, alors je vais m'en charger puisque aucune d'entre vous ne veut le faire.

Elle se pencha sur Gavin et, avec l'aide de Miderd, dénuda, nettoya et pansa ce qui restait de son bras.

La voix de Gwyneth s'éleva à nouveau, rendue aiguë par la méchanceté :

— Chacun sait comment les soldats se comportent en campagne. Le seul fait d'entendre parler batailles ne rappelle-t-il pas de doux souvenirs à votre cœur, chère Aislinn ? Les Normands si fiers, si nobles, prenant les femmes selon leur fantaisie. Je me demande comment la femme vaincue trouve les caresses de ces braves.

La cruauté de ces paroles perça Aislinn au cœur. Elle respira profondément pour apaiser sa douleur et rencontra le regard de Miderd. Elle y lut de la compassion et sentit qu'elle était bonne.

— Je prie Dieu que même vous, Gwyneth, ne connaissiez pas ce moment, dit-elle doucement.

L'autre s'adossa à son siège. Elle n'éprouvait pas une impression de victoire.

Après avoir attendu d'avoir un peu moins mal, Aislinn termina sa tâche et se rapprocha du siège de Bolsgar.

— Messire, vous venez d'entendre dire que les hommes sont inconstants. Quel est votre avis ? L'êtes-vous et croyez-vous que Wulfgar le soit ?

Il émit un grognement et prit les doigts d'Aislinn dans sa grande main.

— Ma fille, n'en ayant jamais eu un, ne connaît rien aux hommes. Même enfant, Wulfgar était fidèle à ce qu'il connaissait, son cheval, son faucon... moi. (Ses yeux s'embuèrent et il les baissa :) ... Oui, il était constant.

— Mais vous ne savez rien de ses femmes, s'empressa de faire remarquer sa fille.

Il haussa les épaules :

— Oui, il a juré autrefois qu'il ne les aimait pas. Wulfgar ressemble à ce loup d'airain qui hante les champs de bataille et n'a que faire des douceurs de ce monde. Mais dans son cœur brûle un tel besoin d'amour qu'il ne peut rien faire d'autre que le nier.

— Par tous les diables ! s'écria Gwyneth. Mon propre père, qui, hier, a tout perdu, sa maison et ses terres, et qui, à présent, approuve cette union entre mon bâtard de frère et cette Saxonne...

— Gwyneth ! fit Bolsgar d'une voix de stentor. Vas-tu te taire à la fin, ou faut-il que je te ferme moi-même la bouche !

Elle était trop furieuse pour l'écouter.

— C'est vrai ! cria-t-elle. Vous voudriez l'unir à cette catin par le lien sacré du mariage.

Bouche bée, Haylan regarda Aislinn.

— Vous n'êtes pas sa dame ? demanda-t-elle avant qu'un coup d'œil sévère de Miderd ait pu la faire taire.

— Bien sûr que non, elle ne l'est pas ! répondit Gwyneth avec indignation. Elle a couché d'abord avec un Normand et maintenant elle s'emploie à lier mon frère à elle.

Bolsgar se leva d'un bond et, pour la première fois de sa vie, sa fille eut peur de lui. Aislinn, les dents serrées, les mains crispées, luttait pour ne pas se laisser aller à la colère. Bolsgar, son visage tout contre celui de Gwyneth, lui lança son mépris :

— Femme stupide et méchante ! Tu ne connais qu'un sentiment : la jalousie.

Haylan s'éclaircit la gorge et, pour détourner la colère du vieillard, tenta de changer le sujet de la conversation.

— Messire Wulfgar se bat beaucoup. Est-il souvent blessé ? Sa cicatrice...

Aislinn tourna vivement la tête vers elle et la regarda l'œil agrandi. Elle ne pensait qu'à une seule de ses cicatrices, la plus récente, que seuls Sweyn et elle avaient vue...

— J'ai seulement été curieuse... balbutia Haylan, car tout le monde la regardait.

Même Gwyneth avait ouvert la bouche de surprise et Bolsgar s'était détourné de sa fille, le visage assombri, soupçonneux.

— Curieuse ? (Gwyneth avait perçu la surprise d'Aislinn et s'en demandait la cause.) De quoi parlez-vous, dame Haylan ?

— De la cicatrice, sur la joue de votre frère, c'est tout, répliqua la jeune femme d'un ton léger, en haussant les épaules. Je voulais simplement savoir comment cela lui était arrivé.

Gwyneth se rassit et jeta un coup d'œil rapide à son père qui avait regagné son siège. Il avait les sourcils froncés et ses mains, crispées sur les accoudoirs, avaient blanchi aux phalanges.

— Et cette horrible cicatrice vous a gênée ?

— Gênée ? Oh ! non ! Il a un très beau visage.

Elle regardait Aislinn comme une égale, à présent, songeant que, si elle ne s'était pas tant hâtée de quitter Wulfgar, cette nuit-là, elle aurait eu autant de droits sur lui que cette fille.

— Elle est le résultat d'un accident, quand nous étions enfants, commença Gwyneth.

— Un accident ? vociféra Bolsgar. Pourquoi mentir ? Non, ce n'était pas un accident ! C'était un acte de méchanceté voulu.

— Père, dit-elle d'un ton cajoleur, cherchant à l'amadouer. Tout ça appartient au passé, il faut l'oublier.

— L'oublier ? Jamais ! Je me souviens clairement.

Gwyneth pinça les lèvres :

— Alors, expliquez-leur rapidement comment cela s'est passé s'il le faut. Dites-leur comment, dans un accès de rage, en apprenant qu'il était un bâtard, vous avez frappé ce garçon avec un gant de fauconnier, lui ouvrant la joue.

Bolsgar dut faire un effort pour se lever et, tremblant de colère, il regarda sa fille, la dominant :

— Inutile pour moi de parler. Tu leur en as dit assez toi-même.

206

— Asseyez-vous et montrez-vous un maître de maison courtois, mon père.

— Maître de maison ! Je ne suis pas chez moi. Nous sommes sous le toit de Wulfgar. Je ne m'attribue pas ce qui est à lui. Où est Sweyn ? ajouta-t-il avec un regard circulaire. J'ai soif et j'ai besoin d'un compagnon pour me reposer l'esprit.

— Il est occupé avec ses chevaux, père, répondit Gwyneth, qui commençait à s'impatienter.

— Alors, Kerwick, où est-il ? C'est quelqu'un avec qui on peut boire.

— Mon père, je l'ai envoyé préparer une maison pour les nouveaux arrivants.

— A cette heure ? s'écria Bolsgar. Ce garçon ne peut-il se reposer un peu ?

Gwyneth serra les dents, mais, soucieuse de ne pas aggraver la mauvaise humeur de son père, répondit avec précaution :

— J'ai seulement pensé à ces pauvres gens et à leur fatigue.

Bolsgar se leva :

— Je n'ai personne alors avec qui échanger une parole convenable. Je vais me coucher. Bonsoir, ma fille.

Elle répondit par une inclinaison de la tête et, lui tournant le dos, le vieil homme se dirigea vers Aislinn, lui offrit sa main.

— Je ne suis qu'un vieillard, mon enfant, mais je prends encore grand plaisir à escorter une ravissante damoiselle jusqu'à sa chambre. Me ferez-vous cet honneur ?

— Certainement, messire, murmura-t-elle.

Elle lui sourit et, posant sa main sur la main tendue, se laissa entraîner loin du groupe, jusqu'à la chambre qu'elle partageait avec Wulfgar.

Il s'arrêta devant la porte, hésita, puis avec un soupir :

— Je devrais parler à Wulfgar, dit-il enfin. Il se doit de vous traiter plus honorablement. Cependant, je n'ai pas le droit de me mêler de ses affaires. Je l'ai perdu en le chassant de chez moi. Il est un homme seul, à présent.

Aislinn secoua la tête :

— Il ne faut pas qu'il se sente forcé de me manifester plus de bonté qu'il n'entend m'en manifester de lui-même. Cela doit être spontané ou alors cela ne signifierait rien.

Il lui serra doucement la main :

— Il y a beaucoup de sagesse dans cette jeune tête. Mais je vais cependant vous donner un conseil. Laissez le loup hurler à la lune. Elle ne descendra pas le rejoindre. Laissez-le parcourir les bois. Il n'y trouvera pas ce qu'il cherche. Il ne trouvera le bonheur que lorsqu'il s'avouera à lui-même qu'il a besoin d'amour. En attendant, restez-lui fidèle et aimante. Si vous avez un peu de tendresse pour lui dans votre cœur, Aislinn, donnez-lui ce que sa mère et moi nous lui avons refusé. Quand il déposera son cœur blessé à vos pieds, bercez-le de votre amour. Tissez autour de lui un réseau de fidélité, de loyauté, et il deviendra doux et docile.

— Mais je ne suis qu'une parmi toutes les femmes qu'il a connues, dit Aislinn. Vous voyez comme cette jeune veuve est aguichante. Il en est de même avec les autres, certainement. Comment puis-je être assurée d'avoir une place dans son cœur quand il y en a tant d'autres qui la veulent ?

Bolsgar détourna les yeux. Qu'aurait-il pu lui dire ? Qu'elle était très belle et pétrie de charme ? Certes et après ?

— C'est la fille du vieux seigneur ? demanda Gowain, avec un mouvement du menton indiquant l'étage.

— Oui, soupira Gwyneth. Une vraie plaie pour ce domaine.

Miderd et Gowain échangèrent un coup d'œil rapide, mais ne firent aucun commentaire. Haylan, quant à elle, écoutait avec beaucoup d'intérêt et Gwyneth continua :

— Oui ! parfaitement. Et elle s'est installée dans le lit de mon frère et ambitionne de devenir maîtresse de ce manoir. (Elle sentit l'attention de Haylan et la regarda :) Mon frère se contente de s'amuser pour le moment, mais je crains qu'elle ne l'ensorcelle.

Elle agrippa les bras de son fauteuil, torturée à la pensée de Ragnor serrant Aislinn contre son cœur. Elle baissa les paupières pour dissimuler la haine qui montait en elle.

— Celui que l'on appelle Kerwick est son amant, ajouta-t-elle lentement. C'est une catin, mais mon père lui-même la juge noble et bonne. Il est subjugué par sa beauté, comme tous les hommes.

— Notre seigneur la trouve-t-il belle lui aussi ? voulut savoir Haylan, mordue par la jalousie, croyant réentendre Wulfgar prononcer son nom.

Miderd fronça le sourcil :

— Haylan, tu n'as pas le droit de te mêler des affaires de sire Wulfgar.

— A vrai dire, je ne sais pas ce que ·pense mon frère, interrompit Gwyneth, écartant les deux mains, paumes en dessous. Ces cheveux roux, c'est la marque du diable. Peut-on en douter ? Qui sait ce qu'elle peut faire avec ses potions, ses manigances ? Elle peut perdre une âme. Méfiez-vous d'elle. Ne vous laissez pas enjôler par les douces paroles dont elle a le secret.

— Oh, non ! murmura Haylan. Je ferai attention.

Miderd regarda sa belle-sœur d'un air sévère, mais celle-ci n'y porta aucune. attention. Gwyneth se leva, posa son ouvrage :

— La fumée m'a fait mal aux yeux. Je vais aller me reposer. Bonne nuit à vous.

Quand elle fut hors de vue, Miderd, exaspérée, fit face à Haylan.

— Haylan, si tu n'apprends pas à respecter tes maîtres, nous nous retrouverons tous à la rue.

La jeune femme haussa les épaules et s'éloigna d'un pas dansant :

— Nos maîtres ? Je respecte beaucoup dame Gwyneth. De qui veux-tu parler ? Sire Bolsgar était de méchante humeur, mais j'ai été polie avec lui.

— Je sais que lorsque tu as décidé quelque chose, tu ne t'arrêtes que quand tu l'as obtenu, répliqua Miderd. Et j'ai compris que tu as jeté ton dévolu sur le Normand. Laisse-le, Haylan. Il appartient à dame Aislinn.

— Peuh ! Je pourrai l'avoir quand je le voudrai.

— Tu te vantes beaucoup trop. On nous a envoyés ici pour travailler, pas pour autre chose.

— Pas pour autre chose ? (Haylan eut un rire bref.) Qu'est-ce que tu en sais ?

Miderd quêta du regard l'appui de son mari, mais il se contenta de hausser les épaules.

— Je ne veux pas discuter avec toi, Haylan, dit tranquillement Miderd. Mais je te préviens que si dame Aislinn devient maîtresse de ce manoir elle peut tous nous chasser si tu cours après le Normand. Et où irions-nous ? Qu'aurions-nous à offrir à nos enfants à part la famine et la misère ? Pense à ton fils !

— Mais j'y pense ! Miles peut être utile à n'importe quel seigneur.

Miderd leva les bras en l'air, secoua la tête et lui tourna le dos.

Au retour de Kerwick, ils réveillèrent Miles, qui dormait, pour l'emmener avec les autres enfants. Après avoir installé Gowain, sa femme et leur progéniture, le jeune homme conduisit Haylan et son fils vers une chaumière de plus petite taille. La jeune femme le regarda ajouter du bois dans la cheminée où brûlait déjà un bon feu.

— Votre maîtresse, dame Gwyneth, est quelqu'un de bien. Ça doit vous plaire de la servir.

Kerwick se redressa et la regarda fixement sans manifester la moindre émotion. Comme il gardait le silence, la colère fit briller les yeux noirs de Haylan :

— Qu'est-ce que vous savez de vos maîtres ? Vous n'êtes qu'un serf. C'est facile à voir que vous avez jeté votre dévolu sur cette sorcière aux cheveux rouges !

Les lèvres de Kerwick se retroussèrent avec mépris, mais c'est d'un ton mesuré qu'il répondit.

— Cette sorcière aux cheveux rouges était ma fiancée avant que le Normand l'ait déclarée sienne. J'étais, autrefois, seigneur de mon propre manoir et il m'a pris mon domaine aussi, mais c'est elle surtout que je regrette. Quand vous me parlez d'elle, choisissez vos expressions. Et si vous avez le moindre bon sens, n'écoutez pas Gwyneth et ses mensonges.

— Vous pouvez être sûr que j'ai assez de bon sens pour voir ce que j'ai devant moi et que vous êtes toujours amoureux.

— Oui. Beaucoup plus que vous n'êtes capable de le comprendre.

— Oh ! parfaitement, je comprends. N'oubliez pas que je suis tout juste veuve et que je sais très bien ce qui intéresse un homme.

— Qu'est-ce que ça veut dire ? Seriez-vous déjà occupée à répandre des racontars sur notre compte ? Vous ne manquez pas de toupet, pour une serve.

Elle rit, dédaigneuse :

— Une serve ? C'est à voir. On sera fixé au retour de sire Wulfgar. (Elle redressa le menton :) Je peux l'avoir si je veux.

Kerwick eut un ricanement incrédule :

— Vous ? Quel droit avez-vous sur lui ? Seriez-vous devenue également sa maîtresse ?

— Pour qui me prenez-vous ! hurla-t-elle, furieuse. Mais si j'avais voulu, j'aurais pu l'avoir. Il me désirait et on ne sait pas ce qui se passera à son retour.

Il renifla avec mépris.

— Laissez-moi vous prévenir, dit-il baissant la tête jusqu'à lui toucher presque le nez du sien. Parce que j'ai osé défendre Aislinn contre lui, Wulfgar m'a fouetté au sang, mais il ne cache pas sa haine des femmes. N'allez pas croire que c'est un maître doux et sans volonté. Il vous percera très vite à jour avec vos beaux petits projets pour l'accaparer. Peut-être vous prendra-t-il comme il l'a fait de mon Aislinn, mais je puis vous garantir qu'il vous offrira beaucoup moins qu'à elle.

— Chercheriez-vous à me faire croire que je n'ai aucune chance de devenir la maîtresse ici ? Pauvre abruti, l'envie que vous avez de cette fille vous empêche de comprendre pourquoi il m'a envoyée ici.

— Pour y travailler comme tous les autres. Il a besoin de serfs, répondit Kerwick d'un ton égal.

— Regardez-moi ! cria-t-elle. Vous trouvez difficile de croire qu'on puisse être amoureux de moi ?

— Vous exagérez votre importance, madame, et vous êtes une créature vaine et prétentieuse. Vous êtes jolie, c'est exact, mais il y en a beaucoup comme vous. Aislinn, elle, est incomparable.

Elle crut étouffer :

— Je serai maîtresse de Darkenwald ! Vous verrez !

— Vraiment ? Il y a fort à parier que vous y serez serve, rien de plus.

— Dame Gwyneth dit que Wulfgar s'amuse avec Aislinn pour le moment, fit-elle rageuse. Je peux faire en sorte que ça ne dure pas.

— Peuh ! Dame Gwyneth ! Vous feriez beaucoup mieux de m'écouter. Wulfgar ne laissera jamais partir dame Aislinn, pas plus que ne le ferait tout homme de bon sens... J'ai oublié de vous mentionner une autre qualité de dame Aislinn. (Il sourit :)

Elle est beaucoup plus intelligente que la plupart des femmes.

— Ah ! Je vous déteste, vous me dégoûtez !

Il haussa les épaules :

— Madame, cela m'est parfaitement indifférent.

Là-dessus il tourna les talons, la laissant folle de rage.

Dans la solitude de sa chambre, Aislinn se sentit à nouveau envahie par la crainte et le doute. Elle croyait voir Wulfgar dans les bras de la brune Haylan. Elle se déshabilla, retrouvant le souvenir de ses caresses, de sa douceur avec elle, au cours de la dernière nuit qu'ils avaient passée ensemble. Avait-il trouvé plus de plaisir dans une autre couche ? La considérait-elle, après tout, simplement comme un caprice passager ? La douleur devint intolérable et elle se jeta en sanglotant sur son lit. Elle pleura longtemps. Soudain un coup léger à la porte la fit se redresser. Serrant une peau de loup autour de ses épaules, elle pria son visiteur d'entrer. A sa grande surprise, elle vit Miderd, un paquet à la main.

— Madame, je vous apporte des nouvelles de sire Wulfgar. Et il m'a dit de ne les donner qu'à vous seule.

Les yeux rougis et les joues mouillées de larmes d'Aislinn disaient son inquiétude et Miderd entreprit de la consoler :

— Madame, Haylan a eu du chagrin. Elle rêve au-dessus de sa condition et elle croit que sa beauté peut la mener où elle veut. Mais moi, je sais que votre seigneur ne s'est pas détourné de vous parce qu'il m'a confié ce cadeau pour vous et s'est inquiété de votre bien-être. Il m'a dit qu'il faut que vous demandiez à Sweyn ce que vous voulez. A ce qu'il paraît, il n'y a pas à craindre les rêves et les bêtises d'une jeune veuve.

Elle tendit le paquet à Aislinn et sourit doucement à voir la hâte qu'elle mit à l'ouvrir.

— Il m'a aussi chargée de vous dire, madame, que ç'avait été acheté honnêtement.

De nouvelles larmes montèrent aux yeux d'Aislinn, mais de joie, cette fois-ci. Elle enfouit son visage dans le coupon d'étoffe jaune que Wulfgar avait été le dernier à toucher. Puis, heureuse, elle embrassa Miderd qui rougit.

— Oh, Miderd ! s'écria-t-elle, vous ne comprenez pas ? Wulfgar répète toujours qu'il a autre chose à faire qu'acheter des présents à une femme et qu'aucune d'entre elles ne mérite qu'il dépense un argent durement gagné.

Miderd, conquise, sourit :

— On dirait que vous avez gagné une bataille, madame. Rêvons que la guerre finira, pensons à demain...

Les yeux violets redevenus lumineux, Aislinn répliqua gaiement :

— Oh, oui !

Le lendemain matin, elle se leva de bonne heure. Rien ne bougeait encore dans la maison. Prenant la pièce d'étoffe, elle s'assit à côté du coffre de Wulfgar et le vida. Puis elle y plaça l'étoffe jaune au fond avant de remettre les affaires de Wulfgar à leur place. Là, Gwyneth n'oserait pas venir fouiller. Quand elle entendrait parler du retour de Wulfgar, elle tirerait le tissu de sa cachette, se ferait une robe pour l'accueillir. Son cœur se gonfla de joie à la seule pensée de ce retour.

Quand elle descendit dans la grande salle du rez-de-chaussée, elle y trouva Gwyneth et Haylan devant le feu. La jeune veuve, dispensée de travail par Gwyneth, tentait de se familiariser avec l'art difficile des travaux d'aiguille. Elle s'y montrait fort maladroite et mettait la patience de Gwyneth à rude épreuve. Aislinn, que les deux femmes n'avaient pas entendue descendre, ne put retenir un sourire amusé.

Exaspérée, Gwyneth poussa un énorme soupir :

— Faites des points beaucoup plus petits, comme je vous ai montré.

— Je vous demande pardon, madame, je n'ai jamais été adroite pour le ravaudage. Mais, ajouta la jeune femme avec ardeur, je sais faire rôtir un ours et tous ceux qui ont goûté de mon pain disent que je sais le faire comme pas une.

— C'est un travail de serf, rétorqua Gwyneth d'un ton sec. On reconnaît une dame à la façon dont elle coud. Si vous voulez en devenir une, il vous faut apprendre à vous servir d'une aiguille. Wulfgar attendra de vous que vous lui fassiez et que vous lui ravaudiez ses vêtements.

Aislinn s'approcha alors, les surprenant toutes les deux :

— Vous êtes très serviable, chère Gwyneth, mais je n'ai besoin de personne pour m'aider à ravauder les vêtements de mon seigneur. (Elle leur sourit, souleva un peu sa jupe pour se chauffer les jambes.) ... Wulfgar semble parfaitement satisfait de mon travail.

Gwyneth ne put s'empêcher d'exprimer son mépris :

— C'est miracle que vous trouviez le loisir de coudre quand on pense au temps que vous passez au lit avec lui.

— Comment pouvez-vous savoir quand nous sommes au lit et quand nous n'y sommes pas ? A moins, bien sûr, que vous n'ayez l'habitude de venir fouiner dans notre chambre à toute heure comme vous le faites dans mon coffre, dit-elle en regardant d'un air entendu les robes des deux femmes.

Haylan portait en effet une toilette défraîchie d'Aislinn, due sans nul doute à la générosité de Gwyneth.

— Votre coffre ? répéta celle-ci. Les esclaves ne possèdent rien.

— Mais, Gwyneth, dit lentement Aislinn avec un

sourire, si je suis une esclave tout ce que j'ai appartient à Wulfgar. Volez-vous votre frère ?

— Mon frère nous a dit de considérer tout ce qui était ici comme à nous.

— Oh ? C'est à Bolsgar qu'il a dit cela, pas à vous. Et, quant à lui, il a soin de ne pas prendre plus que sa part. De plus, il subvient largement à ses besoins avec le gibier qu'il nous apporte. Vous le savez, Wulfgar a besoin qu'on l'aide, pour réussir ici. Que faites-vous pour l'aider ?

Gwyneth se leva, furieuse :

— Je tiens sa maison pendant son absence et veille à ce que son garde-manger ne soit pas pillé par ces ivrognes qui...

Elle s'interrompit brusquement, parut s'étrangler et Aislinn suivit son regard. Sweyn était entré et s'approchait de la cheminée. Il sourit à Gwyneth et, avec une lenteur délibérée, arracha un énorme morceau de viande à la pièce qui rôtissait puis il fit couler le tout avec une bonne lampée de bière. Il fit claquer ses lèvres, se lécha les doigts, les essuya sur un pan de sa tunique et se tourna vers Aislinn.

— Qui est-ce qui entend nous mesurer la nourriture que nous fournissons, Bolsgar et moi ? gronda-t-il.

Aislinn se mit à rire :

— Personne, Sweyn, absolument personne. Nous mangeons tous bien, grâce à vous.

Il fixa Gwyneth longuement, puis marmonna :

— Bon, bon.

Et, sur un rot retentissant, il les laissa.

Aislinn se recula, écarta ses jupes en une demi-révérence.

— Je vous demande pardon, mesdames. Mais j'ai à travailler.

Elle se retourna pour sortir et, par-dessus son épaule, elle s'adressa à Haylan :

— Haylan, surveillez la viande, qu'elle ne brûle pas.

Wulfgar et ses hommes campèrent au croisement des routes non loin de Kevonshire plusieurs jours durant. La neige cessa de tomber et bientôt se mit à fondre. Ils arrêtèrent des voyageurs, des messagers anglais annonçant l'avance des troupes de Guillaume.

Quand celles-ci les eurent rejoints et dépassés, ils levèrent le camp pour recommencer plus loin leur travail de balayage. Ils montèrent au nord et les hordes du duc traversèrent la Tamise à l'ouest de Londres. La cité était seule, nue, isolée de ses alliés possibles. Hampshire, Berkshire, Wallingford, puis, à Berkham-Stead, l'archevêque Alfred en compagnie d'Edgar Atheling, le prétendant au trône, rencontrèrent Guillaume et lui donnèrent Londres. On lui laissa des otages, on lui prêta serment. Il fut décidé qu'il serait couronné roi d'Angleterre le jour de Noël.

Wulfgar et ses hommes furent rappelés avec le reste de l'armée. La voiture lourdement chargée d'or, d'argent, d'objets précieux, fut expédiée à Guillaume qui préleva son tribut et renvoya le reste à Wulfgar.

La vie de camp prit un tour monotone. Wulfgar paya leur part à ses écuyers et régla ses autres comptes, mais veilla à ce que ses hommes continuent d'observer une stricte discipline, ne les laissant pas courir les filles ou s'enivrer comme c'était souvent le cas ailleurs.

Une semaine avant Noël, Wulfgar reçut un messager de Guillaume l'informant que, puisque l'armée entrait dans Londres, il logerait dans un manoir, non loin de l'abbaye où il y attendrait, avec sa suite, le jour du couronnement.

L'aube pointait à peine quand Wulfgar sella son cheval et partit à la recherche d'une maison en ville où s'installer avec ses hommes. La foule était dense et, dans les rues, les Anglais le regardaient passer avec une haine non dissimulée. Les maisons à colombages se serraient les unes contre les autres et, parfois, surplombaient les rues pavées. Les ruisseaux à ciel ouvert charriaient une eau boueuse et malodorante chargée des rebuts de la ville. Il approchait de Westminster et la foule augmentait, chaque homme libre venu voir l'endroit où l'Angleterre allait échoir à un duc normand. Comme il se frayait un chemin en direction de la place, écartant les gens devant lui, son attention fut immédiatement attirée par une vaste maison de pierre située un peu à l'écart de la place elle-même, mais jouissant d'une belle vue sur celle-ci. Aucun autre Normand ne l'ayant déjà réquisitionnée, il le fit, au nom de Guillaume. Son propriétaire, un riche marchand, protesta avec véhémence d'autant qu'il ne lui était offert aucune compensation en échange. Devant, paraît-il, s'estimer heureux que sa maison n'ait pas été réduite en cendres comme beaucoup d'autres, il ne lui resta d'autre solution que d'aller, avec sa nombreuse famille, se loger ailleurs pendant quinze jours ou trois semaines. Après avoir écouté Wulfgar, l'homme eut à affronter sa femme et le Normand ne put s'empêcher de sourire en entendant les glapissements de celle-ci...

La maison comportait des écuries et une belle cuisine au rez-de-chaussée. Le premier étage comptait plusieurs petites chambres et une grande salle où ses hommes pourraient se réunir et se distraire. Un escalier étroit permettait d'accéder au second étage où le marchand avait ses appartements personnels. Le plus beau des châteaux normands en aurait envié le confort. Une vaste chambre retint au passage l'attention de Wulfgar. Un grand lit drapé de velours en occupait le centre. Comme, de la main, il éprouvait le moelleux du matelas, il eut soudain la vision d'une peau blanche et satinée, de hanches rondes et souples, d'yeux violets, rieurs, de lèvres caressant doucement les siennes.

Il se recula brusquement. Elle l'avait ensorcelé !

Il pouvait presque la voir là, debout devant lui, les bras tendus, ses boucles de feu dansant autour d'elle.

Mu par une force supérieure à la sienne, il reporta son regard vers le lit et revit les yeux violets que le rire faisait briller. Mécontent de lui-même et de son imagination, il s'arracha à cette chambre, avec un juron. Mais comme il regagnait la rue, une douleur naquit dans son ventre. Rien n'y faisait, il ne pouvait s'empêcher de rêver à Aislinn sur la couverture de velours. Perdu dans ses pensées, il ne vit rien de la ville qu'il traversait. Arrêté sur une hauteur, il regarda le camp étalé à ses pieds et fut conscient d'une impression de solitude intense. Mais, sans se l'avouer encore, il avait pris une décision et, avec une gaieté qu'il n'avait pas ressentie depuis longtemps, il donna de l'éperon à sa monture qui hennit de surprise et dévala la colline au grand galop vers les tentes.

Deux jours avaient passé et le déménagement pour Londres avait eu lieu. Wulfgar entendait ses hommes rire, au rez-de-chaussée, et parler du luxe qui les entourait, inhabituel pour eux. Il regarda la place éclairée par des torches. Gowain était parti dans la matinée pour Darkenwald. Impatient, Wulfgar s'étonnait de l'accélération des battements de son cœur. Il voyait les yeux violets d'Aislinn qui changeaient selon la lumière, son front qu'il avait si souvent caressé et le profil impudent de son petit nez. Il connaissait la ligne délicate de ses lèvres, la résistance qu'elles lui offraient et qui se muait en ardeur sous la chaleur de ses caresses.

Ces rêveries de jouvenceau ne faisaient que susciter son désir. Cette impression de dépendance lui faisait horreur. Irrité, il revint dans la chambre où l'attendait le vaste lit. Il se déshabilla, s'y laissa tomber, mais crut sentir une présence ronronnante à côté de lui.

Exaspéré, il se releva d'un bond et, sans tenir

compte du froid qui envahissait la chambre, repoussa les volets. Il jeta un coup d'œil dans la rue déserte et regarda longuement la lune qui, en son plein, brillait doucement. Et, chose étrange, il s'apaisa et ne songea qu'à Aislinn de Darkenwald.

« Petite femelle tendre, si fine, si fière. Maltraitée, elle reste orgueilleuse. Comment puis-je la repousser quand elle met son âme à nu devant moi et cherche à m'atteindre au plus profond de mon honneur ? Elle affronte mes colères pour les siens et me plie à sa volonté. Cependant je voudrais qu'elle... »

Aislinn contemplait la pleine lune au-dessus des marais et soupirait. « Si seulement il acceptait de prononcer les paroles que je lui demande, s'il voulait exprimer un peu d'amour pour moi, je serais heureuse. Il est doux, juste et tendre même dans son désir, mais je suis condamnée à cet état de fille qui met son sang en feu. Je ne lui ai pas demandé de me prendre et pourtant je ne peux pas haïr l'homme qui est en lui. Que dois-je faire pour lui plaire, alors que, lorsque je suis dans ses bras, je suis incapable de lui résister ? Ses baisers tuent toute résistance en moi. Il se satisfait de m'avoir à sa disposition, d'user de mon corps pour son plaisir, et n'offre jamais aucune promesse en retour. Et je voudrais davantage. Oui, il n'a pas été le premier à se servir de moi, mais ses attentions m'ont donné un droit, si petit soit-il, sur lui. Je ne suis pas une fille des rues que l'on prend et laisse. Je ne suis pas sans honneur ni fierté. Je ne peux pas continuer à rester éternellement sa maîtresse avec, comme seul droit, celui de partager sa couche. »

Elle ôta sa chemise, se glissa entre les fourrures où elle retrouva son odeur et crut sentir sa chaleur, son contact.

« Je le veux, conclut-elle. Que je l'aime ou non, je le veux plus que tout ce que j'ai voulu dans ma vie. Mais il me faut être prudente. Je lui résisterai jusqu'à la limite de mes sens, mais je ne l'irriterai pas. Et s'il veut bien accepter ce que je lui demande, je lui donnerai tout l'amour du monde. Il n'aura pas à le regretter. »

Le jour se leva, lumineux. Aislinn, debout de bonne heure, mangea et s'en fut au bourg soigner malades et blessés. Cela lui permettait, en outre, d'éviter Gwyneth et sa langue de vipère. L'après-midi tirait à sa fin quand le guetteur lança un appel et, presque aussitôt, Kerwick vint chercher la jeune fille pour lui annoncer que des cavaliers portant les couleurs de Wulfgar étaient en vue.

Volant jusqu'à sa chambre, Aislinn se brossa vivement les cheveux, y noua des rubans, et se passa de l'eau froide sur le visage. Son enthousiasme tomba quand elle descendit pour voir qu'il ne s'agissait que de Gowain. Il traversa la salle dans sa direction, en souriant, mais Gwyneth, assise avec sa tapisserie devant le feu, l'appela, lui demandant de venir à elle. Gowain, après une seconde d'hésitation, obéit.

— Que devient Guillaume ? demanda vivement Gwyneth. L'Angleterre est-elle à lui ?

— Oui, le duc sera couronné le jour de Noël, si tout va bien.

Elle poussa un soupir de soulagement :

— Alors Darkenwald nous appartient.

— Messire Wulfgar est-il en bonne santé ? s'inquiéta Aislinn qui les avait rejoints. Pourquoi n'est-il pas venu lui-même ? A-t-il été blessé ?

Sa voix tremblante trahissait ses craintes et elle regardait l'écuyer, anxieuse, cherchant à comprendre la raison de sa venue. Il la rassura vivement :

— Oh ! non. Il va bien. Il est en bonne santé.

— Alors pourquoi avez-vous fait ce voyage ? interrompit Gwyneth. Il doit s'agir d'une mission importante.

Il eut un sourire hésitant.

— En effet, madame. Pour Wulfgar, c'est important.

— De quoi s'agit-il ? Ne nous faites pas attendre.

— Je suis venu chercher... quelqu'un, répondit-il gêné, se souvenant de la tension existant entre la sœur de Wulfgar et Aislinn.

— Chercher quelqu'un ? Qui ? De quoi s'agit-il ? Du couronnement ? demanda Gwyneth. Wulfgar désire-t-il présenter sa famille au roi ? Je serai très heureuse d'y aller, mais il me faut absolument une nouvelle robe. (Elle indiqua la robe mauve qu'elle portait :) Ces vêtements sont à peine dignes d'être mis pour nourrir les cochons.

Gowain s'éclaircit la gorge et jeta un coup d'œil à Aislinn. Avec ses hésitations, il n'avait fait que tout compliquer. Soudain, il reconnut sur Gwyneth une robe qu'Aislinn portait avant leur départ de Darkenwald et qu'il avait admirée parce qu'elle mettait en valeur des formes ravissantes. Aujourd'hui la jeune fille était vêtue d'une façon si misérable qu'il se retint de ne pas dire son indignation.

Il respira avec force et se risqua.

— Madame, je crains de m'être mal fait comprendre, dit-il en s'adressant à Gwyneth.

— Hein ?

Elle leva brusquement la tête et le vit qui regardait Aislinn. Ses yeux s'étrécirent. Gowain devint écarlate et choisit ses mots avec soin :

— Messire Wulfgar m'a envoyé pour chercher dame Aislinn. Hlynn aura à l'accompagner pour s'occuper d'elle.

— Quoi ? (Gwyneth avait poussé un véritable cri. Elle se leva brusquement :) Vous n'allez pas prétendre que Wulfgar se soucie si peu de sa position comme écuyer de Guillaume qu'il entend coucher avec cette catin sous le nez du roi !

Elle allait de long en large devant la cheminée quand elle aperçut Haylan qui venait d'entrer. Elle dédia un sourire à l'envoyé de Wulfgar :

— Vous l'avez mal compris, messire Gowain. N'est-ce pas une autre personne qu'il a envoyé chercher ?

Le Normand secoua la tête, sûr de lui :

— Non, il m'a demandé de lui amener Aislinn de Darkenwald. Il m'a recommandé de ne pas perdre une seconde de façon qu'on puisse se mettre en route dès le matin. Pouvez-vous être prête, damoiselle ? demanda-t-il, sans plus se préoccuper des deux autres femmes également stupéfaites.

— Oh ! certainement, messire Gowain, répondit Aislinn les yeux lumineux. En fait, j'ai fort peu de choses à préparer.

— Alors, j'attends votre bon plaisir.

Il s'inclina très bas et sortit vivement, pour s'occuper de ses hommes et respirer un peu d'air frais.

14

Ils quittèrent Darkenwald aux premières lueurs de l'aube et arrivèrent à Londres le jour même de Noël. Les rues étaient pleines de monde et les gens buvaient, en dérision, à la santé de Guillaume le Bâtard. Un vent de folie soufflait.

La foule était encore plus dense aux environs de Westminster. Gowain et ses hommes furent contraints de se frayer un chemin de la pointe de leurs lances. Menaces et jurons ne facilitaient rien et les lourds destriers eux-mêmes étaient ballottés de droite à gauche. Aislinn montait une jument de plus petite taille. Le capuchon de son manteau cachait sa chevelure ; elle tenait les rênes d'une main ferme et son visage ne trahissait aucune peur.

Brusquement, un buisson de flammes s'éleva devant eux et la foule, effrayée, recula, poussée d'autre part par un groupe de Normands à cheval. La monture d'Aislinn fut bousculée, déséquilibrée par la masse d'un énorme étalon qui les pressait contre un mur. La jeune fille lutta pour rester en selle. Elle sentit la jument s'écrouler et comprit qu'elles allaient être foulées aux pieds.

Wulfgar s'était levé tôt et avait mis beaucoup de soin à sa toilette pour le couronnement de Guillaume. A contrecœur, il avait laissé sa lourde épée de côté et pendu une courte dague à sa ceinture. Il était vêtu de noir et de rouge et avait fort belle allure. Sa peau hâlée faisait paraître plus gris le gris de ses yeux, plus blonds ses cheveux décolorés par le soleil.

Il avait laissé pour instructions à Milbourne et à Beaufonte d'avoir à tenir leurs hommes prêts à intervenir le cas échéant et d'avoir son cheval sellé et son épée accrochée au pommeau de sa selle. En cas de troubles, ils auraient à le lui amener au bas des marches de Westminster. Guillaume songeait à une révolte possible et entendait avoir du renfort à portée de la main.

Debout dans la cathédrale, juste devant la porte, Wulfgar regardait la puissante silhouette de Guillaume se courber devant l'évêque normand. Avec pompe et lenteur la cérémonie anglaise suivit. La couronne ceignit son front et les cris de « Vive Guillaume » des Anglais résonnèrent sous la voûte. Wulfgar respira, soulagé. Ils en étaient arrivés à ce qu'ils voulaient. Guillaume était couronné roi d'Angleterre.

Soudain, on cria à l'extérieur et Wulfgar franchit la porte pour se rendre compte de ce qui se passait. Des nuages de fumée s'élevaient d'un toit et des Saxons s'agrippaient à des soldats normands qui, armés de torches, cherchaient à mettre le feu. Wulfgar se précipita, fendit la foule jusqu'au premier soldat.

224

— Qu'est-ce qui se passe ?

L'homme, très surpris, se retourna :

— Nous avons entendu les Anglais crier dans la cathédrale. Ils ont attaqué Guillaume.

— Mais non, espèces d'abrutis ! Ils l'ont simplement acclamé. Arrêtez ces hommes avant qu'ils aient mis le feu à Londres ! ajouta-t-il en désignant les soldats porteurs de torches.

Milbourne était parvenu à s'approcher avec les montures et Wulfgar sauta en selle. Il réussit à rejoindre certains Normands mal avisés, leur fit comprendre qu'ils n'étaient pas menacés. Mais d'autres l'avaient devancé et continuaient leurs méfaits. Il les prit en chasse quand, brusquement, la foule recula sous la chaleur et les flammes de l'incendie d'un magasin, repoussant hommes et chevaux. Le cheval de Wulfgar écrasait sous sa masse une autre bête beaucoup plus petite qui céda sous son poids. Un cri de femme alerta Wulfgar, il se pencha, tendit un bras, saisit une petite silhouette qu'il arracha à sa selle au moment où sa monture s'écroulait. Le capuchon qui recouvrait une longue chevelure dorée glissa au moment où Wulfgar installait la femme devant lui. Une bouffée de lavande lui monta aux narines.

— Aislinn ! murmura-t-il, se croyant encore le jouet d'une hallucination.

Un visage aux grands yeux violets, dilatés par la surprise, se leva vers lui :

— Wulfgar !

Non, ce n'était pas une illusion. Il aurait voulu l'embrasser, la serrer de toutes ses forces contre lui, mais il demanda seulement :

— Tu vas bien ?

Elle le rassura d'un signe de tête. Gowain, de son côté, s'efforçait de dégager la jument. Il croisa le regard de Wulfgar et, malgré la tension du moment, le jeune écuyer sourit :

— Monseigneur, vous m'avez dit de vous l'amener

sans perdre de temps. Voyez, je vous l'ai apportée sur vos genoux.

Un large sourire éclaira le visage sévère de Wulfgar :

— En effet. A présent, employons-nous à la mettre à l'abri.

Mais avant qu'ils aient pu avancer, un individu barbu et grossièrement vêtu les menaça du poing :

— Cochons de Normands ! hurla-t-il — et un chou manqua de peu la tête de Wulfgar.

Celui-ci leva un bras pour protéger Aislinn et ses hommes se placèrent autour d'eux. Elle s'accrocha à lui, avec un coup d'œil à l'Anglais furieux.

— Ne crains rien, ma chérie. Il leur faudra nous tuer tous avant qu'ils puissent te faire du mal.

— Je n'ai pas peur ! Pourquoi me voudraient-ils du mal ? Je suis anglaise, moi aussi.

— Crois-tu que cela leur importe, du moment que tu es avec nous ?

L'assurance d'Aislinn fut de courte durée, l'un des mutins se chargea de lui ôter ses illusions :

— Putain à Normands qui couche avec ces porcs ! Que tes oreilles s'allongent comme celles d'un âne et que ton nez devienne verruqueux comme celui d'un crapaud !

Il ponctua ce souhait en lui lançant une pomme de terre qui atteignit Wulfgar au bras.

Ils parvinrent cependant à atteindre sans dommage l'entrée de la petite rue menant à la demeure du marchand.

— Conduisez dame Aislinn dans nos appartements, ordonna alors Wulfgar à Gowain. Veillez sur elle et prenez garde à ce que l'on n'incendie pas l'endroit.

Avant de la confier au jeune écuyer, Wulfgar leva le visage d'Aislinn vers le sien et lui écrasa les lèvres sous un baiser passionné qui la laissa tout étourdie. Puis, avec un dernier regard à son doux sourire et à sa chevelure lumineuse, il fit demi-tour et retourna d'où il était venu.

Les cris cessèrent peu à peu et le bruit de la ville devint celui d'un jour de Noël joyeusement fêté, sinon celui du couronnement d'un nouveau roi. L'impatience qu'avait Wulfgar de rejoindre Aislinn était extrême, mais les rondes effectuées l'entraînèrent fort loin. Lorsque, tard dans la soirée, en compagnie de Milbourne et de Beaufonte, il prit le chemin du retour avec un soupir de soulagement, il se trouva entraîné malgré lui pour célébrer l'événement du jour par un groupe de seigneurs désireux d'honorer les soldats de Guillaume.

L'on mangea et l'on but beaucoup à leur santé et de jolies femmes très parfumées leur manifestèrent leur admiration et les couvrirent de caresses.

Quand, enfin, ils parvinrent à se libérer, Wulfgar ne put retenir un mouvement d'impatience en constatant que l'aube rosissait déjà le ciel au-dessus des toits. Mais sa bonne humeur revint au fur et à mesure qu'ils approchaient de la maison du marchand. A peine leurs chevaux mis à l'écurie, Milbourne et Beaufonte rejoignirent leurs paillasses et s'y écroulèrent. Wulfgar s'engouffra dans l'escalier dont il gravit les marches trois par trois. Les battements de son cœur et l'accélération de son souffle ne devaient pas tout à cette rapide escalade. Il s'attendait à trouver Aislinn endormie ou se réveillant à peine. Il ne faudrait pas longtemps pour se défaire de ses vêtements et la rejoindre dans le lit. Mais, quand il ouvrit la porte, il fut à la fois déçu et surpris de la trouver déjà levée. Elle était assise sur une banquette, drapée dans un peignoir de soie. Hlynn lui attachait les cheveux sur le dessus de la tête, la préparant pour le bain. Un vaste baquet de bois plein d'eau chaude attendait devant la cheminée. Wulfgar entra dans la pièce et, s'appuyant contre la porte, la ferma. Aislinn se tourna vers lui et Hlynn, intimidée, recula d'un pas.

— Bonjour, monseigneur. Je commençais à craindre qu'il ne vous soit arrivé quelque chose, dit Aislinn en souriant.

A la voir, Wulfgar comprit que son imagination l'avait trahie : elle était encore plus belle que dans ses souvenirs. Il se redressa, ôta son manteau.

— Je te prie de me pardonner, ma chérie, j'aurais été auprès de toi beaucoup plus tôt si cela n'avait tenu qu'à moi. Ne m'en veuille pas.

— Pas le moins du monde. Vous avez des obligations, je le sais, et l'idée ne vous viendrait pas de vous amuser autre part alors que je suis ici. Vous m'auriez envoyé une veuve pour partager ma solitude, ajouta-t-elle d'une voix suave, mais avec un coup d'œil aigu.

Il se pencha sur la baignoire et se passa de l'eau sur le visage. Puis il prit un siège, l'installa à côté d'elle, s'y assit, posa les pieds sur la banquette où elle se trouvait et la détailla avec soin. Sa présence si proche, sa façon de la regarder firent remonter en elle le souvenir de ses caresses et elle rougit. Aussitôt, elle tenta de faire diversion, avant de se trahir davantage :

— J'ai eu l'impression que le couronnement de votre duc n'a pas été accueilli avec satisfaction par tous, si j'en juge par la foule d'hier.

— C'était un malentendu.

— La campagne est tranquille, nous n'avons pas eu d'ennuis en venant. Les Anglais ont été bien domptés, ajouta-t-elle d'un ton un peu amer.

Wulfgar grommela une réponse inaudible et reposa son regard fatigué avec le spectacle de ses beaux cheveux noués au sommet de sa tête. Il se pencha dans l'intention de se lever, de déposer un baiser sur la jolie nuque tentante, mais vivement Aislinn se dressa et se dirigea vers la baignoire.

Wulfgar se rassit en souriant. Il la verrait quand elle entrerait dans l'eau. Mais Hlynn fit écran avec l'étoffe qui lui servait de peignoir et, quand elle

228

s'écarta, Aislinn était assise dans la baignoire. Elle apportait toute son attention à choisir, parmi les pots tendus par Hlynn, le savon et le parfum de son goût.

Les deux femmes eurent un sursaut en entendant soudain le bruit des pieds de Wulfgar heurtant le sol. Il avait le sourcil froncé, mais un demi-sourire détendait sa bouche. Sans quitter la petite Hlynn du regard, il dégrafa sa ceinture, la posa, avec son épée sur la banquette, puis il ôta sa tunique et la plia avec soin. Quand il commença à baisser ses chausses, la pauvre enfant comprit et s'enfuit.

Aislinn ne put s'empêcher de rire quand il vint s'asseoir sur le tabouret à côté de la baignoire.

— Wulfgar, vous n'êtes qu'un bandit ! Vous avez fait peur à cette petite.

— C'était bien mon intention.

Ses yeux brillaient à la voir. Elle se frottait avec délice avec le savon délicatement parfumé. Il l'avait acheté spécialement pour elle et il ne regrettait pas la coquette somme qu'il lui avait coûté.

Allongeant le bras, il lui passa un doigt le long de sa nuque et elle frissonna de plaisir. Il voulut lui baiser les lèvres, mais Aislinn entreprit de se savonner le visage.

Il protesta et elle sourit, contente d'elle. Mais quand elle ouvrit les yeux, elle poussa un cri et se leva pour s'enfuir. Entièrement nu, Wulfgar enjambait la baignoire et la rejoignait dans l'eau. Lui ceignant la taille à deux mains, il la renversa sur lui en riant. Il se redressa doucement et sa bouche sevrée de baisers depuis si longtemps s'appuya sur la sienne avec une chaleur qui l'enivra. Elle se détendit contre lui, une main derrière son cou ; elle se donnait à ses baisers. Et, brusquement, elle changea d'attitude. Avec un cri de colère, elle se recula, les yeux brillants de rage. Avant que Wulfgar ait pu faire un mouvement, il recevait en plein visage l'étoffe enduite de savon et Aislinn lui enfonçait la tête sous l'eau. Puis elle sauta hors de la baignoire. Wulfgar se redressa, crachant de l'eau savonneuse et s'essuyant ses yeux qui le brûlaient. Quand il fut en mesure d'y voir, elle avait remis son peignoir et le regardait comme une furie.

— Le devoir ! Ah oui ! s'écria-t-elle, la lèvre tremblant de rage. Avec l'odeur d'une catin qui vous colle encore à la peau. A dire vrai vous sentez beaucoup plus la fille des rues que le Normand.

Wulfgar la regarda, stupéfait de cet éclat soudain, puis il revit les femmes animant la soirée et l'une d'elles, une fille aux seins lourds et sentant le musc, qui s'était frottée à lui.

A gestes rageurs, Aislinn commença à se sécher sans se rendre compte que l'étoffe humide, collant à sa peau, révélait beaucoup plus qu'elle ne cachait. Wulfgar profita largement du spectacle offert tout en se savonnant vigoureusement pour ôter tout vestige désagréable. Il s'amusa à la regarder s'évertuer à tenter de passer sa chemise sans lâcher le peignoir improvisé. Elle allait y parvenir quand il l'interrompit :

— Non, mon amour.

Elle se tourna vers lui, de la tête, il lui indiqua le lit.

— C'est le matin et j'ai dormi, répliqua-t-elle en tapant du pied par terre.

— Oh, je ne pense pas à dormir.

Déjà, il était sorti de la baignoire et se séchait. L'instant d'après, il avait attrapé Aislinn au passage et, d'une étreinte puissante, la serrait contre lui. Longtemps ils restèrent à se regarder dans les yeux, sentant le désir monter en eux. Il la souleva, l'emporta jusqu'au lit, l'y fit tomber et s'allongea à côté d'elle, l'enveloppant d'une longue caresse. Il la couvrit de baisers, libéra ses cheveux, enfouit son visage dans leur masse soyeuse se grisant de leur parfum léger.

On frappa avec insistance à la porte et la voix de Hlynn se fit entendre :

— Madame ? Etes-vous bien ? J'ai apporté votre déjeuner.

Elle poussa un léger cri quand la porte s'ouvrit et que Wulfgar, totalement nu, parut, lui prit le plateau des mains et lui referma la porte au nez avant qu'elle ait pu faire un geste.

Aislinn avait profité de l'intrusion pour se glisser sous les couvertures qu'elle avait remontées jusqu'à son menton. Wulfgar se penchant sur elle, elle lui sourit et le repoussa d'une main sur sa poitrine.

— Wulfgar, attendez, pria-t-elle. Mangeons, s'il vous plaît.

Il secoua la tête et, se glissant à côté d'elle, la prit dans ses bras :

— Tout à l'heure, ma chérie, tout à l'heure.

Il étouffa toute tentative de protestation d'une façon irrésistible et, bientôt, Aislinn oublia l'idée même de nourriture.

La ferveur de ses caresses l'étourdissait et elle se sentit faiblir, céder. Elle voulait lui résister mais s'avoua vaincue quand il l'attira sous lui. Son ardeur folle éveillait en elle des désirs qu'elle ignorait. Ses baisers la brûlaient, la laissaient pantelante. Elle entendait sa voix, rauque, indistincte, mais avec une insistance qui trahissait son émoi. Tout au fond d'elle-même, une étincelle était née qui maintenant l'embrasait totalement. Un millier de soleils explosèrent, l'emportèrent. Avec un cri, elle se souleva vers lui, les yeux dilatés par la surprise, fixés dans les yeux gris penchés sur elle. Puis, lentement, elle se laissa retomber et, quand il se pencha pour lui baiser les lèvres, elle se laissa dissoudre dans un flot de plaisir, connaissant pour la première fois l'immense étendue de l'amour.

Lentement, elle émergea de l'extase, stupéfaite par son propre abandon. Quelle différence y avait-il entre elle et les femmes qu'il avait prises avant ?

Elle était de cire molle entre ses doigts, incapable de garder sa dignité, sa fierté, sans le moindre courage pour repousser ses avances les plus faibles. La serrant contre lui, il lui caressait les cheveux qui les recouvraient à demi tous les deux. Il ne put cacher sa surprise quand elle s'écarta de lui avec un sanglot.

— Aislinn ?

Il s'assit, tenta de la ramener à lui. Mais elle secoua la tête avec violence. Recroquevillée sur le côté, étreignant les couvertures sur sa poitrine, elle pleurait, secouée par les sanglots.

— T'ai-je fait mal ? demanda-t-il doucement.

— Non, ce n'est pas pour ça, répondit-elle d'une voix lamentable.

— Tu n'as jamais pleuré ainsi avant mon départ. Que se passe-t-il ? (Il se pencha sur elle, dégagea ses cheveux sur sa joue :) Raconte-moi.

Rien n'y fit. Elle se refusa à lui expliquer. En désespoir de cause, vaincu par la fatigue de la journée et de la nuit précédentes, il s'endormit.

Il ne dormit que peu de temps. Il se leva alors, se passa de l'eau froide sur le visage et, tout en s'habillant, il dédia un long regard scrutateur à Aislinn dont les doigts se mirent à trembler sur la tunique qu'elle lui raccommodait. Quand il fut entièrement habillé, elle le dirigea, calmée, vers une banquette où, avec une lame bien affilée, de l'eau chaude et un peu du précieux savon, elle le rasa et lui tailla les cheveux décolorés par le soleil. Il soupira et ouvrit les yeux.

— Tes talents de barbier m'ont beaucoup manqués, Aislinn, dit-il en souriant. Sanhurst remplace chaque poil par une éraflure.

Elle rit doucement et remit à leur place ses mains indiscrètes.

— Eh bien, monseigneur, à défaut d'autre chose vous pourrez me garder comme valet.

232

Il se leva et, tout en bouclant sa ceinture, il examina sa robe le sourcil froncé.

— Je pensais te voir avec l'étoffe jaune que je t'ai fait porter. C'est une couleur qui te convient...

Elle baissa la tête et, du plat de la main, lissa sa misérable toilette.

— Je n'ai pas eu le temps d'en faire une robe entre le moment où Gowain est venu me chercher et celui où nous sommes partis et, auparavant, il m'a fallu la cacher.

— Tu es devenue une misérable petite vieille ! Avant notre départ n'avais-tu rien de mieux à te mettre ? J'ai vu ton coffre, il m'a paru bien garni. Que cherches-tu ? M'apitoyer par ton aspect misérable ?

Elle rougit violemment et secoua la tête, profondément blessée.

— Non pas ! Mais il y a d'autres personnes à Darkenwald qui avaient davantage de besoins que moi. Je ne me plains absolument pas, mais mes moyens sont faibles et je n'ai pas pu remplacer ce que j'ai perdu, c'est tout.

Wulfgar fronça le sourcil, mais vivement Aislinn alla chercher un petit baluchon, en sortit l'étoffe jaune.

— Regardez ! Je l'ai apportée. Cela fera une très jolie robe. Il ne me faudra que quelques jours.

Secoué par son aspect misérable, il grommela une réponse mal définie et, la prenant par le bras, l'emmena dans la grande salle, en bas, où Hlynn s'empressa de leur servir à manger.

Gowain les rejoignit et s'assit à côté de Wulfgar lequel accablait Aislinn de questions touchant à Darkenwald et à la santé de Sweyn. Le jeune homme, qui écoutait l'échange avec intérêt, fronça soudain le nez, regarda autour de lui et son maître en particulier. Il détourna aussitôt les yeux, mais pour les reporter à nouveau sur Wulfgar, l'espace de quelques secondes, puis recommencer. L'étrangeté de son comportement ne manqua pas d'attirer l'attention du grand Normand :

— Tu es malade, Gowain ? M'est-il poussé des cornes soudain ?

— Je vous demande pardon, répondit vivement le jeune homme. Ce n'est pas de ma faute... mais je ne trouve pas que l'odeur de la lavande vous seye particulièrement.

Aislinn éclata de rire et, un instant décontenancé, Wulfgar dissimula sa propre envie de rire sous un air faussement sévère.

— Quand tu auras l'âge de te raser, mon garçon, tu me rendras compte de tes propos.

Profitant de la gaieté générale, Gowain se pencha vers Wulfgar et lui souffla à l'oreille :

— Messire, murmura-t-il, celle que vous cherchiez est dans l'écurie, en bas. Voulez-vous la voir, maintenant ?

Aislinn les regardait, visiblement inquiète. Wulfgar s'empressa de la rassurer :

— Ce n'est rien. Une affaire seulement que je voulais conclure. Je reviens tout de suite.

Il lui serra les doigts avant de se lever et ils quittèrent la pièce. Un homme les attendait dans l'écurie avec une petite jument de toute beauté. Wulfgar éprouva, de la paume, la force et la souplesse de ses muscles, s'assura qu'elle avait les jambes droites et les sabots en bon état. Il fit un signe de tête à Gowain et le prit à part pour lui donner la somme réclamée, en échange de laquelle le marchand fournit un document établissant le pedigree du bel animal.

— Pas un mot de tout cela, n'est-ce pas, recommanda Wulfgar à son écuyer. J'annoncerai la nouvelle moi-même plus tard.

A la vue de son sourire satisfait, Aislinn n'eut pas l'audace de lui poser de question, mais, une main sur son bras, elle leva vers les siens ses beaux yeux lumineux.

— Wulfgar, c'est la première fois que je viens à

Londres et j'ai grande envie de voir la ville. Puis-je aller me promener cet après-midi et...

Là, elle hésita et ses joues s'empourprèrent car, pour faire sa robe, il lui fallait du fil et elle ne savait comment s'en procurer... ni comment lui demander de quoi s'acheter peut-être une ou deux babioles.

Un pli se creusa entre les sourcils de Wulfgar et elle devint écarlate quand il balaya du regard sa robe si misérable. Mais en entendant sa réponse, sa gorge se serra et son cœur lui fit mal.

— Non, répliqua-t-il d'un ton brusque. Ce n'est pas le moment pour une femme de se promener toute seule. Je n'ai pas le temps moi-même de t'accompagner et mes hommes ont autre chose à faire. Il est de beaucoup préférable que tu restes à l'abri, ici, à attendre que je m'occupe de toi.

Déjà Gowain ouvrait la bouche pour offrir ses services, un regard impérieux le fit taire. Jetant son manteau sur ses épaules, Wulfgar descendit aux écuries laissant Aislinn le regarder, désolée.

Remontée dans sa chambre, elle s'assit devant la fenêtre et, contemplant les toits alentour, elle resta longtemps à se demander comment il pouvait se servir d'elle comme il le faisait et la balayer ensuite si cruellement de sa vie.

Elle étala la belle étoffe jaune sur le lit et entreprit de la tailler. Sans modèle, ce ne serait pas facile, mais elle avait toujours été habile aux travaux d'aiguille et avait bon espoir de réussir si seulement elle pouvait se procurer du fil.

Un bruit de voix monta d'en bas. Sans doute les hommes étaient-ils revenus dîner. Puis le pas de Hlynn se fit entendre dans le couloir et elle frappa à la porte. Aislinn la pria d'entrer et recula de surprise à la vue des gens qui la suivaient. La jeune fille, secouée de rire, haussa les épaules et écarta les mains pour témoigner de son innocence devant cette invasion.

Des servantes portaient des arpents de tissus de

velours, de soie, de lin, de laine ; des femmes étaient chargées de ciseaux, d'écheveaux de fil, de doublures, de fourrures. Fermant la marche, un tailleur, mince, de haute taille, vint s'incliner très bas devant Aislinn. Il la pria de monter sur une banquette afin qu'il puisse prendre ses mesures avec un cordon hérissé de nœuds. Il donnait au fur et à mesure ses instructions à la couturière.

La chambre se transforma en ruche bourdonnante où chacun avait une tâche définie. Aislinn passait de mains en mains au fur et à mesure que le travail progressait et elle donnait son avis. Des petites chaussures n'attendaient que d'être essayées à la taille de son pied pour être achevées. Il y avait du renard, de la zibeline, de la martre pour réchauffer cols et poignets. Le tailleur mettait tout son cœur à l'ouvrage. Il avait rarement l'occasion de travailler pour une pratique aussi jolie et pour un seigneur aussi généreux.

L'après-midi tirait à sa fin quand Wulfgar trouva une petite auberge point trop encombrée et où il pourrait attendre sans se faire remarquer et se fit servir du vin. Il en avait terminé avec sa tâche et il aurait pu retourner chez lui, mais le tailleur y était certainement encore occupé. Il frémit à la pensée de ce que tout cela lui coûterait et se versa une autre coupe de vin. Mais, par Dieu, il ne voulait plus voir Aislinn habillée avec les loques dans lesquelles elle était arrivée. Plus il réfléchissait à la raison de ce dénuement plus la colère montait en lui. Gwyneth, évidemment, était la coupable. Elle avait profité de son absence pour s'approprier ce qu'il y avait de mieux. Mais et l'argent qu'il avait laissé ? Dépensé sans doute à quelque bêtise. Ah ! les femmes ! Comment arriver à les comprendre ! Gwyneth avait eu une mère qui l'avait aimée et une famille digne de ce nom, mais elle avait des réactions de vipère. Pourquoi, alors qu'elle avait toujours eu ce qu'elle désirait ? De quoi souffrait-elle pour être aussi méchante ?

Plus Wulfgar buvait et moins il pensait à sa demi-sœur pour songer davantage à Aislinn. Quelle femme ne serait pas contente de ce qu'il venait de lui donner ? Il bénéficierait immédiatement de l'argent dépensé. Cela aiderait au moins à mettre fin à sa résistance. Elle viendrait certainement d'elle-même à lui, n'agirait plus, entre ses bras, comme contrainte et forcée. Jamais il n'avait connu fille plus séduisante. Physiquement, elle était sans défaut. Elle ne lui demandait jamais rien, elle semblait même désireuse de lui plaire, dans tous les domaines sauf justement celui-là.

Il vida sa coupe :

« Je lui ai donné davantage qu'à n'importe quelle autre femme. » (Il fronça les sourcils devant le récipient vide.) Pourquoi persiste-t-elle à être aussi froide ? Quel est son jeu ? Tous ses sens répondent aux miens et, ensuite, elle pleure comme si je l'avais torturée. D'autres femmes de bien plus haute naissance sont venues à moi sans se faire prier. Elle, elle reste passive, indifférente jusqu'à ce que je l'éveille à elle-même. Elle cède à son propre plaisir, mais ne m'accorde rien.

Il claqua la coupe sur la table et la remplit à ras bord :

— Mais tout ça va changer !

Il resta là à se l'imaginer élégamment habillée grâce à lui et, réchauffé par cette image, il vida sa coupe. Le vin lui donnait soif, il en réclama une outre entière. Il se sentait fort gai et le cœur léger.

— Monseigneur, il est tard et je dois fermer. Logez-vous ici, cette nuit ?

Surpris dans sa rêverie, Wulfgar leva la tête :

— Non, non, mon brave. Je couche dans mon propre lit... surtout cette nuit !

Il se leva en titubant, compta quelques pièces dans la paume tendue, et, l'outre calée sous son bras, sortit dignement. Son cheval hennit, désapprobateur, devant l'attitude inhabituelle de son maître, mais resta stoïque, à attendre qu'il parvienne à se mettre en selle. Le cheval ne bougeant toujours pas, Wulfgar l'injuria copieusement jusqu'au moment où l'aubergiste prit sur lui de venir le détacher...

La nuit était tombée et le brouillard montait, épais, de la rivière. Seule, Aislinn, les bras serrés sur la poitrine, dansait de joie. Ses huit nouvelles robes, parfaitement terminées, étaient étalées sur le lit. N'importe quelle femme aurait été ravie à moins. Mais ce qui émouvait le plus Aislinn, c'était encore la générosité de Wulfgar. Jamais, au grand jamais, elle ne se serait attendue à cela de lui. C'était des toilettes luxueuses que n'importe quelle grande dame aurait pu porter. Et il les avait achetées pour elle, les payant de cet argent qu'il gardait avec un tel soin.

Pour descendre, elle choisit une robe d'une délicate nuance pêche. Hlynn lui remonta ses cheveux lumineux en couronne et, quand elle apparut dans la grande salle, toutes les conversations cessèrent. Ce fut Milbourne, l'aîné des écuyers, les tempes grises, couturé de cicatrices, qui se leva pour lui offrir son bras et la mener à la table. Elle le remercia d'un sourire.

Le repas était presque terminé quand Beaufonte leva la main, réclamant le silence. La fenêtre, au bout de la salle, était restée ouverte et, par elle, montait un chant bruyant, suivi d'une bordée de jurons alors que claquait la porte de l'écurie. Un bruit de pas lourds et instables dans l'escalier et la porte s'ouvrit brutalement, révélant Wulfgar une outre à demi vide dans la main. Il salua tout le monde d'une voix tonitruante et d'un large mouvement du bras qui mit son équilibre en péril.

— Bonsoir à vous, amis et belle damoiselle ! tonna-t-il.

Dans son esprit, il avança et s'inclina gracieusement devant Aislinn qui s'était levée pour l'accueillir et, lui prenant la main, la baisa doucement. En

238

fait, il trébucha devant elle et chacun retint sa respiration, s'attendant à le voir tomber sur elle. Aislinn, qui ne l'avait jamais vu boire avec excès, sur l'instant ne comprit pas.

— Messire, s'inquiéta-t-elle, êtes-vous malade ?

— Non, ma chérie. Je suis ivre, ivre de cette beauté qui éclate à mes yeux. A dame Aislinn ! cria-t-il. La fille la plus belle qu'on puisse rêver dans son lit !

Levant l'outre de vin, la tête renversée en arrière, il réussit à capter au passage une partie du liquide sous l'œil scandalisé d'Aislinn.

— Viens, ma chérie, allons nous coucher !

Il opéra un demi-tour hardi et, après avoir lutté avec un baquet malencontreusement placé sur son passage, voulut s'engager dans l'escalier. Mais la première marche se déroba sous lui et il s'étala de tout son long. Avec un soupir, Aislinn lui prit un bras et fit signe à Gowain, secoué de rire, de prendre l'autre...

Le soleil brillait quand Aislinn se réveilla. Il devait être tard. Mais outre la lumière, un bruit inhabituel l'avait tirée du sommeil, une sorte de gémissement venu du coin où l'on plaçait le pot de chambre. Il y eut un bruit d'eau et le lit craqua sous le poids de Wulfgar qui se recouchait. Elle se tourna vers lui pour lui dire bonjour. Les lèvres pincées et les yeux fermés, il était d'un joli vert. Doucement elle souleva une de ses paupières gonflées, il avait le blanc des yeux rouge.

— Oh ! Aislinn, gémit-il, les volets... ferme-les. Cette lumière me torture.

Elle se leva, tira les volets, remit du bois dans le feu et revint se coucher.

— Doucement ! j'ai la tête comme une outre ! Fais quelque chose... saurais-tu me soulager ?

Elle réfléchit un moment en se mordant le doigt avant de répondre :

— Oui, mais ce n'est pas un remède agréable.

Il lui prit la main, la posa sur son front enfiévré :

— Si je passe la journée, je saurai te récompenser.

Elle remit pied à terre et commença par glisser un tisonnier dans le feu. Pendant qu'il chauffait, elle mélangea des herbes variées dans une coupe qu'elle emplit de vin, puis elle plongea dans le tout le tisonnier chauffé au rouge, provoquant un bouillonnement de sa mixture.

— Buvez ça en entier et d'un seul coup, enjoignit-elle à Wulfgar en lui tendant la coupe.

Il se redressa non sans peine et plissa le nez de dégoût devant l'odeur nauséabonde du mélange.

— ... Tout et vivement, répéta-t-elle, insensible à son regard suppliant.

Il obéit et, tremblant, resta la tête pendante. Aislinn, prudente, se recula. Soudain, il se redressa, écarquilla les yeux et jaillit du lit en direction du pot de chambre.

Bien au chaud sous les couvertures Aislinn lui dédia un regard candide lorsqu'il revint. Il se laissa tomber sur le lit, trop faible pour bouger :

— Tu es une diablesse. Si je survis, je te ferai exorciser par les moines.

— Dois-je prendre cela pour une proposition ? Vous le savez, seul un mari a le droit de faire exorciser sa femme.

Il se tordit comme sous l'influence d'une intense douleur :

— Ah ! tu me tends un piège même quand je suis anéanti par tes manigances.

— Ce n'est qu'un baume purificateur. Tous les poisons partis, vous vous sentirez beaucoup mieux.

D'un doigt prudent, il se tâta le crâne :

— Ma tête est redevenue presque normale... et j'ai une faim de loup.

Il se cala un oreiller supplémentaire sous les épaules :

— Es-tu contente des toilettes que t'a faites le tailleur ?

Elle acquiesça vivement d'un signe de tête, faisant voler ses boucles dorées :

— Jamais je n'ai eu d'aussi belles choses. Merci beaucoup.

Elle se pencha, lui mit un baiser léger sur la joue :

— Ce sont des robes dignes d'une reine. Leur prix a dû alléger singulièrement votre bourse.

Il haussa les épaules, sans se compromettre.

— ... Mais je crains que ces effets ne connaissent le même sort que ceux que j'avais, ajouta-t-elle, un léger pli au front. Ils sont beaucoup trop jolis... (Elle se pelotonna contre lui.) Ils m'appartiennent réellement ? Je peux les porter quand je veux ?

— Bien sûr. Te ferais-je un cadeau pour te le reprendre ensuite ?

De la joue, elle lui caressa l'épaule :

— Que peut réclamer une esclave que ne le veuille son seigneur ? Je suis certainement la première esclave à être habillée si somptueusement, ajouta-t-elle avec un rire léger. Je vais susciter bien des envies à Darkenwald. Que direz-vous quand on vous demandera quelle idée vous a pris de m'habiller de la sorte ?

— Seule Gwyneth sera assez imprudente pour ce genre de question. Mais ce que je fais avec mes biens, faibles ou importants, ne regarde que moi puisque je les dois à mon travail. Si l'envie m'en prend, je peux tout distribuer et elle n'a rien à y voir. Je ne lui dois rien, pas plus à elle qu'à une autre femme.

Du bout du doigt, Aislinn suivit la trace de sa cicatrice sur son torse :

— Alors je dois me sentir doublement reconnaissante de votre générosité, parce qu'après tout je ne suis qu'une femme.

— Tu vaux mieux que la plupart. Le fait que tu sois ici avec moi en est la preuve.

— Je n'en reste pas moins votre catin et ce n'est pas une preuve de votre attachement. Je ne suis pas plus que toutes celles que vous avez eues.

Il eut un rire railleur :

— Crois-tu que j'ouvrirais ma bourse aussi largement pour une autre femme, même pour couvrir sa nudité ? Je t'ai dit ce que je pensais du beau sexe. Estime-toi honorée que je te place au-dessus du reste.

— Mais Wulfgar, murmura-t-elle, où est la différence ? Dans le cadeau que vous m'avez fait ? Aux yeux des autres, je suis une fille, rien de plus.

— Je me moque des commérages et de ce que peuvent dire les autres, répliqua-t-il en se penchant sur ses lèvres.

Sa main lui caressa le dos, la taille, mais Aislinn eut un mouvement de recul quand il rencontra l'endroit resté sensible après le coup de fouet de Gwyneth. Il fronça le sourcil, la maintint immobile pendant qu'il soulevait la couverture, découvrant la vilaine meurtrissure qui lui barrait la hanche et les fesses.

— Qu'est-ce que c'est que cela ?

— Ce... n'est rien... je suis tombée, bredouilla-t-elle.

Il gronda, se mit à genoux et l'attira, la retenant par les épaules :

— Aislinn, me prends-tu pour un idiot ? Je sais reconnaître la marque d'un fouet quand j'en vois une.

Les larmes lui montèrent aux yeux :

— Wulfgar, vous me faites mal.

Il relâcha son étreinte et elle posa une main sur sa poitrine :

— Ce n'est rien. (Elle secoua la tête avec vigueur.) Une petite querelle, réglée à présent. Cela guérira et disparaîtra avec le temps, ce n'est pas comme des paroles méchantes. Je vous en prie, n'en parlons plus. C'est terminé.

Elle s'écarta de lui, se leva et entreprit de s'habiller pendant qu'il la regardait, pensif. Elle ne cessait jamais de l'étonner. Un étrange sentiment fait de douceur attendrie lui envahit le cœur. Il se hâta de l'étouffer, se leva à son tour et s'étira, émerveillé de se sentir dispos.

— Réellement, ma chérie, ton remède m'a remis sur pied. Hâtons-nous. La ville fête Noël, allons voir ça !

Il l'attira à lui, l'embrassa sur le front, puis sur la bouche et lui sourit :

— ... Ou mieux : allons te montrer à Londres !

15

Le soleil avait séché les brumes du matin lorsque quatre chevaliers, escortant une jolie fille, quittèrent la demeure du riche marchand pour déambuler dans les rues de la ville qui s'éveillait. Sur une vaste place des tréteaux étaient dressés, couverts d'objets de toutes sortes qu'offraient à la vente des forains aux voix perçantes. Il y avait aussi des mimes, des jongleurs, des acrobates. On pouvait acheter à boire et à manger. Les voleurs, les malandrins aux doigts prestes ne manquaient pas non plus.

Aislinn riait, escortée par les quatre Normands à travers la foule de plus en plus dense. Pour peu qu'elle manifestât son intérêt pour une babiole, aussitôt, l'un des quatre la lui achetait. Ce fut Beaufonte qui la vit soulever un miroir d'argent. Il se précipita, jeta quelques pièces sur l'étal et lui donna le miroir. Elle n'en avait jamais eu de semblable et le remercia, ravie.

Il était déjà tard quand elle tira sur la manche de Wulfgar et lui demanda de la ramener chez eux. Un messager de Guillaume était arrivé pendant leur absence. Ordre était donné à tous les seigneurs et chevaliers d'assister à la messe de Noël, en présence du roi. Suivraient la présentation à la cour et un banquet. Aislinn sentit tous ses espoirs s'évanouir de passer encore une journée de liberté avec Wulfgar.

Dans leur chambre, Wulfgar renvoya Hlynn et entreprit de déshabiller lui-même la jeune femme. Il l'enleva ensuite dans ses bras, la coucha sur le lit et dut se rendre à l'évidence qu'il n'avait pas trouvé encore le bon moyen pour l'avoir, consentante, contre lui. Submergée par le plaisir, elle ne put y résister, mais comme ensuite il contemplait le plafond, elle pleura dans son oreiller.

Assise dans le lit, les genoux à hauteur du menton, elle regardait Wulfgar choisir ses vêtements pour la journée. Puis il appela Sanhurst, lui ordonna de lui préparer un bain.

— Rentrerez-vous tard, ce soir, Wulfgar ? demanda-t-elle hésitante. Ou bien dois-je attendre votre retour pour souper ?

— Mes hommes souperont quand bon leur semblera, mais, pour autant que je sache, nous serons retenus fort tard dans la soirée, sans doute.

Elle soupira de dépit :

— La journée sera longue sans vous, Wulfgar.

— La journée sera longue, ma douce, mais vous la passerez à mes côtés.

Elle en eut le souffle coupé. Puis elle sauta à bas du lit, sa chevelure de flamme cachant mal sa nudité. Enveloppée d'une couverture saisie en hâte, elle s'approcha de la baignoire :

— Mais, Wulfgar, je suis saxonne. Ma place n'est pas là-bas.

— Ta place est là où je choisis de t'emmener. Il y aura d'autres Saxons. Sans doute moins loyaux que toi. Je te fais confiance, tu sauras te montrer discrète. Pour ma part je n'ai jamais éprouvé autant de plaisir avec un ennemi auparavant.

— Vous êtes infâme !

Il rit bruyamment, très content de lui.

— Je n'ai jamais été à la cour, insista-t-elle. Je pourrais vous embarrasser.

— La cour d'Angleterre est envahie par les femmes... de l'enfant ricanante à la vieille fille sûrie, je les connais toutes. Elles m'assaillaient parce que j'étais venu sans une cavalière à mon bras. M'embarrasser ? Non ! Cela leur fera du bien.

— Mais, Wulfgar, toute la noblesse et Guillaume lui-même pourront constater que... je ne suis pas chaperonnée. On comprendra que je suis votre maîtresse.

Il eut un sursaut de mépris :

— Du seul fait que tu n'as pas une grosse dame qui surveille tous tes mouvements ? (Il lui sourit :) Je pourrais dire que tu es ma sœur... Non, ça ne marcherait pas, rien qu'à la façon dont je te regarde, ils se douteraient de quelque chose et on nous accuserait du péché le plus grave qui soit. Tant pis.

— Wulfgar, je puis attendre ici...

— Moi pas. Ne discute plus. Prépare-toi.

Elle comprit au son de sa voix qu'il ne céderait pas et elle se hâta de rattraper le temps perdu pour sa toilette, aidée de Hlynn qui la coiffa avec soin.

Dans ses pérégrinations, Wulfgar ne se souvenait pas avoir jamais rencontré une jeune fille d'une telle beauté. Elle était, réellement, belle à couper le souffle. Un instant, il se rembrunit, sachant que Ragnor serait là-bas. Le plus sage aurait peut-être été de la laisser ici, mais il ne supportait pas l'idée de rester de longues heures loin d'elle. Il se l'avouait, il aimait sa présence et elle ne l'ennuyait pas comme les autres femmes quand ils n'étaient pas au lit. D'autre part, il ne se sentait jamais à l'aise à la cour. Aislinn à ses côtés, il supporterait beaucoup plus facilement les épreuves de la journée, la monotonie de la longue messe.

Cette cérémonie fut effectivement interminable et épuisante. Aislinn supporta l'épreuve avec grâce et, quand il lui tendit la main pour l'aider à se relever, elle lui dédia un regard radieux. Il s'émerveilla de son endurance et de son amabilité quand, plus tard, dans la salle du trône, ils furent assaillis par des gentilshommes cherchant à se faire présenter et par ceux qui, deux jours plus tôt, l'avaient traité à dîner. Elle répondait aux questions gracieusement, mais de façon si subtilement évasive que, seul, Wulfgar savait qu'elle ne disait pas tout.

Ce fut avec un immense soulagement qu'il entendit annoncer l'arrivée du roi. Très vite, la présentation commença. Wulfgar sentit soudain la main d'Aislinn se glisser dans la sienne. Il baissa les yeux, la regarda, voulut la féliciter de sa façon d'être, mais il ne trouva pas les paroles nécessaires. Il lui sourit, lui serra les doigts. Soudain, l'un des noms appelés attira l'attention d'Aislinn qui tourna la tête. Elle le vit immédiatement et, croisant son regard, Ragnor de Marte sourit et la salua. Elle comprit qu'il les avait vus depuis longtemps. Il semblait très sûr de lui et, à la façon dont il la regarda, elle eut l'impression d'être nue, soudain. Vivement, elle se tourna vers Wulfgar qui contemplait l'autre avec calme :

— Vous ne m'avez pas dit que Ragnor serait ici !
— Qu'est-ce que cela aurait changé ?

Elle ne répondit pas et concentra son attention sur la cérémonie. Guillaume, de stature imposante, aussi grand que Wulfgar, était cependant plus lourd. Ragnor, un genou à terre devant lui, parut écrasé par son roi. Guillaume, l'œil froid, le regarda se relever puis, d'un signe de tête, répondit à son salut. Comme avec la plupart des gentilshommes qui avaient précédé Ragnor, le Roi garda le visage sévère. Mais, Aislinn le remarqua aussitôt, quand, longtemps après, Wulfgar s'approcha, le souverain parut se détendre et ses traits s'adoucirent légèrement. Le cœur de la jeune femme se gonfla de joie en regardant Wulfgar s'incliner devant son roi.

Quand il la rejoignit, elle le plaisanta sur l'intérêt manifesté par les femmes alentour et qui lui décochaient de tendres œillades. Il lutta contre l'envie de la prendre dans ses bras, de l'embrasser malgré les regards, mais une voix puissante annonça que l'on pouvait passer à table.

A la fin du repas, quelqu'un vint consulter Wulfgar au sujet d'une question importante et l'entraîna pour lui en parler en détail. Restée seule, Aislinn regarda autour d'elle, stupéfaite du nombre de gens qui se pressaient dans la pièce. Puis elle eut conscience que l'on occupait le siège laissé vide par Wulfgar, elle tourna la tête, Ragnor lui sourit :

— Excusez-moi, ma colombe. Puis-je m'asseoir un moment ?

Elle fronça le sourcil, mais ne trouva pas quelle raison lui donner pour refuser.

— Wulfgar... commença-t-elle.

Mais il l'interrompit vivement :

— Il est très occupé et j'ai à vous parler.

Il rapprocha sa chaise de la sienne :

— ... Ne comprenez-vous pas que Wulfgar se sert de vous, pour un temps seulement ? (Il vit la colère faire briller ses yeux et il s'empressa d'ajouter :) Vous a-t-il demandé de l'épouser ? En a-t-il seulement jamais parlé ? Vous a-t-il donné un autre titre que celui d'esclave ? J'ai même entendu dire qu'il a envoyé une autre damoiselle loger à Darkenwald. Vous lui êtes fidèle, mais, bientôt, vous perdrez ses faveurs et ce sera une autre qui chauffera son lit, qui occupera ses nuits.

Aislinn regarda autour d'elle, cherchant un moyen de lui échapper. Elle sursauta en sentant sa main sur sa cuisse, sous la table.

— Je vous ferai dame de Darkenwald et de Cregan, murmura-t-il en se penchant vers elle.

— Et comment le pourriez-vous ? fit-elle d'une voix cinglante et repoussant sa main. Ces fiefs appartiennent à Wulfgar !

Elle voulut se reculer, mais, du bras, il immobilisa sa chaise et reposa la main sur sa cuisse. Elle l'en chassa, il l'y remit.

Elle se leva, furieuse, s'écarta de lui. Il l'imita et, lui prenant le bras, l'attira vers lui. Comme on les regardait, il murmura dans son oreille d'une voix fiévreuse. Mais, cherchant à se dégager, elle ne l'entendait pas.

— Ote ta main de sur elle.

La voix de Wulfgar, pour être basse, n'en était pas moins très nette. Le prenant par l'épaule, il lui fit faire demi-tour :

— Aurais-tu oublié ce que je t'ai dit, il y a longtemps déjà ? Je garde ce qui m'appartient.

— J'ai des droits sur Darkenwald. Tu m'as tout refusé mais c'est moi qui me suis battu.

— Tu n'as rien mérité du tout car c'est toi qui as provoqué cette bataille.

— Tu es une canaille, Wulfgar. Je t'ai même sauvé la vie et tu n'en tiens pas compte.

— Tu m'as sauvé la vie ? J'ai appris par mes hommes que deux Normands, passant près de Kevonshire, en ont fait sortir les défenseurs, les attirant à certain endroit où ils pourraient me dresser une embuscade. On a parfaitement reconnu les armes de l'un de ces Normands. Il s'agissait de celles de Vachel et je devine sans peine qui était l'autre. Tu m'as sauvé la vie ? Nenni, tu as failli me la prendre.

Aislinn, les yeux agrandis, écoutait Wulfgar. Ragnor, muet de rage, grinçait des dents. Brusquement, il saisit ses lourds gantelets et les jeta au visage de Wulfgar. Lentement, celui-ci tira son épée, en perça les gantelets tombés à terre, et, avec un arc de cercle de sa lame, les lança, de toute sa force, à la figure de l'autre.

— Qu'est-ce que c'est ! Deux de mes chevaliers qui se battent ?

C'était Guillaume qui s'approcha d'eux.

Wulfgar rengaina son arme et s'inclina devant son roi.

— ... Une querelle au sujet d'une femme ? Wulfgar, cela ne vous ressemble pas.

— Sire, Votre Majesté me permet-elle de lui présenter Aislinn de Darkenwald ?

Elle fit une profonde révérence, puis se redressa et, le menton haut, croisa le regard du souverain.

— Alors mes chevaliers se battent pour vous ? Qu'avez-vous à dire à ce sujet ? demanda-t-il, s'adressant à Ragnor.

Très raide, celui-ci répondit bouillant de rage :

— Je vous demande pardon, sire, mais ce bâtard n'a aucun droit sur Darkenwald, ni sur dame Aislinn car elle appartient au fief, étant la fille du seigneur que j'ai tué moi-même de mon épée.

— Ainsi, messire, vous réclamez ces terres comme vôtres par le droit des armes ?

— Oui, sire, affirma Ragnor, en s'inclinant cette fois-ci.

Guillaume se tourna vers Wulfgar :

— Et ces terres sont les mêmes que vous réclamez, messire Wulfgar ?

— Oui, sire. Votre Majesté m'a demandé de les lui assurer pour la couronne.

Guillaume regarda les deux hommes tour à tour puis se tourna vers Aislinn.

— Avez-vous quelque chose à ajouter à cela, damoiselle ? demanda-t-il avec douceur.

— Oui, sire, répondit-elle avec fierté. Mon père est mort en guerrier et il est enterré avec son bouclier et son épée, mais il était sorti pour entendre une offre de trêve. Il avait l'intention de l'accepter pour que nous puissions vivre en paix. Mais il a été accueilli par des insultes telles qu'il a dû laver son honneur. Il n'avait pour l'aider que des serfs qui ont été assassinés avec lui. (Elle eut un sourire contraint.) Il avait tout envoyé à Harold. Il n'a même pas gardé un cheval pour mourir.

— Le gant a été jeté et ramassé. Messire Ragnor acceptez-vous un combat courtois ?

Ragnor marqua son accord d'une inclinaison du buste.

— Et vous, messire Wulfgar, en êtes-vous d'accord ?

— Oui, sire.

— Et dame Aislinn ? (Guillaume se tourna vers elle :) Appartiendrez-vous au vainqueur ?

Elle croisa le regard de Wulfgar.

— Oui, sire, murmura-t-elle, consciente qu'elle ne pouvait faire d'autre réponse.

— Le premier jour de l'année nouvelle, nous aurons une joute, un combat qui n'ira pas jusqu'à la mort de l'un d'entre vous car j'ai besoin de tous mes chevaliers. Le vainqueur sera seigneur de Darkenwald. Jusque-là, madame, vous serez mon invitée. Vous êtes sous ma protection, à l'abri de ces deux guerriers, et je vous déclare membre de ma cour royale.

Il lui offrit son bras et l'entraîna.

16

Le premier jour de janvier 1067 monta lentement dans le ciel gris de Londres. L'air était froid, humide, et collait à la peau. Avant même de manger quoi que ce fût, Wulfgar endossa son armure au complet et sortit son cheval. Sur la terre durcie par le gel d'un terrain proche de la maison, il le fit travailler, le réhabitua à son poids. Le soleil haut avait depuis longtemps dissipé les brumes du matin quand, satisfait, il ramena sa monture à l'écurie. Puis il se servit, en guise de petit déjeuner tardif, du brouet qui mijotait dans l'âtre. Ensuite de quoi, les jambes étendues sur un tabouret, il attendit, songeant à la bataille à venir. Soudain il leva les yeux pour se rendre compte que Gowain, Milbourne et Beaufonte étaient là.

Gowain fut le premier à parler :

— Monseigneur, prenez garde. J'ai souvent vu Ragnor se battre. Quand il charge, il aurait tendance à se pencher...

Wulfgar, d'une main levée, l'interrompit. A son tour Milbourne tenta de lui parler de Ragnor et de ses manies.

— Non, non mes amis, je vous entends et, en d'autres cas, cela m'aiderait. Aujourd'hui la seule chose qu'il me soit nécessaire de savoir est qu'il y a beaucoup plus, en lui, de lâche que de chevaleresque et que je n'aurai personne pour garder mes arrières. Merci, mais ici, comme dans toute autre bataille, l'acte du moment sera beaucoup plus important que tous les préparatifs. Soyez là pour m'applaudir ou me tendre la main si je tombe.

Là-dessus, il se leva et gagna la chambre, aussi vaste que vide à présent. En fermant la porte, il s'immobilisa, songeant à la lumière que semblait irradier Aislinn quand elle était là. Il se secoua. Le combat à venir exigeait qu'il ait la tête claire. Après tout c'était pour Darkenwald qu'il se battait, pas pour Aislinn... Mais, au fond de son cœur, il savait parfaitement que, s'il y avait d'autres propriétés à conquérir, il n'y avait qu'une Aislinn. Il se prépara avec soin, fit un paquet de son équipement et redescendit dans la salle commune où l'attendaient ses écuyers. Gowain lui prit son paquet des mains et sortit. Wulfgar suivit avec Milbourne et Beaufonte et rit quand celui-ci le pria de ne pas trop endommager Ragnor.

Tout ce que Londres comptait de nobles était venu assister au combat. Les palissades clôturant le terrain étaient tendues de bannières multicolores interdisant la vue de l'extérieur car c'était une affaire d'honneur qui ne regardait pas le peuple.

Wulfgar, en compagnie de Gowain qu'il avait choisi pour l'assister, pénétra dans l'enclos et se dirigea vers la tente qui portait ses couleurs. Le pavillon du roi n'était pas encore déployé. Une intense activité régnait autour de la tente de Ragnor.

Wulfgar mit pied à terre, caressa son cheval et suspendit une musette d'avoine sous son nez. Sous la tente, Gowain soumettait sa cotte de maille et les attaches de son bouclier à un examen attentif. Sans un mot, Wulfgar enfila les vêtements de cuir souple qu'il portait sous son armure. Gowain l'aida à ajuster son haubert.

Le temps passait avec une lenteur désespérante. Wulfgar avait chassé toute pensée, à l'exception d'une seule : il vaincrait. Il n'avait encore jamais rencontré Ragnor en combat singulier, mais il n'était pas assez simple d'esprit pour croire que son adversaire serait facile à battre.

Une sonnerie de trompettes éclata soudain, annonçant l'arrivée du roi et de sa cour. Aislinn serait la seule femme présente dans l'entourage du roi. S'il s'était agi d'un autre souverain, Wulfgar aurait peut-être eu des raisons de s'inquiéter, mais Guillaume n'était pas de ceux qui prennent une maîtresse. Il restait l'époux fidèle et loyal de Mathilde.

Wulfgar sortit de sa tente et rejoignit son cheval. Il lui ôta son sac d'avoine, lui caressa doucement les naseaux, lui parlant à voix basse, comme on le ferait à un ami intime. La bête hennit, encensa comme pour lui répondre. Puis Wulfgar se mit en selle et Gowain lui tendit son heaume et son bouclier.

Ragnor quitta lui aussi sa tente en compagnie de Vachel qui lui parlait avec animation. En enfourchant son cheval, il aperçut son adversaire déjà en selle, attendant le signal. Il s'installa avec ironie et rit trop fort.

— Enfin, Wulfgar, nous nous rencontrons ! cria-t-il. Venez donc me voir à Darkenwald, quand l'occasion s'en présentera. La belle Aislinn sera là avec moi pour vous accueillir. Je ne vous ferai pas grief d'un coup d'œil sur elle, puisque c'est ce que vous m'accordez.

Gowain fit un pas en avant, les poings serrés.

— Du calme, mon garçon, lui conseilla Wulfgar. Cette affaire me concerne seul.

Ragnor se laissa aller à un accès de folle gaieté :

— Quoi donc, Wulfgar ? Un autre soupirant subjugué par cette tendre enfant ? Vous devez avoir du mal à les éloigner d'elle. Je parie que même votre fidèle Sweyn a eu l'envie de la bousculer. Où est ce cher cœur, au fait ? Il garde mes terres ?

Wulfgar savait où l'autre voulait en venir et ne répondit ni par un mot ni par un geste. Vachel murmura quelque chose à Ragnor qui partit d'un nouvel éclat de rire. Seule la sonnerie stridente des trompettes le calma. Les deux chevaliers avancèrent comme pour se rencontrer, puis obliquèrent et se dirigèrent, au galop, vers la tente du roi. Wulfgar aperçut alors Aislinn. Sous un manteau doublé de renard, elle portait la robe de velours jaune. Il se sentit heureux de ce choix. Elle lui montrait ainsi que c'est à lui qu'elle donnait la préférence.

Guillaume se leva et répondit à leur salut. Puis il lut le règlement qui ordonnait à tous de respecter le résultat de la rencontre. Aislinn, très pâle, était visiblement anxieuse. Bien que regardant son souverain, Wulfgar sentait les yeux de la jeune femme fixés sur lui. Elle aurait voulu crier à tous qu'il était celui qu'elle préférait. Mais, comme elle faisait partie de la récompense promise au vainqueur, on ne lui demandait pas son avis.

Les trompettes sonnèrent encore, stridentes. Les cavaliers gagnèrent leurs places, marquées d'une bannière à leurs armes et couleurs. Ils firent demi-tour, se retrouvèrent face à face et mirent leur heaume. Leurs écuyers leur tendirent une lance et, une fois encore, ils saluèrent le roi. Une nouvelle sonnerie retentit et quand elle prendrait fin, ils chargeraient. Rien dans l'attitude d'Aislinn ne révélait sa crainte. Son cœur battait à rompre. Les mains crispées sous son manteau, elle répétait la prière qu'elle avait dite, le matin, à la chapelle.

Elle retint sa respiration. La dernière note venait de s'éteindre. Les lourds destriers se ramassèrent et chargèrent. Les cavaliers se rencontrèrent dans un grand bruit et Aislinn sursauta. La lance de Wulfgar glissa sur le bouclier de Ragnor qui fit éclater la sienne sur celle de son adversaire. Les deux hommes firent demi-tour, on leur tendit de nouvelles lances.

La seconde charge se fit sans préavis. Cette fois, Wulfgar visa bien, mais sa lance vola en éclats. Ragnor enregistra le choc et sa propre lance, relevée, manqua totalement Wulfgar. A nouveau, ils allèrent en chercher d'autres. La monture de Wulfgar s'échauffait, tout à fait dans son élément, et le chevalier sentait les muscles de la bête frémir sous lui, pendant qu'il attendait. Ragnor fit volte-face et le sol trembla sous le martèlement des sabots. Wulfgar prit appui sur sa lance et heurta l'angle du bouclier de Ragnor. Son cheval fonça de tout son poids sur celui de l'adversaire qui fut jeté à terre. Aislinn se mordit les lèvres en voyant la bête trébucher sur le destrier de Ragnor, mais il garda son équilibre. Wulfgar, tandis que Ragnor cherchait à se relever, jeta sa lance et descendit de cheval pour rencontrer l'autre à pied. Les dents découvertes par une grimace de haine, Ragnor saisit sa masse d'armes, mais la rejeta bien vite. Elle était dépourvue de pointes, par ordre du roi qui ne voulait pas que ses guerriers se massacrent. Mais Ragnor, lui, voulait du sang.

Wulfgar sortit de sa ceinture une hache, cadeau de Sweyn, et s'en défit, lui aussi. Armés de leurs seules épées, ils s'avancèrent l'un vers l'autre. Le premier coup retentit. Quant aux autres, il devint difficile de les suivre : les lames étincelaient au soleil et s'abattaient sans cesse, heurtant les boucliers derrière lesquels se retranchaient les combattants. Ragnor était rapide et souple. Wulfgar, bien que plus lent, assenait ses coups avec plus de sûreté. C'était, davantage qu'un duel, une épreuve de force et de volonté. La victoire irait à celui qui durerait le plus longtemps. Ragnor commença à sentir le poids de son épée et, le devinant, Wulfgar, puisant une nouvelle vigueur d'une source inconnue, pressa son attaque. Soudain, il se prit le pied dans la chaîne de la masse rejetée. Ragnor en profita immédiatement et déclencha un déluge de coups lourds et puissants. Wulfgar, immobilisé par l'étau de sa cheville, tomba sur un genou. Aislinn se redressa d'un bond et étouffa un cri. Guillaume l'entendit et comprit où allaient les préférences de la jeune fille. Wulfgar cependant parvint à dégager sa jambe et à se relever. C'est les deux pieds bien d'aplomb qu'il accueillit l'attaque de son adversaire. La bataille continua comme devant entre deux combattants qui semblaient de force égale. Puis Wulfgar, d'un coup d'épée droit, frappa le heaume de Ragnor, le déplaçant et, tout aussitôt, mordant l'angle du bouclier, frappa le heaume à nouveau. Ragnor chancela et Wulfgar dégageant son épée du bouclier fendu, son adversaire se défit de celui-ci. Forcé de battre en retraite sous les coups répétés de Wulfgar, il devait se défendre et attaquer avec sa seule épée. Un choc violent le toucha à l'épaule, affaiblissant son bras. Sous la cotte de mailles, ses côtes accusaient les coups de la terrible lame. Il chancela à nouveau et, l'espace d'une seconde, perdit son épée. Son casque sauta. Il tomba, ses jambes se dérobant sous lui. Wulfgar se recula respirant avec force. A plusieurs reprises, Ragnor lutta pour se remettre sur pied mais retomba chaque fois. Aislinn attendait, priant de tout son être que le combat se terminât. Enfin Ragnor resta immobile et, lentement, se tournant vers Guillaume, Wulfgar le salua, le pommeau de son épée à la hauteur de son front. Ce furent les yeux d'Aislinn soudain agrandis par la peur qui le prévinrent d'un mouvement derrière lui. Il se retourna à temps pour détourner le coup que lui destinait Ragnor et, du plat de son épée, reçue à toute volée dans les côtes, il l'étendit. Cette fois-ci, Ragnor ne chercha pas à se relever et resta à gémir de douleur, face contre terre.

Wulfgar, alors, s'approcha de la tente royale. Il capta l'expression radieuse d'Aislinn avant de s'adresser à Guillaume :

— La joute est-elle terminée, sire ?

Le roi lui sourit.

— Je n'ai jamais douté du résultat, Wulfgar. Pauvre enfant ! ajouta-t-il avec un coup d'œil à Aislinn. L'incertitude du combat la rendait folle. Dois-je la prévenir de prendre vos victoires moins à cœur ?

Fichant son épée en terre, Wulfgar la coiffa de son casque et jeta ses gantelets. Puis, en deux enjambées, il gravit les marches du pavillon et arracha Aislinn à son siège. Il l'embrassa avec une lenteur délibérée, l'écrasant contre lui. Ses lèvres, entrouvertes, caressaient les siennes avec une ardeur qu'elle n'avait connue que dans leur chambre.

Ragnor, aidé à se mettre sur pied par son cousin, seul sur le terrain déserté, assista à l'étreinte. Tout son corps était douloureux mais sa grimace de douleur cachait sa rage.

— Un jour, je tuerai ce bâtard, jura-t-il en regagnant sa tente en claudiquant.

Wulfgar libéra Aislinn qui, sans force, le souffle court, retomba sur son siège, et, se tournant vers son roi, lui demanda :

— Cela convient-il à Votre Majesté ?

Guillaume rit de bon cœur et fit un clin d'œil à la jeune fille :

— Ah ! c'est vous que ce garçon voulait beaucoup plus encore que les terres. Mon ami, ajouta-t-il en s'adressant à Wulfgar, il faut à présent établir des contrats. Venez donc souper avec moi et votre charmante compagne, ce soir. La cour s'ennuyait sans présence féminine. A ce soir, au revoir, Wulfgar.

Puis le roi s'éloigna, faisant signe à Aislinn de l'accompagner. Elle obéit et ramena le capuchon de son manteau sur sa tête, mais, avant de descendre les marches, elle adressa un sourire à Wulfgar.

L'épreuve terminée, celui-ci put se détendre, mais le temps lui parut fort long jusqu'au soir. Chaque fois qu'il pensait à Aislinn, son cœur accélérait ses battements.

Ce fut d'excellente humeur qu'il prit le chemin du château. A la cour, on lui réserva un accueil tout à fait différent des précédents. Son destrier lui-même était devenu une vedette. Un page guida son maître dans la vaste galerie où un groupe de seigneurs l'accueillit aussitôt pour le féliciter. A l'autre bout de la pièce, Aislinn se tenait avec une autre femme. Leurs regards se croisèrent, ils se sourirent. Elle était d'une beauté radieuse et paraissait intouchable, et Wulfgar s'émerveillait qu'il pût parmi tous les seigneurs présents, être le seul homme à avoir des droits sur elle.

Il s'avança vers elle et elle vint au-devant de lui.

— Une fois encore, monseigneur, murmura-t-elle, vous m'avez gagnée.

Il ne changea pas d'expression en lui offrant son bras pour l'escorter jusqu'à la table. Mais il avait une envie folle de l'étreindre, d'étouffer ses protestations avec ses baisers.

Le repas fut très gai, on but à la Normandie, la Couronne, l'Angleterre, Guillaume et, enfin, à la victoire de Wulfgar. Les invités prenaient peu à peu congé quand un page vint qui se pencha vers Aislinn et lui dit quelques mots à l'oreille. Elle se tourna vers Wulfgar :

— Le roi veut vous parler en particulier et je dois

me préparer pour le départ. A bientôt, monseigneur.

Wulfgar se leva, attendit que l'on eût emporté la table et vint s'agenouiller devant le roi. Les laquais refermèrent les portes. L'évêque Geoffroy alla se placer derrière le siège de Guillaume.

— Sire, vous m'avez fait demander.

— Levez-vous, messire chevalier, et écoutez-moi. Vous vous êtes battu et vous avez gagné la bataille. Les terres de Cregan et de Darkenwald sont à vous comme l'est dame Aislinn. De ce jour personne ne pourra vous en contester la propriété. Vous en êtes seigneur de plein droit. Vos terres ne sont pas très vastes mais elles commandent les routes est et ouest et sont le chemin le plus court de la côte à Londres. Je veux que vous construisiez à Darkenwald un château fort, capable, si besoin est, d'abriter un millier d'hommes. Les Norvégiens s'intéressent toujours à l'Angleterre et les rois d'Ecosse sont prêts à l'aventure. Nous devons donc nous tenir sur nos gardes.

Il s'interrompit et leva une main à l'intention de l'évêque qui s'avança. Tirant des plis de sa robe un rouleau de parchemin, il le déroula et le lut, lentement. Ensuite de quoi, le roi y apposa son sceau. L'évêque tendit le document à Wulfgar et quitta la pièce. S'appuyant au dossier de son fauteuil, Guillaume en empoigna les bras :

— Cela a été une journée dont on se souviendra, mais, je vous l'ai dit, Wulfgar, je ne doutais pas du résultat.

— Votre Majesté est réellement trop bonne.

— Oui, Wulfgar, je le suis. Mais je ne fais rien sans raison. Je sais que vous m'êtes loyal et que vous veillerez à mes intérêts car il me faudra bientôt regagner la Normandie. Même là-bas, il en est qui voudraient m'écarter pour leur profit et j'y ai peu de sujets loyaux auxquels je puisse me confier. Je sais ce que c'est que d'être un bâtard et il n'est que justice que je partage mes biens avec quelqu'un de mon espèce.

Wulfgar n'avait rien à répondre à cela. Le roi se leva, lui tendit la main. Wulfgar la prit dans la sienne et ils restèrent un moment à se regarder au fond des yeux, comme deux soldats.

— Nous avons vidé plus d'une coupe de conserve, mon ami. Suivez votre voie et tirez-en le meilleur parti. N'allez surtout pas, dans un mouvement de folie, rejeter dame Aislinn. C'est une femme exceptionnelle et n'importe quel homme serait honoré de lui donner le titre d'épouse.

Wulfgar remit un genou en terre.

— ... Elle vous sera renvoyée, le moment venu, Wulfgar. Je vous reverrai avant votre départ de Londres et le mien pour la Normandie. Bonne chance, ami.

Et le roi quitta la pièce.

Wulfgar retrouva son cheval dans la cour. Il l'enfourcha et quitta le château. Mais il n'avait aucune raison de se hâter de rentrer chez lui. Quand donc Guillaume lui rendrait-il Aislinn, lui permettant de plaider sa cause ? Il erra sans but, regardant sans y attacher d'intérêt les maisons devant lesquelles il passait. Il s'arrêta devant une petite taverne et commanda un pot de bière. Cela l'aiderait à passer la nuit. Mais le breuvage lui parut trop amer. Laissant sa coupe à demi-pleine, il reprit sa promenade pour s'arrêter à une autre taverne où, cette fois, il commanda du vin. Mais il ne put rester sur place et se retrouva bientôt devant la maison du marchand. Il en contempla la façade, sans aucune envie d'entrer. Il était très tard quand il pénétra dans la salle commune et tous ses hommes dormaient. Le pas lourd, il gravit l'escalier. En passant devant la petite chambre qu'avait occupée Hlynn, il entendit un bruit.

Qu'était-ce ? Hlynn ? Si c'était elle, alors Aislinn devait... Il ne s'attarda pas en conjonctures et se hâta vers la grande chambre. Aislinn debout devant la fenêtre, en chemise, se brossait les cheveux. Elle se tourna en entendant la porte s'ouvrir et sourit. Elle était revenue et toutes ses affaires avec elle. La pièce reprenait vie. Aislinn ne pouvait voir Wulfgar, resté dans l'ombre, entre la chandelle et elle, mais soudain elle sentit ses bras se refermer sur elle. Mieux qu'avec des paroles, il lui souhaitait la bienvenue avec des baisers passionnés. Sans lui laisser le temps de respirer, il l'enleva, la porta vers le lit. Là encore, il ne lui laissa pas le temps de parler. Il l'écrasa de tout son poids. D'une main, glissée par l'encolure de la chemise, il la caressa, emprisonna un sein tout en la couvrant de baisers brûlants. Puis, il releva le vêtement pour le lui enlever, mais il se recula soudain, extrêmement troublé. Les lèvres d'Aislinn tremblaient et d'entre ses paupières fermées glissaient des larmes.

— Aislinn, mon amour, tu as peur ?

— Oh ! Wulfgar, gémit-elle, j'ai surtout peur que vous me rejetiez. Comprendrez-vous jamais ce que je ressens ? (Elle ouvrit les yeux, le regarda.) Un objet, on l'achète, on s'en sert, on l'use et on le jette. Je suis une femme, mon rôle a été décidé au ciel et j'ai peur du jour où je serai usée, rejetée et remplacée.

— Ce n'est pas le gobelet qui donne du goût au vin, répondit-il en riant. Oui, pauvre gobelet, je t'ai bien en main et tu donnes beaucoup plus que je ne saurais boire et m'enivre davantage que n'importe quel vin. Et, toi aussi, tu as ton plaisir, je le sais, ajouta-t-il, taquin.

Elle se redressa, lissa sa chemise autour d'elle.

— Monseigneur, je viens de passer quelques jours à la cour de Guillaume. Il m'a traitée en gente damoiselle et tous les seigneurs m'ont rendu hommage comme telle, mais toute cette hypocrisie m'a fait mal au cœur car je sais qui je suis.

— Tu te méjuges, ma chérie, car aujourd'hui j'ai risqué ma vie pour toi. N'est-ce pas cher payer ?

Elle rit :

— Quel prix avez-vous payé pour vos femmes en Normandie ? Celui d'une robe ou deux ? Une pièce de deux sous ou une poignée ? Peu importe qu'il y en ait une ou mille ? La femme reste une catin. Pour cette nuit, vous avez payé quelques heures de votre vie, aujourd'hui c'est cher, je vous l'accorde. Sachez-le, j'attache une plus grande valeur à votre vie que vous-même. Quel prix Guillaume vous a-t-il payé pour disposer de votre vie, de votre loyauté ? Pourrais-je la lui racheter ? Me jureriez-vous fidélité à moi, alors ? Quelle que soit la fortune que vous puissiez m'offrir, je reste une femme élevée décemment. Si je venais de mon plein gré, je serais une catin.

Wulfgar se leva, la domina, furieux :

— Tu m'appartiens, tu l'as reconnu toi-même par deux fois.

Elle haussa les épaules et lui sourit doucement :

— Entre deux maux, on choisit le moindre, une fois pour échapper à un sort écœurant, l'autre pour sauvegarder votre honneur. Qu'importe que vous soyez le seul dont je partage la couche. Si je le fais de mon plein gré, je suis une catin.

Il avait perdu toute ardeur amoureuse.

— Quelle différence entre une poignée de pièces et quelques paroles prononcées dans un endroit déterminé sinon que tu t'attaches un homme pour la vie ?

— Je suis là pour quand vous me voudrez. Mon corps vous cédera peut-être, mais je vous résisterai de toute la force de ma volonté.

Les larmes tombaient sur ses mains jointes sur ses genoux. Incapable de la voir pleurer et tout aussi impuissant à la rassurer, il sortit de la chambre et passa sa mauvaise humeur sur Sanhurst.

Le feu était mort quand il remonta. Les yeux fermés, Aislinn feignait de dormir, elle l'entendit qui se déplaçait dans l'obscurité, puis le lit gémit soudain sous son poids. Il se serra contre elle et elle ne réagit que par un soupir. Mais, incapable de résister à son contact, il se mit à la caresser. Très vite, elle comprit que la bataille était encore perdue, mais quand, épuisée par le plaisir, elle se détendit entre ses bras, chose curieuse, elle n'eut pas envie de pleurer... Il avait juré ne jamais rien dépenser pour une femme et la comblait de présents ; il avait répété à qui voulait l'entendre que jamais il ne s'était battu pour une femme, mais il avait livré un dangereux combat pour elle. Il lui arrivait donc de changer d'avis...

Il se passa trois jours avant qu'arrive une lettre de Guillaume relevant Wulfgar de ses fonctions à la cour et le priant de regagner Darkenwald où d'autres devoirs l'attendaient. Leur dernière soirée à Londres, ils restèrent longtemps sur le balcon à regarder la lune se lever sur la ville. Serrés l'un contre l'autre, ils ressentirent une impression de sérénité, de calme, de contentement, inconnue jusque-là.

Le lendemain matin, les derniers objets empaquetés et descendus, Aislinn s'habilla, se drapa dans la pelisse qu'elle affectionnait et, dans la salle commune, prit un rapide petit déjeuner avant de sortir, puis se rendit aux écuries. Son petit cheval rouan était attaché à la charrette à bagages, sans harnachement. Très surprise, elle se tourna vers Gowain, tout proche.

— Dois-je faire le trajet en voiture ?

— Non, madame, votre monture est là-dedans.

De la main, il indiqua la porte de l'écurie et s'éloigna. Une seconde, elle le suivit des yeux, puis entra dans l'écurie. La petite jument l'y attendait, sa selle sur le dos et, devant celle-ci une couverture moelleuse pour la protéger du froid pendant le trajet. Ravie de la beauté de l'animal, elle caressa ses naseaux satinés. Sentant soudain une présence derrière elle, elle se retourna et vit Wulfgar qui la regardait avec un sourire amusé. Il ne lui laissa pas le temps de parler.

— Elle est à toi, dit-il d'un ton brusque. (Et, avec un haussement d'épaules, il ajouta :) Je t'en devais une.

Puis il sortit entraînant sa monture qu'il enfourcha. Heureuse, le cœur gonflé de gratitude, elle guida la petite jument vers l'extérieur.

17

S'il n'y eut ni fanfare ni trompette pour saluer leur arrivée à Darkenwald, tout ce qui vivait à des lieux à la ronde semblait s'être donné rendez-vous pour fêter le retour du seigneur dans son manoir. Wulfgar aida Aislinn à descendre de cheval et se pencha vers elle pour écouter une question qu'elle lui posait. Gwyneth, debout sur le seuil, nota la scène, le sourcil froncé. Elle recula, rentra à l'intérieur. De la cheminée venait l'odeur d'un ours qui grillait, surveillé par deux jeunes garçons.

Là, Aislinn connaissait chaque voix, chaque odeur. Il régnait, dehors comme dedans, un tohu-bohu intense, mais elle avait l'impression de revivre. Des visages familiers lui souriaient. Elle était chez elle. Très vite, on versa à boire et le tumulte s'apaisa un peu pour devenir une sorte de bourdonnement. Aislinn se trouva, seule femme, au milieu d'un cercle d'hommes entourant Wulfgar. Ne se sentant pas à sa place, elle chercha à s'écarter pour rejoindre les femmes. Mais, sans interrompre sa conversation, il lui posa une main sur l'épaule, l'attira contre lui. La voix sèche de Gwyneth couvrit les rires, les conversations :

— Alors, Wulfgar, en as-tu assez d'assassiner les Saxons ?

On s'écarta pour la laisser passer.

— ... As-tu enfin acquis ce manoir et ce qui l'entoure, ou bien nous faut-il faire nos bagages et partir ailleurs ?

Il eut un sourire tolérant :

— Il m'appartient, Gwyneth. Ragnor lui-même a compris qu'il était impossible de me le prendre.

— Que veux-tu dire ?

— Mais tout simplement que nous nous sommes battus pour la possession de ce domaine et de dame Aislinn.

— Qu'est-ce que cette catin a encore inventé ? Quels mensonges t'ont donc poussé à te battre avec ce valeureux chevalier ? C'est bien d'elle de te monter la tête contre moi avec des racontars ignobles. Je la vois d'ici te nourrir de calomnies avec des regards innocents.

Wulfgar sentit Aislinn se raidir contre lui. Il regarda avec calme sa sœur qui tendait les mains et prenait un ton suppliant :

— Ne vois-tu donc pas son jeu, mon frère ? Elle n'a qu'un but, régner sur Darkenwald grâce à toi et te monter contre nous. Lutte donc contre tes tendances de bâtard et chasse-là avant qu'elle te détruise. Tu ferais bien de t'inspirer des gens bien nés à la cour. Tes habitudes et ton dévergondage avec cette catin ne sont pas dignes d'un seigneur, elle te ruinera. (Elle balaya Aislinn d'un regard dédaigneux avant de poursuivre :) Elle a monté les serfs contre moi. Elle a osé me couper le chemin alors que j'allais punir cet insolent de Ham qui refusait de m'obéir. Oui, parfaitement. Sweyn lui-même s'est laissé entraîner par sa traîtrise et nul doute qu'il dira comme elle. (Elle sourit à Wulfgar :) T'a-t-elle parlé de sa tendresse pour son ancien amoureux et de leurs petits jeux pendant ton absence ? (Elle vit son frère se rembrunir et continua, ravie :) Et cette bonne Haylan que tu as renvoyée ici pour partager notre toit... (Elle se tourna et sourit à l'intéressée qui semblait assez mal à l'aise, mais fort jolie dans l'une des anciennes robes d'Aislinn.) Aislinn l'a aussitôt traitée de haut et s'est refusée à lui donner la plus simple harde pour la vêtir jusqu'à ce que je règle la question. Je ne vois pas pourquoi elle n'aurait pas partagé ses affaires avec nous qui n'en avions pas. Non contente de tout cela, cette esclave demandait à une femme libre de rôtir la viande et de préparer les repas comme à un serf.

Wulfgar jeta autour de lui un coup d'œil sur les visages des gens les entourant. Sur certains, il lut le doute, sur d'autres la colère. Très raide à côté de lui, Gowain se tenait prêt à défendre Aislinn si son seigneur ne le faisait pas. Celui-ci reporta son attention sur sa sœur.

— Je n'ai entendu aucune calomnie avant que tu n'apparaisses, Gwyneth, dit-il d'un ton égal. Enfin, Aislinn ne m'a parlé ni de toi ni de Haylan.

Désemparée, elle balbutia quelques paroles inaudibles et il eut un sourire sarcastique.

— A ce qu'il paraît, ma chère sœur, tu t'es trahie toute seule. Mais à présent que tu as donné libre cours à tes récriminations, je te prie de m'écouter avec attention. (Et il changea de ton.) Je suis seigneur ici, Gwyneth, de droit et de titre. Je suis également juge et, si j'en décide, bourreau. Ce qui veut dire qu'aucune punition ne saurait être infligée qu'en mon nom et que tu ne peux, en aucun cas, te prévaloir de mon autorité. Toi aussi, comme tout un chacun, auras à te soumettre à ma loi et, je t'en préviens, je ne verrais aucun inconvénient à te faire subir le sort que tu souhaites à quelqu'un d'autre. Alors, prends garde ! Quant à ceux que j'ai envoyés ici (il arrêta son regard sur Haylan), ils sont venus pour travailler sur ces terres et aucun d'entre eux n'était destiné à vivre dans ce manoir.

Une seconde, il reporta son attention sur Aislinn avant de revenir à sa sœur :

— ... Tu te refuses à admettre qu'Aislinn me sert bien et fidèlement en toutes choses et qu'elle répare ce que tu t'efforces de détruire. Je me plais en sa

265

compagnie et elle habite sous mon toit ; elle est donc sous ma garde, comme toi. Je te le répète, c'est la dame de mon choix. Ce qui est à elle, je lui en reconnais volontiers la propriété, ne serait-ce que pour la récompenser de ce qu'elle fait. Kerwick le sait parfaitement et connaît aussi le poids de ma main, il n'ira pas toucher à ce qui m'appartient.

Du geste, il indiqua les robes que portaient Haylan et Gwyneth :

— ... Je vois que vous avez en effet bien partagé ces maigres hardes mais ce qui est à elle le reste et ce qu'on lui prendra sera considéré comme volé. Je ne veux pas te voir te promener dans ma chambre à ton gré. Tu n'y entreras qu'avec mon autorisation ou celle d'Aislinn.

Gwyneth se taisait, incapable de trouver une réplique cinglante.

— ... Par déférence pour ton père et notre mère, je dis cela très gentiment, mais surveille tes gestes, car je ne serai pas aussi indulgent, à l'avenir.

— Je n'avais pas attendu de toi que tu comprennes mon triste sort, soupira Gwyneth. Je ne suis que ta sœur.

Elle tourna les talons et sortit avec une tranquille dignité qui fit illusion sur certains. Haylan, stupéfaite, la suivit des yeux puis elle se rapprocha du feu où rôtissait la viande. Elle y trouva Kerwick qui la regarda, son œil bleu brillant de moquerie.

— Votre toilette est trop délicate pour cette tâche, madame.

Elle lui lança un regard noir et lui tourna le dos.

Il était déjà tard quand Aislinn suivit Wulfgar dans leur chambre. Il en referma la porte et regarda la jeune femme pirouetter dans la pièce, enchantée d'être revenue chez elle. Il n'éprouvait pas la même sensation et s'irritait de cet enfantillage, d'autant que les paroles de Gwyneth lui étaient restées à l'esprit.

Un peu étourdie, Aislinn se laissa tomber de tout

son long sur le lit. Wulfgar s'approcha d'elle, la vit se rouler dans les fourrures et fronça le sourcil. Elle lui jeta un coup d'œil et s'assit sur ses talons.

— Etes-vous malade, Wulfgar ? (Elle tapota le lit, à côté d'elle :) Montrez où vous avez mal, je vais soigner ça.

Ses sourcils se rejoignirent :

— Aislinn, m'as-tu trompé ?

Les yeux de la jeune femme s'agrandirent de surprise.

— As-tu couché avec ton Kerwick pendant mon absence ?

Elle se redressa lentement jusqu'à avoir son regard au niveau du sien, ses yeux violets assombris par la colère. Elle tremblait sous l'affront et, de toute sa force, elle le frappa du poing. Elle se fit mal, mais il ne bougea pas.

— Comment osez-vous ! Me poser une question pareille ! Monstre !

Elle sauta au bas du lit, courut à la porte, fit volte-face mais ne put trouver de mots pour exprimer sa fureur indignée. Elle tapa du pied par terre et, tournant les talons, se précipita dans le couloir, dégringola l'escalier et traversa la salle. Dans la cour, ne sachant où aller, elle s'engagea dans le petit chemin menant à la hutte de Maida qu'elle terrifia en entrant en coup de vent chez elle. Sans lui donner d'explication, elle s'assit devant le feu. Ravie de voir sa fille bouder Wulfgar, Maida s'approcha en caquetant. Mais un pas lourd se fit entendre à l'extérieur, on tourna la poignée de la porte qui résista.

— Aislinn ! (C'était la voix de Wulfgar.)

Celle-ci se contenta de jeter un coup d'œil furieux par-dessus son épaule.

— Aislinn !

Elle ne répondit toujours pas. Il y eut un choc, un craquement, et la porte, arrachée à ses gonds, tomba par terre. Aislinn se leva d'un bond, Wulfgar enjamba le panneau brisé et lui fit face :

— Ce n'est pas une porte fermée qui me séparera de ce qui m'appartient.

— Je vous appartiendrais donc, monseigneur ?

— Oui !

— Par droit de conquête peut-être, par la grâce des paroles prononcées par un prêtre, ou simplement parce que vous l'avez déclaré ainsi ?

— As-tu couché avec ce cuistre ? hurla-t-il.

— Non ! cria-t-elle. Et comment aurais-je pu coucher avec ce cuistre, comme vous dites, entourée de Hlynn, de Ham, de ma mère et de Sweyn gardant ma porte ? L'aurais-je fait dans le seul but de les distraire ? Si vous préférez croire Gwyneth plutôt que moi, à votre aise. Mais je ne répondrai plus à vos accusations !

Il la regarda longuement puis, avec douceur, essuya une larme sur sa joue :

— Tu as trouvé une place dans mon cœur et tu ne peux que me faire souffrir.

18

C'était le début du second mois de l'année. Les pluies avaient chassé la neige. Mais le froid restait mordant.

Aislinn s'occupait du confort de sa mère. Penchée sur le feu, une douleur dans les reins la contraignit à se relever. Elle eut soudain l'impression que la pièce dansait autour d'elle et elle se retint à la cheminée. Comme elle essuyait son front moite, la voix de sa mère sonna, claire :

— L'enfant remue-t-il déjà ?

Aislinn sursauta, se retourna.

— ... Crois-tu, mon petit, que tu pouvais me le cacher jusqu'à la fin ?

— Non, murmura la jeune femme qui avait l'impression d'étouffer. Je me le suis caché trop long-temps à moi-même.

Depuis quelque temps déjà, elle en eut soudain conscience, elle savait qu'elle portait un enfant. Ses seins s'étaient alourdis et, depuis la nuit avec Rag-nor, elle n'avait plus eu de règles.

— Oui, je sais que tu attends un enfant, mais de qui, ma petite Aislinn ? (Maida éclata de rire :) Allons ma fille, reprends-toi. Quelle merveilleuse vengeance ! Un bâtard pour le bâtard !

Aislinn leva les yeux, horrifiée à cette idée. La folle gaieté de sa mère ne la consolait en rien. Elle éprouva soudain un intense besoin de solitude. Elle prit son manteau et s'enfuit.

La fraîcheur d'une pluie fine lui fit du bien. Elle ne revint pas directement au château. Elle marcha sous les saules qui délimitaient le marais, s'arrêta au bord d'un ruisseau. Aislinn, la fière Ais-linn, tombée si bas ! « Et de qui est ton bâtard ? De qui ? »

Elle aurait voulu pouvoir pleurer, crier son an-goisse, son tourment, mais elle resta là, morne, à se demander comment annoncer la nouvelle à Wulfgar. Il ne serait sûrement pas satisfait, lui qui prenait tant de plaisir à leurs ébats nocturnes. Une pensée lui traversa l'esprit qu'elle repoussa aussitôt. Non, il ne les chasserait pas, elle et son bébé. Il fallait qu'elle lui parle au plus vite ; dès qu'ils seraient seuls.

L'occasion se présenta beaucoup plus tôt qu'elle n'aurait osé l'espérer. En passant devant l'écurie, elle le vit qui, éclairé par une lanterne pendue à une man-geoire, un des pieds de son cheval immobilisé entre ses genoux, arrangeait son sabot. Indécise, elle eut peur soudain de sa réaction. Mais le grand cheval tourna la tête vers elle et hennit, avertissant Wulf-gar de sa présence. Elle respira à fond et pénétra dans l'écurie. Wulfgar se redressa, lâcha le sabot et s'essuya les mains.

— Monseigneur, murmura-t-elle. Je crains que ce que j'ai à vous dire vous mette en colère.

Il eut un rire joyeux :

— Laisse-m'en juge ! Quelle qu'elle soit, je préfère la vérité à un mensonge.

Elle regarda droit dans les yeux gris qui lui souriaient et se lança :

— Même si je vous dis que je vais avoir un enfant ?

— Il fallait bien s'y attendre. Ce sont des choses qui arrivent. (Il détailla sa silhouette et rit à nouveau.) Il se passera quelques mois encore avant que tes dimensions ne gênent notre plaisir... Oh ! je saurai m'abstenir ma chérie.

Il se détourna, ravi de son propre esprit mais, avant qu'il ait pu faire un pas, Aislinn s'était jetée sur lui, lui martelant le dos de ses poings. Très surpris, il lui fit face, elle continua de le frapper et, se rendant compte que, loin de lui faire mal, elle l'amusait, elle choisit une autre tactique et lui expédia un violent coup de pied dans le tibia. Vivement, il se retrancha derrière son cheval en se frottant la jambe :

— Mais es-tu devenue folle ? Que t'ai-je fait pour me faire traiter de la sorte ?

— Butor ! Tu n'as pas plus de courage qu'un poulet !

— Que voulais-tu que je te dise ? Tu voulais que je réagisse comme si c'était un désastre ou un miracle alors que je m'y attendais depuis le début ?

Elle poussa un véritable hurlement :

— Imbécile de Normand !

Elle lui tourna le dos avec une telle vivacité que son manteau tourbillonna autour d'elle.

Elle ouvrit la lourde porte du manoir et la claqua derrière elle.

Les hommes, debout à côté du feu, se retournèrent, surpris. Elle traversa la pièce d'un pas rapide et se lança dans l'escalier. En voyant Kerwick chargé

270

de bois pour la chambre de Gwyneth, elle se souvint qu'elle ne s'était pas occupée du feu de sa mère.

— Kerwick, lui demanda-t-elle, cela vous ennuierait-il de porter du bois à ma mère ? Je crains qu'elle n'en ait pas assez pour la nuit.

Il la regarda avec attention :

— Qu'y a-t-il qui ne va pas Aislinn ?

— Rien de particulier.

— Vous arrivez comme portée par la tempête. Ne me dites pas qu'il ne s'est rien passé pour vous mettre dans un état pareil.

— N'insistez pas !

Il rit :

— Alors quoi, une querelle d'amoureux ?

— Cela ne vous regarde pas !

Il posa le bois par terre.

— Lui avez-vous dit que vous attendiez un enfant ? demanda-t-il doucement.

Elle le regarda, la bouche ouverte, stupéfaite, mais il sourit avec douceur :

— Aurait-il mal accueilli cette nouvelle ? N'est-il pas prêt à accepter la contrepartie de son plaisir ?

— Cela vous ressemble bien de juger d'après vous, rétorqua-t-elle, remise de sa surprise.

— Alors le grand Normand ignorait tout. Il fait trop la guerre pour connaître les femmes.

— Pas du tout ! Il s'y attendait !

— En tire-t-il gloire ou en laisse-t-il le crédit à Ragnor ?

— Cet enfant est de Wulfgar.

— Vraiment ? D'après votre mère...

— Ma mère ! Ainsi, c'est comme cela que vous savez ?

Il recula d'un pas.

— Elle bavarde beaucoup trop. Peu importe ce qu'elle raconte, l'enfant est de Wulfgar.

— Si c'est ce que vous souhaitez..., répondit Kerwick, prudent.

— Je le souhaite parce que c'est la vérité !

Elle entra dans sa chambre, lui claqua la porte au nez.

Kerwick traversait la cour pour se rendre chez Maida quand il aperçut Wulfgar dans l'écurie. Il l'y rejoignit, décidé à lui parler.

— Monseigneur, commença-t-il non sans inquiétude. J'ai vu Aislinn.

Wulfgar le regarda, un sourcil levé :

— Et alors ?

— Elle paraissait bouleversée, monseigneur.

— Bouleversée ! Pas tant que moi, ajouta-t-il entre ses dents.

— La venue de cet enfant vous déplaît tant que cela, monseigneur ?

Wulfgar le regarda avec la même stupeur qu'Aislinn. Puis ses yeux lancèrent des éclairs :

— Ainsi elle te l'a dit ?

Kerwick pâlit :

— Non, c'est sa mère, il y a quelque temps déjà.

— Elle a la langue trop longue, cette vieille folle.

— Quelles sont vos intentions, monseigneur ? continua Kerwick avant que l'émotion ne l'étrangle.

— Aurais-tu perdu la tête, Saxon ? As-tu oublié que je suis le maître, ici ?

— Non, monseigneur.

— Alors souviens-toi que je ne veux pas être interrogé par un esclave !

— Monseigneur, Aislinn est de sang noble et elle a été bien élevée. Elle ne pourra peut-être pas supporter l'humiliation de porter cet enfant hors mariage.

Wulfgar lui tourna le dos :

— Je crois, Saxon, que tu la sous-estimes.

— Si vous dites qu'il est de Ragnor, alors...

Wulfgar lui fit face brusquement, les yeux froids :

— Tu vas trop loin, Saxon !

— Il semblerait qu'Aislinn y songe, elle aussi.

— C'est toi qui le lui auras dit.

272

— Elle n'a personne pour défendre son honneur. Je ne supporte pas de la voir humiliée.

— Je ne lui ferai aucun mal. On peut parfaitement envoyer l'enfant en Normandie et nul ne se doutera de rien. J'ai des amis qui l'élèveront avec soin. En fait, cet enfant aura plus de chance que je n'en ai eue.

— Auriez-vous l'intention d'éloigner Aislinn aussi ?

— Bien sûr que non. Nous continuerons comme avant.

— Non, monseigneur. Peut-être connaissez-vous les femmes de la cour, mais vous avez beaucoup à apprendre d'Aislinn. Elle ne laissera pas partir son enfant.

— Elle comprendra la sagesse de cette décision, le moment venu.

— Alors prenez garde, monseigneur, et ne dites rien avant d'agir.

— Me menacerais-tu, Saxon ?

— Nullement, mais si vous souhaitez conserver Aislinn à vos côtés, ne le dites à personne qui pourrait la prévenir. Elle n'est pas femme à se laisser enlever son enfant sans réagir. Pensez-vous qu'elle vous sauterait au cou ensuite ? Croyez-vous que vous pourriez échapper à sa dague ? Réfléchissez bien, monseigneur, vous pouvez avoir les deux, mais jamais l'une sans l'autre.

— Va-t'en, Saxon. Tu m'irrites ! Elle fera ce que je lui dirai de faire.

— Oui, monseigneur.

Wulfgar qui avait repris son travail leva la tête à l'intonation du jeune homme et le regarda. Son visage exprimait un tel mépris mêlé d'incrédulité qu'il ouvrit la bouche pour parler, mais Kerwick lui tourna le dos et s'éloigna.

Aislinn était assise et cousait devant la cheminée de la chambre, enveloppée dans une couverture, quand elle entendit les pas de Wulfgar dans le couloir. Il parut hésiter avant d'entrer. Penchée sur son ouvrage, rien en elle ne semblait subsister de sa colère. Elle leva la tête à son arrivée et lui sourit.

— Te sens-tu mieux ? demanda-t-il.

— Très bien et vous ?

Il émit un grognement peu compromettant et commença à se déshabiller. Aislinn rangea sa couture, se leva, laissant tomber la couverture et, nue, se dirigea vers le lit. Frissonnante, elle se hâta de se glisser sous les fourrures. Il souffla la chandelle, se coucha mais, contrairement à son habitude, ne chercha pas à se rapprocher d'elle. De longues minutes s'écoulèrent. Quand, enfin, elle se tourna vers lui, elle fut très surprise de voir, à la lueur du feu, ses yeux fixés sur elle.

— Seriez-vous troublé, monseigneur ?

— Seulement par toi.

Elle reprit sa position première et ne bougea pas.

— J'ai froid, se plaignit-elle.

Il se rapprocha un peu, mais pas assez pour la réchauffer. Elle ne put retenir un frisson et il avança de quelques centimètres, la touchant à peine.

Brusquement, il la saisit à pleins bras, la retourna vers lui.

— Tu sais ce que je veux, murmura-t-il.

Il la couvrit de baisers. Elle n'éprouvait plus la sensation de froid, mais se sentait consumée par ses caresses. Une plainte lui échappa et, Wulfgar jetant les bras autour de son cou, elle lui donna sa bouche.

Il avait une fois encore vaincu sa résistance. Ses lèvres étaient soudées aux siennes et tout son corps répondait aux mouvements du sien. Ils ne faisaient plus qu'un, elle frémissait sous lui, se tendait pour mieux le recevoir. Et, quand elle cria son nom, il le prit sur ses lèvres.

Wulfgar se leva, Aislinn dormait, la bouche entrouverte, sa chevelure somptueuse étalée sur les fourrures. Il s'habilla, sortit doucement de la chambre et descendit. Bolsgar, dans son fauteuil devant le feu, buvait un gobelet de vin. Wulfgar approcha un siège du sien et se versa à boire.

— Qu'y a-t-il qui t'ennuie, Wulfgar ? demanda le vieil homme au bout d'un moment.

Il fut long à répondre :

— Comment comprendre ce qui se passe dans la tête d'une femme ?

— Une femme, c'est comme une arme, il faut bien en prendre soin si tu veux qu'elle te serve et surtout la garder à portée de la main. (Il sourit.) Et l'on dit qu'à la meilleure des lames, il faut prêter serment de loyauté. A cette différence près qu'une lame enlève la vie et qu'une femme est faite pour la donner.

— Je n'ai que faire d'autres serments et d'autres liens. J'ai juré fidélité à Guillaume, et Sweyn est un bon compagnon. Je vis comme il me plaît. Les femmes, je m'en sers pour mon plaisir et je leur en donne en retour.

Bolsgar se pencha sans cacher son irritation :

— Nous ne parlons pas des femmes en général, Wulfgar, mais de l'une d'elles. J'ai, pour ma part, commis beaucoup d'erreurs. Je n'ai ni terres, ni titre, ni fils. Il me reste une fille que rien ne satisfait. Par colère, j'ai rejeté ce que j'aurais voulu garder. Tu as une chance, une créature de toute beauté, sage, avisée, digne de marcher à tes côtés jusqu'aux portes du Paradis. Pourquoi faire tant d'histoires ? La détestes-tu ? Cherches-tu à te venger de quelque mal imaginaire ? (Il saisit Wulfgar aux épaules, le contraignant à lui faire face :) La tortures-tu parce qu'elle t'a blessée ? Tu t'es servi d'elle d'abord par la force, à présent avec tendresse. Tu l'emmènes dans ta chambre chaque soir en la faisant une catin aux yeux de tous. Si tu veux te venger, fais-le sur moi, je t'ai fait tort. Ou sur Gwyneth, toutes ses paroles sont blessantes. Mais, elle, que t'a-t-elle fait sinon t'obéir ? Par ta façon d'agir, tu me fais penser à ces soldats qui racontent à leur gobelet quels héros ils auraient pu être si...

Quelqu'un d'autre à la place de Bolsgar aurait déjà été occupé à compter ses dents. Mais Wulfgar se leva :

— Je n'en peux plus ! Elle d'abord, puis Kerwick, et vous à présent. Si cela continue, Hlynn va me sauter dessus avant que la journée s'achève. (Il se redressa de toute sa taille et lança un regard furieux à Bolsgar :) Elle accouchera de cet enfant où elle voudra et, à moi ou non, je l'enverrai où bon me semblera.

Il s'interrompit en voyant la surprise se peindre sur le visage du vieil homme.

— Veux-tu dire qu'Aislinn attend déjà un bébé ?

Ce fut au tour de Wulfgar d'être surpris.

— Vous l'ignoriez ? Il me semblait que tout le monde le savait, sauf moi.

— Que vas-tu faire maintenant ? demanda Bolsgar d'un ton insistant. Vas-tu l'épouser comme tu le devrais ?

— Je ferai ce que je voudrai.

Furieux, il tourna le dos et remonta dans sa chambre. Aislinn était assise dans le lit et semblait apeurée. Mais, à sa vue, elle sourit, rassurée, et s'allongea de nouveau. Sa colère évanouie, il se recoucha et ils se rendormirent, serrés l'un contre l'autre.

Le lendemain matin, Wulfgar descendit un peu plus tard qu'à l'habitude. Sweyn et Bolsgar attaquaient déjà leur repas. A sa vue ils interrompirent leur conversation. Sweyn adressa à son maître un regard hardi et amusé. Wulfgar s'assit et le Viking lui passa le plat de viande et d'œufs durs.

— Alors la donzelle est grosse ? dit-il d'une voix qui résonna sous la voûte — et tous levèrent la tête. Qu'en dit-elle ? A-t-elle compris la leçon, est-elle prête à admettre que tu es son maître ?

Un coup d'œil alentour apprit aussitôt à Wulfgar

276

que tout le monde avait entendu Sweyn. Miderd et Haylan s'étaient immobilisées, et Hlynn le regardait, la bouche ouverte. Kerwick, quant à lui, apportait toute son attention à sa tâche.

— Sweyn, remarqua Wulfgar entre ses dents, j'ai l'impression que ça te ferait du bien de temps en temps de réfléchir avant de parler.

Le Norvégien éclata d'un rire puissant puis appliqua une claque vigoureuse dans le dos de son compagnon :

— C'est un secret que tout le monde aurait connu tôt ou tard. Evidemment si la fille était obèse... mais mince comme elle l'est, elle ne pourra pas le cacher. (Il se pencha pour ajouter :) C'est encore le meilleur moyen pour la faire se tenir à ta disposition. Tu t'arranges pour qu'elle ait toujours un marmot dans le ventre.

Wulfgar aurait beaucoup donné pour pouvoir enfoncer la tête du Viking dans quelque terrier de renard.

— Tu as raison, montre donc à ces Saxons que c'est toi qui commandes. Hop ! les femmes au lit et des petits bâtards un peu partout.

Wulfgar s'étrangla avec l'œuf dur dans lequel il venait de mordre et Bolsgar lui vint en aide en lui tapant dans le dos.

Sweyn, indifférent à l'expression de Wulfgar, continua sur sa lancée :

— ... Il faudra fêter son départ. Evidemment, elle est un peu fière mais, quand elle sera partie, il y en aura d'autres à conquérir. Ne crains rien.

C'en était trop. Sans un mot, Wulfgar se leva et sortit.

Appuyé au dossier de son siège, la tête renversée en arrière, Sweyn se laissa aller à une joie démesurée. Bolsgar, qui avait suivi Wulfgar des yeux, regarda son voisin. Soudain, il comprit où l'autre voulait en venir et joignit son rire au sien.

Aislinn descendit peu de temps après Gwyneth que

Haylan avait mise au courant aussitôt. Elle lui lança un regard moqueur.

— Une esclave a toujours intérêt à profiter de la tendresse de son maître tant qu'elle le peut, car, aussitôt qu'elle est difforme, il l'expédie à l'étranger pour accoucher seule avec sa honte, dit-elle assez haut pour qu'elle entende.

Aislinn fronça les sourcils mais elle répondit avec dignité :

— Au moins suis-je capable d'avoir des enfants. J'en connais qui ne le pourraient pas malgré tous leurs efforts. C'est triste, n'est-ce pas ?

Elle leur tourna le dos. Mais Gwyneth avait réussi à la démoraliser. Quel serait le sort de son enfant si Wulfgar refusait de l'épouser ?

Elle était occupée à sa couture lorsqu'il revint, la nuit tombée. Il semblait d'humeur morose. Elle se leva, l'aida à ôter son haubert.

— J'ai fait chauffer de l'eau pour votre bain, murmura-t-elle.

Il répondit par un grognement, mais quand elle s'approcha de la cheminée pour y prendre le lourd chaudron, il réagit vivement.

— Que fais-tu là ? demanda-t-il d'un ton sec.

Elle s'immobilisa, le regarda, surprise :

— Mais je prépare votre bain, comme d'habitude.

— Assieds-toi, ordonna-t-il. (Puis ouvrant la porte.) Miderd ! hurla-t-il.

Celle-ci se précipita, anxieuse :

— Monseigneur ?

— Vous veillerez à la propreté de cette chambre et préparerez les bains selon le désir de dame Aislinn. Vous pourrez demander à Hlynn de vous aider.

Il désigna Aislinn du doigt et les fit sursauter toutes les deux en ajoutant d'une voix tonnante :

— Et vous ferez en sorte qu'elle ne soulève rien de plus pesant qu'un gobelet.

Miderd s'empressa, puis se retira, laissant Wulfgar se déshabiller et se baigner.

Aislinn avait repris son ouvrage.

— Monseigneur, dit-elle enfin, n'en pouvant plus, avez-vous l'intention de nous envoyer en Normandie, le bébé et moi ?

Il lui lança un coup d'œil acéré :

— Pourquoi cette question ?

— Je voudrais savoir. Je ne souhaite pas être séparée des miens.

— Et quelle différence y a-t-il entre un Saxon et un Normand ? Nous sommes tous faits de la même façon. L'enfant que tu portes sera à moitié Normand et à moitié Saxon. Où placera-t-il sa loyauté ?

Elle le regarda. Il n'avait pas répondu à sa question.

Un mois s'était écoulé depuis qu'Aislinn avait annoncé à Wulfgar qu'elle aurait un enfant et elle touchait au fond du désespoir. Il partait tôt le matin pour ne revenir que tard le soir et Gwyneth s'en donnait à cœur joie, lui demandant sans cesse si elle n'avait rien oublié, si ses affaires étaient prêtes pour un départ prochain. Elle en était arrivée à prendre ses repas dans sa chambre.

Maida elle-même s'était employée à la démoraliser. Elle l'avait suppliée de fuir avec elle, plutôt que d'attendre la décision de Wulfgar. Des bruits de voix lui apprirent que Wulfgar et Sweyn étaient revenus. Pensant qu'il viendrait la chercher, comme à l'accoutumée, elle s'empressa de remettre à leur place les petits vêtements auxquels elle travaillait.

Puis elle attendit. Le temps passa et personne ne vint.

Elle entendait Wulfgar rire, en bas, dans la salle commune. Elle se rebella : « Il ne peut même pas venir me dire bonjour. Il se trouve plus à l'aise avec ses hommes et cette drôlesse de Haylan. Il se prépare pour le jour où il m'expédiera au loin pour ne pas être offensé par la vie de son rejeton. Eh bien, non ! »

Elle était au bord des larmes, mais elle secoua la tête, se passa un linge humide sur les yeux. Inutile de pleurer. Wulfgar se montrait gentil avec elle, après tout. Prévenant, il lui demandait beaucoup moins de céder à son désir.

« On pourrait même dire qu'il est réservé, songea-t-elle avec amertume. Evidemment ma taille s'épaissit, il trouve cette veuve davantage à son goût. »

Un léger heurt à la porte l'interrompit dans ses pensées.

— Madame, la table est dressée, entendit-elle Miderd lui annoncer. Monseigneur demande si vous voulez souper avec lui ou avoir un plateau ici ?

Il ne prend même plus la peine de se déranger !

— Accordez-moi quelques minutes, Miderd, répondit-elle. Je descends. Merci.

Wulfgar et les autres étaient déjà installés quand Aislinn les rejoignit. Il se leva pour la saluer et lui sourit. Mais elle détourna les yeux et, sans lui répondre, passa à côté de lui pour s'asseoir. Il fronça les sourcils, se demandant la raison de cette attitude. N'en trouvant pas, il se rassit.

L'atmosphère était un peu tendue, les conversations pas naturelles. Pour faciliter les choses, les hommes buvaient ferme. Wulfgar, tout en vidant sa coupe, regardait Aislinn qui mangeait à peine. Depuis plusieurs jours, elle avait beaucoup changé ; elle semblait repliée sur elle-même, avoir perdu toute joie de vivre. Il n'y voyait qu'une explication : la venue du bébé, et se demandait si, après sa naissance, elle le détesterait comme sa mère l'avait fait. Il vaudrait mieux pour l'enfant qu'il soit éloigné, qu'il trouve au loin l'amour et l'attention dont il aurait besoin. Il savait, d'expérience, ce qu'un petit garçon peut souffrir avec une mère qui ne l'aime pas. Peu importait ce qu'avait dit Kerwick, il lui faudrait songer tout d'abord au bien de l'enfant.

Mais le comportement d'Aislinn le déroutait. Le moindre geste la mettait en colère. Cependant, au lit, elle restait ce qu'elle avait toujours été : elle commençait par accepter ses caresses avec froideur, y cédait peu à peu et lui manifestait ensuite une passion au moins égale à la sienne.

Gwyneth avait remarqué la façon d'être d'Aislinn et, se penchant vers son frère, lui demanda :

— Tu as changé, Wulfgar. Quelque chose ici aurait-il cessé de te plaire ? Le manoir te déçoit-il ?

Aislinn leva les yeux, vit le sourire satisfait de Gwyneth et comprit que cela lui était destiné. Elle avait commis une erreur en descendant. Mais il n'y avait rien d'autre à faire, à présent, qu'à faire front. Bolsgar respira avec force et chercha à changer de sujet de conversation.

— Le gibier sort des bois, Wulfgar, dit-il. C'est signe que le printemps ne tardera pas... comme ces légères brumes.

Gwyneth se tourna vers son père.

— Des brumes légères... Par exemple ! Le sale temps nous accable. Ou c'est la neige qui nous aveugle, ou le brouillard est épais à couper au couteau et vous transperce ! Qu'importe que le printemps arrive ou non. Il fait mauvais d'un bout de l'année à l'autre dans cette région.

— Tu devrais faire attention, Gwyneth, conseilla son père, car cette année nous verrons si Wulfgar et même Guillaume ont eu raison. Le pays tout entier a beaucoup souffert et, si cet été la récolte est maigre, ton ventre le sera aussi l'hiver prochain.

Il y eut un silence. On s'empressa de vider les gobelets aussitôt remplis par Hlynn et Kerwick. Aislinn suivit le regard de Wulfgar et elle se sentit bouillir de colère en voyant Haylan qui, devant la cheminée, ayant sans doute trop chaud, avait ouvert le haut de sa robe, exposant sa poitrine à la vue de tous.

Le repas était terminé mais les hommes ne manifestaient pas l'intention de se lever. Sweyn et Milbourne se mirent à chanter des chansons gaillardes et Gowain prit son cistre pour les accompagner.

Haylan s'était redressée et Beaufonte lui offrit à boire. Sans hésiter, elle s'empara de la corne, la leva bien haut, sourit aux hommes qui la regardaient et la vida d'un trait sous les acclamations. Puis elle reposa le récipient et regarda autour d'elle d'un air de défi. Gowain et Milbourne relevèrent le défi. Beaufonte qui, au cours du repas, avait bu plus que de raison, voulut déclarer forfait, mais Sweyn déjà s'était emparé d'une outre de vin et avait rempli sa coupe à ras bord. Il but, Gowain pinçant une corde de son cistre à chaque gorgée avalée. Puis, à gestes mesurés, il posa sa coupe vide sur la table, se baissa pour se rasseoir et, un sourire satisfait aux lèvres, glissa à terre où il resta mollement étendu.

Sweyn, dans un immense éclat de rire, manifesta sa joie et, secoué de rire, Bolsgar versa le contenu d'une cruche d'eau au visage de l'écuyer. Celui-ci se releva, titubant, Gowain suivant le rythme de ses pas chancelants. Haylan, très à l'aise, lui avait pris la main et l'entraînait en dansant. Les hommes hurlaient leur plaisir et Wulfgar lui-même riait. Aislinn ne voyait rien de drôle, au contraire, dans l'attitude de ces soldats se ridiculisant comme des blancs-becs excités par les seins exhibés de Haylan.

Celle-ci avait repoussé Beaufonte qui, retombé sur un banc, était incapable de se redresser. Elle tourbillonna, se planta devant Gowain, marqua la mesure du pied, lui indiquant le tempo. Vive, souple, elle dansait en cadence, les bras écartés, ployant la taille. Wulfgar repoussa sa chaise pour mieux suivre le spectacle et allongea les jambes.

Haylan remarqua son mouvement et se rapprocha de lui sans tenir compte de la présence d'Aislinn. Bientôt, elle dansa entre ses pieds, sautant prestement par-dessus ses jambes, se collant presque à lui, puis se reculant, provocante. Elle ne le quittait pas des yeux. Sa peau, humide de sueur, luisait. Elle avait relevé ses jupes jusqu'aux cuisses et ses pieds obéissaient à un rythme de plus en plus rapide. Puis elle recula et, avec un dernier tourbillon, se retrouva à genoux, inclinée devant Wulfgar, son corsage délacé ne laissant rien à l'imagination.

Raidie, Aislinn regardait Wulfgar qui, loin de paraître choqué par cette exhibition éhontée, applaudissait avec ses hommes. Déjà, Gowain reprenait un autre air et Haylan se remettait à danser. Aislinn, dégoûtée, se détourna et Gwyneth sourit.

Quand Wulfgar se pencha vers Sweyn et rit avec lui d'une plaisanterie concernant les talents de la jeune veuve, Aislinn se leva discrètement et sortit. Son intention était d'aller passer la nuit avec sa mère, laissant Wulfgar libre de s'amuser comme il l'entendait. Elle était lasse de voir ses espoirs réduits à néant chaque fois qu'elle les formulait. Pourquoi s'obstiner à rêver puisque cela ne la menait qu'au désespoir ? Elle se sentait épuisée, incapable de continuer à lutter. Depuis quelque temps, il parlait de plus en plus de la Normandie en sa présence, comme pour la préparer au changement. Elle n'avait aucune illusion à se faire, il avait bel et bien l'intention de se débarrasser d'elle et de son enfant.

Elle trouva sa mère devant la cheminée. Maida leva la tête à son entrée, la regarda, l'œil clair :

— Entre, ma jolie. Le feu est assez chaud pour deux.

Aislinn avança lentement et ce fut Maida qui se hâta de mettre une fourrure sur les épaules frissonnantes de sa fille :

— ... Que se passe-t-il que tu viennes par ce froid dans ma pauvre cabane, à une heure tardive ?

— Mère, je crains que ce soit fini, dit-elle, étranglée par les larmes.

— Quoi ? Le bâtard t'a chassée ? Cette ordure de Normand ne veut plus de toi ? s'écria-t-elle. (Puis, elle sourit.) Un bâtard pour le bâtard. Cela lui apprendra, de voir un bébé qui lui ressemble.

Aislinn secoua la tête :

— Non, ce dont j'ai peur c'est qu'il veuille m'envoyer à l'étranger pour ne pas ête gêné par la vue de son enfant illégitime.

Maida poussa un cri :

— Tu ne le laisseras pas te séparer de moi ?

Sa fille haussa les épaules :

— Il est le maître, que puis-je faire ?

— Fuis avant qu'il soit trop tard. Pour une fois, songe à toi. Quel bien feras-tu aux gens d'ici quand tu te trouveras en Normandie ou dans quelque autre contrée lointaine ? Fuis avec moi vers le Nord. Nous pourrons y trouver des parents qui nous offriront l'hospitalité jusqu'à ce que l'enfait ait grandi.

Longtemps, Aislinn resta à regarder les flammes sans rien dire. Serait-il content tout simplement d'être débarrassé d'elle et de l'enfant ? Elle souffrait à la seule idée de quitter pour toujours l'endroit où elle était née, son foyer. Mais Wulfgar ne lui laissait pas le choix.

— Oui, dit-elle enfin, la voix sourde Ce serait le mieux. S'il ne peut me trouver, il ne pourra pas me faire quitter l'Angleterre.

Maida ne cacha pas sa joie et se mit à danser en tapant dans ses mains.

— Bâtard ! Bâtard ! Sale Normand ! Nous serons parties avant que tu le saches.

Aislinn ne partagea pas la joie de sa mère. Elle se leva, se dirigea vers la porte :

— Préparez vos affaires au lever du jour, mère. Il se rend à Cregan demain de bonne heure et nous partirons aussitôt après lui. Soyez prête. Je retourne dans son lit, cette nuit encore, sans quoi nos projets risqueraient d'échouer.

Dans la grande salle du manoir, Wulfgar était adossé à l'un des montants de la cheminée. Gowain jouait toujours mais sur une cadence beaucoup plus lente. Haylan se balançait devant eux, les épaules nues, sa robe retenue par miracle à la pointe de ses seins.

Wulfgar regarda autour de lui et ses yeux s'arrêtèrent sur Aislinn. Elle traversa la pièce, mais, avant
qu'elle ait atteint l'escalier, Haylan, sentant l'intérêt
de Wulfgar se relâcher, vint se planter devant elle,
dansant toujours. Brusquement la musique s'arrêta
et Gowain posa son instrument. Haylan se tourna
vivement vers lui, ce qui permit à Aislinn de gravir l'escalier avec calme et dignité. Wulfgar, dans
sa hâte de la suivre, écarta du bras Haylan furieuse.

— Où as-tu été ? demanda-t-il doucement, en rejoi-
gnant Aislinn. Tu es partie si vite. J'ai cru que tu
étais malade.

— Je suis fort bien, merci, monseigneur. Je suis
navrée de vous avoir inquiété. Je n'ai fait qu'aller
m'assurer que ma mère avait ce qu'il lui fallait.

Il ouvrit la porte de la chambre à son intention,
s'écarta pour la laisser passer et referma derrière
eux. Appuyé au vantail, il la regarda s'éloigner, se
déshabiller dans un coin peu éclairé. Ses yeux cares-
sèrent les longues jambes musclées, ses hanches
minces, sa taille encore très fine. Quand elle se
tourna, il aperçut ses seins bien qu'elle se hâtât de
se glisser dans le lit et de remonter les fourrures
jusqu'au menton. Il la rejoignit, l'attira à lui et commença à l'embrasser. Les lèvres pressées contre ses
cheveux parfumés, il murmura :

— Ah ! tu es le délice des délices. Que ferais-je si
l'on t'enlevait à moi ?

— Je me le demande, répondit doucement Aislinn.
Que feriez-vous ?

Il rit en lui frottant le nez sur son épaule.

— Je me trouverais quelque fille aussi belle et aussi
sensuelle, et peut-être serais-je heureux, dit-il, taquin.

Elle ne goûta pas la plaisanterie.

— Vous auriez tout intérêt alors à prendre aussi
quelqu'un d'aussi talentueux que Haylan. On ne sait
jamais quand on éprouve le besoin de se faire distraire, répliqua-t-elle d'une voix égale.

Il rit, roula sur lui-même pour se déshabiller. Quand il se recoucha, elle lui tournait le dos. Il ne se laissa pas démoraliser pour autant, nombre de leurs nuits les plus passionnées commençant de la même façon. Il se rapprocha d'elle et, dégageant sa nuque, il y posa ses lèvres chaudes.

Aislinn ne sut pas le repousser, malgré la décision qu'elle avait prise. Ce n'est qu'en le quittant qu'elle retrouverait un peu de respect de soi-même. Mais elle ne pourrait jamais l'oublier et le souvenir de ses caresses inpétueuses, qui la faisaient vibrer si totalement, éveillerait toujours en elle le même besoin de lui. Elle soupira en s'abandonnant à lui, lui rendit baiser pour baiser, ses lèvres ouvertes sous les siennes, s'accrochant à lui comme si elle ne pouvait pas être assez près de lui. Entraînés par leur ardeur, soulevés par la passion, ils connurent ensemble l'explosion de la jouissance. Aislinn tremblait entre ses bras, mais lorsque, épuisés par le plaisir, ils restèrent étendus l'un contre l'autre, elle pleura doucement dans son oreiller.

19

Un rai de lumière, passant à travers les volets, éveilla Aislinn. De la main, elle tâta le lit, à côté d'elle. Il était vide. Un coup d'œil dans la chambre lui apprit que Wulfgar était parti. Elle s'assit et, complètement démoralisée, le menton entre les mains, elle pensa à l'épreuve qui l'attendait. Tout cela ressemblait à un horrible cauchemar. Mais un craquement léger à la porte lui rappela qu'elle ne rêvait pas. Maida entra et commença de faire un paquet des robes de sa fille, mais celle-ci l'arrêta :

— Non. Je n'emporte que la guenille que m'a lais-

sée Gwyneth. Les autres appartiennent à Wulfgar...
Il les donnera à Haylan, s'il le désire, ajouta-t-elle
avec un sanglot.

Peu importait qu'il lui en ait fait cadeau à elle. Si
elle les emportait, elles lui rappelleraient sans cesse
tout ce qui s'était passé entre eux, et elle ne voulait
pas davantage de souvenirs douloureux qu'elle n'en
avait déjà.

Elle appela Miderd et, après lui avoir fait jurer de
ne rien dire, lui demanda de les aider. Miderd tenta
de dissuader Aislinn, mais la voyant résolue, elle
ne put que s'incliner. Ordre fut donné à Sanhurst
de seller un vieux cheval. Il obéit sans savoir à
qui il était destiné. A la vue de la misérable monture,
Maida protesta vivement.

— Prends ta jument. Il nous faut un cheval
vigoureux. La route sera dure.

Aislinn secoua la tête.

— Non, ce sera celui-là ou rien.

— Le Normand te l'a donné ainsi que les robes
que tu laisses. Elles t'appartiennent.

— Je me refuse à partir en emportant ses cadeaux.

— Nous mourrons de faim. Nous n'avons pas
assez de provisions !

— Nous en trouverons d'autres, lui assura Aislinn,
obstinée.

Miderd les regarda s'éloigner et rentra dans le
manoir en essuyant ses larmes.

L'obscurité était tombée et Miderd ne pouvait
chasser la tristesse qui lui poignait le cœur. Elle
regardait Haylan qui surveillait le rôti du soir
sachant qu'elle recevrait la nouvelle avec joie. Elle
pinça les lèvres de dégoût au souvenir du spectacle
de la veille.

— Pourquoi passes-tu ton temps à provoquer sire
Wulfgar, demanda-t-elle d'un ton assez dur à sa belle-
sœur. Continueras-tu à jouer les ribaudes si dame
Aislinn devient maîtresse de ce manoir ?

— Il y a peu de chances pour que ça arrive. Il déteste les femmes.

— Un homme peut-il détester la femme qui porte son enfant ?

L'autre haussa les épaules :

— Ce n'est pas de l'amour, c'est du désir.

— Et toi, tu voudrais qu'il te désire jusqu'à ce que tu sois aussi ronde qu'elle ? Te faudrait-il la tête d'Aislinn pour te satisfaire ?

— Si elle partait, Wulfgar serait à moi.

— Eh bien, elle est partie. Es-tu satisfaite ?

Les yeux noirs d'Haylan s'écarquillèrent de surprise.

— ... Oui. En ce moment même, elle le fuit. Elle n'a rien emporté, que son enfant et une vieille bourrique qui porte sa mère.

— Le sait-il ? demanda Haylan lentement.

— Il le saura dès son retour de Cregan car je le lui dirai. Elle m'a demandé le silence. Mais j'ai peur pour elle. Les loups sont nombreux dans les forêts qu'elle doit traverser. Je ne peux pas me taire et la laisser en proie à ces bêtes sauvages, ni aux humains qui n'ont aucune pitié de son état.

— Et qui dit que Wulfgar ira la rechercher ? Son ventre grossit et il se fatiguera d'elle bien vite de toute façon.

— Ce n'est pas un cœur que tu as mais un bloc de glace. Jamais je ne t'aurais crue aussi impitoyable et égoïste.

— Oh ! tu me casses la tête avec tes sermons et tes pleurnicheries à cause de cette fille. Elle n'a rien fait pour moi. Je ne lui dois rien.

— Si jamais tu as besoin d'elle, je prie le ciel qu'elle se montre plus compatissante que toi.

— Il y a peu de chances que je lui demande son aide. D'ailleurs, elle est partie.

— Elle va manquer aux gens d'ici. Ils ne peuvent demander à personne d'autre ce que Madame leur donnait.

288

— Madame ! Madame ! Elle n'est pas ma dame et elle ne le sera jamais. Je serai plus habile qu'elle. Je ferai en sorte que Wulfgar m'aime et me veuille.

— Sire Wulfgar, la corrigea Miderd.

Haylan sourit et se passa la langue sur les lèvres :

— Bientôt, il ne sera que Wulfgar pour moi.

Le bruit des sabots d'un cheval les interrompit. Miderd se leva, fit face à Haylan :

— Il revient et je vais le prévenir. S'il ne va pas à sa recherche, à mes yeux, tu seras responsable de la mort de dame Aislinn, car elle mourra sûrement dans les lieux sauvages qu'elle traverse.

— Moi ? s'écria Haylan. Je n'ai rien fait. Elle est partie parce qu'elle l'a voulu.

— Oui. Mais tu n'aurais pas mieux fait si tu l'avais poussée des deux mains.

— Je m'en fiche. Laisse-moi tranquille. Je suis contente qu'elle soit partie.

Miderd la planta là et sortit pour se diriger vers les écuries où Wulfgar et ses hommes s'occupaient de leurs chevaux. Hésitante, elle approcha du maître et regarda Wulfgar, nerveuse. Il parlait avec Sweyn et ne la remarqua qu'en la sentant lui tirer la manche. Une main sur le flanc de son cheval, il se tourna vers elle, souriant encore d'une plaisanterie.

— Monseigneur, dit doucement Miderd. Votre dame est partie.

Le sourire s'effaça sur les traits de Wulfgar, ses yeux se durcirent :

— Quoi ?

— Dame Aislinn est partie, répéta-t-elle, la gorge serrée. Ce matin, aussitôt après vous.

D'un seul mouvement, Wulfgar ramassa sa selle, la jeta sur le dos de son cheval et, s'aidant du genou, serra la sangle.

— Elle s'est dirigée vers le nord ? Vers Londres ?

— Le nord, oui. Mais pas Londres. Je pense

qu'elle avait l'intention de passer à l'ouest pour demander asile à des parents... là où il n'y a pas de Normands.

Avec un juron, Wulfgar sauta en selle. Il vit Sweyn qui sellait un cheval et s'apprêtait à l'accompagner. Il l'en empêcha :

— Non, Sweyn. Je pars seul. Je te demande de rester et de veiller sur la sécurité de ce lieu jusqu'à mon retour.

Un coup d'œil circulaire lui apprit que la petite jument était dans sa stalle.

— ... Elle n'a pris ni cheval ni voiture ? Comment est-elle partie ? À pied ?

— Madame n'a emporté que quelques misérables couvertures et un très vieux cheval. Elles ressemblaient à des réfugiées, fuyant devant la guerre... J'ai peur pour elle, monseigneur. Les temps sont durs... les pillards... les loups...

Elle s'interrompit, incapable de poursuivre.

— Rassurez-vous, Miderd, et sachez que, ce soir, vous avez gagné le droit de rester ici pour le siècle à venir.

Obéissant à l'impulsion des rênes, la bête fit une volte. L'instant d'après, cavalier et monture disparaissaient sur la route du nord.

Miderd resta longtemps à écouter le bruit des sabots décroître dans la nuit. Hochant la tête, elle sourit.

Aislinn noua les rênes autour d'un petit arbre et passa une main rassurante sur les flancs tremblants de la vieille jument.

Une douleur sourde lui tordait les reins et elle se rapprocha du feu devant lequel sa mère dormait paisiblement à même le sol, enroulée dans une couverture. Un souffle froid passa sur ses épaules et le frisson qui secoua Aislinn s'accentua quand elle entendit le hurlement des loups errant alentour. Machinalement, elle tisonna le feu, songeant au lit chaud qu'elle aurait pu partager avec Wulfgar. Elle avait espéré pouvoir atteindre la ville deux heures plus tôt. Mais la vieille jument s'était mise à boiter, les contraignant à s'arrêter en pleine forêt.

Les bras serrés autour des genoux, Aislinn sentit soudain l'enfant remuer en elle. Au chaud, dans le ventre de sa mère, il se sentait bien. Elle sourit, les yeux pleins de larmes.

Mon Dieu, si seulement elle avait pu assurer Wulfgar que l'enfant était de lui. Mais, même si Ragnor en était le père, elle ne pouvait l'abandonner. A présent, au moins, Wulfgar n'aurait plus à se poser de questions en la regardant.

Les larmes, un instant retenues, coulèrent sur ses joues.

— Oh ! Wulfgar, soupira-t-elle. Si je n'avais pas été souillée par Ragnor, peut-être aurais-je pu gagner ton cœur. Mais avec mon ventre comme une citrouille et la façon dont tu regardes cette Haylan...

Désespérée, elle laissa tomber sa tête sur son genou et fixa l'obscurité devant elle, la vue brouillée par les larmes. L'on n'entendait rien. C'était un peu comme si le temps s'était immobilisé. Les étoiles elles-mêmes semblaient être descendues du ciel noirci et luisaient doucement, devant elle.

Un tremblement parcourut la jeune femme, les nerfs soudain à vif. Lentement, elle redressa la tête, battit des paupières pour chasser ses larmes et mieux voir ces deux points brillants. La peur l'agrippa car elle comprenait que ce n'était pas des étoiles, mais deux yeux qui la regardaient. D'autres les rejoignirent, et d'autres encore. Un par un, les loups se rapprochèrent, la langue pendante comme s'ils riaient de sa faiblesse. La pauvre vieille jument hennit et se mit à trembler de toute la force qui lui restait. Aislinn ajouta du bois dans le feu, prit d'une main un bâton, sa dague de l'autre. Elle pouvait compter à présent une douzaine de bêtes qui grondaient, ricanaient, paraissaient calculer la meilleure position à prendre.

Brusquement, un grondement puissant déchira la nuit et les loups, la queue basse, s'écartèrent pour laisser passer un des leurs deux fois grand comme eux. Il s'approcha, jeta un coup d'œil sur la scène, tourna le dos à Aislinn, fit entendre à nouveau son terrible grondement et surveilla le départ des autres loups. Puis, il fit face à la jeune femme et planta dans ses yeux un regard jaune, oblique, d'une intelligence extraordinaire. Elle parla avant de savoir ce qu'elle disait.

— Wulfgar !

L'énorme animal se coucha alors avec l'aisance d'un chien bien dressé.

Aislinn posa son bâton, remit sa dague dans son étui. Les mâchoires du loup s'ouvrirent comme sous un sourire confirmant l'entente. La tête posée sur ses pattes allongées, il resta cependant en alerte, sans la quitter des yeux. Appuyée contre un arbre elle eut soudain l'impression qu'elle était, dans ce bois sauvage, tout autant en sécurité qu'elle l'avait été à Darkenwald.

Un loup hurla et Aislinn sursauta, consciente de s'être endormie. Le grand fauve dressa la tête et fixa l'obscurité derrière elle mais ne bougea pas. Elle attendait, tendue de tous ses nerfs. Puis une pierre roula et, lentement, elle se retourna.

— Wulfgar, balbutia-t-elle.

Il s'approcha, tirant sa monture derrière lui, la regarda, puis regarda le grand animal de l'autre côté du feu. Elle éprouva de la surprise et du soulagement mêlés car elle en était arrivée à se persuader que ce grand loup qui l'avait si bien gardée et lui n'étaient qu'un.

L'animal se redressa, s'étira, ses yeux dorés soutenant par-dessus les flammes affaiblies le regard des yeux gris. Puis il se retourna, appela d'un jappement bref sa horde qui l'attendait et disparut dans

292

la nuit. Le silence était retombé sur la forêt. Aislinn attendait pendant que Wulfgar la contemplait. Enfin il soupira et dit :

— Madame, vous êtes une folle.

Elle releva le menton et répondit :

— Et vous, messire, vous n'êtes qu'un coquin.

— Parfait. En attendant le jour, profitons donc du confort de cette clairière.

Il attacha son cheval à côté de la triste haridelle et leur donna de l'avoine à tous les deux. Aislinn se résigna et, malgré l'échec de son projet, ne résista pas quand il s'allongea à côté d'elle et l'enveloppa de son manteau.

Maida se redressa brusquement et, en marmonnant, se leva pour remettre du bois dans le feu. Elle s'arrêta court à la vue du cheval attaché à côté de la jument et son maître couché contre Aislinn. Furieuse, elle tapa du pied par terre.

Sa fille, elle, se sentait merveilleusement heureuse, serrée tout contre Wulfgar.

— Oh ! le bébé remue, murmura-t-il soudain. C'est signe de force.

Il parlait rarement de l'enfant et, quand elle le surprenait à contempler son ventre, elle se demandait s'il songeait que c'était son fils qui y grandissait.

— Il remue souvent, répondit-elle, très bas.

— Tant mieux, fit-il en serrant le manteau plus étroitement autour d'eux.

Ils s'éveillèrent ensemble.

— Pourquoi es-tu partie ? Tu avais tout ce qu'une femme peut désirer. Un lit chaud, un protecteur vigoureux, une épaule où te reposer, de la nourriture en abondance et de l'amour pour occuper les longues nuits d'hiver.

— Ah ! oui, tout ? Puis-je vous demander de compter avec moi ? Le lit, c'était celui de mon père assassiné. En fait, je dois davantage protéger que je ne le suis moi-même contre ceux qui ne connaissent

que l'épée ou le fouet. Une épaule où me reposer ?
Je ne l'ai pas encore trouvée. La nourriture provient
de ce qui m'appartenait autrefois. Et l'amour ?
L'amour ! J'ai été violée par une brute d'ivrogne.
Je suis devenue l'esclave d'un seigneur Normand.
C'est cela l'amour ? On m'enchaîne au pied d'un
lit, on me menace. (Elle lui prit la main, la posa
sur son ventre :) Vous sentez cet enfant qui remue.
Il a été conçu dans l'amour peut-être ? Comment le
dirai-je ? Je l'ignore.

Il ouvrit la bouche pour parler, elle le devança :

— ... Non, vous m'écouterez. Dans la maison
même où je jouais petite fille, on m'insulte chaque
jour. Mes affaires, tout ce que j'avais, on m'a tout
pris. Je ne peux même pas dire d'une robe qu'elle
m'appartient car, le lendemain, je peux voir une
autre que moi la porter. Le seul animal que j'aimais,
on me le tue. Oui, dites-moi, messire, qu'ai-je à
moi ?

— Tu n'as qu'à me demander ce que tu veux,
si c'est en mon pouvoir, je le dépose à tes pieds.

Elle regarda droit dans les yeux et répondit lentement :

— Wulfgar, voulez-vous m'épouser et donner un
nom à cet enfant ?

— Toujours le même piège !

— Bien sûr, je vous plaisais quand j'étais mince,
mais, à présent, ce n'est plus pareil. Inutile de me
parler du désir que vous éprouvez pour Haylan. On
lisait la convoitise dans vos yeux quand elle dansait
pour vous.

— La convoitise ? Le spectacle me plaisait, c'est
tout.

— Le spectacle ! Parlons-en ! Elle vous invitait
dans son lit.

— Madame, jamais vous n'avez cherché à me
plaire de la sorte.

— Quoi ! Avec mon ventre ! Vous voudriez me
voir danser et faire la folle ?

— Ce sont de fausses excuses. Tu es aussi mince qu'elle et j'aimerais, une fois de temps en temps, que tu te montres cajoleuse au lieu de devoir me battre avec toi et entendre tes méchancetés.

Les yeux violets brillèrent de rage :

— Mes méchancetés alors que vous raillez et me blessez sans cesse !

— Ce n'est pas dans ma nature de débiter des fadaises comme Ragnor. Je ne sais pas faire la cour à une femme mais je me suis montré généreux avec toi.

— Vous m'aimez peut-être un tout petit peu ? demanda-t-elle doucement.

— Bien sûr, Aislinn, murmura-t-il en lui caressant le bras. Je t'aime chaque soir, jusqu'à ce que tu demandes grâce.

Elle ferma les yeux et laissa échapper un gémissement.

— ... Nieras-tu que mes caresses éveillent une réponse en toi ?

— Je suis votre esclave. Que puis-je dire à mon maître ?

— Tu n'es pas mon esclave ! s'écria-t-il. Quand je te caresse tu viens à moi, toute chaude !

Elle rougit et lança un coup d'œil anxieux vers le sous-bois où sa mère avait disparu. Il se moqua d'elle :

— Crains-tu qu'elle apprenne que tu te plais dans le lit d'un Normand ? Peut-être peux-tu tromper ta mère, mais ce n'est pas ma façon de te faire l'amour qui t'a poussée à fuir.

Avec un cri de rage, elle leva la main pour le frapper mais il la saisit au vol, la renversa sur le sol et l'y maintint de tout son poids.

Elle cessa très vite de lutter, comprenant que ce serait vain. Des larmes s'échappèrent de ses paupières closes :

— Vous êtes cruel, Wulfgar. Vous jouez avec moi et vous vous moquez de ce que je ne puis freiner.

Je voudrais être froide, insensible, peut-être alors serais-je moins tourmentée par votre contact.

Il se pencha sur elle, lui baisa doucement le nez, les paupières salées par ses larmes, puis les lèvres, et elle ne put repousser son baiser.

— Que vois-je ? (La voix de Maida résonna, très claire.) Un Normand se roulant dans la rosée ? Ne pourrions-nous pas plutôt nous mettre en route, monseigneur ?

La nuit était tombée, quand ils atteignirent Darkenwald. Les torches brûlaient de chaque côté de la grande porte et, à leur lueur, Aislinn vit la fatigue qui marquait le visage de sa mère. Elle la prit par le bras :

— Venez, je vais vous conduire chez vous.

D'un geste, Wulfgar l'en empêcha :

— Je m'en charge. Monte dans notre chambre et attends-moi. Je ne serai pas long.

Un bon feu brûlait dans la cheminée, allumé vraisemblablement par Sweyn, toujours loyal et ne doutant pas du succès de ce qu'entreprenait Wulfgar.

Avec un soupir, Aislinn laissa tomber sa robe souillée et ôta sa chemise. Comme elle tendait le bras pour prendre une fourrure et s'en envelopper, elle entendit la porte s'ouvrir derrière elle. Serrant sa chemise sur elle, elle se retourna.

Gwyneth se tenait sur le seuil :

— Alors vous êtes revenue.

— Comme vous le voyez, et toujours en vie.

— Quelle misère ! Moi qui espérais que vous rencontreriez quelque loup affamé.

— Puisque vous tenez à le savoir, c'est ce qui s'est passé.

— Le brave bâtard ! Toujours à se faire valoir.

— Vous connaissez bien peu votre frère, Gwyneth.

L'autre se redressa, avança, balaya la silhouette mince d'un regard de mépris :

— J'avoue ne pas comprendre pourquoi il court

vous chercher en pleine nuit alors qu'il va vous envoyer bientôt en Normandie ou dans quelque autre pays lointain. C'est de la folie.

— Pourquoi le haïssez-vous tant ? demanda Aislinn d'un ton grave. A-t-il jamais cherché à vous faire du mal ? Vous êtes si venimeuse à son égard que je n'arrive pas à comprendre.

— Et comment pourriez-vous comprendre, espèce de catin ! Du moment que vous vous étalez dans son lit, ça vous satisfait. Qu'est-ce que vous y gagnerez ? D'autres bâtards ?

Aislinn avala une réponse cinglante quand un mouvement attira son attention.

Debout à la porte, Wulfgar les écoutait avec attention, les bras croisés sur la poitrine. Devant le silence d'Aislinn, Gwyneth se retourna pour suivre son regard et rencontra celui de son frère.

— Tu es venue nous souhaiter la bienvenue, Gwyneth ? demanda-t-il d'un ton brusque.

Il ferma la porte et, traversant la pièce, posa sa cotte de mailles sur le coffre à côté de la robe d'Aislinn :

— ... Tu ne cherches pas à cacher ton mépris pour nous, Gwyneth. Tu n'es pas heureuse ici ?

— Quoi ? Dans ce misérable trou ? répliqua-t-elle, la voix aigre.

— Tu es libre d'en partir, répondit Wulfgar avec lenteur. Personne ne te retiendra.

— Me jetterais-tu dehors, mon frère ?

Il haussa les épaules :

— Je me contente de t'assurer que je ne te retiendrai pas si tu choisis de t'en aller.

— S'il n'y avait pas mon père, tu trouverais un moyen de te débarrasser de moi.

— Parfaitement exact.

Il se rapprocha d'Aislinn et, soulevant l'une de ses boucles brillantes, y déposa un baiser.

Gwyneth le regarda faire, une moue de dégoût aux lèvres.

— Nous ne sommes que des êtres humains, donc imparfaits, quel travail que de mépriser tout le monde ma pauvre sœur ! soupira Wulfgar.

— Certains peuvent être tolérés plus que d'autres.

— Non. De qui veux-tu donc parler ? De Ragnor peut-être ? Cette crapule ?

Gwyneth se redressa aussitôt :

— Et que sais-tu d'un gentilhomme, toi pauvre bâtard ?

— Oh ! beaucoup. J'ai dû subir les insultes de vos pareils, à Ragnor et à toi, depuis mon enfance. Je connais parfaitement leurs grands airs et c'est du vent pour moi. Si vraiment tu veux te choisir un mari, Gwyneth, juge-le d'après son cœur, non pas par la façon dont ses ancêtres se sont comportés. Méfie-toi de Ragnor, ma sœur. Il n'est pas de ceux à qui l'on peut faire confiance.

— C'est l'envie qui te fait parler.

Il gloussa et, du doigt, caressa le bord de l'oreille d'Aislinn.

— Comme tu voudras. Mais je t'aurais prévenue.

Elle marcha d'un pas raide vers la porte, se retourna le temps de les regarder avec dédain et claqua le vantail derrière elle.

Avec un rire léger, Wulfgar la balaya de ses pensées, puis il attira Aislinn à lui. Elle ne résista pas, mais, sentant ses lèvres sur les siennes, elle s'efforça de penser à tout ce qui la préoccupait, accueillant de ce fait ses caresses avec une froideur à laquelle il n'était pas accoutumé. Au bout de quelques secondes, il leva la tête, regarda au fond des grands yeux violets, innocents :

— Qu'as-tu ?

— Vous ai-je déplu, monseigneur ? Quel est votre désir ? Dites. Je vous obéirai, je suis votre esclave.

Il fronça les sourcils :

— Non, je te l'ai déjà dit aujourd'hui.

— Mais, monseigneur, je suis ici pour vous plaire. Qu'est-ce qu'une esclave sinon une créature destinée à se plier aux désirs de son maître ? Désirez-vous mes bras autour de votre cou ? (Retenant sa chemise d'une main, elle lui passa l'autre sur la nuque.) Désirez-vous un baiser ? (Se dressant sur la pointe des pieds, elle posa ses lèvres sur les siennes. Puis, elle reprit sa position première.) Là, j'ai fait comme vous le voulez, n'est-ce pas ?

D'un geste brusque, Wulfgar arracha sa tunique puis il s'assit sur le lit et ôta sa chemise. Quand il se redressa pour enlever ses chausses, Aislinn gagna le pied du lit, s'assit par terre malgré la morsure du sol froid sur sa peau nue. Sous le regard stupéfait de son amant, elle glissa son petit pied dans l'anneau de la chaîne et le referma sur sa cheville.

Il poussa un rugissement, bondit vers elle, la releva d'une secousse.

— Qu'est-ce que cela signifie ? hurla-t-il.

Elle le regarda, les yeux dilatés par une candeur feinte.

— Mais, monseigneur, une esclave, cela s'enchaîne n'est-ce pas ? Pardonnez mon ignorance, parfois je m'égare, mais je ne suis une esclave que depuis la venue des Normands.

Avec un juron, il se pencha, détacha l'anneau, souleva Aislinn et la jeta sur le lit.

— Tu n'es pas une esclave, tonna-t-il.

— Bien, monseigneur, répondit-elle luttant pour ne pas rire. Comme vous voudrez, monseigneur.

— Pour l'amour de Dieu ! Que veux-tu de moi ? Je te dis que tu n'es pas une esclave. Que veux-tu de plus ?

Elle battit des cils :

— Je ne désire que vous plaire, monseigneur. Pourquoi une telle colère, je suis là pour faire ce qu'il vous plaira !

Un instant, il la regarda fixement comme pour chercher à la comprendre. Puis, la lumière se faisant en lui, il se rhabilla. A la porte, la voix d'Aislinn l'arrêta :

— Où allez-vous, monseigneur ? Vous aurais-je déplu ?

— Je vais retrouver Sweyn, grogna-t-il. Lui, il me laisse en paix !

La porte tremblait encore dans ses gonds qu'Aislinn s'endormait un sourire aux lèvres.

20

Wulfgar passa la nuit dans l'écurie, en compagnie de son cheval. Il chevaucha dur toute la journée du lendemain dans l'espoir que la fatigue l'inciterait au sommeil. Il n'était pas entré dans le manoir depuis la veille, mais il avait aperçu Aislinn se rendant chez sa mère. De loin, il admirait ses merveilleux cheveux, le balancement de ses hanches. Elle lui lançait des regards furtifs mais faisait en sorte de ne pas croiser son chemin. Les hommes s'interrogeaient.

Le troisième jour, il se leva et prit son petit déjeuner dans la salle commune, jetant des coups d'œil vers l'escalier jusqu'à l'apparition d'Aislinn. Elle sembla surprise de le voir puis, se ressaisissant très vite, aida Ham à servir. Elle passa un plat aux hommes attablés ; arrivée à sa hauteur, elle le lui tendit, sans un mot. Il se servit, la regarda.

— Emplis ma coupe, esclave, ordonna-t-il.

Elle obéit sous le regard ravi de Gwyneth qui, ce soir-là, occupa la place d'Aislinn à côté de Wulfgar. Elle se montra plus aimable avec son frère, tenta de converser avec lui. Mais il lui répondait à peine, toute son attention centrée sur Aislinn qui s'activait avec Ham et Kerwick. Celui-ci l'aidait souvent à soulever les énormes plats. Elle riait, parfois, à une plaisanterie.

— Tu vois son jeu avec lui ? murmura Gwyneth à

l'oreille de son frère. Crois-tu vraiment qu'elle vaille la peine que tu t'occupes d'elle ? Regarde plutôt Haylan. Elle est d'une nature beaucoup plus aimante, c'est visible.

Cependant, malgré tous les efforts de sa sœur, Wulfgar reportait toute son attention à Aislinn. Bolsgar, qui le surveillait, se pencha vers lui :

— Sa présence te torture. Elle sait que tu la regardes et s'amuse à tes dépens. Kerwick n'est pas un imbécile. Il épousera la fille et reconnaîtra son enfant. Pourquoi ne pas la lui donner ? Il serait heureux. Mais toi... hein, toi ? Supporterais-tu l'idée qu'elle partage son lit ?

— Allez-vous vous taire ! gronda Wulfgar avec un énorme coup de poing sur la table.

— Si tu ne la prends pas, poursuivit Bolsgar, imperturbable, tu ne peux pas honnêtement empêcher le jeune Saxon de l'épouser pour donner son nom à l'enfant.

— Quelle différence cela ferait-il pour lui ? Ma mère était mariée avec vous et l'on m'appelle quand même bâtard.

Bolsgar pâlit :

— Je t'ai renié. Combien de fois ai-je regretté mon geste, ai-je voulu te voir revenir ! Tu étais davantage un fils pour moi que Falsworth. Je suis sans cesse torturé par la souffrance que je t'ai infligée. Mais cela ne peut pas être réparé. Seras-tu aussi fou que moi ?

Wulfgar se détourna, très troublé. Puis il se leva et quitta la pièce sans se rendre compte qu'Aislinn le suivait des yeux, anxieuse.

Le lendemain matin, Wulfgar la réveilla en arrachant les couvertures du lit et en lui administrant une claque magistrale sur les fesses :

— Lève-toi. J'ai des hôtes de marque aujourd'hui et j'entends que tu soignes ta toilette.

Mécontente, elle se leva en frottant l'endroit maltraité et elle sursauta en entendant Wulfgar frapper vigoureusement dans ses mains. La porte s'ouvrit aussitôt, livrant passage à Hlynn et Miderd qui portaient de l'eau.

— Un bain parfumé vous remettra les idées d'aplomb, dit-il. Mettez donc votre robe jaune, ajouta-t-il avant de sortir. Obéissez, esclave !

A contrecœur, Aislinn laissa les deux femmes l'aider à sa toilette, la peigner longuement, tressant ses cheveux de rubans jaunes et ramenant le tout en une masse lumineuse sur le sommet de sa tête. Elles lui passèrent la robe de velours jaune, ceignirent ses hanches d'une ceinture de filigrane d'or.

Puis Miderd se recula, pour admirer leur œuvre :

— Oh ! Madame, il n'y a pas de mots pour dire comme vous êtes belle. Nous sommes si heureuses qu'il vous ait ramenée.

Aislinn l'embrassa :

— A dire vrai, moi aussi. Mais je ne sais toujours pas s'il ne veut pas me remplacer.

Ne sachant que répondre, les deux femmes s'empressèrent de remettre la chambre en ordre avant le retour de Wulfgar et disparurent. Lorsqu'il revint, il se planta devant Aislinn, les mains croisées dans le dos, la détailla des pieds à la tête. Elle soutint son regard. Puis il s'approcha d'elle, lui souleva doucement le menton et lui posa un baiser très tendre sur les lèvres.

— Tu es très belle, murmura-t-il (Sa voix était rauque et Aislinn dut résister de toutes ses forces pour ne pas lui passer les bras autour de la taille.) Mais il ne faut pas habituer une esclave aux compliments, ajouta-t-il en se reculant. Descends, les autres attendent.

Puis il quitta la pièce.

Gwyneth avait, elle aussi, fait des frais de toilette et cachait mal son impatience, sa curiosité. Wulfgar, détendu, buvait de la bière et la regardait aller et venir, lui lançant au passage des coups d'œil furieux.

— Tu m'arraches de mon lit sans autre explication que la venue de je ne sais qui. Je me demande qui s'aventurerait dans ce trou perdu à part un simple d'esprit !

— Tu y es bien venue, répondit-il d'une voix douce.

— Raille, mais je ne vois pas ton merveilleux Guillaume venir admirer tes possessions !

Wulfgar haussa les épaules :

— Et pourquoi le ferait-il ? D'autant plus qu'il doit avoir fort à faire si ses sujets passent leur temps à protester, comme certains des miens.

Elle lui répliqua une de ses rosseries habituelles et, se rapprochant de la cheminée où rôtissaient des dizaines de pièces de venaison de toutes tailles, elle ajouta :

— Cela suffirait à nous nourrir pendant des mois ! Tu es d'une imprévoyance !

Sans lui répondre, Wulfgar se détourna pour saluer Bolsgar qui descendait. Il lui avait ouvert ses coffres et, habillé avec soin, le vieillard avait encore fière allure.

Puis la porte s'ouvrit et un homme parut qui portait un paquet assez volumineux. Il le posa aux pieds de Wulfgar qui en sortit plusieurs vêtements d'homme et s'approcha de Kerwick qui, occupé, n'y prêta pas attention.

— Kerwick !

Le jeune homme se redressa immédiatement, et à la vue des vêtements, il ne put cacher sa surprise :

— Monseigneur ?

Wulfgar lui tendit ce qu'il portait.

— Ceci est à vous, je crois ? demanda-t-il d'un ton un peu sec.

— Oui, mais je n'ai aucune idée de la façon dont ils sont arrivés ici.

— Je les ai envoyé chercher. Prenez-les, cessez votre travail et habillez-vous comme un gentilhomme.

Ulcérée, Gwyneth s'en fut à l'autre bout de la salle.

— On m'annonce l'arrivée de mon invité. Il ne saurait tarder, dit Wulfgar d'une voix forte.

La plupart des hommes de Wulfgar étaient présents quand Aislinn parut et elle fit sensation. Milbourne et Gowain étaient au pied de l'escalier et le plus jeune, un instant muet d'admiration, s'empressa de lui offrir son bras. Ravi qu'elle accepte, il la complimenta en termes poétiques et elle lui répondit avec grâce.

— Qu'est-ce donc, sire Gowain ? Auriez-vous donc tant de loisirs que vous perdiez votre temps avec mon esclave ? demanda soudain Wulfgar qui les avait rejoints.

— Je ne faisais que rendre hommage à son exquise beauté, monseigneur.

Wulfgar prit Aislinn par la main et accorda un sourire à l'écuyer confus :

— Vous êtes pardonné, mais prenez garde. Pour une autre fille je n'aurais pas touché à un cheveu de votre tête mais, pour celle-ci, je vous fendrais le crâne.

L'ayant prévenu et les autres avec lui, il entraîna la jeune femme jusqu'aux côtés de Bolsgar qui l'accueillit avec chaleur :

— Ah ! quelle jolie fille vous êtes, Aislinn. Votre beauté réjouit mes vieux yeux.

Elle lui fit une révérence :

— Vous êtes trop bon, messire. Et, à vous, monseigneur, demanda-t-elle, s'adressant à Wulfgar, ai-je l'heur de plaire ?

Il lui sourit, le regard brûlant, mais lui répondit avec indifférence :

— Je vous l'ai déjà dit, la vanité ne sied pas à une esclave. (Tout en parlant, il serra sa main qu'il tenait dans la sienne :) ... Tu es ravissante, murmura-t-il. (Et la devançant comme elle ouvrait la bouche :) Ne demande rien d'autre. Je suis fatigué de ces perpétuelles récriminations. Laisse-moi tranquille.

Libérant sa main d'une secousse, elle s'écarta, fit demi-tour et s'approcha de l'âtre où travaillait Ham. Le nombre des pièces de gibier la surprit :

— Un vrai festin en perspective ? L'hôte attendu doit être important.

— Oui, madame. Il n'a rien épargné pour qu'on se souvienne de ce jour. On travaille aussi aux cuisines.

— Aislinn ?

La jeune femme se retourna et ne put cacher sa surprise à la vue de Kerwick, luxueusement habillé.

— Oh ! que vous êtes beau ! s'écria-t-elle.

— C'est une impression bien agréable que de porter des vêtements propres, admit-il. Il les a envoyé chercher... exprès pour moi.

— Qui cela ? demanda Aislinn qui suivit son regard. Vous voulez dire que Wulfgar les a fait chercher, pour vous, à Cregan ?

Il acquiesça d'un signe de tête et le visage de la jeune femme s'illumina. Elle le pria de l'excuser et rejoignit Wulfgar qui l'accueillit avec un sourire.

— Alors, ma chérie, vous avez décidé que vous pouviez supporter mon humeur ?

— De temps à autre, mais pas trop, répondit-elle, ses yeux violets lumineux retenant les siens captifs.

Longtemps, ils restèrent ainsi, jouissant de leur présence réciproque. La voix aigre de Gwyneth les sépara brusquement.

— Un bâtard et sa catin, cracha-t-elle. Vous vous êtes retrouvés. Qu'attendre d'autre des gens du peuple ?

Bolsgar ordonna à sa fille de se taire, mais elle n'en tint aucun compte et toisa Aislinn :

— Attifée pour recevoir le roi lui-même ! Mais votre ventre gâche tout...

D'instinct, Aislinn leva la main vers sa taille un

peu arrondie. Wulfgar fronça les sourcils et retint une réplique cinglante :

— Ne sois pas cruelle, Gwyneth. Je ne veux pas de cela aujourd'hui. Ou bien tu te montres respectueuse envers Aislinn, ou tu iras dans ta chambre.

— Je ne suis pas une enfant ! protesta-t-elle, indignée. Et je ne serai pas respectueuse avec une traînée.

— Non, tu n'es pas une enfant. Mais je suis maître ici et tu m'obéiras. Oui ou non ?

Gwyneth serra les lèvres et ses yeux pâles se rapetissèrent. Mais, à la vue de Haylan qui s'approchait, elle sourit à Wulfgar :

— Voilà cette chère Haylan. Tu remarqueras que j'ai partagé mes maigres toilettes avec elle.

Ils se tournèrent tous vers la jeune veuve et Aislinn reconnut sur elle sa propre robe mauve. Encouragée par les événements des jours précédents, Haylan s'avança et, habile, parvint à se glisser entre Wulfgar et Aislinn. Du bout du doigt, elle lui caressa la poitrine jusqu'à l'ourlet de son manteau.

— Vous êtes très élégant, monseigneur, dit-elle d'une voix de gorge.

Aislinn se raidit et lutta contre l'envie d'empoigner l'autre par les cheveux et d'administrer un vigoureux coup de pied à son postérieur rebondi. Machinalement, elle jouait avec la poignée de sa dague.

Haylan s'appuyait contre Wulfgar, ses seins ronds pressés contre son torse et, les yeux levés vers les siens, elle caressait le velours de sa tunique.

— Désirez-vous que je m'éloigne, monseigneur ? demanda Aislinn, la voix coupante. Je m'en voudrais d'interrompre votre plaisir.

Wulfgar se hâta de se libérer de Haylan et entraîna Aislinn.

— Quand je pense qu'elles me traitent de catin ! murmura-t-elle.

Il rit :

— Le terme conviendrait effectivement mieux à la veuve. J'ai craint pour sa vie cependant à voir ton regard assoiffé de sang.

Elle s'écarta vivement :

— Ne vous tracassez surtout pas. Je ne chercherai jamais qu'à me défendre si l'on m'attaquait.

A cet instant, la grande porte fut ouverte à la volée et un violent courant d'air s'engouffra dans la salle. Sweyn, en grande tenue, s'encadra sur le seuil. A la vue de tous les visages tournés vers lui, il éclata d'un rire puissant.

— L'homme approche, Wulfgar ! tonna-t-il.

Sans un mot, Wulfgar prit la main d'Aislinn et la conduisit à Bolsgar à qui il la confia. Puis il rejoignit Sweyn pour accueillir le nouveau venu.

On entendit alors un léger bruit de sabots, un glissement de sandales, et le frère Dunley, un large sourire sur le visage, parut. Un murmure d'étonnement naquit pendant qu'il s'approchait de Wulfgar et de Sweyn avec lesquels il s'entretint à voix basse. La surprise crût lorsque Wulfgar conduisit le moine à la table où il lui versa un gobelet de vin.

Sa soif étanchée, l'air grave, le frère Dunley entreprit de gravir une partie de l'escalier. Il s'arrêta à la cinquième marche, se retourna, fit face à l'assemblée, éleva une petite croix en or et attendit.

Wulfgar s'avança jusqu'à lui et, se tournant, fit un léger signe de tête à Bolsgar qui comprit alors la signification de cette scène. Il plaça la main d'Aislinn sur son bras et guida la jeune femme, fort étonnée, jusqu'à Wulfgar. Prenant à son tour la main d'Aislinn, le seigneur de Darkenwald s'agenouilla et l'invita doucement à l'imiter.

Maida se laissa tomber brusquement sur un banc à côté d'elle, stupéfaite. Un instant, très ému, Kerwick se sentit heureux pour Aislinn. Gwyneth manqua défaillir de rage, tous ses projets s'évanouissant d'un seul coup. Et Haylan, qui, jusqu'à la dernière seconde, s'était refusée à comprendre, se mit à pleurer en entendant le prêtre bénir le couple.

La voix de Wulfgar s'éleva, forte et claire, et ce fut Aislinn qui bredouilla, répéta les paroles consacrées, comme dans un rêve.

— Quoi ? murmura-t-elle enfin. Je n'ai pas...

Le moine se pencha vers elle :

— Voulez-vous, en embrassant cet homme, sceller les vœux que vous venez de prononcer ?

Elle se tourna vers Wulfgar et, se demandant si tout cela n'était pas dû à son imagination, elle le regarda, la bouche entrouverte. Sweyn rompit le silence en empoignant un pichet de bière dont il frappa d'abord la table avant de l'élever en criant :

— Vive Wulfgar, sire de Darkenwald !

Les hommes lui firent immédiatement écho et joignirent leurs voix à la sienne en un tonnerre de hourras. Et à nouveau le pichet s'abattit sur la table.

— Vive Aislinn, dame de Darkenwald !

Cette fois-ci, les vivats furent tels que la voûte en trembla.

Aislinn accepta enfin la vérité et, avec un petit cri, se jeta au cou de Wulfgar et le couvrit de baisers, riant et pleurant à la fois. Pour la calmer, il dut la maintenir à bout de bras. Mis en joie par cette gaieté subite, Sweyn la serra contre lui avant de lui plaquer un baiser retentissant sur chaque joue. Puis il la passa à Gowain, qui en fit de même ainsi que Milbourne et Bolsgar, puis Kerwick et tous les autres. Elle revint à Wulfgar, rose d'excitation et secouée de rire. Il la prit dans ses bras, l'embrassa longuement. Elle lui rendit ses baisers de tout son cœur. Lentement, ils tournèrent sur eux-mêmes, soudés l'un à l'autre sous les cris d'encouragement.

La gaieté était générale et nul ne remarqua Maida qui, émergeant de sa stupeur, avec un gémissement de désespoir s'enfuyait en s'arrachant les cheveux.

Gwyneth monta lentement dans sa chambre où elle resta seule, dans l'obscurité, et Haylan partit en pleurant sur les talons de Maida.

On mit en perce d'autres tonneaux de bière, on éventra des outres de vin et l'on trancha la viande. Wulfgar, renversé dans son fauteuil, prenait plaisir aux divertissements car l'on avait, en hâte, fait venir des acrobates, des danseurs et des musiciens. Aislinn, follement heureuse, s'amusait de tout son cœur et les réjouissances continuèrent jusqu'au moment où Wulfgar se leva et s'éclaircit la gorge. Tout le monde se tourna vers lui, serfs et guerriers, archers et marchands, et quand il commença à parler, en français pour le bénéfice de ses hommes, les serfs se groupèrent autour de Kerwick pour se faire traduire ses paroles :

— Ce jour restera dans les souvenirs comme celui de l'alliance des Normands et des Saxons. Aussi cet endroit sera-t-il un lieu de paix. Bientôt, selon le vœu du roi nous bâtirons ici un château fort qui assurera la protection des bourgs de Darkenwald et de Cregan. En cas de danger, Normands et Saxons y trouveront refuge. Ceux de mes hommes qui le souhaitent peuvent s'installer, exercer une profession, un commerce, qui les fera vivre. Messires Gowain, Beaufonte et Milbourne ont consenti à rester mes vassaux et nous continuerons à protéger tout le monde.

Il marqua un temps d'arrêt et l'on discuta ferme puis il reprit :

— ... Il me faut un lieutenant qui soit juste envers les Normands comme envers les Saxons. Il agira en mon nom pour les affaires courantes et tiendra registre de tout. Aucune opération de troc, de vente, aucun mariage ne seront reconnus avant qu'il ne les ait enregistrés dans ses livres. Mon mariage avec dame Aislinn sera son premier acte enregistré.

Il s'arrêta de nouveau, regarda autour de lui :

— ... Voilà. J'ai remarqué que, parmi les Saxons,

il en est un qui parle fort bien les deux langues, un homme très instruit pour lequel les chiffres n'ont pas de secret et dont l'honnêteté est irréprochable. Il s'agit de Kerwick de Cregan et je le nomme commissaire de Darkenwald.

Des exclamations de surprise jaillirent. Quant à Aislinn, elle resta muette de stupeur. On poussa Kerwick en avant.

— ... Kerwick, vous croyez-vous capable d'exercer ces fonctions ? demanda Wulfgar quand il fut devant lui.

Le jeune Saxon releva la tête et répondit avec fierté :

— Oui, monseigneur.

— Bon, à dater de ce jour, vous n'êtes plus serf mais lieutenant du seigneur de Darkenwald. Vous avez autorité pour parler et agir en mon nom. Je vous fais confiance pour vous montrer juste et équitable.

Puis Wulfgar ajouta, mais pour les seules oreilles de Kerwick :

— ... Faisons la paix par égard pour ma dame, dit-il en tendant la main.

Kerwick la prit et la serra.

— Pour l'amour de votre épouse et de l'Angleterre, répondit-il.

Puis il se retourna pour recevoir les compliments des autres et Wulfgar regagna son siège. Aislinn ne l'avait pas quitté des yeux.

— Mon mari ! fit-elle comme si elle prononçait un mot magique, le regard lumineux.

Il rit doucement, porta ses doigts à ses lèvres :

— Ma femme !

Elle se pencha alors vers lui en souriant :

— Ne trouvez-vous pas qu'il se fait bien tard ?

— En effet, madame, très tard.

Elle avait posé une main sur ses genoux et ce simple contact fit naître en eux le même désir. Ils lisaient au fond de leurs yeux des promesses que chacun était prêt à tenir. Mais, brusquement, on les sépara. Les hommes de Wulfgar l'avaient saisi comme un enfant et se le passaient de main en main, au-dessus de leurs têtes. Un instant très surprise, Aislinn éclata de rire et c'est toujours en riant qu'elle se sentit soulevée soudain elle aussi par Kerwick qui la passa à Milbourne, puis à Sweyn et de là à Gowain. On remit les nouveaux mariés sur pied au centre de la grande salle. A peine Wulfgar eut-il le temps de serrer sa femme sur sa poitrine qu'on le séparait à nouveau d'elle. Cette fois on lui banda les yeux et Sweyn le fit tourner comme une toupie avant de le lâcher avec ordre de retrouver sa femme s'il voulait partager son lit cette nuit-là.

Wulfgar, la tête renversée en arrière, rit de bon cœur.

— Oh ! femme ! où es-tu ? Viens que je t'attrape ! cria-t-il.

Aislinn, entourée par un groupe de femmes dont Hlynn et Miderd, reçut, par gestes, injonction de se taire. Etouffant son envie de rire, elle regarda son mari commencer ses recherches, les mains tendues.

Un froissement l'arrêta et il saisit Hlynn. Celle-ci, secouée de joie, gloussa et il la relâcha aussitôt en hochant la tête. On lui poussa Miderd dans les bras, mais le seul contact de son poignet lui apprit qu'il ne s'agissait pas de sa femme. Il avança, traversant avec souplesse le groupe des femmes, s'arrêtant une seconde devant l'une ou l'autre et repartant aussitôt. Puis, brusquement, il s'arrêta, les narines palpitantes. Sa main se referma sur un poignet gracile. Sa captive ne réagit pas et des rires étouffés fusèrent alentour. Ses doigts touchèrent une étoffe de lainage rugueux très différent du velours de la robe d'Aislinn, mais, avec une lenteur voulue ils explorèrent la courbe d'un sein rond, à la joie générale.

— Votre femme vous regarde ! cria quelqu'un.

Il ne se laissa pas démonter et, enlaçant une taille souple, attira la jeune femme vers lui. Il pencha la tête et sa bouche rencontra des lèvres qui l'attendaient.

— Monseigneur, vous vous trompez ! cria quelqu'un d'autre.

Sans interrompre son baiser, il leva une main, dénoua le bandeau qui l'aveuglait et rencontra le regard des doux yeux violets. Aislinn se mit alors à rire et, comme ils se séparaient, elle se défit du manteau que quelqu'un lui avait jeté sur les épaules.

— Quel est votre secret, monseigneur ? voulut savoir Gowain. Vous l'avez reconnue avant même de la toucher.

— Chaque femme a son odeur propre, mon ami, et les parfums n'y changent rien.

Déjà, Aislinn, avec un coup d'œil complice à Wulfgar, s'était échappée. Miderd et Hlynn l'attendaient dans sa chambre. Elles l'embrassèrent affectueusement, puis l'aidèrent à se déshabiller. Miderd lui brossa les cheveux pendant que Hlynn mettait de l'ordre dans la pièce. Enfin, elles la laissèrent. Elle entendait les rires monter d'en bas et elle avait envie de danser de bonheur. Quel homme merveilleux ! La façon dont il avait tout prévu et celle dont il avait traité Kerwick !

Perdue dans ses pensées elle sursauta à un bruit léger venu de la porte. Maida se glissait dans la chambre, refermait derrière elle.

— Elles sont enfin parties, gémit-elle Elles feraient tourner le lait, avec leurs bavardages stupides.

— Mère, ne parlez pas ainsi de Hlynn et de Miderd. Elles m'ont beaucoup aidée dans des moments douloureux, commença Aislinn. (Puis elle fronça les sourcils à la vue des haillons dont sa mère était vêtue :) ... Oh ! votre façon de vous habiller déplaira à Wulfgar. Voulez-vous que l'on croie qu'il vous maltraite ?

Maida fit une horrible grimace sans paraître entendre ce que disait sa fille :

312

— Marié ! Mariée ! Journée sinistre entre toutes ! Moi qui attendais comme la plus belle des vengeances que tu donnes un bâtard au bâtard ! se lamentat-elle.

— Quoi ? Mais, pour moi, c'est le plus heureux jour de ma vie. Vous devriez être contente que je sois mariée.

— Non ! Non ! s'écria la vieille femme. Tu m'as volé mon dernier espoir de me venger. Je vivais pour voir souffrir l'assassin de mon pauvre Erland !

— Mais ce n'est pas Wulfgar. C'est Ragnor qui l'a tué.

— Peuh ! Tous les Normands sont pareils. Peu importe qui a frappé. Ils sont tous coupables.

En vain, Aislinn tenta de la calmer. Elle hurlait en s'arrachant les cheveux.

— Mais Ragnor est parti. Et Wulfgar est un maître juste et maintenant il est mon mari !

Brusquement, Maida changea d'attitude. Elle s'immobilisa et resta à fixer le feu sans rien dire.

— Mère ? s'inquiéta enfin Aislinn. Vous sentezvous bien ?

Elle se pencha, voyant les lèvres de la vieille femme remuer et l'entendit murmurer :

— Oui... Ce Normand est là... Et dans mon lit...

Elle se retourna d'un geste vif comme si Aislinn l'avait surprise. Elle écarquilla les yeux, les referma à demi et émit un gloussement. Elle regarda fixement sa fille sans paraître la reconnaître et, ramassant ses hardes autour d'elle, se précipita hors de la chambre.

Il y eut un bruit de pas dans le couloir. La porte s'ouvrit sous une poussée violente et Wulfgar fut propulsé à l'intérieur de la pièce. Haletant, il s'empressa de refermer derrière lui et se retourna vers Aislinn. Le feu révélait sa silhouette à travers le tissu léger de sa robe de nuit, accélérant les pulsations de son sang. Cependant, il hésita, incertain de là façon dont elle l'accueillerait. Rien, dans sa façon d'être, ne l'encourageait à jouer son rôle de mari. Il eut un geste de la main vers la porte.

— Ils semblaient d'avis qu'il nous fallait passer la nuit ensemble, dit-il.

Elle ne répondit pas. Il ôta son manteau, le plia avec soin, dégrafa sa ceinture, la mit à sa place. Aislinn le suivait des yeux, mais elle tournait le dos au feu et il ne pouvait voir son expression de tendresse. Il s'assit au pied du lit, se releva pour accrocher sa tunique.

— Si tu te sens lasse, murmura-t-il, sans cacher sa déception, je ne veux pas te forcer, cette nuit, à...

Il se battait avec les lacets de son haut-de-chausses, se sentant, pour la première fois de sa vie, complètement désemparé devant une femme. Le mariage diminuerait-il le plaisir ?

Enfin Aislinn se leva, s'approcha de lui et, lui prenant les lacets des doigts, les dénoua prestement. Puis elle souleva la chemise et lui posa les mains sur les côtes.

— Wulfgar, murmura-t-elle. Comme vous êtes bien dans votre rôle de jeune marié idiot ! Serait-ce mon tour de vous enseigner le jeu où je vous croyais maître ?

D'une caresse à deux mains, elle lui enleva sa chemise et, ramenant sa tête vers la sienne, elle lui prit la bouche, lentement. Appuyée contre lui, elle lui caressait le dos en l'embrassant. L'esprit en tumulte, les sens en feu, il la sentait qui lui couvrait les lèvres, le cou, la poitrine de baisers fiévreux, qui osait des caresses enivrantes.

Elle s'écarta de lui juste le temps de laisser glisser à ses pieds la robe de soie. Il sentait comme une merveilleuse brûlure la pression de ses seins contre sa poitrine et c'est en amant que, se décidant soudain, il la saisit, l'emporta, la coucha sur le lit, se dénudant totalement d'un coup de pied. Audacieuse, follement amoureuse, elle accueillait ses caresses, les lui rendait. En extase, totalement arquée, elle ouvrit un instant les yeux et crut s'étrangler.

Une silhouette noire se dressait au-dessus d'eux. L'éclair d'une lame brilla. Avec un hurlement de terreur, Aislinn tenta de repousser Wulfgar. En l'entendant crier, il eut un mouvement de recul et la lame l'atteignit à l'épaule. Fou de rage, il réagit aussitôt par un coup de poing, un juron, et saisit son assaillant à la gorge. Puis il sauta du lit et entraîna l'intrus vers la cheminée. A la lueur du feu, Aislinn reconnut le visage de sa mère à demi étranglée et poussa un nouveau cri. Elle se précipita :

— Non ! Non, ne la tue pas Wulfgar !

Elle s'était accrochée à son bras, tirait désespérément. Mais il ne lâchait pas prise. Les yeux exorbités, Maida devenait violette.

— Elle est folle, Wulfgar. Laisse-la ! supplia Aislinn avec un sanglot.

Ses paroles éteignirent sa rage. Il lâcha sa prise, laissa Maida glisser par terre. Elle y resta à se tordre, luttant pour retrouver sa respiration. Se penchant, il ramassa l'arme tombée et l'examina avec soin. Il la reconnaissait. C'était celle dont Kerwick avait voulu se servir contre lui. Son visage changea d'expression. Il fit volte-face pour regarder Aislinn qui vit ce qu'il pensait.

— Oh non, Wulfgar, pas ça ! s'écria-t-elle d'une voix stridente. Je ne savais rien. C'est ma mère, oui, mais, je le jure, je n'étais pas au courant !

Saisissant sa main qui tenait la dague, elle la retourna contre son propre cœur :

— ... Si tu doutes de moi, Wulfgar, finis-en tout de suite. Ce n'est pas difficile.

Elle tira sur sa main jusqu'à sentir la pointe de la lame contre son sein. Puis elle leva vers lui ses yeux pleins de larmes.

— C'est si simple, murmura-t-elle.

Maida, retrouvant son souffle et ses jambes,

s'enfuit. La porte qui claqua les prévint de son départ, mais ils ne bougèrent pas.

Voyant Wulfgar hésiter, Aislinn fit pression sur sa main. Mais il lui résista. Alors elle se pencha jusqu'à sentir la pointe lui écorcher la peau et une minuscule goutte de sang se mêla au sien, sur le métal.

— Monseigneur, dit-elle, doucement. Aujourd'hui, Dieu a été témoin de mes vœux. Nous ne faisons qu'un, comme nos sangs sur cette lame. Un enfant grandit en moi et je prie que nous ne fassions qu'un en lui car il lui faudra un père tel que vous.

Les lèvres tremblantes, elle le regardait au fond des yeux. Il ne put la renier plus longtemps. Avec un juron, il jeta la dague derrière lui puis, se baissant, il saisit la jeune femme dans ses bras. Il ne pensait même plus à sa blessure.

21

Wulfgar se réveilla aux premières lueurs de l'aube et ne bougea pas de crainte d'éveiller sa femme qui dormait paisiblement, la tête sur son épaule. Jamais encore il n'avait connu plaisir aussi total, aussi riche. A la voir, si tendre, si chaude, son souffle régulier caressant son cou, il avait peine à admettre qu'il s'agissait de la même petite diablesse follement amoureuse de la nuit.

Elle remua et il ramena les couvertures sur ses épaules. Elle soupira, ouvrit les yeux, aperçut les cendres froides de la cheminée, puis remarqua son mari qui la regardait. Elle s'étendit sur lui pour l'embrasser.

— Nous avons laissé le feu s'éteindre, soupira-t-elle.

Il sourit :

— Rien de plus facile. Nous allons le rallumer.

Elle rit, sauta à bas du lit :

— Je parlais de celui de la cheminée.

Il bondit et la rattrapa sans peine. Il était très tard quand ils descendirent prendre leur petit déjeuner. Puis, sans s'occuper des autres, ils partirent à cheval et passèrent la journée à l'extérieur. Le soleil était bas dans le ciel et avait perdu de sa chaleur quand ils regagnèrent le manoir.

Wulfgar croisa le regard froid de Gwyneth comme il installait sa femme à table.

— A voir la façon dont tu dorlotes ces Saxons, on pourrait croire que tu en es un toi-même, dit-elle d'un ton sarcastique. (Puis elle désigna Kerwick qui, à présent, mangeait en compagnie de Gowain et des autres écuyers :) Tu regretteras de lui avoir fait confiance. Crois-m'en.

Wulfgar sourit, parfaitement à l'aise :

— Je ne lui fais pas une confiance aveugle. Mais il sait parfaitement ce que je lui réserve s'il me trompe.

Gwyneth, avec un dernier reniflement de mépris, se pencha sur son assiette. Le repas se passa sans autre incident, servi par une Haylan aux paupières rougies et remarquablement silencieuse. Puis Milbourne convia Bolsgar à une partie d'échecs et Aislinn se leva.

— Je vais voir ma mère, si tu permets, dit-elle penchée vers son mari. Je crains pour sa santé.

— Bien sûr, ma chérie, dit-il. (Puis il ajouta :) Fais attention.

Il la suivit des yeux pendant qu'elle prenait son manteau, puis alla rejoindre ses hommes. Haylan, les lèvres serrées, le regarda traverser la salle et Kerwick, au passage, adressa un sourire moqueur à la jeune veuve :

— Alors, dame de Darkenwald ? On dirait qu'on s'est surestimée ?

Elle lui répliqua par un mot ordurier.

Aislinn longea le sentier menant à la hutte de sa mère et en ouvrit la porte sans frapper ni s'annoncer. Maida était assise sur son lit et contemplait son maigre feu, l'air morose. Mais quand elle reconnut sa fille, elle sauta sur ses pieds et l'accusa aussitôt :

— Aislinn ! Pourquoi m'as-tu trompée ? Nous avions une chance de nous venger...

— Taisez-vous ! l'interrompit-elle, la voix dure. Ecoutez-moi bien. Vous me comprendrez parfaitement, je le sais ! Votre folie n'est qu'une comédie.

Des yeux, Maida parut chercher un moyen de fuir, ouvrit la bouche pour protester. Aislinn ne lui en laissa pas le temps :

— ... Ecoutez-moi ! En admettant que vous réussissiez à tuer un chevalier normand pour venger mon père, et surtout Wulfgar qui est un ami de Guillaume, vous gagneriez de me voir clouer à la porte de Darkenwald et à vous balancer vous-même au bout d'une corde ! Aveuglée par votre idée de vengeance, vous n'avez même pas pensé à ça !

Maida se tordit les mains, voulut parler, mais Aislinn la saisit aux épaules et la secoua de toutes ses forces :

— ... M'entendez-vous ? J'exige que vous cessiez d'importuner les Normands. Guillaume est roi, l'Angleterre est à lui. Pour ce que vous entreprendrez contre les Normands, chaque Saxon est tenu de vous punir !

Elle relâcha sa prise et Maida tomba sur son lit, regardant avec terreur le visage de sa fille déformé par la colère.

— ... Si ce que je viens de vous dire vous est égal, continua-t-elle en appuyant sur les mots, faites bien attention à une chose. Wulfgar est mon mari devant Dieu et devant les hommes. Que vous le blessiez encore une fois et je vous en ferai autant. Si vous le tuez, vous aurez tué celui que j'ai choisi et je ferai en sorte que ma propre mère soit écorchée et pendue sur les murs du château. Je me couvrirai la tête de cendres et me vêtirai de haillons. Je l'aime... oui, je l'aime. Et je sais qu'il m'aime de bien des façons. Pas totalement peut-être, mais cela viendra.

Elle se pencha vers sa mère et son ton se durcit à nouveau :

— Vous avez un petit-fils qui naîtra bientôt. Je ne vous laisserai pas en faire un orphelin. Quand vous aurez retrouvé vos esprits je vous ouvrirai à nouveau les bras. Mais, en attendant, ne portez plus atteinte à la sécurité de Wulfgar ou je vous ferai bannir à l'autre bout de la terre. M'avez-vous entendue et bien comprise ?

Maida, lentement, acquiesça. Aislinn s'adoucit :
— Bon !

Elle aurait voulu alléger un peu le fardeau de sa mère, mais savait que sa dureté porterait davantage de fruits :

— ... Je continuerai à veiller à ce que vous ne manquiez de rien. Portez-vous bien.

Elle sortit, se demandant ce que l'esprit torturé de la vieille femme tirerait de tout cela. Dans la salle commune, Wulfgar regardait les joueurs d'échecs. Il accueillit sa femme avec un sourire et, lui passant un bras autour de la taille, continua de suivre la partie.

Le printemps éclata dans une myriade de fleurs dont la plus belle était Aislinn. Elle tenait sa place avec sagesse et autorité, continuait d'intercéder pour ses compatriotes, pansait les blessés et soignait les malades aussi bien à Darkenwald qu'à Cregan. Et les gens, témoins de son affection pour le grand Normand, commençaient à en avoir moins peur, à le considérer moins en ennemi redoutable qu'en seigneur raisonnable.

On avait commencé à jeter les fondations du nouveau château fort. Et c'est à cette époque que

319

Guillaume fit savoir qu'il regagnerait la Normandie à Pâques. Il s'arrêterait au passage pour voir où en était la nouvelle forteresse de Darkenwald. Pendant les quelques jours qui suivirent cette nouvelle, il régna une activité de ruche au manoir. Près d'une semaine s'écoula cependant avant que le veilleur, sur la tour du guet, ne signale les étendards du roi. Wulfgar se porta au-devant de lui.

Guillaume voyageait avec une cinquantaine d'hommes d'armes dont, à la grande surprise de Wulfgar, Ragnor. Il ne réagit pas cependant, satisfait à l'idée que ce dernier rentrait en Normandie.

Quand Guillaume et Wulfgar pénétrèrent dans le manoir, Aislinn et Gwyneth firent une profonde révérence pendant que Bolsgar, Sweyn et les autres hommes présents offraient leurs respects au roi. Aislinn se relevant, Guillaume vit qu'elle attendait un enfant et, le sourcil levé, il regarda Wulfgar sans un mot.

— Ce ne sera pas un bâtard, sire, le rassura celui-ci. Elle est ma femme à présent.

Guillaume approuva de la tête, avec un léger rire :
— Bon ! Nous ne sommes que trop déjà.

Il salua la jeune femme, la plaisantant sur l'ampleur acquise depuis qu'ils s'étaient vus. Gwyneth bouillait de jalousie, mais, en présence du souverain, elle retint sa langue de vipère. Cependant, à peine furent-ils sortis pour se rendre à l'emplacement du château fort, qu'elle monta d'une traite dans sa chambre, sans se douter de la présence de Ragnor au-dehors.

Aislinn, quant à elle, consciente de ses devoirs de maîtresse de maison, aida à servir la bière fraîche aux hommes restés à l'extérieur. L'un d'eux, détaché de la troupe, était assis, adossé à un arbre, de l'autre côté de la tombe de son père. Son casque posé à côté de lui, un coude sur les genoux, il regardait en direction de la forêt. Elle fut tout contre lui avant de le reconnaître et, de surprise, eut un mouvement de recul. A sa légère exclamation, Ragnor se retourna, vit les grands yeux violets et sourit.

— Ah ! ma colombe, tu m'as manqué, murmura-t-il en se levant.

Puis, en voyant sa silhouette, il ne put cacher son étonnement :

— Tu ne m'avais rien dit, Aislinn.

— Je ne vois pas pourquoi je l'aurais fait, répondit-elle avec hauteur. Cet enfant est de Wulfgar.

De l'épaule, il s'appuya contre l'arbre et ses yeux eurent un éclair de gaieté :

— Vraiment ? Il y a peu de chances que le bâtard réclame ma progéniture, mais sans doute ne saura-t-il jamais qui l'a engendré ! (Il avança d'un pas, se fit sérieux :) Il ne t'épousera pas, Aislinn. Jamais il n'a gardé une femme. Je suis prêt à t'emmener d'ici. Accompagne-moi en Normandie. Tu ne le regretteras pas.

— Au contraire, j'ai tout ce que je veux ici.

— Je te donnerai encore davantage. Beaucoup, beaucoup plus. Pars avec moi. Vachel partage ma tente, mais il acceptera volontiers d'aller dormir ailleurs. Dis que tu viens !

Encouragé par son silence, il poursuivit :

— Il faudra te cacher du roi, mais je trouverai un moyen. Il pensera que j'ai pris un jeune garçon comme écuyer.

Elle rit, dédaigneuse, et joua le jeu un peu plus longtemps :

— Wulfgar nous poursuivra.

Il tendit les mains, lui saisit le visage :

— Non, ma colombe, il trouvera quelqu'un d'autre. Pourquoi viendrait-il alors que tu portes un bâtard ?

Il se pencha pour l'embrasser, mais elle dit tranquillement :

— Parce qu'il m'a épousée.

Ragnor fit un bond en arrière, elle éclata de rire.

— Garce !

— Vous ne m'aimez donc pas, Ragnor ? se moqua-t-elle. (Puis elle changea de ton :) Vous avez assassiné mon père et rendu ma mère folle ! Pensez-vous que je vous pardonnerai jamais ? Je vous verrai d'abord en enfer.

— Je t'aurai, garce, et autant que je le voudrai. Wulfgar ou pas, tu seras à moi. Ce mariage ne compte pas pour moi. Encore moins la vie de Wulfgar. Tu verras, ma colombe !

Il ramassa son heaume, tourna le dos à la jeune femme et s'éloigna à grands pas en direction du manoir. Aislinn, tremblante, s'appuya contre l'arbre et se mit à pleurer, torturée par l'idée que l'enfant qu'elle portait naisse avec la peau brune et les cheveux noirs de Ragnor.

La maison était vide et Ragnor ne croisa personne dans l'escalier. Sans frapper, il ouvrit la porte de la chambre de Gwyneth et la claqua derrière lui. Elle s'assit brusquement sur le lit où elle était étendue.

— Ragnor !

Déjà, il avançait vers elle en ôtant son haubert. Gwyneth eut un cri quand il se jeta sur elle et ses baisers lui écorchèrent les lèvres, mais elle s'accrocha à lui, ravie de son ardeur. Peu lui importait qu'il la blesse, elle tirait plaisir de la douleur. Elle s'enivrait à l'idée qu'il la désirait au point de ne prendre aucune précaution, de courir le risque d'être surpris à tout moment. Elle lui ronronnait son amour à l'oreille, excitée par le danger. Ragnor ne s'encombrait pas de tendresse. Il ne pouvait s'empêcher de comparer sa maigreur et son ardeur aux rondeurs et à la froideur d'Aislinn et, sa rage se mêlant à son désir, il la prit avec frénésie. Les sens calmés, il put feindre des sentiments un peu tendres. Etendue entre ses bras, elle caressait son torse musclé et il se pencha pour lui baiser doucement les lèvres.

— Emmène-moi en Normandie, Ragnor, murmura-t-elle contre sa bouche. Je t'en prie, mon amour, ne me laisse pas ici.

— Je ne peux pas. Je voyage avec le roi et je n'ai pas de tente personnelle. Mais ne crains rien. Je reviendrai. Attends-moi et prends garde aux mensonges que l'on pourra te dire sur mon compte. N'écoute que ce que je te dis.

Ils s'embrassèrent à nouveau, passionnément. Mais, sa faim passée, Ragnor avait hâte de s'éloigner. Il quitta la chambre avec plus de précautions qu'à l'arrivée. Mais il ne rencontra personne et sortit sans être vu.

Au retour de Wulfgar avec le roi, il était étendu sous un arbre et feignait de dormir.

22

L'été s'installa et l'enfant grandit dans le ventre d'Aislinn, en même temps que le château. Les gens contemplaient les deux spectacles, celui de la jeune femme dont l'ardeur et l'énergie semblaient contagieuses et la forteresse, marque tangible de cette sécurité que leur avait promise Wulfgar. Cependant un nouveau danger menaçait. Les serfs et les paysans eux-mêmes jouissaient d'un bien-être inconnu jusque-là et il ne se passa pas longtemps avant qu'une bande de brigands et de voleurs ne découvrît les richesses de cette région florissante. Wulfgar envoya des hommes patrouiller les routes et surveiller les étrangers. Mais cela ne suffit pas et, de plus en plus souvent, des familles dont on avait pillé et saccagé la maison venaient chercher abri et protection au manoir.

Ce fut Aislinn qui, tout à fait par hasard, donna une idée à son mari pour faciliter la surveillance.

Elle s'était retirée dans sa chambre, après le repas de midi, pour se reposer et se rafraîchir un peu. Elle se passa de l'eau sur le visage, puis, prenant le miroir que lui avait acheté Beaufonte, à la foire de Londres, elle commença de se peigner. Entendant la voix de Wulfgar dans la cour, elle gagna la fenêtre et se pencha.

Sweyn et les trois écuyers étaient avec lui. En tenue de combat, ils se détendaient à l'ombre d'un arbre avant de repartir en patrouille. Aislinn appela son mari, mais la voix de ses hommes couvrit la sienne et il ne l'entendait pas. Déçue, elle se redressa, mais le miroir qu'elle avait à la main réfléchit les rayons du soleil et les renvoya sur le groupe, en bas. Wulfgar se releva aussitôt et se protégeant les yeux de la main regarda d'où venait cette lumière insolite. Il vit Aislinn à sa fenêtre. Elle rit, contente d'avoir attiré son attention, et lui fit un signe de la main. Il lui répondit avec un sourire et se rassit. Soudain, il se redressa et bondit sur ses pieds. Très surprise, Aislinn le vit se mettre à courir, disparaître dans la maison et, quelques secondes après, elle l'entendait dans l'escalier, dans le couloir, puis dans la chambre et enfin à côté d'elle. Il lui prit le miroir des mains, s'approcha de la fenêtre et ne tarda pas à attirer l'attention de ses hommes, en bas. Il se mit à rire et, se tournant vers sa femme, l'embrassa avec fougue :

— Madame, j'ai l'impression que vous avez sauvé la situation. Finies les longues patrouilles qui épuisent hommes et chevaux. (Il éleva le miroir comme s'il s'agissait d'un trésor :) Quelques gars seulement au sommet des collines avec ça et nous aurons les voleurs.

Il rit, l'embrassa à nouveau avant de sortir, la laissant étonnée et heureuse.

En effet, une semaine plus tard à peine, l'alerte fut donnée. Un veilleur, armé d'un miroir, avait signalé l'approche d'une troupe de brigands. Très vite, Wulfgar et ses hommes leur tendirent une embuscade. Ils s'y jetèrent sans se douter de rien, mis en confiance par les succès connus jusque-là. Taillés à coups de hache et d'épée, ils n'eurent même pas le temps de fuir. En mourant, l'un d'eux révéla l'emplacement de leur camp auquel l'on mit le feu, en guise d'avertissement pour les autres.

Darkenwald, avec la tranquillité revenue, reprit ses travaux habituels et paisibles. Cependant, Gwyneth ne pouvait se faire à l'idée qu'elle était à peine plus qu'une invitée, gardée par charité par le maître et la maîtresse de maison. Haylan elle-même avait cessé de lui porter attention et commençait à s'écarter d'elle. Gwyneth n'ayant plus aucune raison de se montrer aimable avec elle, la jeune veuve se consacrait à son fils et son travail lui laissait peu de temps pour bavarder ou conspirer avec les autres femmes. Gwyneth connut une impression de solitude insoupçonnée jusque-là. Mais elle découvrit bien vite que, sans s'attaquer directement à Aislinn, elle pouvait tirer une jouissance particulière à rapporter à Maida des récits détaillés des sévices que Wulfgar était censé infliger à sa femme. Et elle ne perdait pas une occasion d'affaiblir sa raison déjà chancelante. Ses yeux pâles brillaient de joie quand elle la voyait s'enfuir dès qu'approchait son frère.

Maida surveillait attentivement sa fille quand elle venait la voir, cherchant la marque de coups. Mais le bonheur radieux qui l'illuminait ne faisait qu'ajouter à la confusion de son esprit.

Juillet passa et Aislinn perdit toute sa grâce. Elle se déplaçait avec difficulté et le seul fait de s'asseoir lui devint pénible. Elle prenait à peine part à la conversation, se contentant de sourire.

Assise à côté de Wulfgar, elle poussa soudain une exclamation étouffée et porta la main à son ventre, stupéfaite par la vigueur avec laquelle l'enfant remuait. Son mari, aussitôt alarmé, lui prit le bras. Elle le rassura d'un sourire.

— Ce n'est rien, mon amour, murmura-t-elle. C'est l'enfant qui se déplace. Il a toute la vigueur de son père, ajouta-t-elle en riant.

Elle en était arrivée à voir en Wulfgar le père de l'enfant, incapable de supporter l'idée que Ragnor ait pu l'engendrer. Mais elle comprit qu'elle aurait dû se taire en entendant la voix aigre de Gwyneth.

— A moins que vous sachiez quelque chose que nous ignorons, il me semble difficile d'affirmer de quel sang est votre rejeton. En fait, il pourrait être totalement Saxon.

Là-dessus elle regarda Kerwick avec insistance. Il mit quelques secondes à comprendre où elle voulait en venir et, dans sa hâte de rassurer Wulfgar, balbutia une protestation maladroite.

— Non, monseigneur, ce n'est pas vrai. Je veux dire...

Il regarda Aislinn puis se retourna vers Gwyneth et sa colère éclata :

— C'est un ignoble mensonge, une calomnie.

Wulfgar sourit, mais ce fut d'un ton froid qu'il répondit à sa sœur.

— Avec ton charme habituel, tu nous offres un aimable sujet de conversation. Mais si mes souvenirs sont exacts, c'était Ragnor le traître et non pas ce pauvre garçon.

— Tu aurais peut-être intérêt à réfléchir. Nous n'avons que la parole de ta femme et les bavardages de quelques ivrognes pour appuyer la thèse selon laquelle Ragnor l'ait possédée. En fait, je doute qu'il l'ait jamais touchée ou soit capable de se conduire comme elle le prétend.

Suffoquée par ce raisonnement tortueux, Aislinn resta bouche bée. Kerwick bondit :

— Maida elle-même l'a vu emporter sa fille dans cet escalier. Allez-vous affirmer qu'il ne lui a rien fait ?

Le visage de Wulfgar s'était durci.

— Maida, peuh ! répliqua Gwyneth avec un geste de dégoût. Elle est totalement folle.

— La vérité se saura bientôt, Gwyneth, répondit Aislinn avec douceur. Quant à Kerwick, il était enchaîné que j'étais déjà enceinte. Cela laisse deux géniteurs possibles. Je me refuse à accepter le premier de même que les belles qualités que certains lui prêtent.

Rouge de fureur, Gwyneth lui lança un regard venimeux. Aislinn continua, du même ton posé :

— ... et si Dieu le veut, c'est l'enfant de Wulfgar que je mettrai au monde. Mais souvenez-vous, ma chère Gwyneth, quand vous affirmez que Ragnor serait incapable d'abuser d'une femme comme il l'a fait de moi, il a lui-même reconnu avoir été le premier.

Tremblante de rage, Gwyneth saisit une écuelle et fit le geste de la lancer à la tête d'Aislinn. Mais Wulfgar se leva brusquement.

— Prends garde, Gwyneth ! gronda-t-il. Tu es assise à ma table et je t'interdis de remettre en question l'ascendance de l'enfant. Il est à moi parce que j'en ai décidé ainsi. Et je te conseille de surveiller ta façon d'être si tu veux continuer à vivre ici.

Gwyneth, secouée de sanglots, reposa l'écuelle qu'elle étreignait encore :

— Tu maudiras le jour où tu as placé cette putain au-dessus de moi et que tu m'as nié le peu d'honneur qui me restait.

Avec un dernier regard de mépris pour Aislinn, elle se leva et monta dans sa chambre. La porte refermée, elle perdit toute réserve et se jeta sur son lit pour pleurer toutes les larmes de son corps. Elle en revenait toujours à la même idée, à l'injustice du sort qui avait voulu que son frère, un bâtard normand, soit celui qui la chasse de sa place légitime et prenne une garce saxonne pour femme. Mais Ragnor — et elle tremblait au seul souvenir de son contact —, Ragnor lui avait promis bien davantage. Etait-il bien réellement le père de l'enfant d'Aislinn ? Cette pensée la torturait.

Le lendemain, Wulfgar, revenu un peu plus tôt de sa tournée habituelle d'inspection, bavardait avec Bolsgar et Sweyn quand il vit Aislinn qui descendait avec une lenteur prudente. Il se précipita pour l'aider, faisant sourire ceux qui le regardaient et se souvenaient de cette époque où le couple se querellait à tout propos.

Il la guida jusqu'à sa chaise, s'inquiéta de son bien-être. Elle le rassura. Mais, presque aussitôt, la pesée dans son ventre se transforma en une impression d'arrachement qui lui coupa la respiration. Cette fois, au regard anxieux de son mari, elle répondit par un signe de tête et lui tendit la main :

— Veux-tu m'aider à monter ? Je crains de ne pouvoir le faire toute seule.

Il se leva immédiatement et, sans tenir compte de la main tendue, la prit dans ses bras, l'emporta. Par-dessus son épaule, il lança un ordre bref :

— Que l'on m'envoie Miderd ! Le moment est venu !

En haut, il ouvrit la porte de la chambre d'un coup de pied, porta Aislinn jusqu'au lit où elle avait vu le jour et l'y déposa, très doucement. Il s'assit à côté d'elle, le visage torturé par l'anxiété. Rien ne l'avait préparé à ce qui se passait et il se sentait totalement désarmé.

La douleur reprit et elle se cramponna à la main de son mari.

— Doucement, madame, recommanda Miderd, du seuil de la porte. Gardez vos forces pour plus tard. Vous en aurez besoin, ce sera long. Monseigneur, pouvez-vous faire venir Hlynn ? ajouta-t-elle à l'intention de Wulfgar à la vue de ses traits tirés. Il y a beaucoup à faire et je voudrais rester avec Madame. Dites à Ham et Sanhurst d'apporter du bois et de l'eau. Il faut emplir le chaudron.

Les heures passant et Aislinn souffrant toujours, Wulfgar, qui n'avait pu regagner son chevet où les femmes s'activaient, en vint à penser au pire. On parlait souvent de femmes mourant en couches. Que son Aislinn adorée puisse mettre au monde un enfant à la peau brune et aux cheveux noirs était déjà une torture en soi ! Mais quel triomphe pour Ragnor si l'enfant était de lui et coûtait la vie à Aislinn. Serait-ce plus supportable s'il s'agissait de son fils à lui ? Comment pourrait-il vivre sans elle après tous ces mois de parfait bonheur ? L'atmosphère de la pièce lui parut soudain irrespirable. Il s'enfuit.

Son cheval marqua sa surprise quand il sentit la selle sur son dos.

Le soleil se couchait quand il revint à Darkenwald après une longue chevauchée. Il était calmé, prêt à accepter comme sien l'enfant que lui donnerait Aislinn.

Il s'arrêta devant la tombe d'Erland et mit pied à terre.

— Je sais ce à quoi tu pensais, vieil homme, quand tu es sorti pour aller au-devant de Ragnor. J'aurais fait comme toi. Repose en paix. Si Dieu le veut, tu sentiras les pas de beaucoup de petits-fils ici et, quand l'heure aura sonné pour moi, je prendrai ta main comme celle d'un ami.

Il attendit. La nuit était tombée depuis longtemps, des étoiles brillaient. Les gens continuaient d'aller et venir et il savait que l'événement n'avait pas encore eu lieu. L'aube le trouva au même endroit quand un cri strident le fit sursauter. Une sueur glacée lui inonda le front. La peur l'immobilisait. Etait-ce Aislinn qui avait crié ? Dieu ! il avait connu si tard la tendresse d'une femme. Faudrait-il qu'il la perde à présent ? Un long moment passa avant qu'il entendît un autre cri, mais celui d'un bébé cette fois-ci.

Il attendit encore que la nouvelle se répande du

manoir à chacune des fermes, que chacun rentre chez soi. Enfin, il pénétra dans la grand-salle déserte et monta jusqu'à sa chambre. Miderd était assise devant la cheminée avec le bébé dans ses bras. Dans l'obscurité, il distingua la silhouette d'Aislinn, dans son lit, qui respirait avec régularité.

Doucement, il s'approcha de Miderd qui découvrit l'enfant. C'était un garçon, ridé encore comme un vieillard et au crâne garni d'un duvet roux. « Avec ça, je suis servi », songea Wulfgar. Mais, au moins, il n'était pas brun. Il se détourna, gagna le bord du lit et tenta de voir le visage d'Aislinn. Il se rendit compte soudain qu'elle avait les yeux ouverts. Il s'agenouilla à côté d'elle et lui prit la main. Jamais il ne lui avait vu une telle expression de tendresse. Elle était pâle et avait les traits tirés, mais elle sourit. Il se pencha, l'embrassa comme pour lui demander pardon. Il se redressa pour lui parler, mais elle poussa un soupir, ferma les yeux et s'endormit. Elle avait attendu de le voir et, à présent, cédait à l'épuisement. Il lui déposa un autre baiser sur les lèvres et quitta la pièce.

23

On appela le nouveau-né Bryce. C'était un enfant sain et vigoureux qui faisait la joie d'Aislinn. Mais, torturé par le doute, Wulfgar ne trouvait pas de consolation à la vue du duvet roux devenu une petite toison blond doré.

L'été passa, amenant septembre et les premières gelées. Les greniers regorgeaient de grains et les réserves de viandes fumées. Les huches étaient pleines de provisions et les jarres remplies de miel. La cire était fondue et transformée en bougies.

Miles, le fils de Haylan, avait trouvé en Sweyn

un ami qui lui enseignait l'art de tirer à l'arc, de poser des pièges, de dépouiller un animal. Ils étaient devenus inséparables.

Ce jour-là, Sweyn étant parti à Cregan, le jeune Miles était allé, tout seul, visiter leurs pièges, dans le marais. Sa mère ne s'aperçut de sa disparition que dans l'après-midi. Kerwick et Gowain le retrouvèrent, bleu de froid, plongé jusqu'aux aisselles dans un cours d'eau où il était tombé. Ils l'en tirèrent et le ramenèrent chez sa mère où, devant le feu et malgré les fourrures dont il était enveloppé, il continua de trembler et de claquer des dents. Kerwick voulut appeler Aislinn, mais Haylan s'y opposa avec violence :

— Non ! c'est une sorcière. Elle lui jetterait un sort !

La journée passa. Le jeune garçon était devenu brûlant et respirait avec difficulté. Haylan s'obstinait dans son refus.

Il était tard quand Sweyn rentra et apprit la nouvelle. Aislinn jouait avec Bryce à côté du feu, dans leur chambre, et Wulfgar les regardait.

Au coup qui ébranla la porte, le bébé réagit par une moue tremblante. Sa mère le serra contre elle et, Wulfgar ayant répondu, Sweyn entra en trombe :

— Pardon, dame Aislinn ! Miles est tombé dans l'eau glacée ; la fièvre l'a pris. Il a du mal à respirer. J'ai peur pour sa vie. Pouvez-vous faire quelque chose ?

— Bien sûr, Sweyn.

Elle se retourna, un instant indécise, le bébé dans les bras. Puis elle le tendit à Wulfgar.

— Prends-le, s'il te plaît. Occupe-t'en. S'il pleure, appelle Miderd.

Elle jeta un manteau sur ses épaules, prit un coffret et un sac d'herbes, et l'instant d'après disparaissait avec Sweyn.

Wulfgar resta là tenant le fils qu'il ne pouvait ni accepter ni totalement rejeter. Il regarda l'enfant qui l'examinait avec une intensité et un sérieux qui le firent sourire malgré lui. Puis, ravi, le bébé découvrit les rubans qui nouaient son haut-de-chausses et se mit à tirer dessus avec ardeur.

Haylan, une branche de buis à la main, barrait sa porte. Aislinn la repoussa et se précipita vers le jeune malade. Haylan avait tout juste retrouvé son équilibre et avançait pour protester quand Sweyn parut et la repoussa à son tour. Cette fois-ci, elle resta où elle était et regarda la jeune femme s'activer. Bientôt la pièce fut envahie par une vapeur qui prenait à la gorge et aux yeux. Quand elle ne lui faisait pas avaler une potion à base de miel et ne lui frottait pas la poitrine avec un onguent laiteux de sa fabrication, Aislinn rafraîchissait le front brûlant du petit garçon avec un linge plongé dans l'eau froide.

L'aube blanchissait le ciel quand Miles commença à trembler. Aislinn, qui n'avait pas quitté son chevet une seconde, le couvrit de toutes les fourrures, de toutes les couvertures de la maison et pria Sweyn d'activer le feu. L'enfant devint écarlate. Mais il tremblait encore si fort qu'il pouvait à peine respirer.

Haylan n'avait pas bougé. De temps en temps, elle murmurait une prière. Une heure passa. Il faisait grand jour. Soudain Aislinn se redressa. Une goutte de sueur perlait au front de Miles. Elle lui tâta la poitrine. Elle était moite. Quelques minutes plus tard, il était couvert de sueur. Le tremblement cessa. Il reprit des couleurs normales et sa respiration se régularisa.

Aislinn se leva, frottant son dos douloureux. Elle ramassa ses potions et ses herbes.

— Votre Miles vous est revenu, dit-elle à Haylan qui la regardait, les yeux rougis. Je retourne vers mon fils à moi, l'heure de son repas est passée depuis longtemps.

Il s'écoula près d'une semaine avant que Haylan

ne revît Aislinn. Celle-ci donnait le sein à son fils, dans la salle commune, domaine, en ce moment, des femmes.

— Madame... commença-t-elle timidement.

Aislinn leva les yeux vers elle.

— ... Madame... J'ai compris que je vous avais fait beaucoup de tort. J'ai cru les paroles mauvaises qu'on m'a dites sur vous. Et aussi que vous étiez une sorcière. J'ai cherché à vous prendre notre maître. (Elle s'interrompit, se tordit les mains les yeux pleins de larmes :) Est-ce que je peux vous demander de me pardonner ? J'ai été folle. Je vous dois tant que je ne pourrai jamais vous rendre la pareille.

D'une main, Aislinn lui fit signe de s'asseoir à côté d'elle.

— Non, Haylan, dit-elle en souriant, il n'y a rien à pardonner. Vous ne m'avez fait aucun mal volontairement. Ne craignez rien. Je sais que tout cela n'était pas votre faute. Soyons amies et n'en parlons plus.

Octobre et ses nuits froides avaient effacé les brillantes couleurs de l'automne et étendu un manteau brun sur les forêts. Personne ne sut qu'en frappant sa jument, au cours d'une chasse à l'ours, Gwyneth avait provoqué la chute d'Aislinn, manquant la tuer. Elle avait renoncé à ses attaques perpétuelles contre sa belle-sœur et, à la surprise générale, se montrait réservée dans ses remarques, charmante même, parfois.

Elle qui, depuis des mois, vivait retranchée dans sa chambre, descendait pour participer aux repas et, assise avec sa tapisserie, écoutait les conversations autour d'elle. A la grande joie d'Aislinn, Maida, à présent, faisait sa toilette régulièrement et s'habillait avec soin. Quand elle pensait qu'il n'y avait personne, elle s'aventurait jusqu'au château pour jouer avec Bryce auquel elle apportait, chaque fois, quelque nouveau jouet de sa fabrication. Elle redevenait, peu à peu, l'ancienne Maida de Darkenwald.

Une seule ombre au tableau : l'indifférence de Wulfgar à l'égard de l'enfant.

Un matin du début de novembre, un messager vint annoncer que des nobles flamands rebelles avaient signé un pacte avec les seigneurs anglais dépossédés du Kent. Ils avaient débarqué des troupes au pied des hautes falaises et marchaient sur Douvres pour reprendre la ville à Guillaume. Mais le château fort construit sur son ordre les avait retenus jusque-là. Guillaume, à la tête de son armée, montait de Normandie pour écraser la rébellion à sa source, en Flandres, mais Edgar Atheling s'était échappé et avait rejoint les rois d'Ecosse pour préparer un soulèvement. Cependant, ce n'était pas le pis. Des envahisseurs, par bandes isolées, pénétraient en Angleterre et dévastaient tout sur leur passage. Guillaume ne pouvait pas envoyer de renfort mais prévenait Wulfgar d'avoir à se défendre et, si possible, de barrer le passage à l'ennemi.

Il se mit immédiatement au travail. On vida tous les greniers, toutes les réserves des environs, on apporta leur contenu dans l'enceinte, achevée depuis peu, du nouveau château.

On fit venir à l'abri de la forteresse tous les troupeaux. Inutile que l'ennemi puisse s'approvisionner. Les fermiers abandonnèrent leurs maisons pour se réfugier au château et furent les premiers à l'habiter. Hommes et femmes, chacun reçut une tâche déterminée.

Et les ennuis commencèrent. Une colonne de fumée s'éleva du côté de Cregan. Wulfgar rassembla ses hommes et se mit en route pour rencontrer l'ennemi. Non loin de Darkenwald, il se heurta à une troupe de gens qui avaient refusé de quitter leur bourg. A présent, ils avaient été chassés de chez eux. Une petite bande de soldats avait envahi la localité à l'aube et y avait mis le feu, cherchant davantage à détruire qu'à piller. Le frère Dunley n'avait pu sauver, de son église, que le crucifix.

A son arrivée à Cregan, Wulfgar ne trouva que cendres encore fumantes et quelques cadavres.

— Les rebelles étaient déjà partis, dit-il à son retour à Darkenwald. L'un d'eux a été tué avec son cheval. Ils sont d'une extrême maigreur l'un et l'autre. Ils n'iront pas loin s'ils ne parviennent pas à se ravitailler.

Sur ce, on apporta le repas et chacun mangea de bon appétit. Le bruit des conversations et des rires attira Gwyneth quoiqu'elle eût déjà dîné. Elle s'assit à sa tapisserie et parut prendre plaisir à ce qu'elle entendait. Kerwick les rejoignit aussi, mais il était d'humeur sombre.

— J'ai dressé l'acte de décès des huit morts de Cregan, dit-il. C'étaient tous des amis. Je voudrais laisser mes registres pour un temps et me joindre à vous quand vous prendrez ces vandales en chasse.

— Ne craignez rien, Kerwick, le rassura Wulfgar. Nous ferons en sorte qu'ils soient jugés. Vous nous êtes, pour le moment, beaucoup plus utile ici, à mettre de l'ordre dans toute cette confusion. Que l'on poste des sentinelles, ajouta-t-il s'adressant à Bolsgar. Choisissez des hommes connaissant les signaux. Qu'ils se cachent dans les bois et les collines. Qu'ils s'installent ce soir pour être prêts aux premières lueurs du jour.

» Si les rebelles se manifestent de nouveau, nous signalerons au fur et à mesure notre route au château qui nous tiendra au courant de tous leurs déplacements. Beaufonte, vous resterez ici et continuerez à tout préparer pour une attaque possible. (Il leva très haut son gobelet et s'écria :) Nous les aurons ! »

Tous l'imitèrent, à l'exception de Gwyneth, assise un peu à l'écart et à qui personne ne songea à tendre une coupe.

Le lendemain matin, un jeune paysan réveilla

tout le manoir en cognant à la porte à coups de poing. Hors d'haleine, il raconta son histoire à Wulfgar, habillé en hâte. La veille au soir, il avait vu approcher de chez lui un groupe de soldats et s'était caché vivement dans un bois voisin. Après avoir mis le feu à sa maison, ils étaient repartis mais avaient dressé leur campement non loin de là, au bord d'un ruisseau.

Wulfgar fit donner à manger au jeune homme et se mit en route avec ses hommes. Du campement, il ne restait que les charbons noircis d'un feu et les restes d'un jeune bœuf. Les rebelles n'en avaient pris que les meilleurs morceaux et avaient abandonné le reste.

Gowain s'étonna de l'intérêt marqué par Wulfgar à l'animal abattu.

— Qu'y a-t-il ? Ils ont tué cette bête pour se nourrir. C'est simple.

— Pas tant que cela. Ils n'ont rien emporté pour fumer ou saler. Ils se sont contentés de se remplir le ventre. Ils doivent avoir d'autres projets pour se ravitailler en route et je crains que nous figurions dans ces projets.

Il regarda les collines dénudées qui les entouraient et fronça le sourcil. Gowain suivit son regard.

— Oui. Ça sent drôle. Ces gens n'agissent pas en soldats.

Ils retournèrent à Darkenwald pour apprendre que, pendant qu'ils allaient vers le sud, une ferme avait été incendiée au nord et qu'on avait tué un troupeau de chèvres, abandonnées ensuite aux rapaces. Vandalisme pur et incompréhensible.

Wulfgar se reprochait amèrement de s'être laissé entraîner pendant que l'ennemi agissait.

— Ils ont été à Cregan, dit-il à Bolsgar et à Sweyn, puis au nord et aujourd'hui au sud. Demain, nous nous mettrons en route dès le jour en direction de l'ouest. Peut-être pourrons-nous les intercepter ?

336

Personne n'avait d'autre plan à soumettre. Ils s'en tiendraient aux signaux indiquant les déplacements de la bande avec l'espoir de pouvoir intervenir avant qu'il soit trop tard.

La hargne de Gwyneth les avait poursuivis durant toute la soirée qu'elle avait passée à leur reprocher leur incapacité. Comme elle recommençait, Aislinn chercha diversion dans le spectacle de Bryce, jouant sur une fourrure, devant le feu.

— Ces murs en ruine n'arrêteraient même pas une flèche bien lancée, remarqua Gwyneth avec un coup d'œil aux vieilles poutres du plafond. Qu'as-tu fait, Wulfgar, pour nous protéger ?

Il regarda les flammes sans répondre.

— ... Oh ! oui, tu circules et tu donnes de l'exercice à ton cheval, mais as-tu seulement tiré l'épée contre un seul de ces voleurs ? Non ! ils font absolument ce qu'ils veulent. En fait, demain il me faudra peut-être prendre une lame pour me défendre moi-même pendant que tu te promènes.

— Inutile, ma fille, répondit Bolsgar. Ta langue suffira, elle est aussi coupante que n'importe quelle lame. Et, si j'en juge par l'usage que tu en fais avec tes protecteurs, je tremble à l'idée de ce que ce serait avec un ennemi.

Aislinn, étouffant un rire, se mit à tousser, ce qui lui valut un regard furieux de Gwyneth. Pendant ce temps, Bryce avait découvert la tapisserie de cette dernière et, l'attirant à lui, avait emmêlé les pelotes dont il cherchait à se libérer. Elle s'en aperçut et, avec un cri perçant, lui arracha l'ouvrage.

— Sale marmot, cria-t-elle en appliquant sur son petit bras une claque qui laissa une marque rouge. Sale marmot ! Je vais t'apprendre...

Brusquement, elle se retrouva par terre, Aislinn lui ayant fait un croche-pied. Brillants d'indignation, ses yeux s'écarquillèrent de peur quand elle vit au-dessus d'elle la jeune femme, sa chevelure cuivrée de la couleur des flammes qui l'éclairaient, ses

yeux violets lançant des éclairs de rage et bran-
dissant à deux mains la quenouille comme une
épée :

— Ce que vous me faites à moi, Gwyneth, je peux
le supporter et n'ai rien à dire. Je suis une adulte.
Mais Normand ou Anglais, blond ou brun, ce bébé
est à moi et si jamais vous y touchez, je vous ouvre
le ventre, vous m'entendez ?

Gwyneth, la bouche entrouverte, acquiesça d'un
signe de tête. Aislinn s'écarta d'elle, prit le petit
Bryce terrifié et le consola tendrement en caressant la marque sur son bras. Gwyneth se releva,
ramassa son ouvrage, secoua sa jupe pleine de poussière et, incapable de supporter les visages railleurs,
monta dans sa chambre.

Plus tard, chez eux, Wulfgar regardait Aislinn
aller et venir et s'étonnait qu'elle puisse être à la
fois une vraie mégère quand son enfant était menacé
et une nymphe gracieuse.

— Peux-tu surveiller le petit quelques minutes ?
lui demanda-t-elle avec douceur. J'ai à voir Miderd.

Puis elle sortit.

Wulfgar ferma les yeux, se détendit, éprouvant
une impression de paix. Une secousse à la cheville
lui fit rouvrir les yeux. Bryce avait roulé jusqu'à
lui et, prenant appui sur sa jambe, s'efforçait de
se redresser. Il parvint à s'asseoir, de façon très
instable, et leva vers Wulfgar ses grands yeux bleus.
Loin d'avoir peur de sa haute stature, il plissa ses
paupières dans un sourire. Joyeux, il se mit à
gazouiller en agitant ses bras potelés et perdit
brusquement l'équilibre. Son menton se mit à trembler et de grosses larmes à couler. Toujours
désarmé devant des larmes, Wulfgar se pencha et
prit le bébé sur ses genoux.

Son chagrin immédiatement oublié, l'enfant manifesta sa satisfaction de cette position nouvelle par
des petits cris de plaisir et se mit à jouer avec le
col de la tunique. Puis il entreprit l'exploration,

avec sa petite main, du visage souriant penché sur lui. Au bout de quelques minutes, il bâilla, chercha une position confortable et s'endormit.

Longtemps, Wulfgar n'osa pas bouger de crainte de le déranger. Une étrange chaleur monta en lui quand il comprit que ce petit être sans défense se confiait à lui. Se pouvait-il qu'il soit issu de ses reins, que ce soit le résultat d'une flambée de désir pour une très belle captive ?

« Cet enfant est là, aimant, totalement confiant contre ma poitrine, songeait-il. Et pourtant, je repousse son amour. Pourquoi vient-il sans que jamais je l'encourage ? »

Lentement, il prenait conscience d'être lié davantage que par un serment. Il regarda le petit visage innocent et comprit que, sien ou non, à dater de ce jour, ce serait son enfant.

Le redoutable chevalier normand se pencha et, doucement, embrassa la petite tête reposant contre son torse. Il sentit une présence à côté de lui et rencontra le regard lumineux d'Aislinn.

Le lendemain, au lever du jour, Wulfgar partit vers l'ouest avec ses hommes, comme convenu. Très vite, un éclair venu du sommet d'une colline, prévint d'une attaque, à l'est de Darkenwald. Avec un juron, Wulfgar fit faire demi-tour à sa troupe. Ils avaient dépassé le château lorsque l'un des archers désigna l'une des tours d'où une autre sentinelle envoyait des signaux. La bande s'était divisée et brûlait à présent des fermes au sud et au nord. Furieux, Wulfgar dépêcha une partie de ses hommes dans cette direction. A peine s'était-il séparé de Gowain et de Milbourne qu'il apprenait que la bande s'était reformée et mettait le feu à un champ à l'ouest de son domaine. Ils en venaient ! Comment les Flamands pouvaient-ils connaître ses allées et venues au point de le suivre dans ses déplacements ? Il grommela un ordre et fit passer un message à

Gowain et Milbourne leur indiquant d'avoir à le retrouver à côté de Darkenwald.

La journée s'écoula. Jamais, il ne vit les envahisseurs. Où qu'il allât, ils pillaient ailleurs. Et puis le soleil n'était pas encore couché qu'on ne les signalait plus nulle part. Sans doute s'étaient-ils terrés dans l'une des myriades de cachettes offertes par les marais ou les bois. Maudissant le sort, Wulfgar retourna à Darkenwald.

Aislinn, Bryce sur ses genoux, regardait Wulfgar aller et venir, se giflant les cuisses avec ses gantelets.

— Ce serait exactement pareil s'ils connaissaient d'avance le moindre de mes mouvements ! rageait-il. Ils ne m'échapperaient pas mieux si je leur disais mes pensées.

Il s'interrompit brusquement et regarda fixement sa femme :

— Et comment le pourraient-ils, à moins que... (Il secoua la tête comme gêné par ses pensées.) Qui pourrait les renseigner ? (Il s'écarta, puis se retourna vers Aislinn :) Qui, d'ici, a quitté le bourg ?

Elle haussa les épaules :

— Je n'ai pas surveillé. Mais les gens ne s'éloignent pas du château et la plupart ne se déplacent qu'à pied.

Il insista :

— Kerwick, peut-être ? Ou Maida ?

Elle secoua la tête avec véhémence :

— Non ! Kerwick est resté avec Beaufonte au château toute la journée, et Maida n'a pas quitté Bryce.

— Oh ! ce n'était qu'une idée comme une autre.

Il fit appeler Bolsgar et Sweyn et monta avec eux au sommet de la tour, loin des oreilles indiscrètes. Son domaine s'étendait à leurs pieds.

— Tout cela m'appartient et je suis incapable de le protéger contre des soldats éparpillés. Même les hommes de guet ne nous sont d'aucun service.

— On ne parle que de quelques bandes d'hommes, dit Bolsgar. Si ces Flamands se dispersent, vont isolément ou par deux et portent des habits normands, ils peuvent passer sans se faire remarquer et, quand ils se regrouperont, il sera trop tard.

— Oui. Que l'on signale tous les cavaliers et la direction qu'ils prennent.

— Wulfgar! intervint Sweyn. Il y a quelque chose qui me gêne. Tu n'as jamais fait ici mystère de nos intentions et jamais nous ne trouvons l'ennemi où nous allons. Ça veut dire qu'il y a un traître parmi nous. Ne disons rien à personne et...

— Tu as parfaitement raison et ça me ronge de ne pas savoir qui est ce Judas. A moins que quelqu'un sache lire nos signaux. Quoique, dans ce cas, il serait aussi simple d'abattre le guetteur. Plus un mot à personne et que les sentinelles ne signalent pas nos déplacements. Nous verrons bien.

Ils redescendirent pour dîner et, le repas terminé, Wulfgar prit Bryce des bras de sa mère et monta dans leur chambre, Aislinn à côté de lui. Bolsgar et Sweyn échangèrent un regard et, en silence, levèrent leur gobelet.

Bryce manifesta sa joie par des gargouillis de plaisir quand Wulfgar se roula avec lui sur une fourrure devant le feu. Quand le bébé, fatigué de jouer, commença à bâiller, sa mère le coucha. Il ne se réveilla pas malgré le bruit des ébats de ses parents.

Wulfgar et ses hommes se mirent en route le lendemain aux premiers rayons du soleil et attendirent à l'abri d'un petit bois les signaux indiquant le passage de la bande. La première cabane venait d'être incendiée quand ils arrivèrent. Les meules de paille répandues attendaient qu'on y mît le feu et tout indiquait que les rebelles avaient fui en hâte.

Un nouveau signal brillait sur une colline et

Wulfgar réunit ses hommes pour une nouvelle pour-
suite. Cette fois, la hutte était intacte, mais un feu
brûlait encore dans la cour. Les voleurs s'étaient à
nouveau éparpillés dans la forêt. Mais ils avaient
laissé une piste. Un signal encore les entraîna en
direction du sud et ils arrivèrent à temps pour voir
les couleurs de Flandre. Les fuyards se dispersèrent,
arrivés au bord du marais. Deux d'entre eux, cri-
blés de flèches par les hommes de Wulfgar, restèrent sur le terrain. Ils ne portaient aucun blason
pouvant indiquer qui était leur chef.

Les autres maraudeurs n'avaient pu ni se reposer
ni se ravitailler ce jour-là et tenteraient de le faire
avant l'aube.

Beaucoup plus tard, ce même soir, Wulfgar
emmena Aislinn et Bolsgar pour une promenade. Il
gelait et la lune brillait dans un ciel sans nuages.

— Quelqu'un nous trahit ici même et nous devons
le démasquer, leur dit-il. J'ai décidé que mes hommes sortiront deux par deux avant le jour et attendront de l'autre côté de la colline. J'irai avec Sweyn
et Gowain comme pour trouver trace des maraudeurs.

— Mais, Wulfgar ! protesta aussitôt Aislinn en
s'accrochant à son bras. C'est de la folie ! Ils sont
encore au moins une douzaine.

— Non, mon amour, écoute-moi. Je rejoindrai
mes hommes et nous irons lentement à l'est, de l'autre côté de Cregan où nous avons laissé les bandits. Ils ont dû camper tout près. Bolsgar et toi
surveillerez le manoir et le bourg. Si quelqu'un sort
pour nous trahir, vous le verrez et vous enverrez
un cavalier nous prévenir. Nous augmenterons l'allure alors pour les empêcher de nuire. Nous pourrons peut-être en abattre quelques-uns et nous
aurons gagné si nous trouvons qui les renseigne.

Bolsgar se montra d'accord, et, assurée que Wulfgar ne courait pas de danger, Aislinn en fit autant.

Wulfgar se leva avant le jour et, de sa fenêtre,

regarda ses hommes partir, par deux ou trois, sans bruit. Quand ils furent tous partis et que la première lueur de l'aube eut effacé les étoiles à l'est, il s'habilla et, son haubert sur le bras, descendit avec Aislinn. Bolsgar, Sweyn et Beaufonte les rejoignirent à table. Gwyneth descendit à son tour, en bâillant et en se frottant les yeux. Assuré que tout le monde était là, Wulfgar se leva :

— Viens, Sweyn. Les voleurs ne nous attendront pas. Appelle Gowain et en chasse !

Sweyn, debout aussitôt, éprouva le tranchant de sa hache :

— Elle a envie de mordre, aujourd'hui. On trouvera peut-être un crâne ou deux à fendre.

Gwyneth eut un reniflement de mépris :

— Espérons que vous ferez du meilleur travail que ces derniers jours !

Rejoints par Gowain, ils se mirent en route vers l'ouest, à la vue de tous.

Bolsgar, dans la tour avec l'homme de guet, surveillait le village étalé à leurs pieds. Beaufonte chevauchait aux environs du château.

Aislinn, assise dans sa chambre, à la fenêtre aux volets à peine entrouverts, apercevait le bas du village et le chemin menant au marais et à la forêt. Elle ne pouvait voir la cabane de Maida cachée par les arbres, mais elle craignait que sa mère n'ait trouvé le moyen de se venger de Wulfgar. L'inquiétude éprouvée depuis le départ de son mari croissait de minute en minute.

Brusquement, son cœur se serra. Elle avait vu bouger dans les broussailles épaisses du bord du marais. Une silhouette de femme se faufilait dans l'ombre. Angoissée, pensant à nouveau à sa mère, elle cherchait un détail permettant de l'identifier. Mais la femme était enveloppée de la tête aux pieds par une pèlerine à capuchon. Peut-être s'agissait-il de Haylan, après tout. Elle avait peut-être fait la conquête d'un seigneur flamand.

La silhouette traversa un endroit découvert avec une agilité, une vitesse dont Maida aurait été incapable. Elle s'arrêta et jeta un coup d'œil derrière elle. Aislinn retint un cri. Malgré la distance et l'ombre, elle avait parfaitement reconnu le visage étroit et osseux de Gwyneth.

Cette dernière s'enfonça sous les saules et Aislinn distingua la silhouette d'un homme qui l'y attendait. Ils échangèrent quelques mots et l'homme disparut dans la forêt. Gwyneth attendit à couvert quelques minutes avant de revenir au manoir.

S'assurant d'un coup d'œil que Bryce dormait encore, Aislinn se hâta de faire descendre Bolsgar de la tour.

— Que se passe-t-il, mon petit ? Je cherche à repérer le traître et je ne peux faire totalement confiance au guetteur.

Elle prit son courage à deux mains et lui annonça d'une traite.

— Je sais qui est le traître, je l'ai vu. C'est Gwyneth. Je l'ai vue retrouver un homme à côté des marais.

Il la regarda au fond des yeux, y lut la peine qu'elle éprouvait pour lui.

— Gwyneth, répéta-t-il, la voix rauque. C'était à prévoir.

— Elle ne va pas tarder.

Il hocha la tête et se tourna vers le feu, les épaules basses.

Gwyneth ouvrit la porte, entra, chantonnant, apparemment de fort bonne humeur. Elle était presque belle, avec ses joues rosies et ses cheveux pâles tombant sur sa maigre poitrine. Faisant volte-face, Bolsgar la regarda, l'œil sombre, le sourcil froncé.

— Qu'avez-vous, père ? demanda-t-elle, d'un ton léger. Votre déjeuner ne passe pas ?

— Il ne s'agit pas de cela mais d'un traître qui trahit sa propre famille.

344

Les yeux de Gwyneth s'élargirent et elle se tourna d'une pièce vers Aislinn :

— Quel mensonge lui avez-vous encore entré dans la tête, espèce de garce ?

— Ce n'est pas un mensonge, gronda Bolsgar. (Il poursuivit d'une voix plus posée :) Je te connais mieux que n'importe qui et jamais tu n'as songé qu'à toi. Oui, traîtresse, oui. Pourquoi aides-tu une cause qui ne peut que ruiner notre pays ? Quels amis t'es-tu choisis ? D'abord cette crapule maure de Ragnor et à présent les Flamands !

Au nom de Ragnor, Aislinn vit le menton de l'autre femme se redresser et une expression de fierté lui passer dans les yeux. D'un seul coup, elle eut la réponse à toutes les questions posées et elle comprit la raison de l'attitude de Gwyneth. Elle se leva avec un cri :

— C'est Ragnor ! C'est lui qui conduit les pillards ! Qui d'autre connaîtrait aussi bien le pays et l'emplacement de chaque ferme ? C'est pour Ragnor qu'elle nous trahit !

Bolsgar fit demi-tour.

— Tu as fait de ce jour le plus sombre de ma vie !

— Plus sombre que celui où vous avez découvert que votre fils si précieux était un bâtard ? Vous, lui et cette roulure m'ont arraché ce qui me restait de fierté. Qu'étais-je dans cette maison dont j'aurais pu être la maîtresse ? Rien ! Je n'avais même pas le droit de me défendre contre les mensonges et les calomnies. Mon propre père gloussait comme un nourrisson alors que j'étais dépouillée de tout...

Du revers de la main, Bolsgar la frappa en plein visage et elle vacilla sous la force du coup.

— Ne me nomme jamais ton père ! Je te renie !

Se retenant à deux mains à la table derrière elle, elle le regarda les yeux luisants de haine :

— Vous aimez donc tant Wulfgar bien qu'il soit

un bâtard ? Alors faites en sorte que la journée dure, car cette nuit il sera mort.

Aislinn poussa un cri :

— Ils vont lui tendre un piège ! Oh ! Bolsgar, ils vont le tuer.

Puis, la main sur la poignée de sa dague, elle marcha sur Gwyneth.

— Où, garce ? demanda-t-elle toute trace de la douce Aislinn disparue. Parle ou je t'égorge !

Gwyneth se souvenait des explosions de rage dont la jeune femme pouvait être capable et ses paupières battirent :

— Il est trop tard pour lui venir en aide, alors peu importe. Il est peut-être déjà étendu dans la forêt, juste de l'autre côté de Gregan.

Elle baissa les yeux, se laissa glisser sur un siège et, les mains nouées sur les genoux, se refusa à parler davantage. Aislinn se tourna vers Bolsgar.

— Allez-y ! supplia-t-elle. Il est peut-être encore temps. Vous pouvez le rattraper. Il va lentement en attendant les nouvelles.

Sans un regard pour sa fille, Bolsgar prit son manteau et son casque et sortit.

Wulfgar, après s'être dirigé vers l'ouest, avait opéré un mouvement tournant et rejoint ses hommes. Il progressait sans hâte, s'arrêtant souvent pour surveiller les collines et la route, derrière lui.

Un léger nuage de poussière leur annonça soudain l'arrivée d'un cavalier. Ils attendirent qu'il les ait rejoints. Wulfgar ne put cacher sa surprise à la vue de Bolsgar.

— C'est Ragnor qui mène les vandales, dit-il aussitôt, haletant. C'est Gwyneth qui nous a trahis. Les Flamands ont tendu un piège pour toi, à Cregan. Continuons, je te donnerai les détails en route.

Wulfgar éperonna son cheval et Bolsgar lui raconta ce qui s'était passé à Darkenwald. Une colonne de fumée qui s'élevait au-dessus des arbres confirma soudain le récit du vieil homme. Très vite, Wulf-gar donna ses ordres.

— Bolsgar, Sweyn, restez avec moi. Gowain, Milbourne, prenez la moitié de la troupe et avancez sous couvert. Quand vous m'entendrez, chargez ! Nous les pousserons à découvert.

La forêt était d'un calme étonnant. Pas un cri, pas un chant d'oiseau. S'écartant du sentier, Wulfgar et ses compagnons s'enfoncèrent sous les arbres jusqu'au moment où ils distinguèrent les ruines de Cregan. Ils avancèrent et soudain entendirent un murmure de voix étouffées. La première charge devait avoir lieu tous les hommes à cheval et, une fois l'ennemi à découvert, les archers mettraient pied à terre pour tirer.

Ils attendirent. Wulfgar, calculant que les autres avaient eu le temps de se mettre en position, poussa son terrible cri de guerre. Comme un seul homme, sa troupe chargea. La mêlée fut extraordinaire. Dans la semi-obscurité du sous-bois, les cavaliers parurent surgir de partout. Les Flamands reculèrent jusqu'au bord des ruines du bourg incendié. Ils se regroupèrent, mais leurs montures étaient restées dans la forêt.

— Rendez-vous ! cria Wulfgar.

— Non ! On connaît la justice de Guillaume ! Plutôt mourir ici !

Alors Wulfgar abaissa sa lance et une pluie de flèches arrosa l'ennemi. Puis il chargea, imité par ses hommes. La bataille fut de courte durée.

Le silence retomba, coupé seulement par quelques gémissements. Sweyn et Bolsgar cherchèrent en vain Ragnor et Vachel parmi les hommes à terre. Trois Normands avaient été tués et six blessés, mais étaient capables de tenir en selle. Wulfgar, mal à l'aise, scruta l'horizon. Où donc Ragnor pouvait-il être ?

Aislinn, incapable de rester en place, allait et venait. Wulfgar était en danger et tout cela à cause de la folie d'une femme. Elle se tourna brusquement vers Gwyneth pour lui dire ce qu'elle en pensait et la vit, les yeux fixés sur la porte. Elle suivit son regard, ne remarqua rien de particulier et revint à elle. Gwyneth contemplait ses mains croisées sur ses genoux. Le sourcil froncé, elle se rassit et prit son ouvrage, mais, entre deux points, elle surveillait l'autre qui sans cesse levait les yeux vers la porte.

— Nous savions qu'il y avait un traître ici, dit Aislinn avec une lenteur délibérée. Wulfgar va très lentement. Il attend qu'on lui apporte des nouvelles. Il y a fort à parier que c'est votre Ragnor qui mourra aujourd'hui.

Gwyneth remua à peine et répondit :

— Ragnor ne mourra pas.

— Les hommes sont partis de bonne heure, mais seulement pour attendre Wulfgar, de l'autre côté de la colline, précisa Aislinn en surveillant les réactions de Gwyneth.

— Ragnor ne mourra pas, se contenta-t-elle de répéter, avec calme.

Aislinn se leva brusquement :

— Il ne mourra pas parce qu'il vient ici ! C'est cela !

A l'expression de triomphe de Gwyneth, elle comprit qu'elle avait vu juste. Elle ne perdit pas une seconde, mais ordonna à l'homme de guet d'alerter Beaufonte et tous les hommes disponibles. Puis elle revint surveiller Gwyneth, la main sur sa dague. Il y eut un bruit de sabots et elle sortit son arme, prête à s'en servir si Ragnor entrait. Mais ce fut Beaufonte qui parut, un seul homme avec lui.

— Madame ? demanda-t-il un peu étonné.

Ils se retournèrent à l'arrivée de Kerwick, la sentinelle sur ses talons.

— Ragnor arrive. Ses hommes ont dressé une embuscade pour Wulfgar, leur annonça-t-elle. Il faut nous préparer.

Au bruit de la lourde barre sur la porte, Aislinn

eut l'impression de revivre cette autre horrible nuit où Ragnor était apparu pour la première fois. Heureusement que sa mère était à l'abri dans sa cabane ! Elle n'aurait pas supporté la même scène une seconde fois.

— Beaufonte, les guetteurs ! Qu'on envoie un signal à Wulfgar. Qu'il revienne !

Le jeune homme discutait du message avec la sentinelle quand un coup lourd ébranla la porte et la voix de Ragnor s'éleva, demandant qu'on lui ouvre. Avant qu'on ait pu l'en empêcher, Gwyneth avait bondi et arraché la barre de la porte. Le lourd panneau s'écarta brutalement, livrant passage à deux étrangers que suivirent aussitôt Ragnor, Vachel et deux autres hommes. Beaufonte leur fit face. Traversée par une flèche, la sentinelle s'écroula. Le compagnon de Beaufonte s'était précipité et se battait vaillamment à ses côtés, mais Vachel l'étendit. Beaufonte resta seul à lutter contre Ragnor et les autres. Kerwick poussa Aislinn dans l'escalier. Vachel, pendant ce temps, avait opéré un mouvement tournant et attaquait Beaufonte par-derrière, tenant son épée à deux mains. Le valeureux écuyer tomba et resta immobile.

Kerwick précipita Aislinn dans sa chambre, referma la porte et, arrachant du mur une épée et un vieux bouclier, se tint prêt à repousser l'ennemi aussi longtemps qu'il le pourrait. Deux des pillards parurent, Ragnor immédiatement derrière eux.

— Chien de Saxon, laisse ça ! conseilla ce dernier avec un sourire satisfait. Qu'est-ce que tu gagneras à la défendre ? On l'emmènera de toute façon quand tu seras mort.

Kerwick ne bougea pas :

— Avance, Ragnor. J'attends ce moment depuis que tu as pris ma fiancée.

— Toi aussi, Saxon ? Ma parole, elle ensorcelle tout le monde.

Evitant la pointe d'une lance, Kerwick plongea son

épée dans le ventre de l'un des hommes, qui tomba. Mais, d'un coup de son épée, Ragnor avait cassé net l'arme de Kerwick à la hauteur de la garde, et la lance de l'autre pillard lui traversait le bras. Ragnor frappa à nouveau, l'atteignant à la tête. Il roula à terre, perdant son sang avec abondance et Ragnor, d'un bond, ouvrit la porte de la chambre.

— Je t'avais dit que je t'aurais, ma colombe.

Rien en Aislinn ne révélait sa peur. Un mouvement dans le berceau attira l'attention de Ragnor qui s'en approcha, l'épée levée. Avec un cri, Aislinn se jeta sur lui, s'accrocha à son bras. Il s'en libéra d'un coup violent, la faisant tomber au pied du lit. Elle se releva aussitôt, le sang perlant au coin de sa bouche :

— Vous voulez tuer votre fils ?

— Il est peut-être à moi. Mais rien ne le prouve. Il sera mieux mort qu'à Wulfgar.

Il se retourna, leva à nouveau son arme.

— Non ! hurla Aislinn.

La façon dont elle avait crié le fit s'arrêter, la regarder. Elle tenait, pressée sur son sein, la pointe de sa dague.

— Touchez à mon enfant et je me tue. Vous le savez, si je suis morte il n'y aura pas de place, même en enfer, où Wulfgar n'irait pour vous trouver.

Il rit :

— Le bâtard ne me gêne pas. Mes hommes, en ce moment précis, recouvrent sa tombe.

— Prends garde, mon amour. (Gwyneth était sur le seuil :) Wulfgar est prévenu. Ils m'ont démasquée et mon père est parti le mettre au courant. Ils avaient des soupçons et ils ont tendu un piège.

Ragnor rengaina et réfléchit :

— C'est que cela change tout, dit-il enfin. Avec la veine que je lui connais, il va s'en tirer. Je comptais garder sa femme comme otage, en continuant de nous occuper de brûler tout sur ses terres. Maintenant, il faut fuir. J'ai disposé les quelques hommes que j'avais pour le tuer.

Il regarda Aislinn, qui, à présent, tenait Bryce dans ses bras, et comprit qu'il ne serait pas facile de les séparer. Le temps pressait. Il se tourna vers Gwyneth :

— Prends de la nourriture. Nous allons rejoindre Edgar en Ecosse. Hâte-toi, mon bijou. Quant à toi, prends ton gosse. Il servira d'otage, comme toi. Mais je te préviens, si tu veux qu'il vive, ne cherche pas à nous retenir ou à laisser une piste.

— Mon enfant ne gênera personne, répondit-elle en s'efforçant de parler avec calme. Mais je peux le laisser ici. Wulfgar pense qu'il est de vous et il ne l'intéresse pas.

— Ma chère, Gwyneth n'est pas de cet avis. A l'entendre, il en est devenu gâteux. Nous le prendrons. Dépêche-toi !

Elle fit un paquet de vêtements pour Bryce et elle-même, et décrocha sa pelisse doublée de renard.

— Ça suffit.

Il la poussa hors de la chambre, l'empêcha de s'agenouiller à côté de Kerwick, de s'arrêter à côté de Beaufonte.

Gwyneth était déjà en selle, sur la jument grise d'Aislinn. Elle regarda d'un air soupçonneux Ragnor aider cette dernière à mettre le pied à l'étrier.

— Souvenez-vous, ma colombe, à la moindre incartade, je tue l'enfant.

Puis il sauta en selle. Gwyneth, ôtant son manteau de lainage, contraignit Aislinn à lui donner sa pelisse en échange. Amusé, Ragnor assista à l'opération. Elle le rejoignit, lui sourit. Il sourit, lui aussi, mais en regardant Aislinn.

Wulfgar scrutait l'horizon, du côté des collines et, soudain, il crut entendre des voix. Il tendit l'oreille et il entendit, distinctement. Ragnor ! Aislinn ! Bryce ! Darkenwald ! Brusquement, il comprit où était Ragnor.

Il tira si brutalement sur les rênes que son cheval

hennit. Faisant volte-face, il cria à l'intention de Bolsgar :

— Restez ici avec dix hommes. Les cadavres ont droit à une sépulture décente. Ils se sont bien battus. Que ceux qui peuvent se tenir en selle viennent avec moi !

Ils ne s'arrêtèrent que dans la cour du manoir. Wulfgar remarqua aussitôt qu'aucun guetteur ne signala son arrivée. Aislinn ne sortit pas pour l'accueillir. Il se refusa à penser au pis en mettant pied à terre. Mais la scène qui l'attendait dépassait tout ce qu'il avait imaginé.

Le guetteur était mort, à la porte de la tour. Beaufonte, dans une mare de sang, fixait le plafond de ses yeux éteints. Au bas de l'escalier, Haylan pansait une blessure qui coupait le visage de Kerwick de la tempe au menton. Il tenait encore, dans sa main crispée, le pommeau cassé d'une vieille épée dont l'autre extrémité sortait du ventre d'un inconnu gisant plus haut. Miderd se tordait les mains et Maida se tenait, prostrée, dans un coin sombre.

— C'est Gwyneth ! cria Haylan d'une voix aiguë. Cette ordure leur a ouvert la porte. Et elle est partie avec eux. Ils ont emmené dame Aislinn et Bryce.

Wulfgar n'avait pas perdu son calme, mais il était devenu très pâle et ses yeux avaient pris la nuance de l'acier poli.

— ... Ils ont emporté le bébé, continua Haylan dans un sanglot. Et je l'ai entendu dire qu'il le tuerait si elle les gênait.

— Qui, Haylan ? demanda Wulfgar d'une voix presque douce. Qui parlait ?

Elle le regarda, surprise un instant :

— Celui qui est venu avec le roi... Ragnor. Il était avec un autre chevalier et quatre hommes. Beaufonte en a tué un avant de mourir. Kerwick un autre.

Sweyn entra en coup de vent, sa hache à la main, les dents à demi découvertes par un rictus.

— Ils ont tué le garçon d'écurie. Un enfant désarmé. Ils l'ont égorgé.

Ses yeux se dilatèrent à la vue de Beaufonte et il jura, au comble de la fureur. Wulfgar ne lui laissa pas le temps de réagir :

— Donne à manger aux chevaux, au tien et au mien. Il faut marcher vite, aussi, pas d'armure.

Puis il se tourna vers Miderd :

— Préparez-nous deux petits sacs de viande fumée et deux outres d'eau.

Avant qu'elle ait pu faire un geste, il était dans l'escalier.

Quand il redescendit, quelques minutes plus tard, il avait remplacé sa cotte de maille par une tunique de peau de daim recouverte d'un pourpoint de peau de loup retenu à la taille par une ceinture où il avait glissé son épée et sa dague.

Sur ses bottes de daim il portait des jambières de peau de loup liées à la façon viking.

Kerwick était parvenu à s'asseoir et il s'arrêta à côté de lui :

— J'ai attendu trop longtemps et maintenant je suis puni. Kerwick, jusqu'à mon retour, occupez-vous du manoir.

Bolsgar avait terminé son travail. Les tombes étaient prêtes et une vingtaine de chevaux chargés de butin prirent le chemin de l'écurie. Il trouva Kerwick, encore très pâle, un bandage autour de la tête, Haylan lui tenant la main.

Le vieux Saxon écouta le récit que lui fit le jeune homme et un masque de honte et de colère lui figea les traits.

— Gwyneth est sortie de mes reins et c'est à moi de régler cela, murmura-t-il. Wulfgar pardonnera peut-être à sa sœur, moi pas. Je le rejoins. S'il hésite, je ferai justice moi-même.

Il n'emporta, en plus de son épée, qu'un arc et un sachet de sel.

Ragnor allait comme s'il avait tous les diables de l'enfer à ses trousses. Aislinn avait beaucoup de mal à maintenir son bébé et à guider sa monture que Ragnor cravachait régulièrement.

Ils évitèrent Londres et les patrouilles normandes, se reposèrent quelques heures, la nuit, et se remirent en route, avant le jour. Malgré sa fatigue, Aislinn bénit la brièveté de la pause.

Moins pressé par le temps, Ragnor, à en juger par sa façon de la regarder, aurait cherché à satisfaire son désir. Malgré Gwyneth serrée contre lui, il la suivait sans cesse des yeux, surtout quand elle donnait le sein au bébé. Bryce dormait le plus souvent, mais quand il se réveillait il criait de toute la force de ses poumons, protestant contre l'immobilité imposée. Ragnor manifestait son impatience avec une brutalité qui augmentait avec les heures.

Le soleil se leva et Bryce se réveilla, téta avec voracité, puis se mit à pleurer, sa mère refusant de le laisser batifoler.

— Faites donc taire ce maudit bâtard !

Berçant son fils, chantonnant pour lui, Aislinn réussit à le rendormir. Ils venaient de passer les ruines d'un petit village quand une très vieille femme, une orbite vide, un bras pendant sans vie, surgit de l'ombre. Dans la main gauche, elle tenait une grossière écuelle qu'elle tendit à Ragnor :

— La charité, Votre Seigneurie. La charité pour une pauvre...

Avec une agilité surprenante, elle évita le coup de pied qu'il lui destinait. Aislinn s'arrêta et, la vieille renouvelant ses supplications, elle lui lança ce qui lui restait d'un morceau de pain sec. Ragnor haussa les épaules et pressa le mouvement. Puis il s'arrêta brusquement, sortit son épée et fit face à Aislinn.

— Ce marmot nous fait perdre du temps et je n'ai que faire de deux otages.

— Vous m'avez donné votre parole. Si vous y touchez, je me tue !

Elle brandissait sa petite dague et Ragnor se maudit de ne pas l'avoir désarmée.

Les autres hommes s'étaient écartés, mais Gwyneth, éperonnant sa monture, bouscula celle d'Aislinn et subtilisa la dague pendant que la jeune femme se cramponnait pour ne pas tomber et lâcher son enfant.

Ragnor se mit à rire :

— Ma pauvre petite colombe ! Non je ne ferai pas de mal à votre rejeton. Je vais tout simplement le donner à cette vieille là-bas.

— Non, vous ne pouvez pas faire cela !

— Il y a des tas de chèvres, par ici. La vieille aura tout le lait qu'il faut. Si votre Wulfgar passe par là, il trouvera l'enfant.

Aislinn s'accrocha à cet espoir. Peut-être même lui serait-il plus facile de s'enfuir... Le visage ruisselant de larmes, elle laissa Gwyneth prendre son fils et l'emporter jusqu'à la pauvresse à laquelle elle compta quelques pièces et donna une outre de vin et de la nourriture. Puis elle revint, très vite, tandis que le bébé hurlait.

Ragnor, à partir de cet instant, accéléra l'allure comme il n'avait pu le faire jusqu'à présent et, bientôt, les chevaux montrèrent des signes de fatigue. Il décida d'une halte. Un peu à l'écart en compagnie de Gwyneth, il s'entretint avec elle d'un sujet qui les fit beaucoup rire l'un et l'autre. Puis, les chevaux reposés, Aislinn se remit en selle comme les autres. Ragnor lui prit alors les rênes des mains et les passa par-dessus la tête de son cheval.

— Je vais vous conduire un peu, ma colombe, pour le cas où vous voudriez retourner.

Il laissa les autres prendre les devants. Puis il ralentit jusqu'à se trouver à la hauteur d'Aislinn.

— Gwyneth nous en a fait une bonne, dit-il en riant. Elle a persuadé la vieille qu'il lui faudrait bientôt quelqu'un pour mendier à sa place et qu'un petit garçon bien dressé lui serait très utile.

Aislinn sentit une main glacée lui serrer l'estomac.

— ... Et elle a mis la vieille en garde contre un terrible Normand qui pourrait venir chercher l'enfant.

Il éclata de rire et, avant qu'Aislinn ait retrouvé son souffle, il partit au galop, entraînant le cheval de la jeune femme avec le sien. Elle se cramponnait à sa selle pour ne pas tomber.

Cette nuit-là, il l'attacha par les poignets à un arbre. Totalement épuisée, elle sombra dans une sorte de torpeur.

Wulfgar et Sweyn galopaient côte à côte, ne parlant qu'en cas de nécessité. Sans le poids des armures, les chevaux progressaient vite, conscients semblait-il de la gravité de leur mission. Physiquement bien entraîné, Wulfgar ne sentait pas la fatigue, mais les idées se bousculaient dans sa tête. Aislinn et le bébé étaient peut-être morts. Tout son être se révoltait à cette perspective. Il cherchait à s'imaginer la vie sans Aislinn et son rire heureux, et un trou noir, béant, s'offrait à lui. Il comprit et admit cette nuit-là qu'il l'aimait plus que tout, plus que sa propre vie.

Puis ils trouvèrent une piste, les restes d'un feu et de l'herbe piétinée. Et dans cette partie montagneuse qui borde l'Ecosse, du haut d'une petite colline, ils aperçurent, au loin, six cavaliers dont l'un était mené à la longe. Les grands chevaux de bataille, malgré leur fatigue, firent un effort supplémentaire et foncèrent.

De la gorge de Wulfgar jaillit un long cri modulé, se terminant par une note aiguë à faire dresser les cheveux sur la tête. Pendant que Ragnor fuyait avec les femmes, Vachel s'était arrêté avec deux hommes, attendant l'attaque. A une longueur de lance, Wulfgar tira les rênes et son cheval, se soulevant sur les postérieurs, retomba de tout son poids sur l'autre cavalier que Wulfgar acheva d'un coup d'épée.

La monture se dégagea et fit volte-face. Mais Vachel, désarçonné, une jambe cassée, regardait Sweyn qui brandissait sa hache.

— Pour Beaufonte ! rugit-il.

Et la hache s'abattit.

Wulfgar mit pied à terre, essuya son épée sur le manteau de l'homme tombé et regarda en direction des silhouettes qui disparaissaient au loin.

— Il faut que je parte, dit-il à Sweyn. Occupe-toi de ceux-là et retourne à Darkenwald. Si Dieu le veut, je t'y retrouverai avec Aislinn et le bébé. Je garde un des chevaux de ces bandits.

— Surveille tes arrières.

Le cri de bataille de Wulfgar à peine éteint, Ragnor avait entraîné les deux femmes aussi vite que le pouvaient les chevaux sur le chemin escarpé. Aislinn le suivait, étrangement calme. Assurée à présent que Wulfgar vivait, elle ressentait dans son cœur une impression de chaleur nouvelle.

L'après-midi passa et ils fuyaient toujours. Les chevaux, les flancs couverts d'écume, trébuchaient, respiraient avec difficulté. Ils longèrent un précipice au fond duquel coulait le ruban argenté d'une rivière. Soudain, la falaise parut s'ouvrir devant eux et une descente périlleuse commença. Les mains engourdies par le froid, Aislinn se cramponnait à la crinière de son cheval. A leurs pieds s'étendait une langue de sable menant à une île où se dressaient les runies écroulées de quelque forteresse. Ragnor les conduisit dans une vaste cour, bordée de trois côtés par un mur bas et, du quatrième, par les vestiges d'un temple.

Il fit descendre Aislinn de sa selle et la porta sur la pierre ayant servi aux sacrifices, laissant Gwyneth mettre pied à terre toute seule et attacher sa jument avec les autres chevaux.

Wulfgar poussa sa monture jusqu'à la limite de

ses forces. Puis il en descendit, lui donna ce qui restait d'avoine, la frotta vigoureusement avec le sac vide et, d'une claque magistrale sur l'arrière-train, la renvoya là où il avait laissé Sweyn. Puis il se mit à marcher. Il avait passé sa ceinture par-dessus son épaule et son épée lui pendait dans le dos, la poignée à hauteur du cou. Il avançait rapidement, penché en avant, suivant les faibles traces de sabots sur le sol rocheux. Le crépuscule tombait quand il arriva au bord d'une falaise. En bas, une île sur laquelle un feu brillait. La mer montait et commençait à mordre sur la bande de sable qui rejoignait l'île. Quand il l'atteignit, un bon pied d'eau la recouvrait empêchant toute approche silencieuse.

Retiré à l'ombre d'un rocher, Wulfgar attendit que la lune se lève en mangeant un peu de viande séchée. Il faisait froid et du brouillard flottait sur l'eau. Grimpé sur son rocher, Wulfgar distinguait trois silhouettes à la lueur du feu. Gwyneth qui se déplaçait, Ragnor debout de façon à surveiller la plage et Aislinn recroquevillée sur un bloc de pierre. Et le bébé ? Où était-il ?

Lentement, la nuit s'éclaircit et un grand quartier de lune orange monta s'accrocher dans le ciel. L'heure était arrivée et Wulfgar sourit. La tête renversée en arrière, il lança son cri de guerre, un gémissement sourd, grave, qui s'éleva dans la nuit, renvoyé, transporté par les vents, répercuté en écho par les falaises et se terminant par un hurlement de rage.

Ragnor, en bas, sursauta et leva la tête. Le cri terrible résonnant au-dessus du loch semblait l'avoir pétrifié. Aislinn cherchait à voir dans l'obscurité, de l'autre côté du feu. Elle connaissait le cri de guerre de Wulfgar, mais ce hurlement tremblé lui rappelait un autre feu et un loup étrange...

Gwyneth se précipita vers Ragnor, livide de peur. Mais Ragnor, le visage déformé par un rictus, rejoignit Aislinn à grands pas et sortit un couteau de sa ceinture. Elle le regarda avec défi, se préparant pour le coup fatal. Mais, d'un geste vif, il coupa ses liens, lui libérant un poignet. Il ne lui laissa pas le temps de s'étonner. Rengainant son arme, il prit la jeune femme dans ses bras, la serrant contre lui. Elle ne lui résista pas. Lentement, il lui caressa la joue, comme s'il était hypnotisé par sa beauté. Puis il lui saisit le menton, et sans se préoccuper de Gwyneth qui les regardait, stupéfaite, il l'embrassa, forçant ses lèvres à s'ouvrir sous les siennes. Elle tenta de le repousser.

— Il ne te prendra pas. Il ne t'aura pas... fit-il, la voix rauque.

Gwyneth s'approcha de lui, un sourire qu'elle voulait enjôleur sur ses traits tirés :

— Ragnor, mon chéri, qu'est-ce qui te prend ? Cherches-tu à mettre mon frère en colère ? Fais attention, mon amour. Il t'en veut assez sans qu'il soit besoin de caresser cette garce sous ses yeux.

Ragnor poussa un éclat de rire.

— Wulfgar ! Approche ! Viens voir ta femme ! appela-t-il.

Il arracha le manteau des épaules d'Aislinn et, avec une lenteur délibérée, il se mit à caresser les seins de la jeune femme :

— ... Regarde, Wulfgar, bâtard de Darkenwald ! Elle est à moi, maintenant, comme elle l'a déjà été. Viens la reprendre si tu le peux !

Seul, le silence lui répondit. Aislinn n'entendait que le bruit de la respiration haletante de Ragnor qui la serrait contre lui, lui empêchant tout mouvement. Puis il reprit ses caresses, de plus en plus audacieuses, sur sa taille, ses hanches.

— Ragnor ! protesta Gwyneth. Cherches-tu à me torturer, moi aussi ?

— Tais-toi ! jeta-t-il. Laisse-moi tranquille.

Sa main glissa sur le ventre d'Aislinn qui, outragée, se tordit contre lui.

— ... Dois-je la prendre sous tes yeux, bâtard ? cria-t-il.

Wulfgar ne répondit pas. Ragnor continua quelque temps encore à caresser Aislinn. Puis il comprit que Wulfgar ne se laisserait pas entraîner à un acte irréfléchi.

— Je finirai ça plus tard, ricana-t-il dans l'oreille d'Aislinn. Il faut d'abord tuer ton mari.

Il lui saisit le poignet et la rattacha de façon qu'elle fît face au feu, les bras écartés.

Avec un petit gémissement, Gwyneth chercha à s'accrocher à lui. Il se dégagea avec brutalité.

— File, chienne ! cracha-t-il, le ton venimeux, les yeux brillants. J'ai touché au Paradis. Crois-tu que je lui préférerais les faveurs d'une femelle efflanquée ! Si tu as faim de caresses, emmène donc ta carcasse ailleurs.

Les traits de Gwyneth s'affaissèrent. Elle le regarda, incapable de le croire, de comprendre le sens de ses paroles :

— Ragnor, réfléchis ! Bientôt tu affronteras Wulfgar et cela porte malheur de prendre un baiser à une fille qui vous repousse avant de se battre. Laisse-moi te donner un gage de réussite.

Suppliante, anxieuse de lui plaire, elle tendait à demi les bras.

— Silence !

Il jeta d'autre bois sur le feu et chercha à voir du côté de la falaise. Mais Gwyneth en larmes courut à lui, tenta de l'enlacer : .

— Non, mon amour ! Tu m'as trouvée. Je t'aime. Je fais tout ce que tu me demandes. Pourquoi t'obstiner à prendre cette fille qui n'est pas à toi ?

D'un revers du bras, il l'écarta, mais elle revint à la charge. Alors en jurant, de la branche qu'il tenait à la main, il la frappa à la tête. Elle trébucha en arrière, tomba contre le mur qu'elle heurta violemment du crâne. Elle s'affaissa, s'écroula, resta à quatre pattes, la tête pendant entre les bras, ses tresses blond pâle se gorgeant peu à peu de sang. Elle gémit et Ragnor la poussa de son bâton dans le dos :

— Débarrasse le terrain, espèce de haridelle. Je n'ai plus besoin de toi.

Elle se traîna vers ce qui restait du portail, le franchit, disparut dans l'obscurité. Il la suivit des yeux, cracha son mépris et retourna son attention au rivage face à l'île. Rien. Pas un bruit. Pas un signal. Il sauta en selle avec un juron et entreprit de faire le tour des ruines. Brusquement, une trace humide venant du rivage et menant à un groupe de rochers attira son attention. Il s'arrêta quelques secondes et reprit sa course, poussant son cheval, et se tapit dans l'ombre. Le silence régna une fois encore, rompu seulement par le piétinement des deux autres chevaux, attachés dans la cour. Aislinn retenait sa respiration. Et soudain, de la nuit, derrière elle, elle entendit s'élever, provocante, la voix de son mari :

— Ragnor, voleur, viens tâter de mon épée ! Es-tu toujours à te battre contre des femmes et des enfants ? Viens et bats-toi contre un homme !

— Wulfgar, montre-toi, bâtard, que je sache que tu n'es pas dans mon dos !

Aislinn entendit l'exclamation de surprise de Ragnor quand Wulfgar parut sortir de terre, à l'autre bout de la place, menaçant comme un spectre surgissant de la nuit. Il brandissait son épée au-dessus de sa tête.

— Sors, voleur ! dit-il d'une voix claire en avançant. Viens, ou je retourne chaque pierre pour te faire sortir de ton trou.

En guise de réponse, le destrier jaillit de l'obscurité, derrière le feu, et Aislinn poussa un cri de terreur car elle le vit venir sur elle. Ragnor chargeait en balançant une masse d'armes armée de longues pointes acérées. Wulfgar attendit et plongea vers la droite, touchant le sol de l'épaule. Il roula sur lui-même et, au moment où le cheval le dépassa, il lui trancha net les tendons, d'un coup d'épée. L'animal s'écroula.

Ragnor se dégagea, sa masse d'armes ne pouvant lui servir contre une épée. Il la lança, d'un bloc, contre son adversaire. Wulfgar l'évita, mais cela permit à Ragnor de dégainer. Il reprenait confiance. Il avait gardé son armure et Wulfgar n'avait pas la sienne. Il rit et, serrant son bouclier contre son épaule, frappa. Mais Wulfgar avait fait un léger bond de côté et laissé une large brèche dans le bouclier du chevalier noir.

Celui-ci ne pouvait que rester planté sur place, parer les coups et tenter de frapper, chaque fois que se rapprochait Wulfgar qui faisait pleuvoir une avalanche de coups sur lui, beaucoup plus pour le fatiguer que pour le blesser. Le poids de l'armure et du bouclier commença à se faire sentir. Ragnor ne parvenait pas à trouver d'ouverture. Il le savait, ce n'était pas une joute à présent, mais un combat à mort. Ses mouvements se ralentirent. La sueur coulait sous sa cotte de mailles. Mais Wulfgar, s'il se déplaçait plus facilement, n'avait rien pour se protéger, et la lame de son adversaire l'atteignit à la jambe, fendant la jambière et la botte. Il tomba sur un genou et Ragnor hurla sa joie. Aislinn frémit de terreur. Mais Wulfgar avait prévu sa réaction. Sans se relever, il leva sa propre épée, à plat sur son épaule pour détourner la lame tombant comme un couperet. La force du coup fendit veste et tunique et le sang jaillit. Mais il frappa à son tour et Ragnor chancela, le bras fendu jusqu'à l'os.

Il poussa un hurlement, se saisit le bras et sauta par-dessus le feu. Mais, à la vue de Wulfgar qui s'approchait, sa longue lame prête, il vit venir la mort et s'enfuit.

Il courut à la porte ouverte dans le mur et s'arrêta court, parut hésiter. Puis, avec un cri étranglé, il se cramponna aux deux piliers. Aislinn regardait

Wulfgar qui attendait, préparé à poursuivre le combat. Il s'approcha d'elle, coupa ses liens, sans perdre de vue le portail.

Ragnor s'appuya contre le mur et, lentement, se tourna, leur fit face, une expression d'intense surprise sur le visage. Puis il baissa la tête et ils virent, émergeant de son sein gauche, la poignée de la dague d'Aislinn. L'empoignant de sa main valide, il tira dessus et un flot de sang jaillit de son torse :

— Elle m'a tué, la garce !

Ses genoux cédèrent sous lui. Il s'écroula et resta étendu, face contre terre. L'ombre sembla remuer derrière lui et Gwyneth parut, chancelante. Elle regarda la forme étendue à ses pieds. Sur son visage livide une affreuse meurtrissure ressortait qui lui enflait la tempe. Elle tourna vers eux un masque macabre. Un filet de sang coulait de son oreille, un autre de son nez.

— Il m'a dit qu'il m'aimait et m'a pris tout ce que je pouvais donner. Puis il m'a rejetée comme une ordure...

Un sanglot le secoua. Elle tenta un pas en avant, mais trébucha, tomba, et resta étendue à pleurer, effroyablement malheureuse. Aislinn se précipita vers elle, prit sa tête sur ses genoux.

— Oh ! Aislinn, j'ai été folle ! Pardonnez-moi. Je vous ai fait souffrir pour être enfin honorée. Jamais je ne l'ai été. Est-ce le sort réservé aux bâtards ?

Wulfgar s'était rapproché et la regardait. Elle leva les yeux vers lui :

— ... Je ne supportais pas l'idée de suivre ta trace, d'essuyer les insultes de tous. (Elle toussa et sa salive se teinta de sang, au coin de ses lèvres :) Notre mère voulait blesser ton père et elle a menti, Wulfgar. (Elle ferma les yeux :) Sur son lit de mort, elle m'a tout avoué, m'a demandé de te dire la vérité. Je n'en ai pas eu le courage. Wulfgar, tu es le véritable fils de Bolsgar. Ce sont mon frère et moi qui aurions dû être appelés bâtards. Falsworth et moi, nous avons été engendrés par son amant pendant que Bolsgar parcourait le pays et se battait pour son roi. Pardonne-moi, Wulfgar.

Elle toussa à nouveau :

— ... Seigneur, pardonnez-moi mes péchés. Pardonnez-moi...

Elle poussa un long soupir, se détendit et rendit l'âme.

Wulfgar s'agenouilla et, sans mot dire, regarda Aislinn essuyer le sang et la terre sur le visage enfin serein de Gwyneth.

— J'espère qu'elle a trouvé la paix, dit-il d'une voix rauque. Je lui pardonne. La principale coupable est notre mère qui nous a tous torturés.

Le ton d'Aislinn fut beaucoup plus dur que le sien :

— Je ne lui pardonnerai que si nous retrouvons notre fils. Elle l'a donné à une vieille pauvresse qui mendiait dans les ruines d'un village que nous avons traversé.

Wulfgar se redressa, le visage crispé par la colère. Son premier mouvement fut pour aller seller les chevaux. Puis il se souvint des mouettes et de leur amour des cadavres.

— Une nuit de plus ou de moins... soupira-t-il en remettant la selle par terre.

Epuisés, serrés l'un contre l'autre, ils dormirent, mais il faisait encore nuit quand ils se réveillèrent. Pendant qu'Aislinn ranimait le feu pour préparer un semblant de repas, Wulfgar creusait deux tombes dans le sable durci.

Puis ils partirent très vite. Ils retrouvèrent le village en ruine et, dans celui-ci, une cabane de planches grossièrement assemblées. Mais les cendres étaient froides et la paillasse nue. Rien n'indiquait par quel chemin la vieille femme avait quitté l'endroit. Ils continuèrent leur route, s'arrêtant dans chaque village à la ronde pour se renseigner. La vieille n'était pas inconnue mais personne ne l'avait vue.

Le second jour passa, la nuit tombait. Ils avaient bouclé la boucle et se retrouvaient dans le hameau en ruine. Désespérée, Aislinn s'accroupit par terre, secouée de sanglots. Wulfgar se pencha vers elle, la releva tendrement, la serra sur son cœur. Doucement, il lui caressa les cheveux, l'embrassa. De toutes les épreuves qu'elle avait connues, celle-là avait raison d'elle. Elle n'avait plus aucune volonté, aucun désir. Sans force aucune, elle restait à pleurer son désespoir contre la poitrine de Wulfgar. Il se passa longtemps avant que ses larmes tarissent. Elle avait mal partout. Wulfgar la prit dans ses bras et la porta avec douceur à l'abri d'un mur bas. Puis il alluma du feu qu'Aislinn fixait sans le voir. A genoux à côté d'elle, il lui prit les mains, follement désireux de lui communiquer un peu de sa force. Elle leva vers lui ses yeux violets et il y vit un vide immense.

— Mon fils, Wulfgar ! gémit-elle. Je veux mon fils.

Il la prit sur ses genoux comme un bébé et resta longtemps à contempler le feu.

— Ma chérie, dit-il enfin avec une infinie tendresse, je sais très peu de chose de l'amour. Je n'ai jamais connu la tendresse d'une mère. On a empêché mon père de m'aimer. J'ai gardé en moi tout cet amour inemployé.

Les yeux gris regardaient dans les siens avec toute la fraîcheur, l'innocence de la jeunesse :

— ... Tu es mon premier amour. Prends-le, porte-le en toi comme tu l'as fait de l'enfant. Je t'offre ma vie, mon amour, mon épée, mes yeux, mon cœur. Prends tout. Mais si tu le rejettes, je meurs et je hante les marais en hurlant.

Aislinn souriait à présent et il lui baisa les lèvres avec tendresse.

— ... Nous aurons d'autres fils, une fille peut-être, et chacun saura qui est le père.

Elle lui passa les bras autour du cou :

— Je t'aime, Wulfgar. Serre-moi fort. Ne me lâche jamais.

— Je t'aime, Aislinn. Bois mon amour. Il sera ta force.

Elle lui caressa la joue.

— Partons, dit-elle. Je ne peux pas rester une nuit de plus ici. Rentrons à Darkenwald. J'ai besoin de me sentir chez moi.

Il se leva et éparpilla les braises.

Comme ils s'approchaient des chevaux, elle sourit sans joie et frotta son postérieur meurtri par les longues heures de la chevauchée.

— Jamais plus je ne tirerai plaisir d'une promenade à cheval, dit-elle.

Wulfgar la regarda quelques secondes, pensif :

— En buvant, au bord de l'eau tout à l'heure, j'ai remarqué une embarcation. Ce sera beaucoup moins fatigant pour toi. Viens, ce n'est pas loin.

Il la prit par la main et l'entraîna. Sous des saules, aux branches tombantes qu'il écarta, il lui montra une barque, longue et étroite, creusée dans un tronc d'arbre.

— ... Ce ruisseau se jette dans celui qui arrose les marais de Darkenwald, expliqua-t-il la voyant intriguée.

Le temps s'arrêta pour Aislinn. Elle dormit ou somnola. Wulfgar ramait, s'épuisant pour ne pas penser à la petite tête aux cheveux dorés qu'il avait commencé à aimer comme celle d'un fils.

La première lueur de l'aube révéla la silhouette d'une colline familière, un bourg endormi, le grand manoir et, plus haut, le château de Darkenwald. Le fond de la barque racla le sable et Wulfgar entra dans l'eau pour la tirer à terre. C'était dans cette même rivière qu'il avait surpris Aislinn se baignant dans l'eau froide...

Il ouvrit la porte du manoir et s'effaça pour la laisser passer. Ils s'immobilisèrent, frappés par la lumière et le bruit. Bolsgar et Sweyn discutaient vivement avec Gowain et Milbourne, et Haylan s'occupait avec beaucoup de soin de Kerwick, assis à côté du feu. Il avait des pansements à la tête et à la jambe, mais semblait d'excellente humeur. Dans un coin noir, tournant le dos aux autres, Maida ne réagit pas à leur arrivée.

Tout cela était parfaitement incongru, à une heure aussi matinale, à un endroit où aurait dû régner le deuil. Bolsgar les remarqua et se leva.

— Ah ! vous voilà enfin ! s'écria-t-il jovial. Bon ! bon ! Les guetteurs vous avaient vu arriver. Alors, ma fille, ajouta-t-il après un coup d'œil rapide à Aislinn, cette crapule n'a pas l'air de vous avoir fait de mal. Tu l'as tué, j'espère, dit-il à Wulfgar.

Celui-ci secoua la tête négativement et, avant qu'il ait pu s'expliquer, Sweyn bondit.

— Alors, je ne peux pas te laisser tout seul ? (Il assena à Bolsgar une claque dans le dos qui lui coupa la respiration :) Il va falloir qu'on le prenne en chasse tous les deux. Vous ne trouverez peut-être pas d'excuses cette fois pour nous en empêcher et nous obliger à revenir ici ventre à terre comme vous l'avez fait hier.

— Qu'est-ce qui vous pressait tant ? demanda Wulfgar.

Le vieil homme haussa les épaules.

— Un paquet que tu avais laissé derrière toi.

— Mais qu'est-il arrivé à cette fripouille de Ragnor ? l'interrompit Sweyn sans se préoccuper de la surprise de Wulfgar. A-t-il réussi à s'échapper avec Gwyneth ?

— Non, elle l'a tué et est morte peu après.

Bolsgar hocha la tête avec tristesse.

— Pauvre Gwyneth ! dit-il d'une voix sourde. Peut-être est-elle en paix à présent.

Il renifla et passa sa manche sur son visage.

Un bref silence régna et Aislinn s'appuya contre Wulfgar qui lui passa un bras autour des épaules.

Elle était chez elle mais elle se sentait malheureuse.

— Nous avons enterré ce brave Beaufonte, annonça Sweyn.

— Repose-toi aujourd'hui, dit Wulfgar. Car demain nous nous mettrons en route avec Gowain et Milbourne pour chercher une vieille femme avec un bras atrophié.

— Pourquoi te la faut-il ? demanda Bolsgar. Que t'a-t-elle volé ?

Wulfgar se tourna vers lui sans cacher sa surprise.

— Vous la connaissez ? demanda-t-il, anxieux, conscient que les paroles de son père avaient éveillé l'attention d'Aislinn.

— J'ai traité une affaire avec elle, répliqua Bolsgar. Elle m'a vendu un paquet dont j'avais envie et cela n'a pas été sans mal. Mais j'ai réussi à la convaincre avec une poignée d'argent et la pointe de mon épée.

— De quel paquet parlez-vous ? demanda Wulfgar.

— Maida ! appela Bolsgar, par-dessus son épaule.

— Oui ?

— Apportez donc le paquet ici ! Qu'on apprenne à ces deux-là à ne pas laisser traîner leurs affaires. Oui, apportez-moi mon petit-fils !

Aislinn eut un brusque sursaut. Maida se leva, leur fit face, un baluchon de forme allongée sur les bras. A la vue de la petite tête couverte de boucles cuivrées, Aislinn poussa un cri et, des larmes de bonheur inondant ses joues, elle se précipita vers sa mère. Elle lui arracha son enfant et, le serrant contre son cœur, elle se mit à tourner sur elle-même. Bryce émit un piaillement de protestation et Wulfgar se mit à rire :

— Prends garde, ma chérie. Il ne supporte pas une telle dose d'amour.

— Oh ! Wulfgar, Wulfgar ! s'écria-t-elle ne trouvant pas mieux à dire.

Il lui sourit tendrement et, libéré d'un énorme poids, il prit l'enfant des bras de sa mère puis, à sa grande joie, le lança en l'air. Le bébé gazouillait de joie, mais Maida intervint :

— Ce petit va maudire le sort d'avoir un père comme vous. Ne faites pas de mal à mon petit-fils.

Wulfgar la regarda comme s'il doutait de son bon sens. Mais il vit en elle une beauté qu'il n'avait jamais remarquée jusque-là.

Son visage était plus plein, plus lisse. Dans sa jeunesse, elle avait dû être aussi belle que sa fille.

— Qui vous fait croire que je suis son père ?

— Bien sûr que c'est ton fils, interrompit Bolsgar. De même que je suis ton père.

Et le vieil homme, baissant le maillot de l'enfant, révéla une marque rouge qu'il avait sur une fesse :

— ... C'est ma marque de naissance... si tu veux me croire sur parole car je n'ai pas envie de me déshabiller pour te le prouver. Quand j'ai rapporté l'enfant ici, il avait grand besoin d'être changé. Dès que j'ai vu cette tache, j'ai compris que tu es mon fils et qu'il est le tien.

— Mais je n'ai pas de marque semblable, remarqua Wulfgar, mal remis de sa surprise.

Son père haussa les épaules :

— Mon père non plus. Mais le sien en avait une. Cela saute une génération.

— Gwyneth m'avait appris que j'étais votre fils. Sur son lit de mort, ma mère lui avait avoué que c'était un amant qui les avait engendrés, Falsworth et elle.

Bolsgar poussa un profond soupir :

— Peut-être aurais-je évité tout cela si je n'avais pas tant guerroyé !

Wulfgar lui mit la main sur l'épaule et sourit :

— J'ai gagné un père, mais j'ai perdu l'amitié de Guillaume...

Maida tendit les bras vers Bryce qui se mâchait le poing et regarda Wulfgar d'un air goguenard.

— Je n'ai jamais douté qu'il soit de vous, dit-elle. Vous ne savez pas reconnaître une vierge quand vous couchez avec ?

— Qu'est-ce que... ? Seriez-vous de nouveau devenue folle ? Ragnor...

Elle rit et se tourna pour jeter un coup d'œil à sa fille :

— Le coq normand se vantait de ce qu'il n'avait jamais eu.

Maida tira un petit paquet de sa ceinture et le fit danser sous les yeux d'Aislinn.

— Tu connais ça ?

— Oh ! mère, comment avez-vous osé ? fit-elle en éclatant de rire.

— Aislinn ? demanda Wulfgar. Qu'a-t-elle à la main ?

— Des herbes somnifères, mon amour, répondit-elle avec un regard adorateur.

— Oui, en effet, reconnut Maida. La nuit où Ragnor l'a emmenée là-haut, j'ai mis une potion dans son vin. Pour lui ! Juste pour lui ! Mais il en a donné à boire à Aislinn. J'étais dans la chambre et il l'ignorait. Il a cherché à la prendre. Il l'a déshabillée en arrachant ses vêtements. Il est tombé sur elle... sur le lit. (Elle gloussa de joie :) Mais avant de pouvoir faire quoi que ce soit, il s'est endormi. Ils sont restés l'un sur l'autre jusqu'au matin. Je l'ai réveillée, elle, pour fuir. (Elle haussa les épaules :) Je l'aurais tué si je n'avais par craint que ses hommes ne rattrapent ma fille et ne la torturent.

— Il y aurait eu d'autres signes, fit remarquer Wulfgar, le sourcil froncé.

— J'ai fait disparaître la preuve ! Un jupon déchiré, avec son sang de vierge.

— Mère ! s'écria Aislinn d'un ton où se mêlait

l'étonnement et la colère. Pourquoi m'avoir laissée tous ces mois dans le doute ?

— Parce que c'était un Normand et que tu te serais précipitée pour lui annoncer la nouvelle. A présent, il n'est plus qu'à demi normand.

Wulfgar, la tête renversée en arrière, libéra le rire qui l'étouffait :

— Pauvre Ragnor !

Aislinn se jeta dans ses bras et Maida en profita pour prendre le bébé. Wulfgar regarda autour de lui et comprit qu'il était enfin chez lui, entouré d'amis. Il sourit à la vue de Kerwick et de Haylan, serrés l'un contre l'autre.

— Le château sera terminé dans quelques jours, Kerwick. Il y aura une grande fête à cette occasion. C'est le moment ou jamais de vous marier.

— Oui. Si je peux me tenir debout.

— Oh ! il le pourra, assura Haylan, ses yeux noirs étincelants. Ou bien il lui en cuira !

Wulfgar rit en entraîna Aislinn. Ils traversèrent la cour en direction du château fort.

— Jamais je n'aurais cru pouvoir aimer une femme comme je t'aime, dit-il en lui posant un baiser d'abord sur les lèvres, puis sur la gorge.

Elle se tourna dans ses bras, son dos appuyé contre sa poitrine, face au grand château qui semblait monter la garde.

— Nos fils y seront bien, murmura Wulfgar dans ses cheveux.

— Oui, tous nos fils. Oh ! regarde ! ajouta-t-elle en désignant la plus haute des tours.

Un grand loup de fer, dû à Gowain, s'y dressait, obéissant au souffle du vent, comme s'il cherchait une piste.

Wulfgar le contempla quelques minutes :

— Qu'il cherche donc tout seul le vent de la guerre. Quant à moi, j'ai trouvé la paix, ici, avec toi. Je ne veux plus parcourir le monde, ni me battre. Je suis Wulfgar de Darkenwald.

ROMANS-TEXTE INTÉGRAL

RÉCITS VÉCUS
et
DOCUMENTS

 **CONNAISSANCE**

C/2 **TOUTE L'HISTOIRE, par HART-MANN et HIMELFARB**

En un seul volume double, de 320 pages :
Toutes les dates, de la Préhistoire à 1945;
Tous les événements politiques, militaires et culturels;
Tous les hommes ayant joué un rôle à quelque titre que ce soit.
Un système nouveau de séquences chronologiques permettant de saisir les grandes lignes de l'Histoire.

C/4 **CENT PROBLEMES DE MOTS CROISES, par Paul ALEXANDRE**

LE TALISMAN, de Marcel DASSAULT

SCIENCE-FICTION
et FANTASTIQUE

Dans cette série, Jacques Sadoul
édite ou réédite les meilleurs auteurs du genre :

ÉDITIONS J'AI LU

31, rue de Tournon, 75006-Paris

diffusion
France et étranger : Flammarion - Paris
Suisse : Office du Livre - Fribourg
Canada : Flammarion Ltée - Montréal

IMPRIMÉ EN FRANCE PAR BRODARD ET TAUPIN
7, bd Romain-Rolland -Montrouge.
Usine de La Flèche, le 20-03-1978.
1471-5 - Dépôt légal, 1er trimestre 1978.
ISBN : 2 - 277 - 11820 - 6